青铜器和
金文书体研究

Studies of Bronzes and Inscriptional Calligraphy

李峰　著

Li Feng

小院地偏人不到，满庭鸟迹印苍苔。

〔宋〕司马光《夏日西斋书事》

李峰，陕西宝鸡人。1983 年西北大学历史系考古专业毕业，1986 年获中国社会科学院考古研究所硕士学位，之后从事西周都城丰镐遗址的发掘。1990 年进入日本东京大学攻读博士学位；1992 年赴美国，2000 年获得芝加哥大学博士学位。现任美国哥伦比亚大学东亚语言和文化系教授，兼任哥伦比亚大学唐氏早期中国研究中心主任。2015 年荣获哥伦比亚大学伦菲斯特杰出教师奖。2013 年受聘任吉林大学匡亚明讲座教授，2015 年任吉林大学长江学者讲座教授。2018 年任德国海德堡大学代任全职教授。

李峰教授擅长田野考古、古文字特别是西周金文，以及文献的综合研究，并注重考古学、比较历史学理论和方法论的探索。其研究方向跨多个领域，包括复杂社会和文明的兴起，早期国家的体制，区域文化关系，官僚机构的运作，早期书写的性质，及早期国家和帝国的社会与经济动态分析等。李峰教授于 2002 年创办了哥伦比亚大学早期中国讲座，并于 2006 年至 2010 年主持山东龙口归城古城遗址的中美联合调查和发掘。主要学术专著包括《西周的灭亡——中国早期国家的地理和政治危机》（剑桥大学出版社，2006 年英文版；上海古籍出版社，2007 年中文版，2016 年中文增订版），《西周的政体——中国早期的官僚制度和国家》（剑桥大学出版社，2008 年英文版；北京三联出版社，2010 年中文版），《早期中国社会和文化史概论》（剑桥大学出版社，2014 年英文版）。主要编著有：《中国早期的书写与识字度》（华盛顿大学出版社，2011 年英文版），《龙口归城——胶东半岛地区青铜时代国家形成过程的考古学研究》（科学出版社，2018 年中、英文双语版）。另有中、日、英文论文数十篇。

彩版一　克盉盖铭

彩版二　眉敖簋盖

彩版三　眉敖簋盖铭

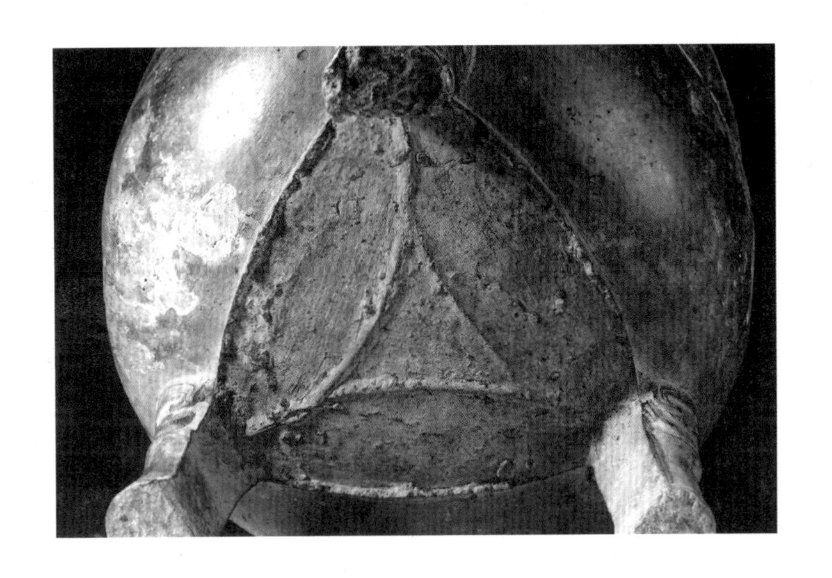

彩版四　鄂侯驭方鼎底

彩版五　鄂侯驭方鼎内壁铭文

彩版六　六年琱生簋

彩版七　六年琱生簋铭

彩版八　四十三年逑鼎（2号）
器壁铭文范之间的凸棱

彩版九　四十二年逑鼎甲器铭文
的方格和垫片情况

彩版一〇　四十二年逑鼎甲器铭文
左下角延伸的方格线

彩版一一　单五父方壶乙铭文的方格修改情况

彩版一二　西周青铜器上铭文补刻的例子（楚公冢钟）

目　　录

绪论　青铜器研究和金文书体的意义

青铜器的知识体系和"金文书体"的定位

笔者历年给哥伦比亚大学东亚系博士生讲授《古代中国青铜器和青铜器铭文》的课程(2013年我在吉林大学也讲过)，常常以这么一个比较开始：甲骨文和金文虽然可以说是探索中国早期文明的两种最重要的地下出土的文字资料，但是对它们的研究在方法论上有很大不同。就甲骨文讲，我们虽然也可以对甲和骨的实物本身(乃至其背面的钻凿)进行研究，但由于甲骨是自然生成之物，对甲骨的研究主要是对刻在它们上面的文字的研究，也就是说甲骨之学主要属于历史学的范畴。金文则不然，它是铸造在青铜器之上的，而青铜器在商周时期的社会中发挥着复杂的政治和文化作用，且对它们作为实物的价值在考古学和美术史学中已有精深的研究。同时，由于科学的考古学的引入，自20世纪初开始青铜器往往是由发掘出土，或其出土状况经过考古工作者的勘察，因此我们研究青铜器还必须了解与其共出的陶器、玉器等等，更是不能忽视青铜器出土的墓葬的丧葬习俗，乃至于其墓地、遗址的状况和地理位置。就最后这点讲，甲骨和金文也表现出了很大的反差：甲骨文99%以上出自安阳殷墟一地，而金文则出土于中国北方黄河流域及长江流域部分的广阔地域。因此，金文的研究是涉及西周时期物质文化和精神文化各方面的全方位的研究。如果没有青铜器的知识，金文的研究将无所依存。

如果我们把青铜器看作是一个信息的集结体和有关这些信息的知识体系，它就包含了下述三个主要方面(图一)：首先是青铜器的客观可见特征，包括其造型和装饰花纹等有关信息；对这些信息的研究主要属于考古学或美术史范畴。其次是青铜器上的铭文，有关其内容的研究属于历史学范畴。再者是反映青铜器制作过程的铸造乃至修磨痕迹，而利用这些信息来研究青铜器铸造技术属于铸造工艺学的范畴。进而，这三个学术领域的交流在更高层面上产生三种卓有成效的研究：结合历史学和考古学的方法则形成历史考古学的研究；用历史学的问题观念和方法来研究铸造工艺学则属于自然科学史的范畴;对青铜器铸造工艺有关的遗迹和遗物进行发掘和研究则属于科技考古的范畴。这张图虽然作于十年以前,但是它仍能够反映青铜器这门复杂学问所包含的知识系统。

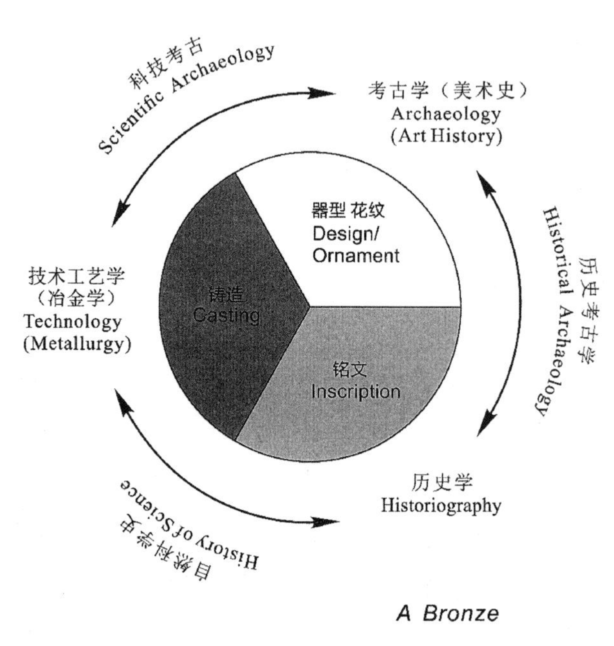

图一　青铜器的知识系统

那么,对金文书体的研究在这个青铜器的知识分类系统中究竟处于什么位置?简单地讲,它属于有关青铜器铭文的历史学研究的史料学分支,其主要目的是揭示金文作为一种史料的形成过程和背景,从而使我们加深对其性质的认识。另一方面,正是由于金文形成的过程与青铜器本身的铸造息息相关,因此对金文书体的研究可以为我们研究青铜器的制作过程和背景提供一个特殊的视角。记得 2007 年 12 月笔者第一次受邀到吉林大学进行访问时,即以"从金文书体研究西周青铜器"为题做了一场学术讲演。讲演中,笔者举实例说明从金文书体角度研究西周青铜器铸造背景的基本方法。当时我放的第一张幻灯片即是下面这张"西周青铜器铭文的分析模式"图(图二)。

这个图表的目的是对青铜器上所能看到的和铭文有关的种种现象系统地进行分等和评估,并在这个系统中确定"金文书体"的定位。只有从理论上廓清了各种现象的逻辑性关联,我们才能真正认识到它们在青铜器铭文研究中的意义。在这个图表的第一层我们可以看到青铜器的特征可以按"器形变化"、"铭文变化"和"技术变化"来分类区

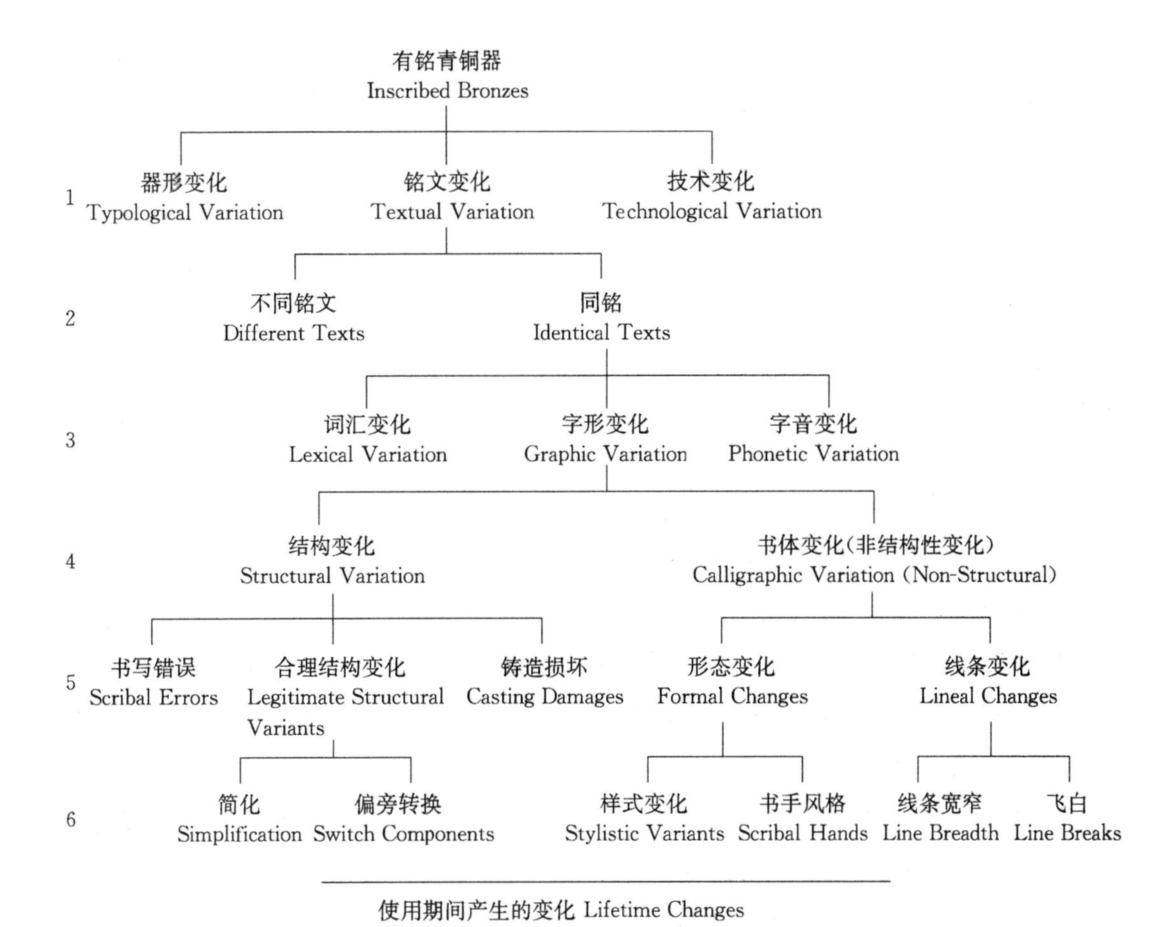

图二　西周青铜器铭文的分析模式

别,和图一中青铜器的信息分类相对应。第二层,铭文的变化可以具体分为“同铭”和“不同铭文”两种情形。当然,不同铭文的铜器之间也可能有书体上的联系,但因为同字重复的频率较小而不易捕捉到字迹特征,因此我们对“书体”的追索主要沿同铭器方向进行,这样才可能有积极的成果。第三层,一篇内容相同的铭文可以有三种不同性质的变化,即“词汇变化”(限个别词语)、“字形变化”和“字音变化”。“字形变化”指的是同一个字的肉眼可观察的形态变化。第四层,这种形态的变化可以进一步分为“结构变化”(Structural Variation)和“书体变化”(Calligraphic Variation)或称“非结构性变化”(Non-Structural Variation)。“结构变化”主要指构成一个字的基本成分的变化,包括偏旁的换位和笔画的损益,而“书体变化”则指一个字在构型结构不变的情况下所显示的形态变化,这个区别非常重要。第五层,“结构变化”的原因分为可以容许的“合理的结构变化"(Legitimate Structural Variation)(即两个或三个不同写法都是对的或可以接受的)和"书写错误"(也就是错字)以及"铸造损坏"(主要是笔画缺失)三种情况。而"书体变化"则沿着"形态变化"和"线条变化"两个方向展开:"形态变化"即一个字形体或某一构成部分的高低宽窄的变化,而"线条变化"则是一个字笔画曲直宽窄的变化。第六层,"合理的结构变化"有两种情形:第一种是简化所造成的变化;第二种则是偏旁换位所造成的结构变化。而在"书体变化"的系统中,造成"形态变化"的原因有两个:一是基于特定书体规范的稳定性所展开的高低宽窄的变化;另一则是基于不同书手的个人书写习惯所形成的形态变化。而"线条变化"的变化则可能是宽窄的变化,也可能是"飞白"和连续的变化。

从图二可以看出,本书所讲的"书体"(Calligraphic Style)是字的结构变化以外的一种字的形态特征。与基于构字原理的字的结构特征不同,"书体"则是基于特定的书写传统并通过书手的严格训练得以传承的一种规则性的文字书写形式,而这种形式是通过字的高低宽扁和笔画的曲直宽窄等特征表现出来的。金文中的书体的区别类似于书法上所讲的楷书分为颜体、柳体的区别,只是我们在金文研究中对这种书体的稳定性认识尚不够,这是将来要进一步研究的课题。高于"书体"的一级单位,笔者建议以字体(Script Types)来区别,如所谓的"秦系金文"、"楚系金文"、"楚系简文"、"齐系金文"等的区别,也就是不同的书写系统之间的差别。按照图二,"书体变化"之下另有"书手风格"(Scribal Hands)的区别,也就是说,同一种书体可以由不同的书手来书写,而不同书手的书写风格则可能由于其个人书写习惯的不同和体能的差别而有所不同。这个区别与目前有关战国简帛文字的字迹研究中所讲"书体"和"手迹"的区别是一致的。[①]当然"书手风格"的区别不仅表现在字的形态上,也表现在线条的变化上。总之,我们至少可以在概念上将"书手风格"看作是"书体"之内或之下的一级单位。但是,由于我们在青铜器上看到的金文并非原初的书写(应该在用于制作铭文范的泥板上或在用来翻制内芯的"假外范"上),[②]而是经过翻制和铸造后所形成的文字痕迹,我们在金文中很少能看到书手所留下的第一手的书写痕迹。在难于区别真正书写者的情况下,我们一般也只能做出"书体"层面的区分。而在金文形成过程中直接书于泥板的书手严格地讲也只是抄手,他们是把原初可能书写在竹木或绢素载体上的文书抄写上泥板的。这些都是金文书体研究的特殊情况。

---

① 李松儒:《战国简帛字迹研究》,上海:上海古籍出版社,2015年,30—33页,特别参考228页。
② 李峰:《西周青铜器铭文制作方法释疑》,《考古》2015年9期,86页。

古文字学中的"书体"研究

古文字学中对书体的研究早已有之,特别是甲骨文的研究中对书体的关注更是历史悠久,其影响也最为深远。甲骨文是刻手(相当书手)用青铜利刃直接刻在龟甲或牛胛骨上的文字,其一笔一划均保留着刻手运刀的态势。分析甲骨文的书体不仅可以让学者们概括出殷墟时期从早到晚每期文字的一般特征,同时参考贞人、辞例等其他条件还可以在同一贞人的刻辞中分辨出不同刻手的刻辞,甚至可以在同一时期的不同贞人组之间发现相同书体的刻辞。松丸道雄先生认为,相对于人数较多的贞人团体,同一时期服务于商王室的刻手团体可能人数很少,而所谓书体的时代变化正是在这个人数很少的团体中随着世代交替而形成的书写习惯和技巧的变化。正是因此原因,我们可以根据书体的不同对甲骨文进行相当准确的断代。[①]可以说,对书体的研究是甲骨文研究的常规性作业,也是甲骨文研究的一个重要基石。因此,一个多世纪以来利用书体进行研究的著作不胜枚举,而近年来这方面又有重要进展。特别是崎川隆的研究对书体高度重视,从书体的细微观察结合刻辞的排列形式对"宾组卜辞"做了进一步的全面重新分类,是很值得称赞的。[②]当然,近年来古文字书体研究方面更为显著的进步则体现在战国乃至秦汉时期简帛的研究中。这不仅是因为这些文字,不管是写在简上还是写在帛上,均保留了两千年前书写者真切的笔迹,有着强烈的个人印记,同时也是因为过去三十年间简牍的大量发现,往往有同一篇文献由不同书体书写的例子。因此,研究书体的异同和联系,可以使我们了解这些文献传抄和流传的历史背景。特别是竹简文书,出土后往往需要对原已散乱的竹简进行重新编排,那么字体的特征就成了最重要的参考指标。也正因为如此,排列里的错误也往往在所难免。因此,即使一部竹简文书在重新编排出版后,仍会有学者根据其书体的差异指出其重新分合之必要。这种情况不仅使从书体方面对新出土简牍的研究在过去二十年间成果倍出,而且其研究方法论方面也逐渐取得了引人注目的进展。[③]

---

① 早在1959年,松丸道雄先生就已论及甲骨文中贞人和刻手的区别;最近,他对这个问题做了详细的讨论,见《甲骨文の話》,东京:大修馆书店,2017年,IV:《甲骨文における書体とは何か》,88—106页。特别见同书100页。

② 这方面近期的重要成果包括黄天树:《殷墟王卜辞的分类与断代》,北京:文津出版社,1991年。崎川隆:《宾组甲骨文分类研究》,上海:上海人民出版社,2011年;特别参考第四章"字体分类",51—198页。

③ 这方面的代表性论述有 Matthias Richter, "Tentative Criteria for Discerning Individual Hands in the Guodian Manuscripts," in *Rethinking Confucianism: Selected Papers from the Third International Conference on Excavated Chinese Manuscripts, Mount Holyoke College, 2004*, edited by Wen Xing (San Antonio: Trinity University, 2006), pp. 132-147;李松儒:《战国简帛字迹研究》,上海:上海古籍出版社,2015年。特别是李松儒的近著不仅对字迹研究的原理和辨识标准进行了讨论,而且从追索书体和书手的区别的角度对上海博物馆藏的战国楚竹书进行了系统和全面的研究,值得参考。

相对于甲骨文和简帛书体研究的进步，对金文特别是西周金文书体研究的滞后则是让人深感遗憾的。早期的学者虽也意识到各篇金文之间书体的差别，甚至也以一篇金文书体是否“古朴”来断定所属器物的早晚，但他们大多是一言以蔽之，未能对金文书体这个现象给予充分的重视。究其原因，除了上述金文的非原初书写的缺点外，在服务于青铜器研究的大前提下，除了金文的书体外尚有诸多可以利用的因素。进而言之，到目前为止绝大多数学者对金文书体的关注是在青铜器年代学中进行的，而他们对“断代”的偏爱使得对金文书体的研究只能为这个狭隘的目的服务。其论证逻辑就是概括出各个时期的书体特征，并以这些特征作为断定青铜器年代的根据。这种学术取向一直影响到新近一些以“金文书体”为主题的研究。[①]说到底，这些研究仍是延续以往青铜器断代研究的旧方法，只是把“标准器”换成了“标准字”而已。以“断代”为目的的书体研究，忽视了金文所可能为我们揭示的青铜器背后复杂的社会文化现象，对上述“结构变化”和“书体变化”的基本原则性区别更是缺乏认识。

上述为了“断代”的金文书体研究与书中所讲的“金文书体”的研究从目的到内涵上都存在着很大的差别。早在1997年发表的“金文书体”研究中，笔者就曾对“金文书体”研究的目的和内涵做了下述界定：[②]

> [The study of inscriptional calligraphy is to] introduce the concept of "individuality" into the study of Western Zhou bronze inscriptions. We ought not to view Western Zhou bronze inscriptions as productions of a certain time, but instead, as individual works that carry information regarding their scribes. Just as much as we do today, the Western Zhou people wrote and inscribed characters differently from each other and made mistakes in their writing. Although an individual could write a character in different forms, his characteristic calligraphy can always be recognized with respect to multiple characters or inscriptions. This calls for more serious treatment of the calligraphy of Western Zhou bronze inscriptions. The co-existence of various calligraphic styles during the same period opens a new way to approach Western Zhou bronzes.
>
> 【有关金文书体的研究是】“将‘个体性’(Individuality)的观念纳入到西周铭文的研究中。故此，我们不应视西周铭文为某一固定时期的产物；相反，应将其视为

---

① 譬如：张懋镕：《金文字形书体与二十世纪的西周铜器断代研究》，《古文字研究》第26辑，北京：中华书局，2006年，188—192页；刘华夏：《金文字体与铜器断代》，《考古学报》2010年1期，43—72页。

② Li Feng (李峰), "Ancient Reproductions and Calligraphic Variations: Studies of Western Zhou Bronzes with 'Identical' Inscriptions," *Early China*, 22 (1997): 37.

承载了有关书手信息的个人作品。和今人一样，西周时人们书写和铸造的文字书体风格也各不相同，而且也会出现误书的现象。尽管一个人可能会书写不同字形，但是他的书体特征我们总是能够通过分析复数铭文材料将其识别出来。这就要求我们更加谨慎地对待西周青铜器铭文的书体。而同一时期存在各类书体风格的现象给我们研究西周青铜器提供了新的途径。”

遗憾的是，这篇文章虽在二十年前用英文发表，但它并没有引起中国国内学者的注意。文章里所主张的方法论与目前简帛文献的书体研究中遵循的方法论是异曲同工的，但在金文的研究中直到今日这还是一条很少有人探索的路。虽然这条路上走的人很少，但是先贤们的贡献我们还是要记住的。

大家知道，关于毛公鼎等一批西周重器的真伪问题，1960 到 1970 年代在巴纳先生和海外中国学者之间曾经有过一场辩论。虽然巴纳的观点后来证明是错误的，但他试图从铭文书体来解决青铜器的真伪问题的初衷，无疑也引发了学者们对金文书体的问题意识。特别是他后来与郑德坤的争论，基本上集中在毛公鼎等器铭文的所谓违反 “Character Constancy” 原则的现象究竟是字体结构性质还是书体性质的焦点上。虽然他们并没有涉及西周金文书体全盘的论述，其对毛公鼎等器的争论无疑对之后有关金文书体的讨论有所启迪。[①]

中国国内学者中最早意识到金文书体的复杂性的是裘锡圭先生，他在 1987 年由日本读卖新闻社和东方书店联合举办的学术讨论会上，正式提出了古文字中“正体”和“俗体”的区别，并就此区别和与会的松丸道雄先生等学者进行了讨论。裘先生的看法是就古文字整体而言，金文代表西周当时的“正体”，而甲骨文则代表商代的“俗体”。他认为尽管一般来讲金文可以被看作是“正体”，但金文中也有个别“俗体”例子，如师㝨簋盖一号的铭文（松丸先生显然是不能同意他对师㝨簋的解释的，见下）。[②]在 1988 年出版的《文字学概要》中，裘锡圭先生也指出像师㝨簋盖二号这样西周春秋时期一般金文的书体可以代表金文中的“正体”，而像师㝨簋盖一号这样比较草率的则反映了“俗体”的一些情况；在较晚的一些铜器上，一些“俗体”则又变成“正体”了。[③]只可惜裘锡圭先生的这

---

① 见 Noel Barnard, “New Approaches and Research Methods in Chin-Shih-Hsueh,” 载《東京大學洋文化研究所紀要》19 (1959), 23－31 页；*Ch'u Silk Manuscript: Translation and Commentary* (Canberra: The Australian National University, 1973), pp. 22－28. Cheng Te-k'un (郑德坤), “The Inconstancy of Character Structure Writing in Chinese,” *Journal of the Institute of Chinese Studies of the Chinese University of Hong Kong* 4.1 (1971): 137－170.

② 见裘锡圭：《殷周古文字における正体と俗体》，《シンホヅウム：中国古文字と殷周文化：甲骨文—金文をめぐって》，东京：东方书店，1989 年，96—97 页；另见同书《シンポジウム（樋口隆康、李学勤、裘锡圭、伊藤道治、松丸道雄）》，191—193 页。

③ 裘锡圭：《文字学概要》，北京：商务印书馆，1988 年；1984 年序，48 页。

个论述非常简略，当时的认识也只停留在注意到金文书体的差别上面，而1989年日本出版的东京会议文集在中国大陆又极少流传，因此对这个问题在中国国内并无后续研究。

松丸道雄先生对金文书体的关注自有其渊源，到1987年"东京会议"时，他研究西周金文的书体问题已经至少有十年了。作为一位甲骨学家，他以研究甲骨文(特别是甲骨文书体)的经验来审视西周金文的书体问题本来就很自然。但更有益的是，他的父亲松丸东鱼先生是日本著名的书法家和篆刻家，而他自己在父亲的指导下也是从小学习书法和篆刻(后因视力问题放弃篆刻)。因此，松丸道雄先生对书法和篆刻作品有很高的鉴赏能力，而以他书法方面的修养来研究金文的书体问题更是能够独具慧眼。松丸道雄先生在1977年发表的论文中，认为两件师獡簋铭文书体所反映的差别是因为二号簋盖是原先铸造的铭文，而一号簋盖则是它的仿刻，因此书体比较草率并含有错字。用同样的方法，松丸道雄先生分析了睘卣和睘尊铭文的书体，认为睘卣是在周王朝的铸铜作坊中书写和铸造的，而睘尊铭文字迹散乱，则属于诸侯国作器。[①]换言之，在松丸道雄先生的研究中，金文书体并不被看作是集团的或者说统一的书写特征，而被看作是在特定环境中受具体政治文化条件制约的书写作品，同时还是探索西周青铜器制作背景的一把钥匙。

1990年松丸道雄先生受二玄社之邀为书法爱好者编著甲骨文和金文书贴，并组织几位年轻学者将这些铭文译成日文文言和现代日语。[②]在这本书的下册中，他撰写了《金文的书体——古文字中宫廷体的谱系》一文，提出了西周金文中"宫廷体"的观念，具体指㝬簋、㝬钟、大克鼎、小克鼎、颂鼎乃至毛公鼎等器铭文为代表的西周晚期的庄重典雅、外形长方的书体。它们是西周晚期(特别是厉王时期)为王室工作的一群训练有素的书手的作品，应当称为"西周晚期的宫廷体"。相应地，大盂鼎、令方彝等铭文可以代表"西周前期宫廷体"，而史墙盘、曶鼎等可以代表"西周中期宫廷体"。毫无疑问，松丸道雄先生对这些铭文所谓"宫廷体"的设定，是以他关于西周金文中存在"精粗巧拙万般的书体"的基本认识为前提的。[③]

在西方，笔者是最早对西周金文中同时代的不同书体进行研究的学者。[④]笔者对金文书体的研究兴趣来自松丸道雄先生的启发，而笔者所做的只是把由松丸道雄先生等

---

① 松丸道雄：《西周青銅器製作の背景》，《東京大學東洋文化研究所紀要》72(1977)，1—128页。后重印于松丸道雄编：《西周青銅器とその國家》，东京：东京大学，1980年，11—136页。

② 见松丸道雄：《甲骨文・金文》，东京：二玄社，1990年，5页。

③ 松丸道雄：《金文の書体—古文字における宮廷体の系譜》，《甲骨文・金文(下)》，东京：二玄社，1990年，15—33页。

④ Li Feng (李峰), "Ancient Reproductions and Calligraphic Variations," 1-41.

前辈学者已经建立的对金文书体的认识重新用回到青铜器研究中去。一旦这样做了，笔者发现对金文书体的研究为我们研究青铜器乃至西周考古的有关问题打开了一扇方法论的大门。通过铭文的研究，我们不仅可以来探索青铜器的制作背景乃至真伪问题，更可以探索西周青铜器在墓葬中的组合方式乃至在使用时期的分群问题。我们也可以探索金文书体与铭文内容、文体方面的联系，以及铭文作为青铜器的一个组成部分在西周时期发挥的政治和文化作用。我们还可以进一步从铭文书体的角度来探讨地域文化的特点乃至书写作为一种文化的传播过程，等等。本书收集的大部分文章是笔者过去二十年间以金文书体为视角对上述问题的探索，且大部分只曾用英文发表或尚未发表。上海古籍出版社现在命我把它们辑成本书，我希望它能够促进将来对金文书体的进一步研究。同时，我也希望它是对松丸道雄先生等前辈学者在学术上所给予我启发和引导的一个小小的回报。那么，在西周金文书体的研究中，我们能否像甲骨文和简帛研究那样，对属于同一个时期（如一个王世）的各种书体进行全面的排比并建立其前后的承继关系？我想这当然可能，但这要我们，特别是年轻一代的学者们来共同努力。

本书的构成

本书第一篇对西周“金文书体”的概念进行了具体的界定。通过西周青铜器中“同铭器”的专题研究，本篇揭示西周时期内容完全相同的铭文可以用不同的书体书写并铸在为同一人作的青铜器上。通过仔细比对金文书体，我们发现此鼎、此簋的十一篇铭文由三种书体写成，杜伯盨的六篇铭文也由三种书体写成，而师兑簋的四篇铭文中包括了一篇伪铭及由两种书体写成的三篇真铭。换句话说，此鼎、此簋和杜伯盨铭文至少各包括了三位书手的作品，而师兑簋至少包括了两位书手。克罍、克盉的情况比较特殊，其中克罍是周初封燕时原铸的铭文，而克盉则是西周早期某段仿刻克罍的铭文。这些分析让我们看到了西周时期金文书体存在的实像，也让我们看到了判断同时期存在各种书体，并由此揭示铭文后面各种复杂现象的可行性。特别是此鼎、此簋，金文书体的研究使我们看到其原初组合并不是过去学者所认为的“九鼎八簋”，而可能是三套“五鼎四簋”的组合。这三套鼎簋铭文首先由一个史官起草，然后这篇文稿被送到铜器作坊，由三位书手分别书写上模，并可能由三组工匠分别铸造。

本书第二篇研究了西周时期一组特殊的铭文，它们并非作于周人中心地区，而是作于西周国家边缘地区的地方小国，如乖国、噩国和㢟国。它们与西周国家或敌或友，其自身的物质文化也保留了独特的传统。这些可以说是来自周文化范围以外的西周金文，由于技术条件特别是书写者教育程度的限制，往往不能达到周文化中心地区的标准，产生了一些非常有趣的现象。譬如，可能作于西北边境乖国的眉敖簋铭文不仅书体显得杂乱无章，而且文字结构上也错字不断，铭文的排列更是违反常规。另如噩侯御方鼎上的长篇铭文前半部工整而有力度，但后半部变得松散无力；而噩侯御方鼎本身更是混合了西周早期的造型特征和西周中期的装饰风格，其铭文则是西周晚期的。经过进一步考察，我们发现噩国的其他青铜器均显示了很强烈的地方特点。此外，对㢟国铭文书体的考察揭示了一个更有趣的现象：其出自竹园沟等地的早期铭文往往刚劲有力，符合西周金文标准，而西周中期铭文书体的散乱则是常态，也正是在同一时期，非周文化意味浓厚的青铜器出现在㢟国的器群中。这说明㢟国贵族刚迁徙到宝鸡地区时，其青铜器作坊中可能雇用了很多来自周人中心地区的工匠和书手，但随着时间的推移，本地训练的工匠和书手逐渐成为青铜器铸造的主体，这反映了一种地方文化回潮的现象。对上述青铜器的铭文书体的研究向我们展示了西周时期书写文化穿越文化边境的实像，也为我们理解西周金文中书体的复杂性提供了一个新的视角。

第三篇《"长子口"墓的新启示》提供了从金文书体角度研究青铜器的另一个视角。长子口墓于1997年在河南省鹿邑县被发掘，出土青铜器达85件之多，大多数具有很浓厚的商代风格，故原报告断定其年代为西周初年。几位学者认为其墓主就是文献中的宋国国君"微子启"。分析得知，近四十件"长子口"铭的铜器实际上包含了两种不同的书体：一种是空首的"子"＋方底的"口"＋偏体的"长"（书体A）；另一种是实首的"子"＋圜底的"口"＋长体的"长"（书体B）。进一步对比器形后我们发现：凡铸有书体A的铜器风格非常一致，年代可以肯定作于灭商之前；而铸有书体B的铜器则多有西周早期作风。墓中出土的另一组铸有铭文书体为左上右下（或左下右上）摆手形式的"子"的铜器年代可能更晚，大约作于西周早期中段甚至更晚。因此，对于铭文书体的研究不仅为我们重新判定"长子口"墓的年代提供了线索，更为我们认识该墓葬中出土的成群青铜器的分组情况提供了关键的证据。

第四篇《文献批判和西周青铜器铭文》探讨通过金文书体研究青铜器的另一个方法，主要的对象是由宋代金石学家所著录但现在已经消失的青铜器。换言之，这些青铜器只以"文本"的形式存在于当世。通过对牧簋铭文的详细分析，本篇建议我们必须用文献批评学的原则和尺度来研究这些发现、著录于宋代的商周青铜器。首先，我们要建立这一铭文的所有传世版本之间的传承关系。然后，我们要仔细比对各个版本，以尽量恢复它原始记录的字体结构和书体，以及其可能的器形特征。为了验证对宋代著录青铜器的理解，我们需将其与现存特别是新出土的青铜器和铭文进行比较，而牧簋铭文就是一篇难得的有关西周中期政治秩序的重要文献。本篇的研究为我们能够在西周历史的研究中准确地使用这篇文献提供了保证。

第五篇文章从“书体”转向“书写”，探讨书写在西周社会的政治和经济生活中所发挥的作用，以及青铜器铭文书体在西周贵族生活中的真正意义。我们可以看到从西周中央政府的官员册命到贵族宗族间的土地买卖和划界的契约，乃至王朝的军事活动的各个领域中，书面的文书和文件均发挥着重要的作用。在这样的社会背景下，青铜器的铭文到底有什么意义？它们作为书写的性质又是怎样？过去一些学者过分强调铭文的宗教祭祀作用，认为铭文主要是供已经死去的祖先“阅读”的；本篇则揭示青铜器的运用有着更为广泛的社会背景，其铭文深入贵族生活的方方面面，而他们所表现的优美的书体无疑是供西周当代的人来阅读和欣赏的。铭文使用的一个重要环境就是家内宴飨，这在铭文和传世的西周诗篇中有很多记载。在这些由作器者的家人，也包括亲戚、友人、同僚在内参加的社交场合，乃至宗族内宗教祭祀的场合，青铜器铭文所带有的“公众性”和“可读性”是无可置疑的。可以认为，至少在西周晚期已经有了“足够多的”周人贵族具有阅读文书乃至欣赏书体的能力。也只有这样，大量的长篇铭文的铸造才有意义。

第六篇文章研究新出的秦国早期青铜器，铭文的字形的分析为这项研究提供了关键性的方法。1994 年甘肃省礼县大堡子山两座秦公大墓被盗，青铜器流散世界各地，至 2010 年共有 22 件被发表。关于他们的年代在学者间众说纷纭。本篇从字体入手，紧紧抓住字形和铭文语法之间的配合关系。分析揭示，这 22 篇铭文分为两式，其区别非常严格：一式铭文为有“臼”的“秦”字 ＋“作宝”；二式铭文是无“臼”的 “秦”字 ＋“作铸”。一式铭文所在的青铜器形态明显较早，可能出自南侧的二号大墓，而二式铭文所在的青铜器明显要晚，可能出自北侧的三号大墓。根据青铜器的时代判断，笔者认为他们应该属于秦庄公和秦襄公的墓葬。本篇进而讨论了 2006 年在大墓以南发现的乐器坑，从中出土了“秦子”镈和编钟，我们认为它属于大堡子山上的晚期遗存，其年代应在公元前 688 年以后，属于秦人在武公十年重新占领陇西以后上祭先公陵墓的遗迹。

第七篇《此秦子非彼秦子》继续探讨与“秦子”有关的青铜器及其铭文。传世和新出土的“秦子”青铜器共有14件之多,包括现藏日本美秀美术馆的4件秦子钟和澳门珍秦斋藏的秦子簋。过去一般认为“秦子”是秦国一位尚未即位的储君或者是某位即位不久的幼君。通过比较美秀秦子钟和大堡子山乐器坑出土钟的器形花纹,以及澳门秦子簋的铭文书体和器盖花纹,本文确认“秦子”称呼的使用从公元前7世纪初延续到中期偏晚。而在这半个多世纪内秦国有五位国君相继在位,因此“秦子”当然不可能是其中的一位国君。本文认为“秦子”的称呼和金文中的“楚子”、“陈子”类似,原本是西周时期周人对边缘地区非周(大多也非姬姓)国族首长的称谓。那么,一位秦君究竟选择称“公”还是称“子”,这要看当时具体的政治环境及作器者对政治语汇的偏好。

第八篇《西周青铜器制作中的另类传统》探讨西周青铜器中的“复古现象”(Archaism)。扶风五郡西村发现琱生尊等铜器后,关于琱生尊和传世的五年琱生簋及六年琱生簋铭文中反映的人物关系在学者间取得了相对一致的意见,但是这些铜器的铸造年代问题仍然悬而未决。本文通过对上述琱生诸器的分析,认为这些青铜器普遍存在一种器形仿造西周早、中期铜器特别是陶器,但铭文内容及书体明显较晚的现象,说明其铸造年代都应该在西周晚期。这个发现使我们看到在西周青铜器的生产系统中一个以家族为核心的铸造传统的存在:即青铜器的铸造既不是统一的,也不是由王室独占的。琱生本人作为召氏宗族中的一个小宗,按照“称名区别原则”以其母家的氏名称呼自己。[①]而琱生家族青铜器的独特风格,正是他们作为召氏宗族的一个小宗以物质形式进行自我标识的表现。

第九篇文章探索西周时期的另一个贵族宗族的地位。文献中有郑氏,是周宣王封其弟郑桓公友建立的,属于姬姓宗族,后东迁成为郑国。但是,本文对寰盘铭文的研究显示,在姬姓的郑氏之外尚有一个姜姓的郑氏宗族,可能是郑地的原居民。本文依此另推论出与姜姓的郑氏宗族通婚的位于宝鸡以北的夨国应该是姬姓。而郑地在西周中晚期已经发展成为多个宗族集聚的大型聚落,也包括了井氏和虢氏,它们在郑地均有住宅。结合金文和传世文献中的材料,本文进而对西周晚期郑国东迁和变成中原地区主要国家的历史进行了探讨。

第十篇《西周青铜器铭文制作方法的释疑》探讨青铜器研究中的一个难题,即青铜器铭文的制作方法,特别是有阳线方格的青铜器铭文的铸造方法。过去学者一直认为青铜器铭文是用一种“嵌入法”将阴线的铭文铸入青铜器的内壁,这要求将一块带有阳线文字的铭文范事先嵌入内范(即范芯)。但是,这个方法无法解释一批长铭文的制作;

---

① 见李峰:《西周宗族社会下的“称名区别原则”》,《文汇学人》2016年2月19日,14—15版。

这些铭文经常会占据青铜器内壁的全部，有时候还有折角或表面起伏的现象。特别难解的是，这些阴线的铭文有时会铸在凸起的阳线方格之中。这些问题致使以前学者对青铜器铭文的制作技术深感困惑，并提出了一些猜测。在全面考虑青铜器上所见各种现象的基础上，本文提出一个包括九个步骤的制作流程，其中关键是要使用一组假范（包括假内范和假外范）来制作上面带有阳线铭文的真正内范。这个新的理论不仅可以完全解释带有阳线方格的长篇阴线铭文的制作，同时也可以解释最新发现的一些特殊铭文背后的技术细节。

本书另有两个附录，探讨西周青铜器的分期和年代问题，这是青铜器其他问题研究的一个基础。

谢辞：本书原以英文发表的各篇（包括第一、二、三、四、七章）由温州大学人文学院讲师、清华大学博士研究生陈鸿超先生翻译为中文。附录一和附录二由吉林大学边疆考古中心博士研究生胡平平先生进行整理。谨对他们表示感谢。友人罗新惠、李春桃、朱晓雪、雷晋豪等帮助阅读和校对了此书。校对的意见则由上海古籍出版社吴长青先生进行了综合和整理，纳入书中。笔者特别感谢他们的帮助。

古代的复制与书体的变异：西周同铭青铜器研究[①]

传统学界对西周铭文的研究焦点一直集中在断代方面，而忽视了铭文制作的技术问题。一般学者认为，同一作器者所作的青铜器铸造时间大体相近。同样，铸有相同铭文的青铜器——所谓的“同铭器”——一般也被认定是同时制作的器物。西周铭文常被铸于不同类别的青铜器，但对于这些同铭器的性质和复杂性，先前几乎无人提出疑义，直到最近才引起人们的关注。1977年，松丸道雄先生首次质疑同铭器的同质性与同时性。他认为，在西周时期，某些铭文存在复铸现象，甚至这些复制品可能对原版作了一些修改。[②]

松丸先生研究的主要参照是睘卣和睘尊上的铭文以及师瘨簋两盖的铭文。睘卣铭文属于西周早期的铸造的精品，通过与其器盖和器身内壁上两篇铭文的比对，我们可以发现睘尊铭文铸写潦草松散，明显不如前者精致。许多学者依此断定睘尊为后代伪造，故而主要的金文著录均未予以收辑。[③] 然而，在铭文中间及其边缘有规律分布的垫片昭示着睘尊铭文的真实性。文字与垫片的这一关系源自青铜器的铸造过程。在这过程中，垫片被置于范心以达到与外模保持一定距离的目的，同时亦起到了保护铭文的作用。这一发现最初由松丸先生提出，如今大部分学者都接受这表示该铭文是铸铭，也就

---

① 本文原发表于1997年，见：Li Feng, “Ancient Reproductions and Calligraphic Variations: Studies of Western Zhou Bronzes with ‘Identical’ Inscriptions.” *Early China*, 22: 1-41。我首先要感谢给本文提出过建设性意见的夏含夷(Edward L. Shaughnessy)教授，同时对《早期中国》两位匿名评审的有启发性的建议表示谢意。另外，还要感谢《早期中国》的主编夏德安(Donald Harper)教授，他给本文初稿提出了极为详尽的意见。

② 松丸道雄：《西周青銅器製作の背景》，《東京大學東洋文化研究所紀要》72(1977)，1—128页(其后但凡征引皆出于此)；重印于松丸道雄编《西周青銅器とその國家》，东京：东京大学，1980年，11—136页。这里有必要明晰“同铭器”的定义，尽管笔者赞同青铜铭文在篇幅与内容复杂程度上不存在明确的分界线，但于本文我只涉及篇幅相对较长、内容复杂的铜器铭文。那些在许多青铜器上重复出现，篇幅只有一两个字的铭文(甚至只有族徽)便不在本文的讨论范围之内。

③ 第一个著录睘卣的学者是吴荣光：《筠清馆金石文字》，刻版，桂林：1842年，2.44，睘卣在此之后亦收录于其他研究书籍。相反，睘尊最先收辑于吴式棻的《捃古录》，海丰：1850年编订，2.49；然而，直到黄濬《尊古斋所见吉金图初集》(北平：1936年，1.36)出版之前，它均不见任何书籍著录。

是西周时期的青铜器铭文。[①] 睘尊的铭文内容与睘卣相比也略有不同，通过更为细致的分析，松丸先生认为，为了迎合特定作器者的政治目的和特殊的铸作工艺，睘尊铭文是有意从睘卣铭文那里缩减而来，因而它的年代应比睘卣略晚。[②]

另一方面，师𤸫簋铭文代表着另外一种同铭形式。1963年，在陕西省武功县出土了该簋的两个器盖和另外一件青铜鼎，这三者当时可能同出于一个坑位。[③] 尽管二号簋盖铭文铸刻得遒劲有力，属于典型的西周中期风格，但一号簋盖铭文却显得马虎潦草，一些字形残缺扭曲，甚至还有误写。由于这一原因，即使一号簋盖为近期出土文物，然而仍有一些学者怀疑其为伪造。[④]

松丸道雄表示，目前没有证据可证明师𤸫簋一号簋盖铭文为赝品。相反，与另外两件青铜器同出一地应可表明该物的真实性。此外，一些垫片可见于铭文各行列之间的位置。通过对这两篇铭文的仔细比对，松丸先生认为，师𤸫簋一号簋盖铭文是二号簋盖铭文的复制版，而且可能出自一位文盲工匠之手。其说最好的证据便是二号铭文第五列与第六列之间的垫片被错读，并在一号铭文相应的地方被错铸成一个字的一部分。[⑤]

松丸先生的理论对西周青铜铭文的辨伪乃至青铜器铭文铸造的研究本身有着广泛的意义。事实上，它对传统依据铭文内容的青铜器断代方法是一个挑战。倘若一篇铭文在西周时期可被重复铸造，那么自然，铜器的铸造年代要比其铭文的创作年代要晚。

① 参见松丸道雄：《西周青銅器製作の背景》，40，84—112。关于垫片的作用及其对西周青铜器铭文辨伪的重要性的探讨，可参见夏含夷(Edward L. Shaughnessy)，*Sources of Western Zhou History: Inscribed Bronze Vessels*(Berkeley: University of California Press, 1991), pp. 58 - 62。张世贤认为，小的垫片在浇铸铜水时会被冲走，这将导致它们出现于文字笔画之后(即下面)(对铭文区域进行X光拍照，文字看起来好像与垫片相交)。在其文章中，张氏的研究对象包含了东周时期的简单铜器，甚至还包括一些仍在采用垫片的西汉铜器。见张世贤：《从商周铜器的内部特征试论毛公鼎的真伪问题》，《故宫季刊》16.4(1982)，55—77页(着重参看61—62页)。然而，只要垫片和铭文适当的位置关系被大量科学挖掘出土的青铜器证明，那么就意味着整个西周时期一直延续着用垫片保护铭文的做法，如此看来，张氏的例子只能被看作技术上的次品。尽管铭文与垫片相交的痕迹能够被X光照出，但在铸出的青铜器表面上，特定的文字笔画或者垫片有一方应该是看不见的。另一方面，一些西周青铜器可能不需要垫片，例如铸造厚壁铜器时。事实上，真品的标准并不代表每一件西周青铜器都要带垫片，但铸铭青铜器若带有规律分布的垫片则很可能是真器。在后代的青铜器中，随着世人不再在器身上铸造铭文，这一标准便不再被采用。所以，铭文与垫片适当的位置关系仍是我们鉴别西周铜器铭文真品最有效的手段。

② 松丸道雄：《西周青銅器製作の背景》，10—31。有关英文论述，见夏含夷(Edward L. Shaughnessy)，*Sources of Western Zhou History*, pp. 174 - 75。

③ 陕西省文物管理委员会：《陕西省永寿县、武功县出土西周铜器》，《文物》1964年7期，20—27页。根据报告，铜器发现之后，当地考古学家确定这些铜器出土于深入地下不到一米的一个地方，其周边为未经人为翻动过的自然土。因此，他们据此推测这批青铜器并非出于墓中。不过，由于后来的发掘表明西周铜器有时也被仓促地埋藏于窖穴之中，故无法根据埋藏环境判定上述这批青铜器的真伪。

④ 例如，白川静就明言铭文铸刻粗糙，只需初见，便知其伪造。见白川静：《金文通釋》，《白鶴美术馆志》(1962—1983)，21：120.509。另外，吴镇烽声称可以观察到铭文字迹的刀刻痕迹，并观测到字迹的一些笔画刻到了垫片上，见吴镇烽：《师𤸫簋簋盖铭文辨伪》，《人文杂志》1981年6期，93—96页。然而，由于吴镇烽没有提供能显示这一细节的照片资料，因此很难判断其观察的正确性。另如，裘锡圭教授就反对吴的说法，见《殷周古文字における正体と俗体》，《シンホヅウム：中国古文字と殷周文化：甲骨文—金文をめぐって》，东京：东方书店，1989年，96—97页。

⑤ 松丸道雄：《西周青銅器製作の背景》，56—61页。

这本该引起相当的重视，但可惜的是，在清代流传下来的以及新近发现的青铜器中，松丸先生只辨别出很少量的西周复制铭文。不过，最近发现的重要证据给验证松丸先生的理论带来了新曙光。1986 年，在北京南郊琉璃河的燕国大墓出土的克罍和克盉（图一、二），[①]有明确的考古背景，极可能属于第一代燕侯的陪葬品，且二者均铸有“相同”的铭文。因此，以下我将着重就这两器的铭文展开探讨。

图一　克罍（《考古》1990.1，图版 2.2）

图二　克盉（《考古精华》［北京：科学出版社，1993］，图版 161；版权许可）

克罍和克盉：西周青铜器铭文复铸现象的新证据

在开始正式讨论之前，我们先简要提及克罍和克盉铭文的历史意义。在传世文献中，有关燕国的记载犹如凤毛麟角。据《史记・燕召公世家》所记，周人在灭商后便把燕地封给官居太保的召公。但对于燕国建立后的早期历史，乃至九世之后、大致相当于厉王奔彘之时（公元前 842 年）的惠侯，《史记》均无进一步记述。[②] 换言之，整个西周燕国的历史是缺失的。

---

① 中国社会科学院考古研究所等：《北京琉璃河 1193 号大墓发掘简报》，《考古》1990 年 1 期，20—31 页。

② 《史记》，北京：中华书局，34.1550。

在周武王去世之后，召公便与周公共事，成为西周早期王朝至为重要的人物。① 在出土文献方面，涉及召公或太保的青铜铭文给我们提供了有关燕国早期历史新的重要资料。道光年间，山东梁山脚下曾出土过一批由太保及其子孙所作的青铜器。② 另外还有两件青铜器，器主后来被考证为燕侯旨，铭文记述了他首次朝觐周都的事迹。③ 近来，对琉璃河城址及大量墓葬的挖掘证明该地可能曾一度是燕国都城。④ 克罍和克盉就出土于此地一座带四条墓道的大墓（第1193号），从规格上看，墓主是一位身份显赫的人物。而克盉、克罍的器盖和器内，均铸有43字的同一铭文（图三、四、五；彩版一）。

释文：

王曰：太保，唯乃明乃鬯，享于乃辟。余大對乃享，令克侯于匽，旃羌、馬、觑、雩、馭、長。克宔匽，入土眔厥嗣，用作寶障彝。

图三　克盉盖上的铭文（《考古》1990.1，图版2.3）

① 见 Edward L. Shaughnessy（夏含夷），"The Duke of Zhou's Retirement in the East and the Beginning of the Minister Monarch Debate in Chinese Political Philosophy," *Early China* 18 (1993): 41-72.

② 见徐宗干：《济宁州金石志》，闽中：1845年，1.10—16。有关其发现及相关问题的论述亦可见 Thomas Lawton（罗覃），"A Group of Early Western Chou Period Bronze Vessels," *Ars Orientalis* 10 (1975): 111-121。

③ 1号燕侯旨鼎首次由邹安于1915年到1921年间收录，现属日本京都住友财团所有。见邹安：《周金文存》，广仓学宭，1915—1921年，附2。而2号燕侯旨鼎则由潘祖荫首次著录，见《攀古楼彝器款识》，北京：1872年，14—15页。

④ 早期的发掘工作见中国社会科学院考古研究所等机构撰写的报告：《北京发现的西周奴隶殉葬墓》，《考古》1974年5期，309—321页；中国社会科学院考古研究所等：《1981—1983年琉璃河西周墓地发掘简报》，《考古》1984年5期，404—416页；北京市文物研究所：《琉璃河西周燕国墓地(1973—1977)》，北京：文物出版社，1995年。亦可见北京市文物研究所：《北京考古四十年》，北京：燕山出版社，1995年，40—43页。

图四　克罍盖上的铭文(《考古精华》,图版 160.2;版权许可)

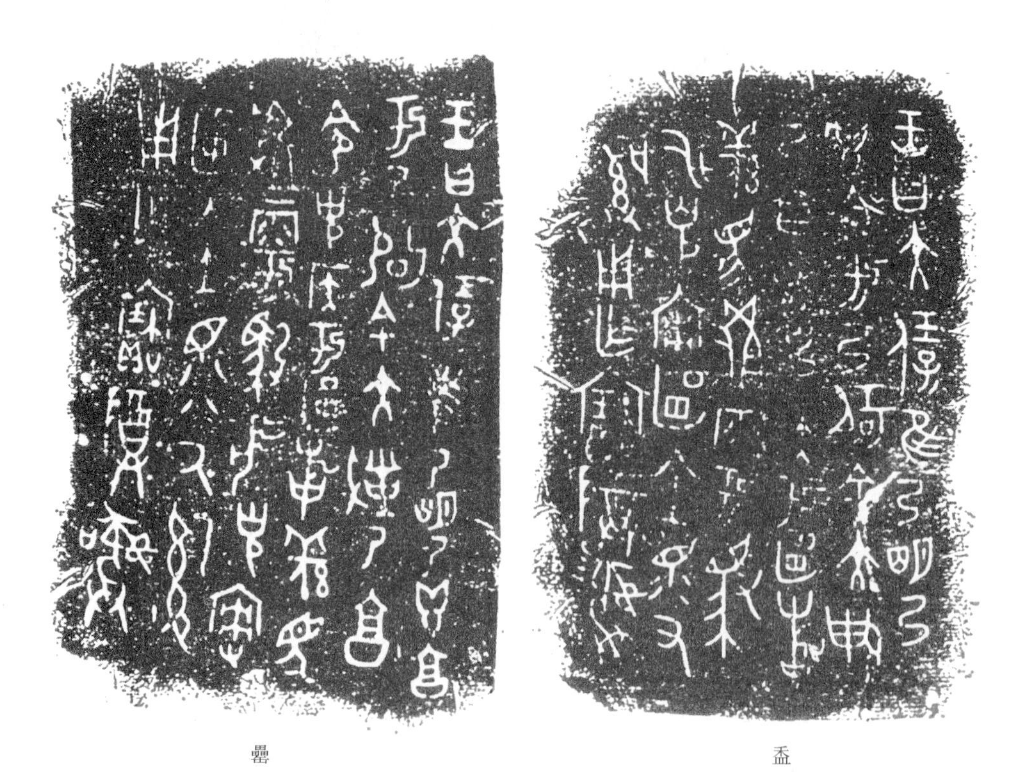

罍　　　　盉

图五　克罍和克盉器盖上的铭文(《考古》1990.1，25，图四)

对于铭文中的一些词句，诸家解释各异。例如，作为发掘者之一的殷玮璋先生将铭文第三列中的“克”字训为现代汉语中的“能”或“能够”，故而将该字所在的语句解释为：我（周王）非常感激你的进献，命令你（太保）能够在燕地为侯。同时，他将第四行中的“克”解读为一个族群的名称，并把从“太保”开始到“厥嗣”为止的这一整段铭文视为周王的言辞。根据殷氏的分析，这篇铭文记载了太保受封为首任燕侯的史实。[①] 虽然张亚初赞同太保是受封者，但他认为铭文只有第二句是周王的话语，而第三句全是太保的回话，意为：“我太保大大地对答称扬封侯之事，于是享有其服命，能够称侯于燕。”[②]

而陈公柔先生给出了一个更为连贯的解释，所以我于释文中采纳了他的意见。陈公柔认为，铭文第二句是作器者摘引周王褒扬太保的赞词，而第三句则为周王对“克”的任命——周天子不仅仅册封他为燕侯，还把其他一些部族赏赐给他。第四句记录了“克”到达燕国的史实。综上，周王说话的对象实际上是太保（亦即“召公”），但受封者却是“克”。[③] 若搁置有关“克”身份的疑问，仅就本文而言，这种读法的重要意义在于，我们可以肯定该器的铸造和铭文的成文发生于“克”建立燕国之后。

尽管诸家解释不同，但大多数学者一致认为克罍和克盉铭文记录了周王始封燕国的任命。正因如此，该铭文位列至今所发现最重要的青铜器铭文之一；事实上，在西周上千篇铭文中，只有三篇提及主要诸侯国册封的史实。[④]

虽然克罍和克盉铭文内容一致，但它们却有相当的差异。技术上，它们应看作四篇独立的铭文。首先，它们每一列的字数都各不相同：克罍的器盖上每一列字数为10、8、8、6、6、5，而克盉器盖上铭文字数为8、8、8、6、7、6。[⑤] 其次，这两篇铭文在文字铸写风格上亦存在显著差异：克罍的字体笔画粗壮，线条宽窄变化自然，保持了毛笔书写的特征；而克盉铭文的字迹，尽管和克罍铸得一样深，但字体普遍细长，而且笔画宽度基本保持一致。克罍铭文笔势收放自如，体现了精巧的手书风格；而与之相比，克盉铭文要明显僵硬、

---

① 见殷玮璋：《新出土的太保铜器及其相关问题》，《考古》1990年1期，67—69页；殷玮璋、曹淑琴：《周初太保器综合研究》，《考古学报》1991年1期，2页。然而，陈平极力反对殷氏的释读，他指出若“克”训为“能”或“能够”，那么铭文第三句“令”字之后的主语就会缺失。此外，陈氏还进一步指出若据殷氏释读，整个铭文句子结构将变成“王曰：‘……’，用作宝尊彝”，这显然无法读通。见陈平：《克罍、克盉铭文及其有关问题》，《考古》1991年9期，847、851页。

② 见《北京琉璃河出土西周有铭铜器座谈纪要》，《考古》1989年10期，957页；引文见张亚初：《太保罍、盉铭文的再探讨》，《考古》1993年1期，62页。正如陈平所言，张氏的释读造成了王“命”辞的割裂（铭文第二行），见陈平：《克罍、克盉铭文及其有关问题》，851页。此外，张亚初的释读还存在另外两个不通顺的地方：首先，张氏将铭文第三行和第四行连读（把第四列中的主语“克”解释为“能”或“可能”），这竟使整句包含了七个动词；第二，这样释读使铭文中没有了作器者。

③ 见《北京琉璃河出土西周有铭铜器座谈纪要》，954—955页。

④ 第一篇是康侯簋铭文，其简要地提到了康侯图，他被认为就是传世文献中卫国的始封君康叔封。第二篇是1954年在江苏丹徒发现的宜侯夨簋铭文，记录了周天子册封宜侯的任命。见陈梦家：《西周青铜器断代》，《考古学报》1955年9期，161—167页。

⑤ 现在克罍和克盉器上的铭文已经发表，参考周宝宏：《近出西周金文集释》，天津古籍出版社，2005年，第44页。

呆板，整体缺乏艺术气息。再有，克罍和克盉铭文中绝大多数的重要字形均有所不同（图六），以下仅列出十处主要的不同点：

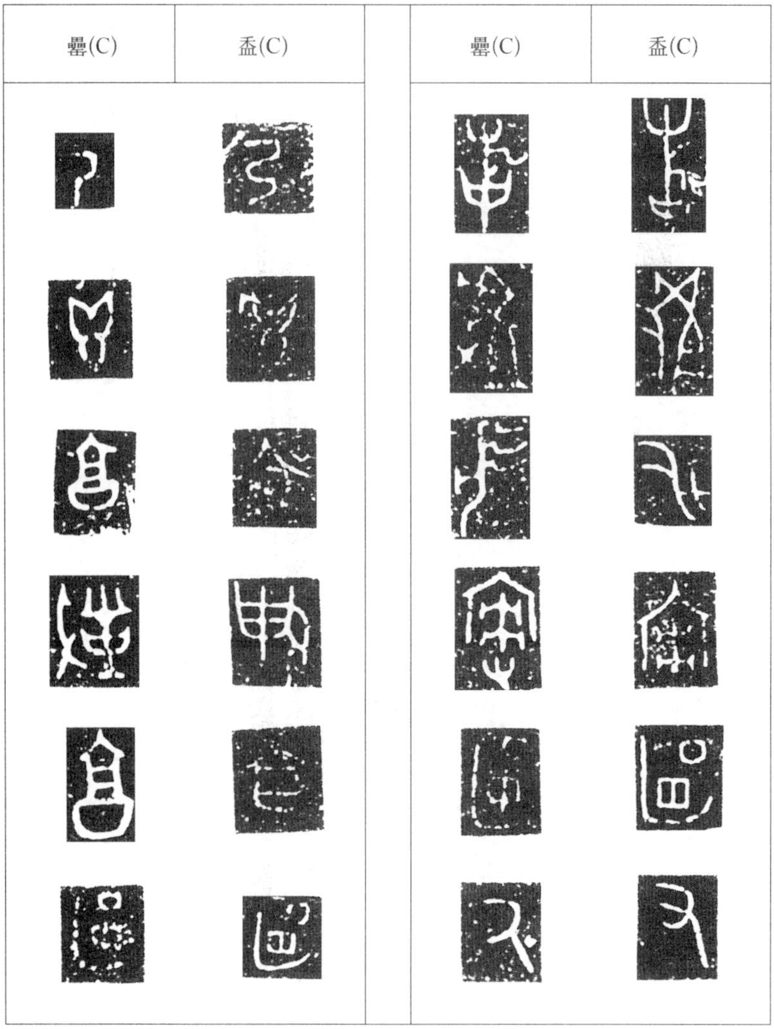

罍(C)	盉(C)	罍(C)	盉(C)

图六　克罍和克盉的铭文对比（摘自《考古》，1990.1，25 图四）

1. 在克罍铭文中，“乃”写作，这一标准构型在其他铭文中常见（图七），而该字在克盉铭文中写作，与弓字字形十分接近。

2. 克罍铭文“卣”字属铭文中的典型字体，象征一种盛满谷物和稻米的高座器，而在克盉中，此字写作。

3. 与其他许多青铜器铭文一样，“享”字在克罍铭文中写作，像一个具有很高台基和陡峭屋顶的享堂，而克盉铭文中的“享”却没有这一特征，其写作。

4．“对”在克罍中写作，通常的青铜器铭文的标准字体写作（见图七），而在克盉铭文中，该字字形严重扭曲，写为。

5．与通常燕国的青铜器铭文一样（见图七），克罍中“燕”字写作，而克盉则简单地写为。

6．“厥”在克罍中写作，而克盉将其误读并误写成“右”的构型——。

7．“䖒” 在克罍中写作，而在克盉中写作，显然破坏了原有字形。

8．“长”在克罍中写作，像一个长发飘飘的人，而在克盉中写作，不再具有象形特征。

9．“宦”在克罍中写作，但在克盉中写作，底下之止缺失。

10．“旆”字为克器铭文独有。其中，㫃的构型在克罍中写作（见图七），而在克盉中写作，旗子上那一个短的笔画错写到长笔画上面去了。

除此之外，克罍和克盉的铭文还有其他一些明显不同，但我相信上述的比对足以证明这两篇铭文的显著差异，即克盉铭文铸得极为粗劣。在两篇铭文有差异时，克罍铭文给我们提供了一个标准的或可读的字；而相反，克盉铭文则呈现给我们一个破损或扭曲的字。不过，正如本文稍后详细论证的那样，这二者绝非仅是书体风格上的差异，而大都无疑是字体结构的差别。裘锡圭先生已注意到青铜器铭文中有一些字体可能属于由“正体”简化而来的“俗体”。[①] 在图七中，我们可以看到一些简化的字体，例如“”、“”、“”；若采纳裘先生提出的概念，这些字体都可视为“俗体字”。然而，克盉铭文显然与此不同，其中例如“”、“”和“”，这些字，尽管明显是从原本的字体中简化过来，但却破坏了原本构字的基本原则。正如其中一位发掘者所观察的那样，如果不和克罍铭文对读的话，我们就不可能释读出克盉上的这些字。[②] 而这些字体从未出现于其他铜器铭文，因此它们应该是在克盉制作的特定过程的误写所致。由盉的书写者所产生的这种误写，可清晰地反映在“”、“”字上，前者的字形从未在其他铭文中出现过（错字），而后者则是将原来的字误写成了另外一个形体相似的字（别字），很有可能就是盉的书写者误读了罍上的“厥”所造成的。总之这两种非简化的情况均在克盉中存在。[③] 因而，如果克罍铭文是由一个受

---

① 见裘锡圭：《文字学概要》，北京：商务印书馆，1988年；序言1984年。1987年在读卖新闻社和东方书店主办的学术讨论会上，裘先生以师瘨簋和格伯簋这两篇西周铭文为例，正式提出了“正体”与“俗体”的概念。见裘锡圭：《殷周古文字における正体と俗体》，81—97、108页。在回应松丸先生时，裘先生指出他所讨论的字形正属于俗体字的范畴，见《シンポジウム（樋口隆康、李学勤、裘锡圭、伊藤道治、松丸道雄）》，载《シンポヅウム：中国古文字と殷周文化：甲骨文—金文をめぐって》，191—93页。尽管裘先生举了大量的例子来证明“俗体”的存在，但他没有从理论上定义“俗体字”的标准。如果我们在西周铜器铭文中采用“俗体字”这一概念，我将给那些由“正体字”简化而来的“俗体字”制定两个补充条件：广泛的出现率以及符合明确的构字原则。

② 见殷玮璋：《新出土的太保铜器及其相关问题》，66页。

③ 在克罍铭文中，“厥嗣”这个词写作“”，但在克盉铭文中则写作“”。有嗣这个词常见于其他青铜铭文，不过都写作“”。所以我认为，克盉中的“”无疑是“”的误写。

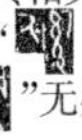

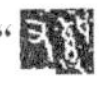

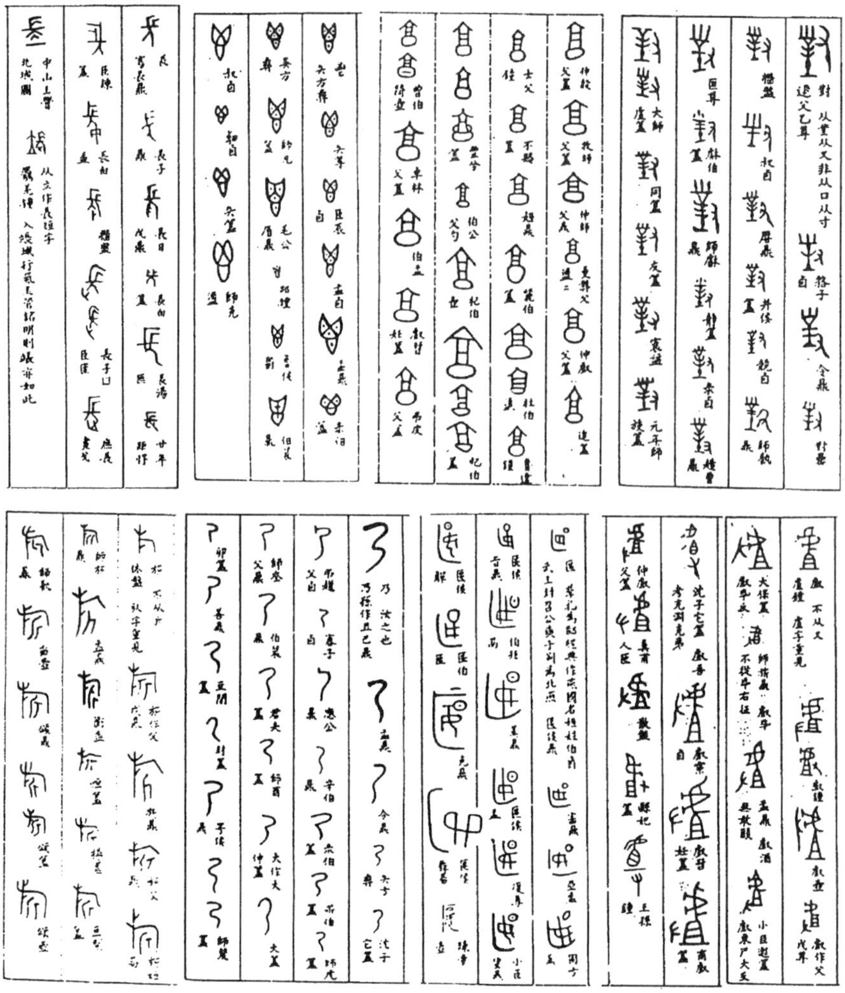

图七 其他铭文中的字形（容庚编著，张振林、马国权摹补，《金文编》，第四版，北京：中华书局，1985年，第155、187、317、355、378、461、665、841页）

过良好教育的书手所书写，那么克盉上那些字形有缺失的和缺乏艺术性的字暗示它是由一位半文盲的人所书写，这个人甚至不能区分“厥”和“有”、“乃”和“弓”。

应值得注意的是，在西周青铜器铭文中，很少有像克盉那样几乎通篇都是错误。[①] 事实上，那些极为重要的西周铭文，尤其是西周早期的铭文，书写、铸造得非常精美。在克罍和克盉的例子中，铭文的内容对理解克盉铭文的产生具有重要意义。考虑到该篇铭文的历史重要性——记载了周王分封燕国的任命，这在燕国历史上乃至整个西周历史上都是

① 这里还可以列举其他一些经科学发掘的铸有劣质铭文的青铜器，如出土于宝鸡𢐗伯墓的两件井姬鼎。见卢连成、胡智生：《宝鸡𢐗国墓地》，北京：文物出版社，1988年，263—370页。然而，它们之中没有一件像克盉铭文那样内含如此重要的历史价值，却带有如此之多的错误文字。

一个重大的事件。很难相信记载如此重要史实的克盉铭文，会交由一位半文盲的书手负责。通过对克罍标准字体的判定，克盉上的同铭文应是原始铭文的一个复铸版本。[①] 它不一定以我们今天见到的克罍铭文作为底本，但它一定是复制了一个类似克罍的底本。[②]

除上述之外，另外一处比对亦能说明克盉铭文属于晚出的复制品。尽管我们可以看出克罍器盖和器内铭文有一些细微结构上的变异，但在克盉铭文中却几乎观察不出这样的差异。[③] 这似乎暗示着克罍铭文书手对文字知识的灵活运用，从而造成了两篇铭文上的变异，但同时又保持了字体的通识性。这些都表明了克罍两篇铭文的原创性。相反，克盉铭文的制作者尽管愚笨，经常书写错误，但小心翼翼，使器盖与器内两篇铭文的风格完全一致。以此推测，克盉铭文也很可能是由一篇现成的铭文复制而来。

若我们对两件青铜器的器形和纹饰进行仔细的审视，可以发现另外一个解释克盉晚出的重要线索。首先，尽管除了克罍之外，目前在西周青铜器资料中还没有另一件罍铸有可以断代的铭文，但考古资料表明克罍应铸于西周立国之初。克罍器形几乎与宝鸡纸房头一号墓出土的罍器相同，而该墓出土的大批青铜器均属于西周初期。[④] 另外一处可供比较的是出土于辽宁喀左北洞村 1 号窖穴的五件罍，它们被鉴定为商末或周初之物。[⑤] 其他相似的罍还见于商代晚期墓葬，例如 1973 年发掘的岐山贺家村 1 号墓葬，1950 年发掘的武功浮沱村墓葬。[⑥] 按林巳奈夫的商周青铜器分期，这种罍应纳入到晚商 III 期—西周 Ia 期。[⑦]

断定克盉的年代是一件非常复杂的事。西周初期盉器的风格演化呈现出两个不同路线：三足盉和四足盉。就后者而言，我们有两件可据铭文确定年代的器物。一件是属于成、康年间的臣辰盉，其特点为布满纹饰的宽腹造型。在考古发掘上，灵台白草坡 1 号墓曾出土过与此相似的盉。[⑧] 在林先生的分期体系中，这种盉器属

---

① 1990 年，松丸先生和我曾就克器铭文作过探讨，而我们均持相同观点。松丸先生注意到克器铭文的情况与师瘨簋极为相似。见松丸道雄：《甲骨文·金文》，东京：二玄社，1990 年，54 页。

② 为此，我们不得不考虑原铭文分铸于多件青铜器(包括现存克罍在内)的可能性。克盉铭文可能复制自 1193 号墓中被盗掘的某件青铜器。另外，我们不能排除克盉铭文源自于一个时代更早且书于其他媒介文本(例如竹简)的可能性。然而，由于这样的底本目前无法寻得，因此我基本认为它属于早期青铜铭文的复制品。

③ 这部分是基于我于 1987 年在中国社会科学院考古研究所年终汇报会上的个人观察，当时正值展出新出土的克罍和克盉。

④ 见卢连成、胡智生：《宝鸡強国墓地》，36 页，图版 10.3。

⑤ 辽宁省博物馆等：《辽宁喀左县北洞村发现殷代青铜器》，《考古》1973 年 4 期，226 页，图版 6—7。

⑥ 陕西省博物馆等：《陕西岐山贺家村西周墓葬》，《考古》1976 年 1 期，31—38 页，图版 1.2；段绍嘉：《介绍陕西省博物馆的几件青铜器》，《文物》1963 年 3 期，43—45 页，图版 15.7。

⑦ 林巳奈夫：《殷周時代青銅器の研究》(殷周青銅器綜覽：1)，东京：吉川弘文馆，1984 年，卷 1，290—291 页。

⑧ 臣辰盉的著录，可见容庚：《善斋彝器图录》，北平：哈佛大学燕京学社，1936 年，107 页。有关灵台白草坡 1 号墓的考古报告，见甘肃省博物馆文物队：《甘肃灵台白草坡西周墓》，《考古学报》1977 年 2 期，图版 7。

于西周Ib期。[1] 换言之，把这种盉定为西周早期纵然可取，但它不应出现于周人立国之初。如伯宪盉，从其铭文上基本可断定为康王末或昭王时期之物。其造型显然源自臣辰盉，但其腹部收紧且无纹饰。[2] 这使它成为穆王时期盉的原型，例如齐家村19号墓出土的一件盉。[3] 基于四足盉造型风格的演进过程，可知克盉可能介于臣辰盉与伯宪盉之间的位置，且它与前者更为接近。因此，尽管我们可以将克盉定为康王甚至是成王晚期，但不能将其时间归到与克罍同时的西周初年。除此之外，支撑这一观点的还有陈公柔和张长寿两位先生对于鸟纹的新研究。他们把克盉上长尾鸟纹的流行划归到成康之际，而不是西周初年。[4] 尽管器形与纹饰的分析不能绝对，但它与铭文分析不约而同地指向了相同的结论。

琉璃河1193号大墓的规格之高，表明墓主极可能为首任燕侯，即克罍和克盉的所有者。而克从任命为第一任燕侯到薨逝，这之间应该有一段年代间隔，这为克盉的断代提供了一个宽松的下限。根据这四篇铭文的性质及其所属的铜器断代，我们可以做出结论：克罍是在燕国分封不久铸造，而克盉则是原先铭文的复制品，铸造时间当在克（首任燕侯）的晚年。

“同铭”青铜器书体的变异

基于上述的背景，我将对青铜器中的“同铭器”进行如下分类：

		类型
相同的书体	同类的铜器 例如：小克鼎	1
	不同类的铜器 例如：盠方彝、盠方尊	2
不同的书体	同类的铜器 例如：杜伯盨、师兑簋	3
	不同类的铜器 例如：此簋、此鼎	4

---

① 林巳奈夫：《殷周時代青銅器の研究》，208页。

② 陈寿：《太保簋的复出和太保诸器》，《考古与文物》1980年4期，26—28页；晏琬：《北京辽宁出土青铜器与周初的燕》，《考古》1975年5期，278页；亦可见白川静：《金文通釋》，8：39.421—24。

③ 陕西省周原考古队：《陕西扶风齐家十九号西周墓》，《文物》1979年11期，图版1.4。

④ 陈公柔、张长寿：《殷周青铜器上鸟纹的断代研究》，《考古学报》1983年3期，269页。

复制品
- 同类的铜器
  - 例如：师痕簋　5
- 不同类的铜器
  - 例如：克罍、克盉　6

鉴于松丸先生对师痕簋的研究以及本文前面对克罍和克盉的讨论，实际上我们已分析了类型5和类型6(即复制品)，所以下面我将不再涉及这两类。我们也可以从一些铭文中找到类型1和类型2的最佳证明。如总计7件的小克鼎就是类型1的典型(图八)。其五篇铭文铸在铜器平整的表面，而另外两篇(2号和6号)则铸在阳线凸起的方格中。然而，这七篇铭文字体相同，显然出自一人之手。[①] 文本与书体均相同的铭文也经常出现于不同类型的青铜器，尤其是原本作为一组铜器铸造的实例中，如方尊和方彝，又如尊和卣。[②]

类型3和类型4是本章探讨的重点。一篇内容相同的铭文是如何以不同的书体铸造。对此问题的论证将促使我们思考一个在传统学界鲜受关注却非常重要的有关西周书体的问题。"书体变异"是我们区分不同书体风格的一个重要方式。它反映了不同书手在处理字形时不同的个人倾向，如从折笔、曲笔中，或从相似的一组笔画中均可看出。通常，书体的变异并非是字体结构的变化，但有时结构变化亦会发生。通过分析相同铭文书体的变异，不仅能使我们证明在西周的某段时间内存在不同的文字书体，而且还能进一步识别制作青铜铭文的工匠和劳工组织的构成。[③] 为了说明这一书体差异，我将举例分析这三组青铜器：此鼎和此簋，杜伯盨，以及元年师兑簋。

此鼎(总计三件)和此簋(总计八件)于1975年与裘卫青铜器一起在陕西岐山董家村的西周窖藏中被发现。[④] 这些铜器铭文内容差异很小，例如鼎铭文"隮鼎"在簋中被替换成了"隮簋"。此外，在4号与5号簋中，我们发现其他所有铭文中的"癸公"被替换成了"朱癸"。由于这些变化对铭文的内容无甚影响，因而我仍然可以视它们为"同铭器"。

---

① 文本与字体均相同的铭文在西周青铜器中十分普遍，尤其当铸造若干鼎和簋的时候。

② 例如，臣辰盉、臣辰卣和臣辰尊；遣卣和遣尊；禽鼎和禽簋；折方彝、折尊和折觥；令方彝和令方尊；盠方彝和盠方尊。这些例子可见中国社会科学院考古研究所：《殷周金文集成》，北京：中华书局，1984年，5421—5422、5999、9454、5402、5992、6013、6002、6016号；陕西省考古研究所等：《陕西出土商周青铜器》，北京：文物出版社，1979—1984年，2.28—33，3.183—84，187—91页；白川静：《金文通釋》，3：10.103—10，5：17.197—205，6：25.277—309，7：30.399—50。

③ 在最近的甲骨文研究当中，不同字体同时共存的例子被充分认识并郑重拿来作为确定甲骨文组别的力证。然而，在青铜器铭文的研究中，书体的变异只是作为铭文长期演化的象征被经常提及。最近，松丸道雄先生在铭文研究中提出了"宫廷体"的理论，他认为㝬簋、㝬钟及颂簋代表了西周晚期王廷的书体传统。见松丸道雄：《甲骨文・金文》，33。迄今，尚未有人论证同一时期可能会出现不同的书体。

④ 岐山县文化馆等：《陕西省岐山县董家村西周铜器窖穴发掘简报》，《文物》1976年5期，26—44页。对这些铜器介绍最好的版本是陕西省考古研究所等编的《陕西出土商周青铜器》，见其书1.196—206页。

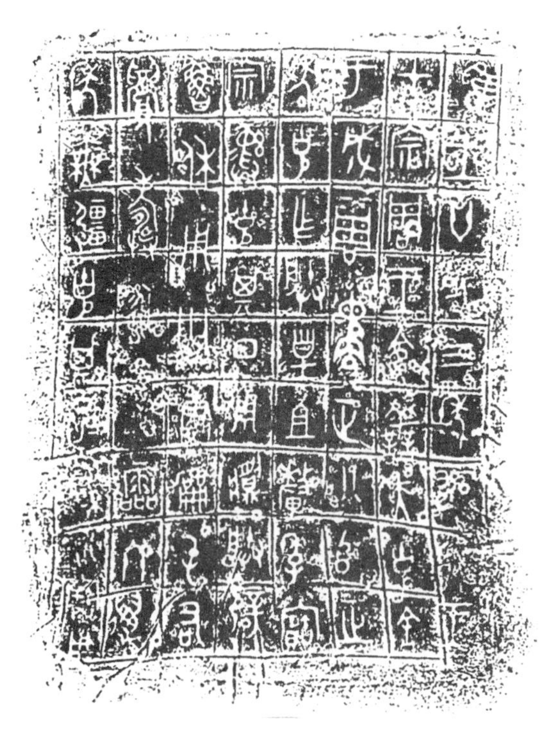

no. 2

no. 4

no. 5

no. 6

图八　小克鼎铭文(《殷周金文集成》,2797,2799—2801)

这八篇此簋铭文（若分别把两篇器盖铭文算在内，可达十篇）根据书体可分为两组。A组包括编号为1V、1C、2V、2C、3V和4V的铭文：这六篇铭文书体统一，我们可将其称之为书体A（图九）。① B组包括编号为5V、6V、7V和8V的铭文：这四篇铭文用另外的书体，我们称为书体B（图一〇）。我大致从四个方面来区分这两组字体：

1. A组字纤瘦，相比而言，B组字更加宽扁。
2. A组字圈形多写成圆状，而B组字中则多呈椭圆形。
3. A组字的半圆构件常写作“”，而B组字这个构件更接近三角形“”。
4. A组字在书写垂直平行线时常写作“”，而B组往往写作“”。

由于这里每个书体都包括了很多铭文个体，这给我们提供了一个去甄别这两组字书写习惯的极好机会。以下将举例说明这两组字之间的书写习惯甚至是一些结构上的差异（图一一）。

1. “隹”在A组有6次写作“”，而在B组中出现的4次无一例外写作“”。

2. “年”在A组有12次写作“”，尾部拖得很长，而在B组中出现8次，均写作“”，尾部较短，而且折笔明显。

3. “又”在A组有12次写作“”，而在B组有8次写作“”。同样的差异还出现在“右”字上，A组其写作“”，而B组写作“”。

4. “旦”字在A组有规律地写作“”，但在B组写作“”，上部圆圈中多了一小点，而且圆圈与下面的大实心点有分离的趋向。

5. “毛”字在A组中统一写作“”，而在B组中一律写作“”。

6. “叔”字在A组有6次写作“”，在B组中有4次写作“”。

7. 作器者“此”在A组中出现24次，其中20次清晰地写作“”，但在B组出现的16次中，无一例外地写作“”。

8. “册”在A组中总是写作“”，而在B组中则都写作“”。

9. “旅”在A组中写作“”，在B组中则写作“”。

10. “屯”在A组都写作“”，但在B组均写作“”。

11. “子”在A组中写作“”，在B组中写作“”。

12. “享”在A组全写作“”，而在B组都写作“”，下边圆形缺少中间一点。

13. “申”在A组写作“”，在B组写作“”。这一差别亦可见“寿”字，其在A组写作“”，而在B组则写作“”。

---

①　V表示器内，C表示器盖。

no. 1　　no. 2

no. 3　　no. 4

图九　此簋铭文，1—4 号(《殷周金文集成》,4303.2,4304.2,4305—4306)

no. 5

no. 6

no. 7

no. 8

图一〇　此簋铭文，5—8 号（《殷周金文集成》，4307—4310）

书体A	书体B	书体C	书体A	书体B	书体C
簋1-4 	簋5-8 鼎2 	鼎1,3 	簋1-4 	簋5-8 鼎2 	鼎1,3 

图一一 此簋、此鼎铭文比较(字例采自图九—一○，十二)

14. “万”在A组中无一不写作“”，而在B组中全都写作“”。

通过以上举例，此簋的两个书体组中包含了很多富有特征的字形，而且这些字形只会出现于其中一组。这几乎表明A组和B组铭文是分开书写的，且可能出自不同人之手。

由于三件此鼎铭文也属“同铭”，因而让我们下一步来检测它们与此簋的两组书体的关系。首先，2号鼎铭文无论是在书写风格，还是在实际铭文布局上，均与1号鼎和3号鼎铭文有差异（图一二）。2号铭文铸在一个较大的矩形区域内，但1号和3号铭文则铸于相对狭小的方形里。另外，它们之间一些文字结构的改变也能被察觉到。例如，“鼎”在2号铭文中写作“”；而在1号和3号铭文中写作“”。显然，2号铭文的书体与此簋B组铭文一致（编号5—8），但其所有与B组吻合的特定字体在A组铭文中均不得见。

另一方面，1号和3号鼎铭文书体相同，其中一些字，例如、、、与A组字相似，而另外一些字，如、、、、、则又与B组字相合。然而，1号和3号鼎铭文排列明显横成行，竖成列，与A组与B组簋铭文皆不相同。事实上，它们也包含很多独特的字形，例如、、、、、、，而不论是在A组簋还是在B组簋铭文中均无法找到与之相同的字形。这暗示着1号和3号鼎铭文属于第三种书体，我们称之为书体C，可能是第三位书手的作品。对这三种书体风格与这13篇铭文的关系总结如下（表一）：

表一　此簋与此鼎铭文的书体风格

	书体A（A组）	书体B（B组）	书体C（C组）
簋	1V，1C，2V 2C，3V，4V	5V，6V 7V，8V	
鼎		2号	1号和3号

进一步检测这11件铸有13篇铭文的青铜器可以证实这一分类。大多数学者根据铭文内容，将此簋的铸造时间定为宣王十七年。[①] 这三件此鼎均为半球深腹、三蹄足，属于典型的西周晚期造型。然而，它们的纹饰却显著不同，2号鼎装饰有重环纹，而1号和3号鼎却只有两周弦纹（图一三、一四）。不同的装饰与上述不同的书体相匹配。2号鼎与B组簋相配，而1号和3号鼎则与我们目前不得而知的另一组簋相配。

① 对此簋的断代，见岐山县文化馆等：《陕西省岐山县董家村西周铜器窖穴发掘简报》，29页；亦可见夏含夷：《此鼎铭文与西周晚期年代考》，《大陆杂志》84.4（1990年），16—24页。

no. 1

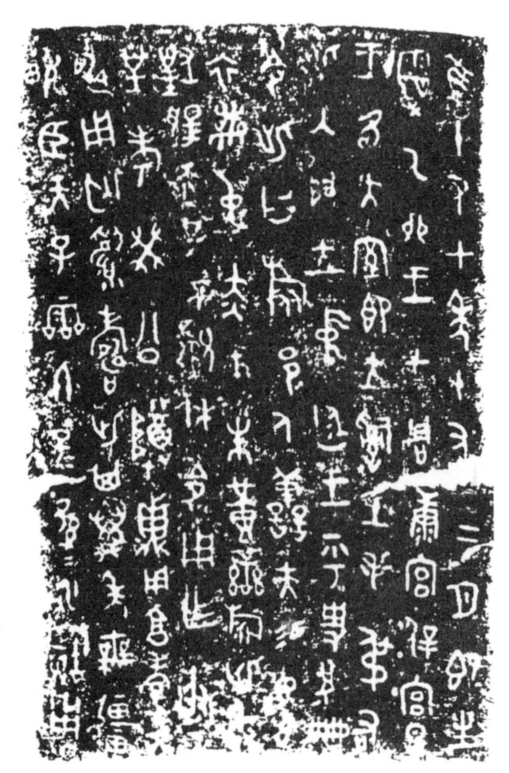

no. 2

no. 3

图一二　此鼎铭文（《殷周金文集成》，2821—2823）

图一三　1号此鼎(《陕西出土商周青铜器》,图版196)

图一四　2号此鼎(《陕西出土商周青铜器》,图版197)

尽管八件此簋造型和纹饰一致,但其大小和重量却有明显差异,实际的测量数据如表所述(表二)。从中可以看到,5—8号簋规格、重量非常接近。显然,这四件簋是作为原来的一套铜器所铸造,并且,我已于上文有过论证,它们的铭文均属于书体B。3号和4号簋的高度和重量相仿(1号和2号簋的高度和重量要算入其器盖),但显然不同于5—8号簋。这可能是因为1—4号簋原是另外一套铜器(图一五),所以其规格小于5—8号簋(图一六),且铭文属于书体A。这即再次验证了用书体区分这八件此簋的正确性。

图一五　1号此簋(《陕西出土商周青铜器》,图版199)

图一六　6号此簋(《陕西出土商周青铜器》,图版204)

表二　此器的测量(尺寸单位：厘米,重量单位：公斤)

器类	器号	高度	口径	腹深	重量	备注
簋	1	25.5	20	12.5	6.1	带盖
	2	23.7	19.2	11.6	4.91	带盖
	3	16.7	19.9	11.6	3.75	
	4	16.5	19.9	12	3.5	
	5	17.3	19.9	12	4.6	
	6	17.4	20	12.2	4.85	
	7	17.8	19.9	12.3	4.85	
	8	18.2	19.8	11.8	4.85	
鼎	1	42.1	40	22.2	19.75	
	2	36	36	17.8	12.5	
	3	33	34	17	10.8	

数据来源：陕西省考古研究所等：《陕西出土商周青铜器》,1.31—32。

有关此器最后需要考虑的是这组器原始的数量。奇数鼎相配偶数簋的做法在西周晚期的虢国墓中常见,如1810号墓就出土过四件大小和造型均一致的簋和五件造型相同但大小呈阶梯排列的列鼎。[①] 最近,在考古挖掘的晋国墓葬群中,13号墓出土了一组由五件鼎和四件簋组成的器组。发掘工作者将其时代定为穆王时期前后。[②] 另外一个西周中期的例子可参考宝鸡茹家庄1号墓。[③] 再返回看此鼎,从2号鼎的规格来看,显然可将其置于1号鼎和3号鼎之间的位置。而1号鼎和3号鼎大小的差别意味着它们可能最初属于一组按大小排列的列鼎。根据上述分析,我尝试将此器复原为总计为27件,可分为三组由鼎与簋组成的同铭器组(表三)。

表三　此器原始器组的复原

器组	器组 A	器组 B	器组 C
书体	书体 A	书体 B	书体 C
此簋	□ □ □ □ no.1 no.2 no.3 no.4	□ □ □ □ no.5 no.6 no.7 no.8	⬚ ⬚ ⬚ ⬚
此鼎	⬚ ⬚ ⬚ ⬚ ⬚	⬚ ⬚ □ ⬚ ⬚ no.2	⬚ □ ⬚ □ ⬚ no.1 no.3

青铜器同铭书体的变化也见于科学考古引入中国之前发现的青铜器上。下面对杜

① 中国科学院考古研究所：《上村岭虢国墓地》,北京：科学出版社,1959年,37页,图版56。

② 北京大学考古系等：《天马—曲村遗址北赵晋侯墓地第二次挖掘》,《文物》1994年1期,4—32页。

③ 卢连成、胡智生：《宝鸡㢭国墓地》,图版153—54。

图一七　杜伯盨铭文(《殷周金文集成》,4448—49,4450.1—2,4451;亦见《周金文存》,3.154b)

伯盨和元年师兑簋的研究不仅可以说明书体的差异，同时可以给我们提供判定这些青铜器真伪问题的新思考。

杜伯盨共有五件，1894 年被发现于陕西澄城和韩城的交界，其著录首见于邹安在 1915 年和 1921 年间出版的《周金文存》(图一七)。[①] 这五件杜伯盨中，只有 3 号器包含完整的器身与器盖(图一八)；它曾一度为端方所藏，后又转手到溥伦手中，现存于北京故宫博物院。[②] 同时，2 号、4 号以及 5 号器可能也辗转于不同人之手，但最终都藏于上海博物馆。[③] 目前 1 号杜伯盨仍下落下明。然而，上海博物馆馆长马承源先生在其《商周青铜器铭文选》中给出了 2 号和 5 号器，并且说馆内另藏有一件器盖和器身，但是此盖、器明显不属于同一套，因为其尺寸存在较大差别。由此判断，他所说的“另藏一器一盖”应该即指 1 号和 4 号盨；换言之 1 号盨可能也在上海博物馆。[④]

图一八　杜伯盨 3 号器(《尊古斋所见吉金图》，2.17)

通过对 3 号杜伯盨的器内与器盖铭文的比对，我们可以立即发现其属于同一书体(尽管器内铭文将“”误写成了“”)，我们可将其称为书体 A。它同样也见于 2 号器铭文。尽管 4 号器铭文有一些字字形与之不同，例如“”和“”字，但没有明显的迹象表明 4 号器与 3 号器在书体上有本质上的区别。

---

① 见宋伯鲁、杨虎城编：《续修陕西通志稿》，1934 年，165.5b—6a。然而，柯昌济曾提及该器组于 1916 年出于陕西朝邑。见柯昌济：《韡华阁集古录跋尾》余园丛刻，1935 年，1916 年成书，4.7b。亦见邹安：《周金文存》，3.154a—156a，附 3。

② 杜伯盨的数量最早见孙稚雏的计算：《金文著录简目》，北京：中华书局，1981 年。关于 3 号杜伯盨的历史，见邹安：《周金文存》，3.13，罗振玉：《贞松堂集古遗文》，1931 年，1930 年序，6.43b；亦可见于中国社会科学院考古研究所：《殷周金文集成》，9.14。

③ 见中国社会科学院考古研究所：《殷周金文集成》，9.13—14。

④ 见马承源：《商周青铜器铭文选》，北京：文物出版社，1986—1988 年，1.324，3.356。现经周亚先生 2018 年 3 月 11 日证实，马承源先生所讲“另藏一器一盖”即指本文的 2 号(盖)和 4 号或 5 号器，别无它器。因此 1 号器仍下落不明。感谢周亚先生。

然而，当我们拿1号或5号盨铭文与2号和3号盨作对比时，我们却可以发现显著的差异。需要着重指出的是，对于1号和5号盨铭文的真器鉴定毫无疑问，因为1号铭文的所有拓本显示在铭文中间有两块明显的垫片，而且，最早著录5号盨铭文的《周金文存》显示在其相同位置同样有两块垫片。由于这一原因，铭文的不同之处只能用书体的不同来解释，我们逐行对比了这四篇铭文（图一九）。尽管2号和3号铭文字体拘束，笔画短小，并非直线，而5号盨铭文字体更加鲜活飘逸，折笔平滑圆润。在5号盨中，相对垂直的笔画通常写作“[illegible]”，又“孝”和“考”的上部写作“[illegible]”，而2号和3号盨的书手总是将它们写作“[illegible]”、“[illegible]”。以此观之，5号盨铭文书体显然不同，可能出自于不同人之手。

此外，1号盨铭文与2号、3号、5号皆不相同，它代表了第三种书体，我们称之为书体C。不像之前的书手，1号铭文书手习惯上笔道直长，而且折笔僵硬。总之，正如表四所列，我们有理由相信这五件杜伯盨上的六篇铭文属于三种不同的书体，可能出自三位不同的书手。

表四　杜伯盨铭文的书体风格

杜伯盨	书体A	书体B	书体C
编号	2V，3V，3C，4V	5V	1V

有趣的是，5号盨与2号、3号盨的不同之处一方面来自铭文书体，另一方面也来自铜器纹饰。1984年出版的《商周青铜器纹饰》著录了两件青铜器组的纹饰。今据上海博物馆周亚先生确认，807号即为2号杜伯盨（盖）的花纹，而808号则采自于5号杜伯盨。[①] 5号盨窃曲纹线条细长，钩带锐利（图二〇，2），明显不同于2号盨（图二〇，1）。而2号盨纹饰与《尊古斋所见吉金图初集》所摄的3号盨纹饰相同（见图一八）。[②] 这也显示5号盨铸造时当不与2号和3号盨同在一个器组，正如他们书体不同所反映一样。由此可知，这种纹饰、大小与书体风格的对应关系与此簋、此鼎的情况相似。遗憾的是，尽管不同的书体风格和纹饰的对应关系表明杜伯盨可分为不同的器组，但仅凭这些存世的器物无法使我们复原其器组的原貌。

元年师兑簋世存两件，均包括完整的器盖和器身（图二一）。1号师兑簋首见于《周金文存》。[③]最早的文献表明此器至少于1931年已被溥伦收藏，之后转手丁树桢，再后来又于

① 见上海博物馆编：《商周青铜器纹饰》，北京：文物出版社，1984年，281页。感谢周亚先生于2018年3月20日对两条花纹所属进行确认。

② 黄濬：《尊古斋所见吉金图初集》，2.17。

③ 邹安：《周金文存》，附3。

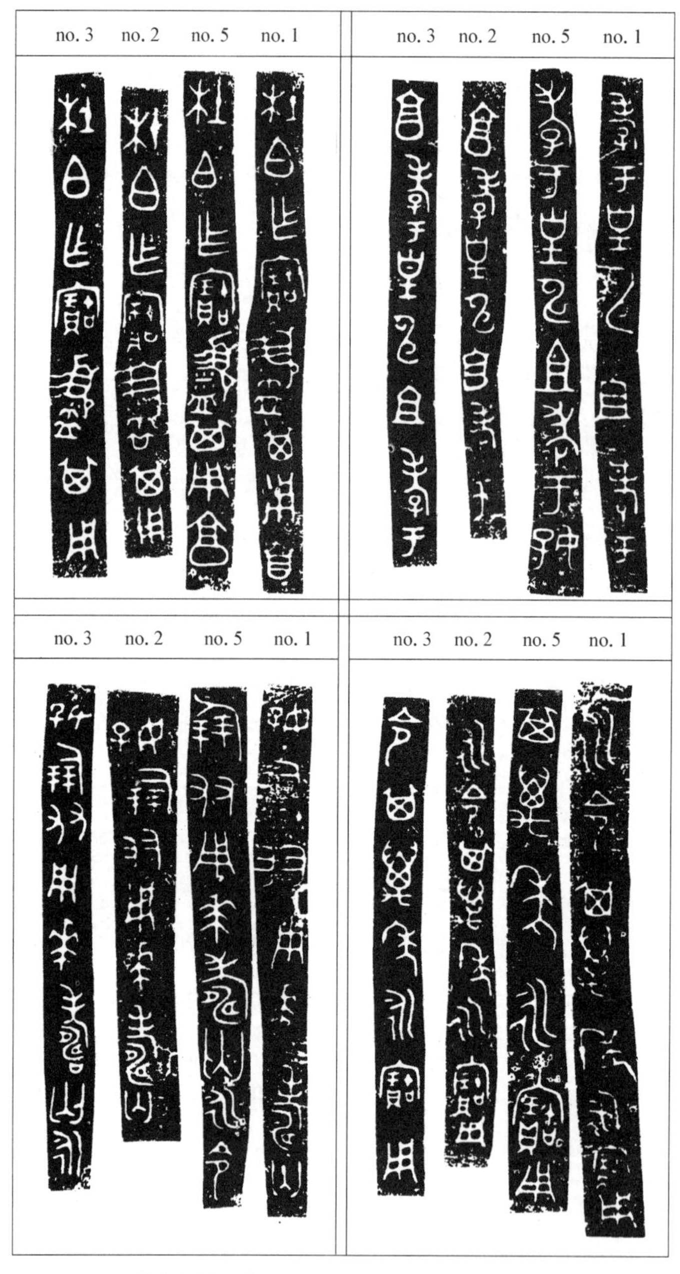

图一九　杜伯盨铭文的比对（出自图一七和《殷周金文集成》，4452）

1934年之前归刘体智所有。① 2号师兑簋在1931年之前已入刘氏之手，且其著录首见于

① 1号师兑簋的流传经过，见罗振玉：《贞松堂集古遗文》，6.18b；刘承榦：《希古楼金石萃编》，刻版；吴兴刘氏希古楼，1933年，3.33a；刘体智：《善斋吉金录》，刻版，1934年，7.93—94。容庚提到他于1931年春曾见过刘体智的手稿，这表明师兑簋在那时已归刘体智所藏。见容庚：《善斋彝器图录》，序言。

罗振玉的《贞松堂集古遗文》。后刘体智亦将其与1号簋一起收录于自己所编的《善斋吉金录》。[①] 但对于2号师兑簋铭文所处的位置，学界一直存在争议。在《善斋吉金录》中，刘体智似乎认定本文编号2C铭文出自器内，而编号2V铭文源自器盖（见图二一）。[②] 1935年，郭沫若根据刘氏所给的顺序，认为2号簋器内铭文为伪造。[③] 然而，在序言为同年所作的《小校经阁金文拓本》中，刘体智改变了拓本的顺序，将2C作为器盖铭文，而把2V作为器内铭文。[④] 自此，一些学者便始终认为2号师兑簋的器盖铭文是伪造的。[⑤]

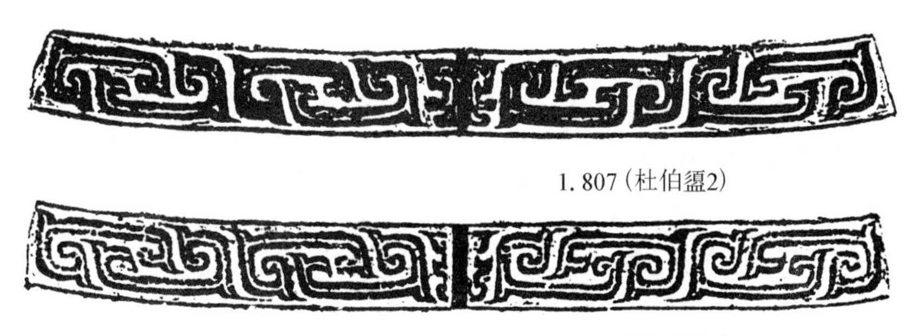

1. 807（杜伯盨2）

2. 808（杜伯盨5）

图二〇　杜伯盨上的装饰（《商周青铜器纹饰》，281）

---

① 罗振玉：《贞松堂集古遗文》，6.17b；刘体智：《善斋吉金录》，7.95—96。

② 刘氏将1号师兑簋器内铭文放置于器盖铭文之前，对于2号簋，他将2C铭文排到2V铭文之前。见刘体智：《善斋吉金录》，7.93—96。

③ 郭沫若：《两周金文辞大系图录考释》，东京：文求堂，1935年，147页。正如图二一所示，2C铭文的面积明显要小于其他三篇师兑簋铭文。这篇铭文中的很多字形与小篆相同，具有明显特征的比如"兑"（第三行和第六行）、"邑"（第五行）、"乃"（第六行）和簋（第八行）。2C铭文绝大多数字形几乎与1V铭文相同。其相似程度无法在其他真铭文之间找到。

④ 刘体智：《小校经阁金文拓本》，上海：1935年序，8.80b—8.81b。

⑤ 在《善斋彝器图录》中，容庚依据刘体智《善斋吉金录》将四篇铭文放于同一位置。而他进一步指出，包括罗振玉《贞松堂集古遗文》中所著录的铭文（编号2V）实质是2号师兑簋的器盖铭文。这意味着容庚最初认为2号师兑簋器盖铭文是真品，而器内铭文为伪造的。见容庚：《善斋彝器图录》，19，74—75。然而到后来，容氏改变了观点，认为器盖铭文为赝品。见容庚：《商周彝器通考》，燕京大学，1941年，219页。张光裕先生反对容庚最初的看法，而赞同其后来的观点。见张光裕：《伪作先秦彝器铭文疏要》，香港：1974年，403—404页。

最近，我咨询了现今师兑簋所藏的上海博物馆青铜器馆的陈佩芬女士。她指出2C铭文属于2号师兑簋的器盖铭文，而2V属于器内铭文。然而，弘斋收藏的2V铭文拓本（图二一，编号2V）显示铭文区域外围有一圈明显的线痕（痕迹线在拓本处留白），这种现象很少在簋的器内出现。《弘斋藏三代吉金文字》是一部未公开出版的著录，现为京都大学人文科学研究所藏。我最近了解到该书最初由内藤虎次郎（湖南）购自陈乾（弘斋），后归于京都大学人文科学研究所。见《日比野丈夫、内藤先生の金石拓本》，《内藤湖南全集月报》7（1970），7—8页。有关2号师兑簋还有另外两点需要指出。首先，在《殷周金文集成》出版之前，2号师兑簋器内真实的铭文已有4个不同的拓本，而与此相反，伪造的器盖铭文则只有一个拓本，即首印于刘体智的《善斋吉金录》，后又7次重印。其次，在《善斋吉金录》（1934年，成书于1931年春之前）中，刘体智手绘的2号师兑簋器身装饰有窃曲纹。然而，1931年，容庚与另外两名著名的古文字学家徐中舒和商承祚来到上海刘体智家中，亲自查看过师兑簋，并拍下了照片。据《善斋彝器图录》（1936）所述，2号师兑簋器身纹饰与1号师兑簋相似，为双行重环纹。容庚后来解释《善斋吉金录》中的手绘图属于失误所作。见刘体智：《善斋吉金录》，7.95；容庚：《商周彝器通考》，219。

在此，我要感谢陈佩芬女士告诉我她对2号师兑簋这两篇铭文位置的看法，同时感谢京都大学人文科学研究所惠允我在图二一中使用弘斋的拓片。

no. 1V

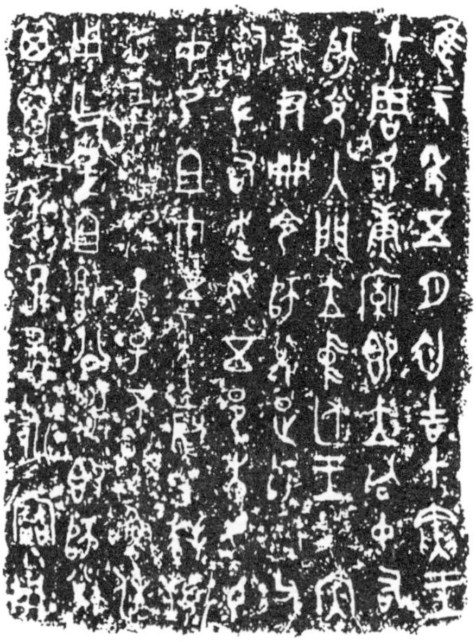

no. 1C

no. 2C

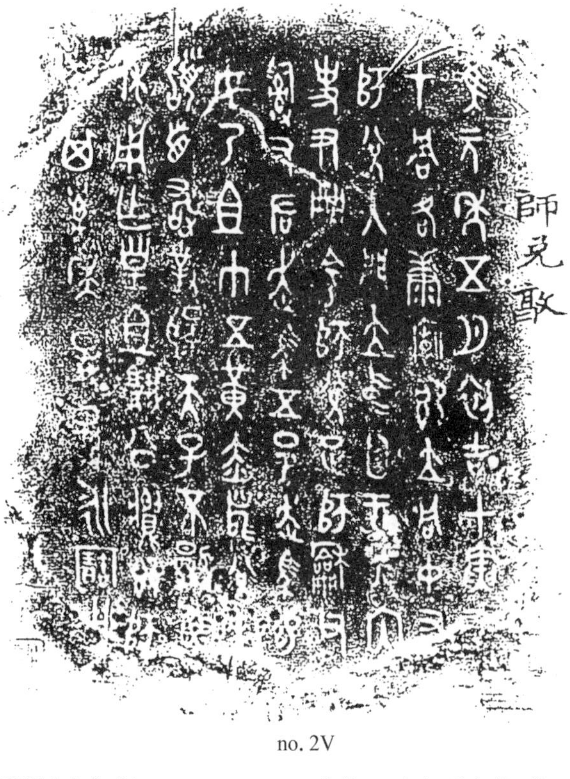

no. 2V

图二一　元年师兑簋铭文(编号1V，1C，2C，出自《殷周金文集成》，4274.1，4275.1—2；编号2V出自《弘斋藏三代吉金文字》[京都大学人文科学研究所藏]，9—10，经同意征引。)

我们对这四篇铭文的字形进行了对比(图二二)。显然，1V 和 1C 铭文书体相同，可能由一人所书，而 2V 铭文明显属于不同的书体。1V、1C 与 2V 铭文书体上的不同可作以下总结：

图二二　师兑簋铭文的字形比对(截取自图二一)

1. 1V 和 1C 铭文的书写者竖笔下垂时习惯用扭曲的笔画，而 2V 铭文的书写者在竖笔时更乐于用直笔。例如“元”、“年”、“兑”、“右”在1V铭文中写作“”、“”、“”、“”，而在2V铭文中写作“”、“”、“”、“”。

2. 1V和1C铭文的铸造者倾向把“”部件写得更加敞开；而2V铭文将此写得更为闭合，作“”。例如在1V和1C铭文中，“立”、“天”、“不”写作“”、“”、“”，而2V铭文将其写作“”、“”、“”。

3. 在1V和1C铭文中，平行的竖笔画写作“”，但2V铭文写作“”。这样的例子可见于“周”与“同”，1V和1C铭文写作“”、“”，2V铭文写作“”与“”。

4. 文字中构件“首”写作“”字形的在1V和1C中共出现4次，写作“”字形的在2V中出现2次。

5. 文字中构件“自”写作“”的在1V和1C铭文中出现8次，其上下两圈间距较大。而上下两圈挨得近写作“”的构型在2V铭文中出现4次。

6. “隹”在1V和1C中写作“”，在2V铭文中写作“”，在结构上有所变化。

7. “史”在1V和1C铭文中写作“”，而在2V铭文中写作“”。

8. “万”在1V和1C铭文中写作“”，而在2V铭文中写作“”。

最后我们需要提及一下伪造的2C铭文。2C铭文书体既与2V铭文大相径庭，又与1C铭文大不相同。另一方面，它又极接近1V的铭文，其接近的程度不是一个一般的书手在正常的书写条件下所能达成的。2C铭文不仅仅是模仿1V铭文，而是形成于技术性的翻制，可能是伪造者直接从1V铭文的拓片上透刻出来的。

结论与启示

在上文的分析中，笔者识别出了若干不同类别的同铭器。如克罍是于周朝开国之际为纪念燕国的分封所铸，而克盉则是模仿原来铭文的翻铸，铸成的时间稍晚。这就又一次验证了松丸先生的假设，即西周存在铭文复铸的现象。同时，我于上文也论证了内容相同的铭文亦可能于同时以不同的书体铸成；书体的差异或许与它们原本属于不同的青铜器组相关。而8件此簋和3件此鼎共计13篇铭文是这种人为分组的最有力的证据。11件青铜器以三个原始器组铸造，并被铸上分属三种不同书体的铭文。在杜伯盨的例子中，我们同样可以观察到三种不同书体风格的铭文。现存的五件杜伯盨可能属于三个不同的器组。最后，在师兑簋的分析中，我们可以见到2号簋铭文书体风格与1号簋不同。

上述分析给了我们方法论上的启示：由于铭文可以被重铸和复制，所以同铭器便无需铸造于同一时间。这就对西周青铜器基本的断代方法——依据铭文内容来判定西周青铜器的年代——构成了挑战。这就要求我们在推定一组同铭器铸于同一时期以前，必须要验证其有无复制品。出于同一原因，我们作释文时应基于原器而非复制品，因为不论是文本还是字形，复制品都会产生讹误。在克罍和克盉的例子中，只有前者有资格被用于作释文。

以上的这些分析，将“个体化（individuality）”的观念纳入到西周铭文的研究中。故此，我们不应视西周铭文为某一固定时期的产物；相反，应将其视为承载了有关书手信息的个人作品。和今人一样，西周时人们书写和铸造的文字书体风格也各不相同，而且也会出现误书的现象。尽管一个人可能会书写不同字形，但是他的书体特征我们总是能够通过分析复数铭文材料将其识别出来。这就要求我们更加谨慎地对待西周青铜器铭文的书体。而同一时期存在各类书体风格的现象给我们研究西周青铜器提供了新的途径。通过对书体特征的分析，我们可以重建特定的原始青铜器组。

这一同铭现象给我们的另一个启示是，我们可以通过它来鉴定青铜器及其铭文的真伪。过去，有关铭文字形结构变化的性质一直存在一些问题。巴纳（Noel Barnard）在1958年的文章中开始提出了“字形结构一致性的原则”（the principle of constancy of character structures），用以作为鉴定西周同期铭文真伪的一项标准。同时，巴纳将“字形结构的不一致性”（inconstancy of character structures）作为“确凿的证据”鉴定了一系列西周铭文，如著名的毛公鼎、散氏盘均被他认为是伪作。[①] 自此，那些质疑巴纳理论的学者便试图在20世纪60年代早期科学发掘出土的青铜器铭文中找出所谓“文字结构的不一致性”的例证。例如，在元年师旋簋铭文中，“旋”字有写作“ ”、“ ”和“ ”[②]，

① 该理论的陈述出现在巴纳教授的一系列文章中，见：“A Recently Excavated Inscribed Bronze of Western Chou Date,” *Monumenta Serica* 17(1958)：37 - 39；“New Approaches and Research Methods in Chin-Shih-Hsueh,”《东京大学东洋文化研究所纪要》19(1959)，23 - 31；“Chou China，A Review of the Third Volume of Cheng Te-k'un's Archaeology in China,” *Monumenta Serica* 24(1965)：418 - 24；“The Incidence of Forgery Archaic Chinese Bronzes,” *Monumenta Serica* 27 (1968)，166 - 67. 其后，对这一理论的澄清和巴纳对有关批评的反驳，参见 *The Ch'u Silk Manuscript: Translation and Commentary*(Canberra：The Australian National University，1973)，pp. 22 - 28. 而对巴纳理论的批驳，可见：Cheng Te-k'un, *Archaeology in China*, vol.3：*Chou China*(Cambridge：Cambridge University Press，1963)，287 - 88；Cheng Te-k'un，“The Inconstancy of Character Structure Writing in Chinese,” *Journal of the Institute of Chinese Studies of the Chinese University of Hong Kong* 4.1 (1971)：137 - 70；李棪：《卜辞贞人何在同版中的异体》，《联合书院学报》5(1966—67)，1—13 页；张光远：《西周重器毛公鼎》，《故宫季刊》，7.2 (1973)，1—70 页。对于该问题的讨论，同样可见《西周金文の辨偽をあぐつ》，《甲骨學》，11(1976)，21—68 页；松丸道雄：《西周青銅器製作の背景》，80—85 页；夏含夷：*Sources of Western Zhou History*，pp. 43 - 44.

② 这个例子被 Cheng Te-k'un 所注意；见 Cheng Te-k'un，“The Inconstancy of Character Structure,” 147.对于师旋簋的研究，见《长安张家坡西周铜器群》，北京：文物出版社，1965 年，11—14，17 页，图版 7—8。

在几父壶铭文中，“朕”既写作“”，也写作“”。[1] 除上述两个例子，我最近在亦属发掘品的四篇青铜器铭文中注意到“文字结构的不一致性”的现象：在多友鼎铭文中，“搏”字写作“”、“”和“”；[2]在伯公父簠铭文中，“隹”字写作“”、“”和“”；[3]在师𩛥鼎铭文中，“德”字写作“”、“”、“”、“”；[4]在不嬰簋的器盖铭文中，“我”字写作“”、“”。[5] 这四组文字所体现的“文字结构的不一致性”不亚于毛公鼎和散氏盘，而每一组恰源自同一文本。它们似乎否定了“文字结构的不一致性”作为铭文辨伪的标准可靠性。正如一些科学挖掘的铜器铭文包含“文字结构的不一致性”一样，一些伪造的铭文却没有这个特性。就这点而言，师兑簋2C铭文提供了一个极好的例证。在其铭文中，相同的文字不仅结构一致，而且与原始的1V铭文中的一些字形完全相同，应是从此处抄袭而来。此外，我观察到克罍器盖与器内铭文一些文字结构的变异，从这些变异中可以看出克罍铭文更为原始。相反，克盉器内和器盖铭文非同寻常的一致性也似乎说明它为后来所铸。

最后，本文的分析也引发了另外的问题，即究竟是谁编写和铸造了这些西周铭文，以及他们是在哪里铸造这些铭文。这些问题都有待我们日后进一步研究。然而，至少现在我们可以说“同铭”的不同器组可能由不同的人铸造且可能不在一起铸造。再次以此簋和此鼎举例，当原始文本（可能书于其他媒介）被送到铸铜作坊时，会由三个不同的工匠团队分别铸造三组不同的此器器组。同一铭文文本被不同人铸造的事实也促使我们得出一个重要结论，即铭文作者可能与铭文铸造者并非一人。这里，我们需要考虑册封仪式宽泛的背景。此鼎和此簋铭文（或师兑簋）是一篇典型的册命金文，记录了周王的任命及赐予。[6] 在免簋和寰盘铭文中，周天子将事先准备的册命文书交由史官，让其

---

[1] 此例为林巳奈夫所注意，见于他对西周铜器铭文真伪问题的一次讨论中；日本从事该问题的研究的重要学者均参加了这次讨论。他们认为尽管“文字结构的不一致性”提供了充分怀疑铭文真实性的理由，但它无法作为辨伪的标准，见《西周金文の辨偽をめぐつ》，32—33、36、40、65—66页。关于几父壶，见陕西省博物馆等：《扶风齐家村青铜器群》，北京：文物出版社，1963年，7—10页，图版3，4。

[2] 多友鼎的出处见田醒农、雒忠如：《多友鼎的发现及其铭文试译》，《人文杂志》1981年4期，115—116页。更清晰的拓片见中国社会科学院考古研究所：《殷周金文集成》，2835。

[3] 伯公父簠的出处见周原考古队：《周原出土伯公父簠》，《文物》1982年6期，87—88页。更清晰的拓片见陕西省考古研究所：《陕西出土商周青铜器》，3.99。

[4] 师𩛥鼎的出处，见吴镇烽、雒忠如：《陕西省扶风县强家村出土的西周铜器》，《文物》1975年8期，57—58、60页，图版9.1。更清晰的拓片见中国社会科学院考古研究所：《殷周金文集成》，2830。

[5] 不嬰簋器身早在1886年之前就已被发现，但来源不明，现存于北京的中国国家博物馆，而其器盖出土于山东滕县的西周晚期墓葬。见《滕县荆沟出土不嬰簋等青铜器群》，《文物》1981年9期，25—29页。更清晰的拓片，见中国社会科学院考古研究所：《殷周金文集成》，4328。

[6] Virginia C. Kane, “Aspects of Western Zhou Appointment Inscription: The Charge, the Gift, and the Response,” *Early China* 8 (1982-83): 14-15.

代为向受命者宣读。[1] 这一仪式过程的绝佳例证可见于颂鼎铭文：

> 隹(惟)三年五月既死霸甲戌，王才(在)周康卲宫。旦，王各(格)太室，即立(位)。宰弘右頌入門，立中庭。尹氏受王令(命)書，王乎(呼)史虢生册令(命)頌。王曰："頌！令(命)女(汝)官嗣成周賓(貯)廿(二十)家……"頌拜韻(稽)首，受令(命)册，佩以出。

很明显，上述铭文记载了周王可能先将册命文书交给内史尹，再由另一名史官于王廷宣读给受册命者颂。在周王训示之后，颂可能从史官那里接过了这份书于竹简的命书，携佩着它退出王廷。[2] 显而易见，这些册命文书的内容是册命金文的主体，但目前无法弄清究竟由谁最终写定了文本；以及不论是此器还是其铭文，到底在哪里铸造，是王室的作坊还是此自己的作坊。

（翻译：陈鸿超）

---

① 郭沫若：《两周金文辞大系》90，126；白川静：《金文通釋》，21.115：466，29.177：592。

② 郭沫若：《两周金文辞大系》72；白川静：《金文通釋》，24.137：166。

跨越文化边界的书写：西周青铜器铭文中的证据(公元前 1045—前 771 年)[①]

在以前的文章中，我建议使用金文的书体作为研究西周青铜器及其铭文制作背景的方法。在那篇文章中我已证明，即便铜器铭文内容完全相同，它们的书体特征和书写质量也可能完全不同。[②] 为继续对铭文性质进行调查，本文将考察一组特别的西周铜器铭文：这些铜器并不是在典型的西周文化环境中产生，而很可能由西周典型文化之外的一些边缘社会的国君铸造，这些社会有着混合的——如果不是完全特殊的——文化传统。这些铭文不仅其自身文本的历史内容与其他铭文不同，其书体也颇有特点，有时其青铜器本身也显示出特殊造型。对这些铭文的辨别揭示了中国古代一个重要的现象：跨越文化边界的书写。同时它们提供了书写进入另一种文化环境后产生变异的有趣实例。

根据考古发现，有很多国族紧邻于或仅仅稍远于商、西周文化圈。他们中的一些拥有十分先进的技术，这些技术足够铸造出卓越的青铜容器、武器。依靠这些武器，他们可以与强大的商、周长期对抗。在四川发现的三星堆文明及较早发现于山西和陕西北部的独立的青铜文化，给商、周文化区域外国家拥有非凡技术以有力证明。[③] 然而就我们现在拥有的材料来看，这些文明没有像商、周文明那样发展出独立、成熟的书写系统的能力。[④] 基于商、周文化外围的居民并不使用中文书写系统，一些学者认为长江流域发现的铜器上商、周类型族徽样式(这些并不是真正意义上的书写)说明这些铜器属于北

---

① 本文原发表为：Li Feng, "Literacy Crossing Cultural Borders: Evidence from the Bronze Inscriptions of the Western Zhou Period (1045 - 771 B.C.)," *Bulletin of the Museum of Far Eastern Antiquity* (Sweden), 74 (2002): 210 - 42.

② Li Feng, "Ancient Reproductions and Calligraphic Variations: Studies of Western Zhou Bronzes with Identical Inscriptions," *Early China* 22 (1997): 1 - 41. 见本书 14—45 页。

③ Robert Bagley, ed., *Ancient Sichuan: Treasures from a Lost Civilization* (Seattle: Seattle Art Museum and Princeton University Press, 2001), pp. 21 - 175. 张长寿：《殷商时代的青铜容器》，《考古学报》，1979 年 3 期，289—291 页。

④ 江西吴城文化的陶器符号暗示其他文明也可能存在书写系统，有一件陶器上有 12 个这样的符号。见唐兰：《关于江西吴城遗址与文字的初步探索》，《文物》1975 年 7 期，71—76 页。最近在山东和江苏北部的考古工作中也发现有关文字书写的新证据，属于新石器时代晚期。见松丸道雄：《漢字起源問題の新展開—山東省鄒平県出土の「丁公陶片」をめぐって》，《中國古代の文字と文化》，东京：汲古书院，1999 年，3—29 页。但这些书写系统所代表的语言失传很久，它们的文字难以释读。

方传入品。[①]

首先值得注意的是，铭文是文化现象，与铜器本身有不同的意义。青铜文化作为一个技术系统，当跨越文化边界时，很容易丧失其文化认同。作为一种艺术形式，它的标准会不断经历修改，直到有时很难确定两种文化之间传播方向的程度。然而，书写是对文化价值最清晰的表达，也“无疑是她的（中国的）文明的最少‘跨文化’的方面”。[②] 西周之后一千年间，中文书写系统在东亚传播的历史经验指向一个简单的事实：书写有一个地域中心，也有边缘。[③] 另外值得注意的是，书写和语言有本质联系，这种联系是判定是否书写的一个标准。[④] 因此，边缘国家为特殊铭文的产生提供了环境，这些铭文并不遵循书写所诞生的中心地区的书体标准，因为边缘地区的书写者们可能在书写他们根本不说的语言。虽然周文化背景在特殊情况下也可能产生劣质铭文，比如铭文很可能由半文盲书写者复制到铜器上，[⑤]但是本文研究的案例将显示，那些制作异常的铭文更易于发生在中文书写的边缘环境。

下面我将考察三篇来自三个西周文化边缘地区国家或政治组织的铭文：乖、鄂、強。每一个案例中，铭文以及铸刻有铭文的铜器，显示了清晰的本地文化特征，与标准的西周类型铭文、铜器不同。这三个国家中的乖和鄂，与周王室之间有着复杂的政治关系，他们既是西周政权的重要盟友，又是敌人。另一个国家強，位于今天的陕西宝鸡，靠近西周中心地带。強国国君显然已与西周统治者通婚。然而，渭河河谷的地形也将強国置于由高耸的秦岭所界定的周文化范围的边缘；強人即自秦岭中迁来。因此，对我们来说似乎并不难把強看成是文化边缘社会的一员。他们的物质文化同样暗示了这一点。

屖（眉）敖簋和乖国

第一个例子是眉敖簋（图一、二；彩版二），由乖国国君所作。[⑥] 眉敖簋如今陈列于北

① 见 Lothar von Falkenhausen, “Inconsequential Incomprehensions: Some Instances of Chinese Writing in Alien Context,” *Res* 35 (1999): 53 - 56. 罗泰（Lothar von Falkenhausen）也注意到安徽出土铜器中有一例看上去是商式族徽，但实际只是本地对商人的仿制。见 “Inconsequential Incomprehensions,” 55, 57.

② Lothar von Falkenhausen, “Inconsequential Incomprehensions,” 43.

③ 在逻辑上，商周文化也可能是其他文化的边缘。

④ 见 William Boltz, *The Origin and Early Development of the Chinese Writing System* (New Haven: American Oriental Society, 1994), p. 51.

⑤ Li Feng, “Ancient Reproductions and Calligraphic Variations,” 4 - 15.

⑥ 屖敖簋的“屖”字许多学者认为无法释读。见马承源：《商周青铜器铭文选》，北京：文物出版社，1988 年，3.335；中国社会科学院考古研究所，《殷周金文集成》，北京：中华书局，1984—1994 年，4213。吴闿生隶定为屖，他认为屖敖就是乖伯簋中的眉敖。见吴闿生：《吉金文录》（1933），3.32。眉敖簋中，这个字出现了两次：、。眉在西周铜器中通常有两种写法：一种是（乖伯簋）或（九年裘卫鼎），“目”在眉毛下方。另一种是（颂鼎）、（翏生盨），象两手抬起器盖，这个字形经常用在“眉寿”词组中。徐中舒认为因为读音相似，西周时期两个字已经开始混淆：（应侯钟），这些写法混合了两种字形的特征。、的上部和上部相似，下部可能是（与眉同音的另一个字形）下部的变形。鉴于眉敖（转下页）

京故宫博物院，长久以来它独特的铭文属性引人注目。[①]这件铜器有 53 字铭文，这篇铭文书写拙劣并铸于簋盖内(图三)。如果只看铭文混乱的文辞组织和书体，可能会轻易地认为它是赝品，因此只有少数金文著作收录这件器物。眉敖簋最先被著录于 1915 到 1921 年之间出版的邹安《周金文存》中。[②] 之后眉敖簋拓片可能并没有在清代及民国学者中广泛流传。

图一　眉敖簋(《梦郼草堂吉金图录》,1.30)

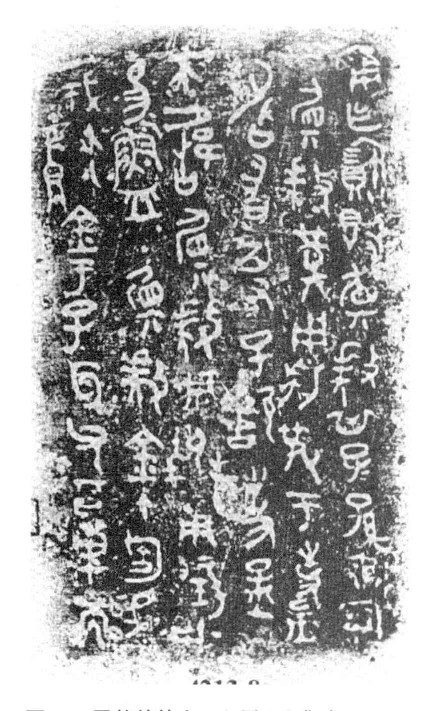

图二　眉敖簋铭文(《殷周金文集成》,4213)

图三　眉敖簋照片(北京故宫博物院刘雨先生提供)

(接上页)簋铭文很多字的书写有错误或不准确，在字形结构上有很大的随意性，再考虑到眉敖簋的 ，乖伯簋的 ，九年裘卫鼎的 都和"敖"字一起构成人名，我认为"眉"是 的最合理读法。眉敖簋上"敖"字 没有争议，同样的字形也出现在乖伯簋 、九年裘卫鼎 上。综上所述，这件铜器的作器者应该是眉敖。见徐中舒，《遾敦考释》，《中央研究院历史语言研究所集刊》，3 (1931)，281—82 页；中国社会科学院考古研究所：《殷周金文集成释文》，香港：香港中文大学出版社，2001 年，4213。本书提到的所有铭文除非特别指出，都可以在《殷周金文集成》中找到，故以《殷周金文集成》编号代表铜器序号。

① 郭沫若认识到眉敖簋铭文具有罕见的草篆风格。《羼敖簋铭考释》，《考古》1973 年 2 期，66、70 页。

② 邹安：《周金文存》(1915—1921)，3.41；罗振玉：《梦郼草堂吉金图录》(1917)，1.30；刘体智：《小校经阁金文拓本》(1935)，8.46.2。

但我认为它不是赝品，而是真实的西周铜器。原因有三：第一，有一条白线(缝隙)围绕着铭文区域。这证明铸造前泥质铭文范的四周被嵌在陶范之中(见图二；彩版三)。这种现象可以在许多西周铜器铭文中看到，比如多友鼎。[1] 第二，铭文间和四周的垫片清晰可见，甚至有些在簋盖外面也能看见(见图一、三)。[2] 第三，虽然，簋盖浇铸粗糙，但其设计和西周铜器常见的风格一致，没有乖戾的伪造迹象。

然而眉敖簋铭文与大多数西周铭文相比非常特别。和许多同时代精美的西周铭文比起来，眉敖簋铭文的书体非常不成熟。最显著的是五十三字铭文从左边开始向右排列，这和大多数西周铭文常见的从右向左相反。[3]

> 戎獻金于子牙父百車，而易(賜)(魯)眉敖金十鈞，易(賜)不諱。眉敖用(報?)用璧用。其右子(史)孟。眉敖(謹)用于史孟。用作寶簋。眉敖其子子孫孫永寶。

这篇铭文不仅始于西周习俗中错误的一边，而且铭文的总体面貌也非常混乱。三个因素导致了这种混乱：首先，文字排布密度非常大，文字间空隙很小。这和西周中期大多数铭文如豆闭簋、裘卫簋不同(图四)。第二，书写者完全没有考虑文字的水平对齐，甚至垂直行也不很直。第三，刻范者在泥块上刻写铭文过程中似乎控制不好笔画的宽度。中间有些笔画丢失、破损，比如百(　)，用(　)，其(　)，宝(　)。我们可以怀疑这些瑕疵是在拓印时造成的，或者可能铭文被铜绿覆盖了。但仔细观察铜器表面会发现，事实上那些地方足够干净，一些笔画只不过是不存在(见图三)，它们无疑是在铸造时就产生的失误。铭文区域显然比周围低，可知制作这件铜器的工匠无法让铭文范的弧面和簋盖内弧面相匹配。

下述文字形状显示了最不规则的笔画，请考虑这些例子：

1. —献："献"的标准字形左边是鼎和虍，右边是犬，如(多友鼎)和(猒簋)。而我们这里看到的眉敖簋中"献"左边发生了结构性的扭曲。

2. —讳：不止写法奇特："韋"的最上面两笔穿到左边。而且，"言"的部分也写错了，在西周其他铭文里写作。

---

① 多友鼎，见《殷周金文集成》，2835。

② 这些垫片对西周铜器真伪鉴定的重要性，见松丸道雄编：《西周青銅器とその國家》，东京：东京大学出版会，1980年，94—119页；Edward Shaughnessy, *Sources of Western Zhou History: Inscribed Bronze Vessels* (Berkeley: University of California Press, 1991), 58－62。

③ 其他也有一些从左向右读的铭文，如《殷周金文集成》，3870, 3975, 4157。但这种形式在周文化中极其罕见。

图四　西周中期铜器铭文例(《殷周金文集成》,4276,4256)

3. ：郭沫若读作“拱”——“大共璧”。[1]《殷周金文集成释文》读作报(五年召伯虎簋)。[2] 六年召伯虎簋中有“报璧”这样的专名,与这里的“用用璧”是最好的文辞对照。但眉敖簋上的“报”非常不规范：左边类似反转的蔡(,蔡姞簋),右边完全变形。

4. 一璧：这里我们看到的可能是高度扭曲的“璧”(,六年召伯虎簋)。一些西周铭文中,“璧”被简化为(瘐簋),但眉敖簋的字形并不是简化,而是明显的书写错误。

5. ：这个字有两种可能的读法：(1) 稽,标准字形如(颂鼎)或(大簋)。[3] (2) 侣,多友鼎上写作。[4] 虽然第二种读法可以被字形结构相似所支撑,但毫无疑问“稽”才是这个字的正确读法,因为下一个字几乎可以肯定是“首”(“稽首”是金文中常见的词组)因此这篇铭文中,显然是错误的字形。

6. 一首：“首”字在颂簋中作,谏簋中作。但在眉敖簋上,“首”的上部被写成直的,这和西周铜器铭文中所有“首”的形式都不同。

---

① 郭沫若：《㞢敖簋铭考释》,《考古》1973年2期,69页。
② 《殷周金文集成》,4213。
③ 见吴闿生：《吉金文录》(1933),3.33;马承源：《商周青铜器铭文选》,3.335。
④ 郭沫若：《㞢敖簋铭考释》,《考古》1973年2期,66页;《殷周金文集成释文》,4213。

7. ：这个字被学者们读作歆、都或歆，但这些读法在这里都没有意义。这个字的左侧残泐，结构不是很清楚。

8. —事：因为“事孟”这个专名出现在铭文后半部分，把这个字形读作“事”可以被下文证实。“事”的标准写法是(颂簋)、(豆闭簋)，而本铭中“事”的一部分被垫片侵入(见图二)。这是铸造过程中技术缺陷造成的，这块垫片被铜液从原来的位置冲到这里。

9. ：吴闿生把这个字读作“利”，马承源和《殷周金文集成释文》读作“豹”，[1]其他学者认为它根本无法释读。事实上这些解读都没有可靠的证据，这个字显然是一个错误的字形。

10. ：吴闿生把这个字读作“箙”，郭沫若读作“弔”，[2]这些只不过是猜测。马承源和《殷周金文集成释文》读作“皮”，“皮”在九年裘卫鼎上写作。这一读法是可信的，但是本铭文字损坏了。

11.  —事孟：这个字是“事”、“孟”的合文。许多学者认为“事孟”等同于“史孟”。作为西周铜器中常见的人名，史孟比事孟更合适。但(史，史官)和(事，事件)这两个字在西周铜器铭文中区别显著，[3]而眉敖簋的书写者似乎并不知道这个区别。

12. —宝：这里的写法缺失了一笔，因此和常见形式(师酉簋)不同。在本铭末，完全相同的文字又写作，几乎完全无法识别了。

13. —簋："簋"字的常见形式写作。眉敖簋上这个字右半破损了。

以上与西周铜器常见字形的比较证明了眉敖簋铭文的独特性。大多数情况下，这不只是书体的不同(就像我之前一篇关于此鼎和此簋的文章中证明的那样)，[4]而且在结构上，也包含了几乎不间断的文字错误。显然，眉敖簋铭文的书写者不能遵循与大多数西周铭文相关的合乎规则的书写方法。在把文字写上泥范的过程中，似乎书写者并不确定或者可能混淆了大量文字的结构。之后这些铭文被另一个人雕刻(如果和书写者不是同一个人的话)，他既缺少技巧又缺乏耐心。虽然并不是所有西周金文都被铸造得非常精美，但眉敖簋从大量有疑问的文字和技术上不成熟两方面来看，显得很特殊。这件铜器的铭文书写和铸造无疑比较拙劣。

---

① 吴闿生：《吉金文录》(1933)，3.33；马承源：《商周青铜器铭文选》，3.335；《殷周金文集成释文》，4213。

② 吴闿生：《吉金文录》(1933)，3.33；郭沫若：《屓敖簋铭考释》，《考古》1973 年 2 期，66 页。

③ 趩觶中可能有一例“史”被写作“事”。《殷周金文集成》，6516。

④ Li Feng, “Ancient Reproductions and Calligraphic Variations,” 15－36.另见本书 25—34 页。

为了理解眉敖簋产生的背景,我们需要考察铭文内容。铭文记载了戎献给西周一位名叫子牙父的官员一百车铜,子牙父随后赠给眉敖十钧铜。[①] 作为回报,眉敖赠给子牙父可能是玉璧以及一些有价值的东西,又让他的儿子送给另一个叫史孟的人一些额外的礼物。因此眉敖铸造这件铜器来纪念此事。虽然关于这件器物的铭文解读还有一些问题,但是这篇铭文很可能反映了眉敖和西周高等级官员在边界管理事务上的一次交易。[②] "眉敖"这个名字几乎可以肯定是对外国姓名的音译,这意味着眉敖本人是外国出身。

以上是我们从眉敖簋中解读出的信息,而这篇铭文似乎可以和另外两篇西周铭文联系,它们是九年裘卫鼎和乖伯簋。这两篇铭文都提到眉敖。在九年裘卫鼎中,矩伯用他的财物从裘卫那里换得了豪华马车,铭文开头几句提到眉敖:[③]

> 唯九年正月既死霸庚辰,王在周駒宫,格廟。眉敖諸膚為事(使)見于王。王大黹。矩伯取省車……

以眉敖姓名开头的这个句子有不同的解释,但是大多数学者同意它描述了眉敖派遣他的使者诸肤从国外来访问在首都的周王。"诸肤"很显然是一个语义上无法翻译的外国名字,和眉敖一样。诸肤对西周王畿的访问一定是非常重要的事件,周王为了表达对眉敖的敬意亲自举行了隆重的欢迎仪式。事实上这次会见很重要,以致九年裘卫鼎

---

① 松丸道雄认为西周的一钧大致等于十千克。《西周时代の重量单位》,《东京大学东洋文化研究所纪要》117(1991),56 页。

② 眉敖和子牙父是什么关系?眉敖在周与西戎的关系中扮演了什么角色?眉敖簋无法回答这些问题。

③ 九年裘卫鼎通常被认为是恭王时器。而马承源认为眉敖簋作于西周晚期,这在眉敖簋与九年裘卫鼎之间造成了一个大空隙;但是将眉敖簋断在西周晚期并无什么根据。眉敖簋只有簋盖存世,所以我们必须考虑器盖的形制和纹饰并以此考订它的年代(文字上的联系则因为"眉敖"之名而很明显)。伊簋和丰井叔簋(两件铜器非常相似)上的窃曲纹和眉敖簋上的几乎完全相同。伊簋和大克鼎的关系很清楚,他们都提到在同一职位的𤔲季。此外,克的祖父在恭王世任职,𤔲季这个名字也出现在恭王五年的五年裘卫鼎中。由这个双重联系大致可以推定大克鼎和伊簋是孝、夷时器。马承源也把大克鼎定于孝王时,伊簋定于恭王时(从伊簋器形看,应该比恭王时代晚)。换句话说,𤔲季于恭王时开始在政府任职,经历了懿王期,孝王、夷王时仍然在职。同理,假如眉敖首次在九年裘卫鼎中出现是二十岁,他同样可能活到孝、夷时期,制作和伊簋纹饰相同的铜器。关于丰井叔簋,通过对丰京井叔家族墓地的研究,张长寿先生认为大多数和井叔有关的铜器属于西周中期。丰井叔是这个家族的最后一代,大致生活在孝、夷时期。根据伊藤道治的研究,井氏在西周末期已经衰落,他们的财产被其他宗族所瓜分。西周中期的周王在位时间都很短,夏含夷认为恭、懿、孝、夷四王加起来只有五十九年。由最近发现的逨盘可知,西周中期四位周王在位时间加在一起只相当于单氏家族两代人,而眉敖经历两代人的时间也并非难事。由此而言,眉敖簋和九年裘卫鼎之间的连接就没有任何阻碍了。九年裘卫鼎见唐兰:《陕西省岐山县董家村新出西周重要铜器铭辞的译文和注释》,《文物》1976 年 5 期,57 页;白川静:《金文通釋》,《白鶴美术馆志》(1966—83),49.补 11:267—73。伊簋和丰井叔簋的图像,见梅原末治:《日本搜储支那古铜精华》,大阪:山中商会,1959—1962 年,4.326;陕西省考古研究所等:《陕西出土商周青铜器》,北京:文物出版社,1979—1981 年,3.144。马承源关于大克鼎和伊簋的年代认定,见《商周青铜器铭文选》,3.151,215。关于井叔铜器的年代,见张长寿:《论井叔铜器:1983—1986 年沣西发掘资料之二》,《文物》1990 年 7 期,32—35 页;伊藤道治:《中国古代国家の支配构造》,东京:中央公论社,1987 年,178—179 页。西周中期年表见,Shaughnessy, *Sources of Western Zhou History*, pp. 254 - 271。关于逨盘,见陕西省文物局等:《盛世吉金》,北京:北京出版社,2003 年,30—35 页。

铭文开头用它作为指示年代的标志。这篇铭文因此足以证明眉敖是重要的外国领袖，他在西周的外交关系中占有着举足轻重的地位。

乖伯簋铭文为眉敖的出身背景提供了更多信息(图五、六)。我相信铸造这件器的

图五　上海博物馆的乖伯簋(《上海博物馆藏青铜器》54)

图六　乖伯簋(《殷周金文集成》,4331)

眉敖正是铸造眉敖簋的人。这篇铭文记录了关于眉敖亲访周都的一些细节：[①]

> 隹(惟)王九年九月甲寅，王命益公征眉敖，益公至告。二月，眉敖至見。獻貴。己未，王命中侄歸□(乖)白(伯)貔(貔)裘。王若曰："□(乖)白(伯)。朕丕顯且(祖)文武應受大命，乃且(祖)克桒(奉)先王，翼自也(他)邦，有芇于大命。我亦弗究(曠)亯(享)邦，易(錫)女(汝)貔(貔)裘。"□(乖)白(伯)拜手稽首："天子休！弗望(忘)小厤(裔)邦。"歸夆[②]敢對䚄(揚)天子丕丕魯休，用乍(作)朕皇考武□(乖)幾王障(尊)簋，用好宗廟，亯(享)夙夕；用好朋友雩(與)百者(諸)顧(婚)遘(媾)；用䜣(祈)屯(純)彔(祿)永命，魯壽子孫。歸夆其萬年日用亯(享)於宗室。

这篇铭文以九年九月周王命令益公征伐眉敖开始，益公似乎达成了此次战役的目标。五个月之后，即十年二月，眉敖携送给周王的礼物访问周王畿。己未日，一位名叫中侄的西周官员把周王的礼物带给眉敖作为回报，并带来周王的诰谕。周王用周式的名称"乖伯"指称眉敖。眉敖的祖先在文王时代曾帮助过周人，但有趣的是周王在文辞上把乖叫作"他邦"，即周以外的另一个国家。由此可知，西周建立者认为眉敖祖先的帮助是来自外邦的协助。与此相应，眉敖把这件铜器献给与周王对等的乖国先王，即眉敖的父亲武乖幾王。作为他父亲的继承者，眉敖可能也自称为王。乖和周之间并不总是和平相处，事实上眉敖对周王畿的造访正是益公对乖征伐的结果。

乖在哪里？郭沫若和白川静错误地认为眉敖是归国人，归在今天湖北省西部三峡地区的姊归。这种说法只是武断地根据"归"字读音，将"归"当作乖伯的国名所致。[③]然而长江中游的历史和考古学证据驳斥了这种说法。[④] 1972 年在泾水河谷上游姚家河和灵台的墓葬中出土了两件铜器，其中一件鼎上有三个铭文：乖伯作。一起出土的还有

---

① 乖伯簋见《殷周金文集成》，4331；白川静：《金文通釋》，25.145：283—95。因为乖伯簋上的益公也出现在其他几件可确定时代的铭文中，所以这件铜器可定为恭、懿时器；Shaughnessy, *Sources of Western Zhou History*, pp.117－119，255－58。乖伯簋和九年裘卫鼎作器的时间都是王九年。由乖伯簋上的两个日期"九年九月甲寅"(9/9/51)、"十年二月己未"(10/2/56)，可知这年九月包括从甲申(21)到甲寅(51)的日子。由此推算，九年一月一定没有庚辰日(17)。而九年裘卫鼎正记录了九年正月有庚辰日。干支无法相合，因此这两件铜器不属于同一王年。我认为乖伯簋可能是下一个王，即懿王时铸造。

② 要注意的是，一些学者如于省吾和吴闿生，把"归夆"归入上一句，读作"归降"。见吴闿生：《吉金文录》(1933)，3.7；于省吾：《双剑誃吉金文选》(1933)，1.3.7。

③ 见郭沫若：《两周金文辞大系图录考释》，北京：科学出版社，1958 年，147—148 页；白川静：《金文通釋》，25.145：285—87。乖伯是乖国国君，从铭文中得知他父亲也是乖国的国王，因此"归"不可能是乖伯的国名。归夆可能是也被称为眉敖的乖伯的私名，他的另一个名字叫眉敖。

④ 在别处我提到，西周早期和中期，周人对汉水往西南的地区几乎没有影响力。因此周人不大可能与三峡上游的政权建立密切的关系，特别是在文王时代。见李峰：《西周的灭亡——中国早期国家的地理和政治危机》，上海：上海古籍出版社，2007 年，59—65 页。

一件周式鬲，以及一些铜兵器和车马器。[①] 这暗示乖可能位于周的西北边境，即今天的甘肃东部或宁夏南部。这个地区居住着大量所谓的戎人，包括玁狁，正是他们在西周中期的末段发动了对周人的战争。[②] 作为周外邦的乖，很可能是周西北边界戎人的一支，但是他们却帮助周人处理对西戎的事务。

乖国复杂的历史背景向我们提供了理解乖国国君所作眉敖簋铭文的特殊状况的线索。虽然我们无法确定眉敖簋的铭刻和铸造地，但根据铭文的书写所示，眉敖的铸造作坊可能处在周文化环境之外。此外，眉敖和诸肤这两个名字暗示，乖国通行语言很有可能不是用于铜器铭文的汉语。因此我们可以做出这样的猜测，眉敖簋铭文的撰写者是并不十分精通汉语和周人铭文标准的人。另外，这篇铭文在泥质模具上的镌刻技术也不好。但很显然铭文在模仿周人习惯，包括通行的结尾句辞例“子子孙孙永宝”。我认为眉敖簋是考察非周文化如何进行铜器铭文制作的珍贵实例，同时也是书写跨越周文化边界的极好例证。

但乖伯簋的制作地仍是很大的疑问。铭文内容展示了它和周王室的联系，铜器外部特征同样也和周文化密切相连。乖伯簋的样式几乎和师虎簋一模一样，字迹的书体虽然不好，但也符合西周中期铭文风格。[③] 尤其是文辞习惯，包括“乖伯”这样严格遵循周人习惯的称谓。然而它的作器者眉敖显然又是一位外国首领，他的父亲和周的最高统治者一样被称为“王”。虽然这个问题仍待讨论，但有一个证据强烈暗示这件铜器并非在乖国而是在周铸造。假如在乖国制造，益公发起的对乖战役这样令乖国不快的事件应该不会被记录在铭文中。

噩(鄂)侯驭方鼎和噩(鄂)国

书写对文化边境的跨越并不只发生在周的西北边界，同样也发生在南方与噩(鄂)国的交流中。[④] 噩国有不少青铜器出土，其中最重要的包括噩侯驭方鼎，这件铜器曾经被上海博物馆收藏(图七、八)。

---

① 见甘肃省博物馆文物队等：《甘肃灵台县两周墓葬》，《考古》1976年1期，39—42页。

② 甘肃东部、宁夏南部的历史地理及戎人分布，见李峰：《西周的灭亡——中国早期国家的地理和政治危机》，164—220页。

③ 关于师虎簋，见上海博物馆：《上海博物馆藏青铜器》，上海：上海人民出版社，1964年，51页；白川静：《金文通釋》，19.104：354。

④ 通过历史地理研究可知，噩国位于今天南阳的北边。见徐少华：《周代南土历史地理与文化》，武汉：武汉大学出版社，1994年，25页；李峰：《西周的灭亡——中国早期国家的地理和政治危机》，120页。

86字的铭文被铸在这件小鼎腹内。[1]

图七　噩侯驭方鼎(《文物》1981.9，33)

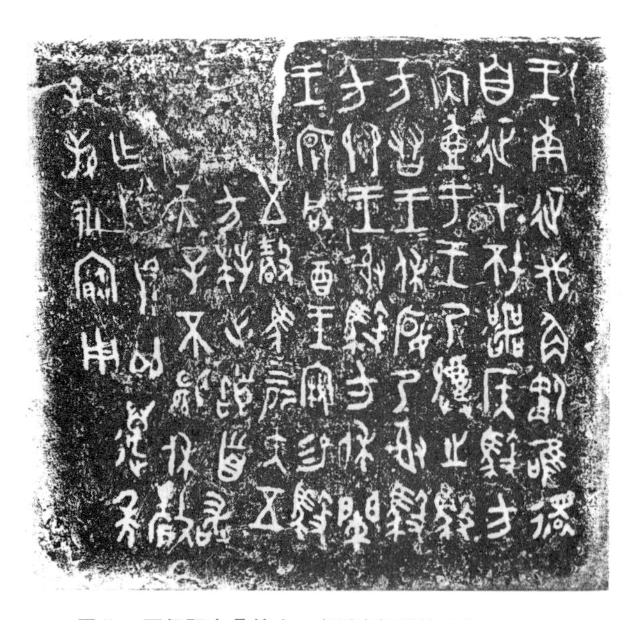

图八　噩侯驭方鼎铭文(《商周青铜器铭文选》,1.250)

王南征伐角鄱,唯還自征。才(在)坏。噩(鄂)侯駿(馭)方内(納)壺于王,乃𩛥

---

① 陈佩芬:《上海博物馆新收集的西周青铜器》,《文物》1981年9期,33页;《殷周金文集成》,2810;《金文通釋》,25.142:260—67。

（祼）之。駿（馭）方吝（侑）王。王休宴，乃射，駿（馭）方卿（合）王射。駿（馭）方休闌，王，咸，酉（酒）。王窺（親）易（錫）駿（馭）□□五瑴（穀），馬四匹，矢五□□方拜手稽首，敢□□天子丕顯休釐，□作隣（尊）鼎，其萬年子子孫孫永寶用。

噩侯驭方鼎铭文记录了噩侯和周王之间一次友好的外交活动。这位噩国国君有一个尊贵的称号——驭方，驭方的意思是边界保卫者。周王在伐角和鄱的战争结束后归来，这两个地名可以合理地推定为角淮和桐遹。它们是缪生盨中淮夷的集中地。[①] 为祝贺周王对淮夷作战的胜利，噩侯向他奉献了好酒，随后进行以酒倾地的祼礼。然后两人参加宴会，并举行了射礼和饮酒礼。此次聚会的结束，周王赏赐噩侯瑴玉、马匹和箭。

周王款待驭侯的规格和款待其他诸侯国国君相同。夏含夷认为经常出现在甲骨卜辞上的"驭方"，字面上意思是"追御边境地区的人"。[②] 西周时期这个称号似乎只授予很少几个对边防负有特别责任的军事首领。我们现在唯一所知的另一个"驭方"是不嬰，他在后来的一段时间内负责周人西北防御。[③] 从噩侯驭方鼎可见，噩侯在西周边境防御中地位极其重要，所以受到周王隆重接待。另一件是噩侯簋（图九），可能也是由噩侯驭方鼎的作器人噩侯制作，这件簋的铭文记录了噩侯把女儿王姞嫁给周王。[④] 王姞这个名字暗示噩是姞姓国。通过婚姻，他们和周王室建立了密切的关系。[⑤]

然而，就是这个噩侯驭方，他在坏地与周王会见之后不久即背叛了周人，这发生在周厉王时期。可能因为噩侯在周人边境安全上的重要地位，他的变节激起大规模淮夷、东夷（也就是山东地区的夷人）的叛乱。根据禹鼎铭文记载，这次大叛乱几乎把西周政权推到分崩离析的边缘，因为被派去镇压叛乱的周人精锐西六师和殷八师都失败了。最后武公派遣了他的私人战车部队，最终和西六师、殷八师一起成功平息叛乱，活捉噩侯驭方，剿灭了噩国。这次噩侯叛乱是西周晚期的重要事件。[⑥]

让我们回到噩侯驭方鼎。这件铜器的一些特征反映了它可能不属于西周中心，而可能制作于周文化影响之下的南方边缘。噩侯驭方鼎器身轮廓仍保持西周早期以来周鼎的传统样式（图一〇），如深腹、圜底、三足顶端的兽面。这种样式和此时西周中期流行的平底鼎，如十五年趞曹鼎不同。它也和与噩侯鼎同时的半球形鼎，如多友鼎不同，多

---

① 关于缪生盨，见《殷周金文集成》，4459。

② 夏含夷：《释禦方》，《古文字研究》第9辑，北京：中华书局，1984年，97—109页。

③ 关于不嬰簋，见《殷周金文集成》，4328。

④ 见《殷周金文集成》，3929—30。

⑤ 这篇铭文的英文翻译，见 Edward Shaughnessy，"Western Zhou Bronze Inscriptions，" in *New Sources of Early Chinese History: An Introduction to the Reading of Inscriptions and Manuscripts* (Berkeley: The Society for the Study of Early China, 1997), pp. 82 - 82.

⑥ 关于噩侯驭方之乱的历史背景，见李峰：《西周的灭亡——中国早期国家的地理和政治危机》，86—87、120页。

图九　台北故宫博物院的匽侯簋(《商周青铜粢盛器特展图录》,310页)

图一〇　匽侯驭方鼎和西周早期鼎的对比

(1. 匽侯驭方鼎[《文物》1981.9，33];2. 琉璃河253号墓出土的鼎[《琉璃河西周燕国墓地》,图版6])

图一一　西周中、晚期鼎

(十五年趞曹鼎[《上海博物馆藏青铜器》,45];多友鼎[《陕西青铜器》,69])

友鼎已经呈现出西周晚期的特征了(图一一)。[1]

另一方面,噩侯驭方鼎本身的年代标志十分清晰。鼎口下方夔纹类似十五年趞曹鼎纹饰的简化。这种夔首回转的夔纹样式,在西周中期非常流行。另外,和西周早期圆柱形鼎足不同,噩侯驭方鼎足部为半圆柱形。这是由铸造时使用单独的底范所造成的(图一二;彩版四),这项技术在西周中晚期青铜鼎铸造中经常使用。综上所述,噩侯驭方

图一二　噩侯驭方鼎(上海博物馆李朝远提供)

① 学者们一般对禹鼎为厉王时器没有疑问,则与禹鼎相关的噩侯驭方鼎可以推定为夷王或厉王时器。见Shaughnessy, *Sources of Western Zhou History*, p. 178;马承源:《商周青铜器铭文选》,3.280。

鼎是混合了西周早期、中期特色的很好例子。这也暗示噩侯驭方鼎是在噩国本地铸造。虽然驭方鼎的铸造者并非不熟悉西周铜器的制作标准，但在风格随时代变化和倾向上，因为意外或个别爱好，他们并没有追随周人的步伐。另外，噩侯驭方鼎铭文也暗示了这件铜器很可能在噩国铸造。

图一三　噩侯驭方鼎（上海博物馆李朝远提供）

这篇铭文的质量比之前分析的眉敖簋高得多。文字的纵横排列除了最后两行外都很齐整。但铭文的书写上显示了一些眉敖簋的特点，比如笔画宽度的变化，以及下面字形的线条破损：（侑，第四行第二个字）、（射，第五行第四个字）、（矢，第七行第五个字）、（手，第八行第三个字）、（尊，第十行第二个字）。由照片可以认定，这就是这篇铭文的实际情形（图一三；彩版五）。

这篇铭文字形严整、有力、直挺，如（坏，第二行第四个字）、（侯，第二行第六个字）、（于，第三行第三个字）、（方，第四行第一个字）、（王，第五行第三个字）和颂鼎、颂簋等器铭相似（图一四），这种书体被某些学者叫作“宫廷体”铭文。① 但显然噩侯驭方鼎铭文最后一部分失去了前面的严整和气势，显得松散、无力。这部分开始出现许多不规范的字形，文字的排布也混乱起来。由此可见相对周王畿那些创立标准的书写者，这篇铭文的作者很可能缺乏良好训练。

对一些字形进行分析，同样可以揭示噩侯驭方鼎铭文书写的不成熟。

1. —宴：本铭字形介于（宴簋的宴）和（宴，大克鼎）之间。这两个字在其他铭文中并不总是泾渭分明，但噩侯驭方鼎的字形非常不合常规，作者似乎困惑于应该写作“宀”还是“匚”。

2. —宴：不仅顶部不完全，“女”的写法也错误。

3. —窥：它的标准形式在多友鼎上作。但此处左侧的“亲”和“禾”字几乎无法区分。右侧“见”的笔画也有些混乱。

4. —稽：虽然容易辨认，但这明显是简化而且损坏的字形。它的标准形经常出

① 松丸道雄：《金文の书体》，《甲骨文・金文》，东京：二玄社，1990年，27—33页。

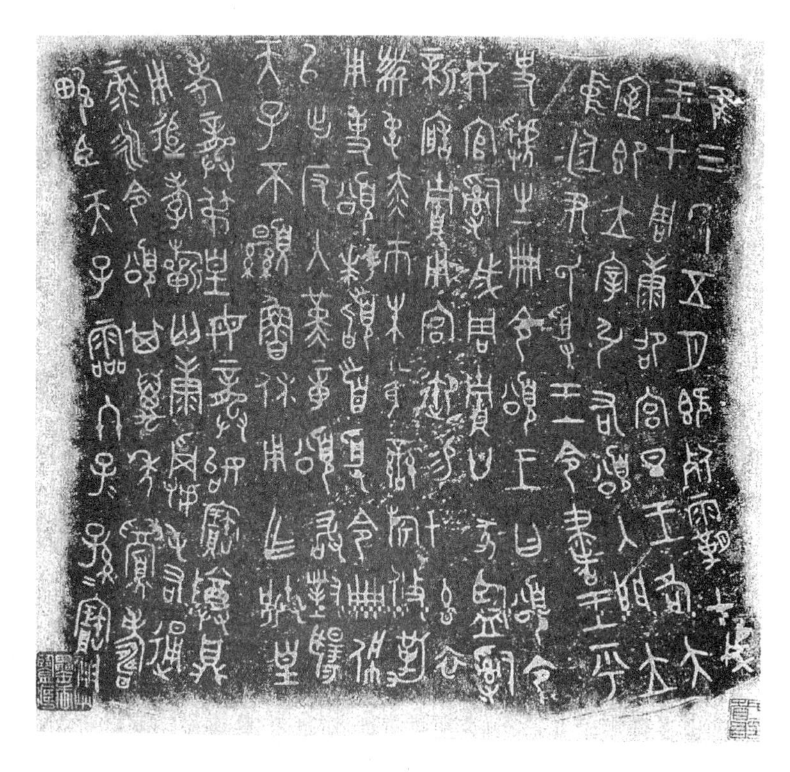

图一四　颂鼎铭文(《殷周金文集成》,2829)

现在册命金文中,如(元年师兑簋)、(大簋)、(颂鼎)。

5. 一显:"显"的标准字形如(颂鼎),或(元年师事簋),有时简化为(师酉簋)。但噩侯驭方鼎的"显"损坏严重,一些笔画缺失了。

6. 一尊:"尊"字固定写作(师酉簋)、(此鼎)、(颂簋)。但驭方鼎上的字形被严重侵蚀。

7. 一鼎:鼎字写作(伯晨鼎)、(无惠鼎),更复杂的形式如(此鼎)。而噩侯驭方鼎上"鼎"的一些笔画缺失了。

由以上分析可知噩侯驭方鼎铜器样式和铭文风格非常独特,这些特点可归因于作器人即噩侯驭方的文化背景,以及铸造地的文化环境。因为已经有很多噩国铜器出土,所以我们有比较好的条件来对噩国的文化作一定程度的复原。

噩国铜器中有两件如今收藏于上海博物馆:一件是噩季奞父铸造的小簋(图一五),另一件是噩侯弟孱季的一件卣(图一六)。噩侯弟孱季正是噩侯驭方鼎的作器者噩侯在西周早期之先祖的兄弟。[①] 1977年之前,洛阳博物馆收藏了一件小簋,这件

① 马承源:《记上海博物馆新收集的青铜器》,《文物》1964年7期,10—14页。

图一五　噩季奞父簋(《文物》1964.7，15，图版 2)

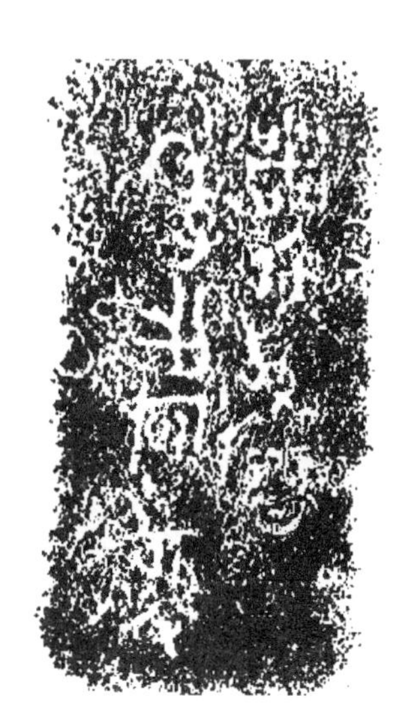

图一六　上海博物馆藏𡱒季卣

(《中国美术全集》，6.105；铭文来自《文物》1964.7，15)

簋的铭文和上海博物馆所藏噩侯弟𡱒季卣相同，式样与噩季奞父簋类似。[①] 1975 年在湖北省随县以西 20 公里处羊子山发现了一座西周早期墓葬，这是随枣走廊中部一次重要的发掘。墓葬中出土四件西周早期铜器，其中一件是噩侯弟𡱒季尊(图一七)。[②] 这次发掘首次为噩国铜器研究提供了考古学材料。无疑洛阳博物馆噩侯弟𡱒季簋和上海博物馆噩侯弟𡱒季卣同属噩国君主之弟所铸的同一组器物。此次发掘证明了这些铜器所

① 张剑：《洛阳博物馆馆藏的几件青铜器》，《文物资料丛刊》3，1977 年，42、44 页。

② 随州市博物馆：《湖北随县发现商周青铜器》，《考古》1984 年 6 期，512—514 页。

图一七　湖北随县出土的孱季尊

(《中国美术全集》,6.106；铭文来自《商周青铜器铭文选》,1.74)

属的噩国中心位于湖北随枣走廊,与古代地理文献记录的鄂相去不远。[1] 这一区域在很长时间内是周人政治、文化的边缘地带,但最终在公元前 7 世纪被实力日盛的楚占据。[2]

上海博物馆的噩季奞父簋和洛阳博物馆的噩侯弟孱季簋显然是依据西周早期范式来作器。但他们对西周样式做了修改,此外两件铜器都比西周的标准青铜簋小(噩季奞父簋直径 15.3 厘米,噩侯弟孱季簋直径 14 厘米)。特别是洛阳的孱季簋,它器壁较薄,平底,两耳较细,腹近口处饰精细的雷纹一周作为本器主题纹饰。这些可以清晰地把它与周式簋区分开。随县孱季尊和上海博物馆孱季卣可能同属一组铜器,甚至也有可能孱季卣、孱季簋就是被盗自 1975 年孱季尊出土的墓葬的。孱季尊和孱季卣同样也和西周早期铜器的标准不同。

虽然这些铜器铭文很短,特别是孱季尊和孱季卣,我们仍然可以发现不标准的字形。例如三件铜器中"弟"字不同写法：(簋)、(卣)、(尊),可见结构差异非常大。假如没有三件铜器的比照和上下文,很难对这个字进行释读。孱季卣盖上的"作"字与正常的写法左右相反：。孱季尊上的"彝"字写作：,几乎完全变形了。

另一方面,噩国即使没有制造,但也曾拥有高质量的铜器(可能不是噩国本地制造),比如西周早期带方形器座的噩叔簋,这件铜器如今也陈列于上海博物馆(图一八)。

① 李峰：《西周的灭亡——中国早期国家的地理和政治危机》,120 页。

② 西周时期长江中游的政治环境与文化背景,见李峰：《西周的灭亡——中国早期国家的地理和政治危机》,108—141 页。

图一八　上海博物馆藏噩叔簋

(《中国青铜器全集》,6.104；铭文来自《商周青铜器铭文选》,1.74)

这件精美的簋,器身形制与许多西周铜器类似,如著名的宜侯夨簋。[1] 另外还有两件簋也可能为噩侯驭方鼎的噩侯铸造,它们如今陈列于台北故宫博物院(见图九)。这两件簋的纹饰和铭文与当时西周铜器,如陕西扶风出土的重环纹簋并无巨大的差异。[2] 总的来说,噩国诸器显示了一定程度的文化交融。在吸收西周铜器文明的过程中,噩仍显著地保留了自己的传统,他们生产的铜器具有鲜明的本地特色。噩国贵族很可能具有识字能力;而噩在很长一段时间内是西周重要的政治盟友,他们在周人南境守备中扮演了重要角色。

𢐗伯鼎和𢐗国

离周人更近的是位于今天陕西宝鸡的𢐗国。这个小国的由来,我们知之甚少,但通过考古学我们大致了解了𢐗国的物质文化。这要归功于七八十年代密集的考古发掘工作。通过这些发掘,在三个地点共发现了二十五座保存良好的墓葬,墓葬中出土大量铜器、玉器和陶器。[3] 其中茹家庄 2 号墓出土两件𢐗伯鼎,这两件铜鼎是𢐗伯为他妻子𢐗

---

① 关于这些铜器之间的比较,见林巳奈夫:《殷周時代青銅器の研究》(殷周青銅器綜覽：1),东京：吉川弘文馆,图版 3.103。

② 关于这些铜器之间的比较,见《陕西出土商周青铜器》,3.105，139。

③ 卢连成、胡智生:《宝鸡𢐗国墓地》,北京：文物出版社,1988 年。

姬所作。强伯鼎铭文是已知强国器中最长的，这两篇铭文内容相同，共 24 字，铸于鼎腹内（图一九、二〇）。

井姬亦（祖?）（考?）（?）公宗室。（又?）孝（祀?）孝。（强?）伯作井姬用鼎（簋?）。

图一九　宝鸡茹家庄墓出土的一号强伯鼎

（BRM2：2；《宝鸡强国墓地》，364，图版 198）

图二〇　宝鸡茹家庄墓出土的二号强伯鼎

（BRM2：3；《宝鸡强国墓地》，370，图版 197）

这两件铜器的 24 字铭文中有 5 个完全无法释读，另有 5 个只能由两铭对比以及通过上下文猜测进行解读。这些铭文读起来非常困难，并不是因为它们太古老，而是它们不遵循西周铭文习惯，以致充满错误、文字变形。铭文大致记录了井姬在宗庙祭祀她已故的父亲某某公，而这组鼎-簋也是井姬的丈夫强国国君強伯为了她的使用而制作的祭器。[①]

现在让我们来看这两篇铭文上一些不规范的字形（以下图片中排在前面的是一号鼎，后面是二号鼎）。

1.  一姬：这个字的释读由对比两铭字形解决。但它们的字形，特别是一号鼎，与标准形式（不嬰簋）、（师酉簋）不同。

2. 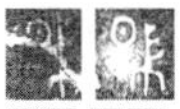 ：虽然笔画可以认出，但这个字仍然无法释读。

3.  ：无法释读。

4.  一祖：就字形本身来说无法释读。但后面一个字可能是“考”，因此被报告读作“祖”。[②] 虽然根据上下文看，这样的释读非常合适，但它的字形和祖的差距很大。西周铭文中祖通常写作（不嬰簋），左侧没有现代汉字的示字旁。因此它的准确释读现在仍然不确定。

5. 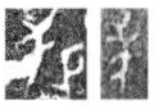 一考：在其他铭文中“考”写作（师酉簋）或（豆闭簋）。而強伯鼎的字形严重损坏了。

6. 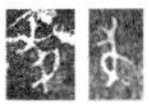 ：无法释读。一些学者认为是麦，[③]如果确实是麦，则字形残损得非常严重。

7.  一又：这很可能是“又”字，但一号強伯鼎却是另一个字形。

8. 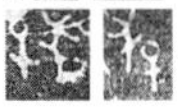 一孝：这个字在两篇铭文中共出现四次，只有二号強伯鼎的字形可读。虽然可读，但与标准字形如（颂鼎）相比仍有很大不同。一号鼎字形已残，如不借助二号鼎几乎无法释读。

9. 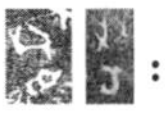 ：报告把它读作祭，有些学者读考。[④] 但这两种读法都未成定说。这是一个变形的铭文，甚至我们还不清楚两件铜器上的是不是同一个字。

10.  ：报告读作唯，一些学者读作保。同样它的读法仍无定说。[⑤]

---

① 井姬是強伯夫人，她的二号墓陪伴在強伯主墓（一号墓）旁边。井姬明显是井氏宗族的人。井氏在西周中期是一个很强大的宗族，这一时期井伯和井叔经常出现在铜器铭文上。井氏宗族封地在今天的凤翔，邻近位于宝鸡的強国。井氏另有一支居住在周的丰京，相关墓葬在 1984 年发现。強伯与井氏宗族的姻亲关系可能是強和周的重要政治纽带。李峰：《西周的灭亡——中国早期国家的地理和政治危机》，199 页。

② 卢连成、胡智生：《宝鸡強国墓地》，364 页。

③ 《殷周金文集成释文》，2676。

④ 卢连成、胡智生：《宝鸡強国墓地》，364 页。《殷周金文集成释文》，2676。

⑤ 同上。

11. —弶：仅根据两件铜器上的字形完全无法释读。然而一些同出于茹家庄墓葬铜器相似的字形可资对照，如（弶伯方鼎，BRM 2：5）、（弶伯盘，BRM1 乙：2）。以上字形可证此字读“弶”。弶字还出现在竹园沟墓出土的西周早期铭文中，如(弶季尊，BZM4：2)。

12. —簋：簋字的标准式写作(师酉簋)或(此簋)。弶伯簋中字形虽然读簋无疑，但与标准形式相比区别很大。

以上不规则字形充分证明这两件铜器铭文书写者缺乏技巧、书写不成熟，上文诸例字形变异中都包含了书写错误。虽然这些书写者并非完全不识字，但可以确定他对西周铭文标准书写方式知之甚少，尽管它们距周都只有 170 公里。相应地，与纸坊头和竹园沟发现的精美弶国西周早期铜器相比，西周中期茹家庄铜器质量明显降低。而纸坊头和竹园沟发现的弶国早期铜器其艺术的成熟和铭文的精湛堪称西周铜器中的杰作(图二一)；虽然这些铜器的铭文通常很短，但文辞和书体特征与周人铜器并无二致。但西周中期茹家庄弶国铜器铭文不仅与本国早期铜器不同，也和同时代周人铭文判然有别。由此看来，西周中期弶国贵族似乎缺乏对书体艺术的鉴赏力(图二二)。

铸有劣质铭文的铜器其中许多是当地特有器形，如弶伯簋。令人印象最深的本地器形是出土于茹家庄一号墓的五件罐形列鼎和四件扁鼓腹列簋(图二三)。茹家庄两座墓葬中本地器形和一些标准的西周式样共存。与这些铜器埋藏在一起的还有一大组超过二十件陶器，它们也具有鲜明的本地特征。此外，纸坊头和竹园沟西周早期墓葬中也发现了本土样式的铜器，但数量较少，西周样式铜器则占大多数。弶国西周早期墓葬的埋葬传统也出现在西周中期的茹家庄墓葬里：弶国男子经常有妾属陪葬，他们分别被

图二一　弶国西周早期铜器

(《宝鸡弶国墓地》，46，108，图版 3，图版 46)

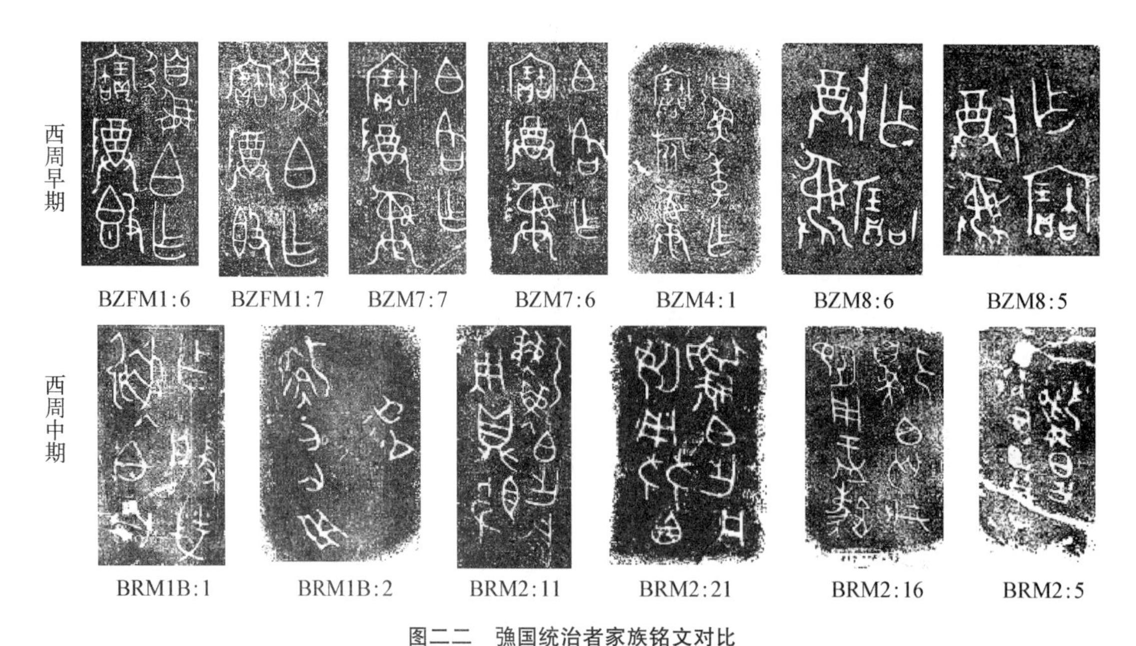

图二二　强国统治者家族铭文对比

(《宝鸡強国墓地》,29，113，150，180，308，369，370)

图二三　茹家庄一号墓本地类型铜器

(《宝鸡強国墓地》,359，图版153—154)

葬在同一个墓的不同棺中。这样的习俗完全不见于其他的西周墓葬。

已有许多文章解释強国文化的来源。因为在更西与更南的山区,即今天陕西南部和甘肃东南部，发现过许多弓鱼国风格的陶器。因此大多数学者认为，弓鱼人从这些羌狄居住的遥远地区迁居到渭河平原。[①] 近年西江清高在文章中把弓鱼国陶器风格追溯到分布于四川盆地西部边缘的十二桥文化，而不是与之毗邻的陕西南部汉水流域。[②] 由此可知居住在西周中心地区的弓鱼人仍可能保留了西南部的传统。西周初期，周人制作铜器的艺术和技术被弓鱼人完全接受。但到了西周中期，随着周人影响力衰弱，本土特色在他们的铜器文化中占据了重要地位，正如茹家庄铜器风格所示。

文化启示

本文重点考察了四件在西周文化中心之外铸造的铜器上的三篇铭文。制作这些铜器的作坊显然属于西周边缘的小国贵族。除这四件外，笔者还考察了其他属于这些小国的铜器，以此还原了这三个小国文化和历史的大概面貌。我们讨论的这三国既是周人盟友，可能有时也是敌人。他们接纳了周人的青铜器文化，但也保存着自己的文化传统。通过上述研究可以获得一些重要的启示：

第一个启示是，书写能力并不只封闭于西周文化范围内，或只和西周贵族有关。与周有直接联系的边缘小国贵族也可以学习周人文字。如同铜器的制作方式在不同文化间传播，文字的书写也随之跨越文化界限。然而书写的传播往往会意味着原初意义以及标准的改变，特别在非周文化环境中制作的铭文，这种变化尤为明显。在此情境下，中文书写系统不仅要跨越文化界限，也要穿越语言障碍。这造成一种可能的情形：本地书写者们制作铜器时使用的语言和他们自己文化内使用的完全不同。在他们书写的这种语言被本国主流文化中大多数人接受以前，书写技术仅掌握在极少数人手中。如眉敖簋的铸造国乖国，由眉敖和诸肤这两个音译名可知，乖国人说的语言和汉语应当不同。由于独特的文化环境，书写者不会一直遵循周人的铭文标准，因此产生了具有独特性质的铭文。本文分析的铭文证实了不同文化环境下书写标准改变的进程。尽管与周人铜器相比，这些铜器书写水准相对比较低，但他们在青铜时代的文明中占有特别的位置。它们是西周时期书写传播的最好证据。

第二个启示是，识字和书写的学习可能是一个复杂的过程。就这一点而言，本文并

---

① 见卢连成、胡智生：《宝鸡弓鱼国墓地》，446—462页；张长寿：《试论宝鸡茹家庄发现的西周铜器》，《考古》1980年6期，526—529页。西江清高：《西周时代の関中平原における弓鱼集団の位置》，《中国古代の文字と文化》，东京：汲古书院，1999年，207—244页；武者章：《西周弓鱼史研究》，《中国古代の文字と文化》，245—268页。

② 西江清高：《西周时代の関中平原における弓鱼集団の位置》，《中国古代の文字と文化》，230—231页。

不是说明边缘国家制作的铜器一定水平低劣，而是说明边缘地区构成了一个特殊的环境，在这个环境中很可能生产劣质铭文。同样，周文化环境下也可能生产劣质铭文，如今天位于北京的燕国出土的铜器克盉。[①] 只是西周文化范围内，特别是王畿之内制作的劣质铭文非常稀少。事实上，前文显示这三个小国的铜器铭文中既有本地风格浓郁的，又有标准的西周式样。标准西周式样铜器生产于边缘小国有三种原因：一是从西周王畿来的技术高超的匠人被本地作坊雇佣；二是有些铜器可能应这些国家的要求而在周王畿制作；三是在王畿作坊训练的书写者回到自己国家制作了这些铜器。值得我们注意的是，至少在弜国，具有本地风格的铜器是一直到相对较晚的时期才大量出现，而同时这些铜器铭文书写得既不仔细，又缺乏鉴赏力。因为弜国的西周早期铜器铭文，有许多提及当地的人员，很有可能弜国作坊从西周王畿，或者甚至就从宝鸡本地人中雇用了书写者和工匠，他们以自己高超的技术为弜国服务。西周中期弜人本地样式铜器开始出现，此时越来越多由本地训练的书写者被雇佣，弜人传统开始回归到青铜器文化之中。

这把我们引向一个更重要的问题：西周铜器究竟在哪里制作？上文研究提供的有力证据表明在西周时期，一些边缘小国制作了有本地特色的铜器铭文。对中国北部地区出土铜器的广泛研究显示，西周铜器的发展遵循了大致同样的标准。[②] 这些铜器的特点非常一致，有些学者由此推断，西周时期存在着一个良好的交流系统。杰西卡·罗森写道：[③]

> 我们不妨揣测一下，一个相当发达的青铜器冶铸组织在西周早期肯定存在过。铭文强调了这种需求。不管这些青铜器是均来自于丰镐或成周这样的中心铸造作坊，或者说其他地方也有作坊能够进行精良的青铜器铸造，王室与这些青铜器拥有者之间的紧密接触是不言而喻的……无论哪种情况，与青铜器作坊息息相关、训练有素的书写者都是必不可缺的。倘若青铜器是在中心地区集中铸造的，那么像那些距离较远的城市，譬如北京附近的燕国或宝鸡附近的弜国就必须与西安、洛阳的中心保持密切联系。如果有铭青铜器并非集中铸造，那么为了确保标准语言和书体的使用，不同铸造中心之间亦需频繁和密切的交流。无论是哪一种情况，西周早

---

① 见 Li Feng, "Ancient Reproductions and Calligraphic Variations," 4－15.

② 李峰：《西周的灭亡——中国早期国家的地理和政治危机》，199 页。

③ Jessica Rawson, "Western Zhou Archaeology," in *The Cambridge History of Ancient China: From the Origins of Civilization to 221 B.C.*, ed., Michael Loewe and Edward Shaughnessy (Cambridge, UK: Cambridge University Press, 1999), pp. 365－366.

期一个意图和实践上的强大统一体似乎已经将周王国的不同部分连接起来了。

罗森虽然提出了这个问题，但在对两种可能情况作选择时却非常谨慎。事实上二十年前松丸道雄先生通过对铭文进行分析，已经提出了有关青铜器铸造地的问题。一方面松丸先生认为，大多数记录册命或赏赐形式的西周铭文是由周王直接控制下的王室作坊所作，之后分发到铭文上记录的名义制作者手里。这样一来，制作和分发铜器便成为西周王室控制宗族贵族以及实现政治权威的重要手段。[①] 另外松丸先生也认为，除了主要在王室作坊制作的铜器，一些西周铜器也在作器人所在的诸侯国制作。西周时期的麦制作了一组铜器，上面记录了他与位于今天河北省的邢国国君的关系。通过对这组铜器的详细分析，松丸先生提出邢国存在一个拥有非常成熟技术的作坊，这种作坊可能同样存在于其他国家。[②] 在对自己研究的总结中，松丸道雄为西周铜器的生产背景制作了一幅表格：

松丸道雄根据制作地对西周铜器的分类表 *

有铭或无铭的铜器真品	王室作坊(宗周/洛阳)	1. 王室作坊制作的有铭铜器(睘卣、二号师瘨簋) 2. 无铭文铜器
	诸侯国作坊	3. 诸侯作器(麦盉、麦鼎) 4. 诸侯改作铭器(睘尊) 5. 仿王室铭器(一号师瘨簋) 6. 无铭文铜器

* 松丸道雄，《西周青銅器中の諸侯制作器について》，177页，表2。

近二十年燕国、晋国、应国等地出土了大量的有铭青铜器。其中记录诸侯国官员接受本国国君赏赐的铭文，与麦所作诸器的情境相似。[③] 它们不可能由王室作坊铸造，只可能由诸侯国自己制造，虽然如今还没有考古学证据证明这些作坊的存在。

本文的研究有力论证了西周时期铜器制造业的分散化。眉敖簋、噩侯驭方鼎和弜伯鼎这样的器物具有显著的地域文化特征，它们的铭文很特别，这些铭文并不遵循西周王畿地区的书写标准。铭文内容可以证明这些铜器属于处于西周势力的边缘地区的小

① 松丸道雄：《西周青銅器製作の背景》，《西周青銅器とその國家》，东京：东京大学出版会，1980年，7、54、78、122－25页。

② 松丸道雄：《西周青銅器中の諸侯製作器について》，《西周青銅器とその國家》，1980年，137—166页。关于麦作诸器，就如同那些来自陕西王畿而记录周王和官员的行为的铭文一样，松丸道雄据此认为麦器应在邢侯控制的作坊制造，而不是麦的。见165页。

③ 这些新出土的铜器见 Edward Shaughnessy, "New Sources of Western Zhou History: Recent Discoveries of Inscribed Bronze Vessels," *Early China* 26－27 (2001－2002): 73－90；李峰：《西周的灭亡——中国早期国家的地理和政治危机》，81、81－82、99－100、137页。

国的国君。这三件铜器可以说是地方制作铜器的最佳例证。然而它们和松丸道雄先生认定的西周诸侯国铜器可能有所不同(表格中的 3—6),后者与周王畿地区铜器关系密切。也许眉敖簋、噩侯驭方鼎和強伯鼎可以为松丸先生的表格增加一项：即“非周文化的边缘小国作器”。

（翻译：陈鸿超）

“长子口”墓的新启示[①]

序　言

“长子口”墓于一九九七年由河南省的考古工作者在鹿邑县太清宫发掘出土。这座墓葬规模宏大，级别较高，出土青铜容器及乐器达85件之多，并有大量车马器、兵器和日用陶器随葬，且保存完好，可以说是继妇好墓以后的又一次重大发现。[②]但是这座墓葬情况比较复杂，带来的问题也是多方面的。首先，它并不是出现在商文化的中心地区，而是在河南-安徽交界的黄泛区边缘地带，有着特殊的历史地理背景。墓中出土青铜器中有44件之多铸有“长子口”或“子口”或“子”的铭文，因此发掘者将墓主定为“长子口”。根据其他几位学者的研究，后世文献中的“微子启”在商周之际应该即写作“长子口”。如果这样，鹿邑太清宫这座大墓也可能就是西周时期商人后裔宋国的第一位国君的墓葬，但是也有学者反对这个看法。[③]其次，关于墓葬下葬的具体年代，报告的作者断定为西周初年，不晚于成王时期，并认为其器群组合形态是商周过渡时期的一种反映。[④]但是已有学者指出，墓中出土的一些器物明显要晚于这个年代，甚至晚于康王时期，[⑤]它们与墓中大量出土的商代风格浓厚的青铜器年代可能有较大的差距。在这点上，“长子口”墓对我们考古学上所惯用的随葬青铜器的断代方法是一个十分有趣的挑战。第三，“长子口”墓为我们提供了一个大量陶器（共197件）和铜器共存的考古学上难得的实例，并且它们出土于商周文化的边缘及过去资料较少的鲁西豫东地区。如果这批陶器的年代可以确定，那就为我们了解这一地区考古学文化的年代和特征

---

① 本文原发表于山东大学编《东方考古》第四期（2008年），104—116页。

② 河南省文物研究所、周口地区文化局：《鹿邑太清宫长子口墓》，郑州：中州古籍出版社，2000年。

③ 王恩田：《鹿邑太清宫西周大墓与微子封宋》，《中原文物》2002年第4期，41—45页；松丸道雄：《河南鹿邑県長子口墓をめぐる諸問題——古文献と考古学との邂逅—》，《中国考古学》，第四号（2004年），219—39页；张长寿：《商丘宋城和鹿邑大墓》，刊《揖芬集：张政烺先生九十华诞纪念文集》，北京：社会科学文献出版社，2002年，77—79页。反对意见如：林沄：《长子口墓不是微子墓》，刊《林沄学术文集》（2），北京：科学出版社，2008年，213—215页。

④ 为了确立这个年代，报告作者将墓中出土的青铜器与商末周初的已知青铜器群进行了非常广泛和全面的比较，包括属于商代的殷墟郭家庄160号墓、苏埠屯M1、前掌大M3和M4、琉璃河1193号大墓、宝鸡纸坊头一号墓、泾阳高家堡墓、鹤壁庞村墓等。见《鹿邑太清宫长子口墓》，206、208页。

⑤ 松丸道雄：《河南鹿邑県長子口墓をめぐる諸問題——古文献と考古学との邂逅—》，221页。

提供了一个重要的坐标。本文拟以发表的资料为基础，对后两个问题作一些初步探讨，错误之处敬请大家批评指正。

我们在确定随葬青铜器群的年代时通常有两个方法：第一个是绝对年代法，即将有关青铜器与根据铭文可以准确断代的所谓标准器进行对比，从而推定其年代。这种方法比较准确，但要受到有标准器类型方面的限制。而所谓“标准器”也不一定全都标准；真正可以按其自身的铭文准确断定时代的只是很少数，而其他根据铭文中联系来进行断代的铜器往往在学者间有许多争议。因此，这种方法特别是在铭文简短的商代铜器研究中很难采用。另一个可以叫作相对年代法，即将一墓中出土的青铜器整群与已知大致年代的其他随葬铜器群相比较，从而推定其相对年代。这种方法依靠的是器群整体变化的逻辑性，并且随着已知器群的积累其准确性可以不断提高，因此这种方法在考古学研究中被广泛采用。换言之，我们是用研究陶器年代的方法来研究铜器群的断代。但是，这种方法有一个假设，即出自同一墓葬的青铜器应该大致上同时，因此我们可以在时间顺序上为他们确定一个“点”。这虽然是一个假设，但是从考古发掘的大量实例来看，这一点基本上是可以成立的。只是，例外有时也会出现，“长子口”墓就是一个典型的例子。它要求我们重新检讨过去的旧方法，并且探索对随葬青铜器群进行断代研究的新途径。

本文将首先讨论“长子口”墓铜器群的内在分组结构，在确定其铜器群内在分组的基础之上，我们再来讨论各组铜器的组合和年代问题，并进而讨论整群铜器的埋葬时代。为了确定分组，我们除了要考虑铜器间器形、花纹的异同，一个重要的分析途径即是考察铜器所带有铭文的书体特征。与造型和花纹的普遍性不同，书体是一个非常复杂的文化现象，它不仅与一个时代的文化特征有关，更重要的是与书写者个人的文化素养和艺术趋向有密切关系，因此，一篇铭文的书体特征更能反映其铜器的制作背景。这一点对我们考察铜器分组问题是至关重要的。[①]具体就“长子口”墓而言，我们认为其所出铜器可以大致分为三组，并且其时代均有差异。这些铜器最后的下葬时间并不是成王以前的西周初年，而很可能是成王之后西周早期的晚段。这一年代的确定为我们重新认识“长子口”墓的历史意义及其随葬陶器群在考古学上的重要性提供了一个新的出发点。

---

① 关于这一点，请参考 Li Feng (李峰), “Ancient Reproductions and Calligraphic Variations: Studies of Western Zhou Bronzes with Identical Inscriptions,” *Early China* 22 (1997): 1-41.

"子"组铜器

在"长子口"墓所出的79件青铜容器中,比较引人注目的是两件带四耳的铜簋(M1∶84、85)。这主要是因为它们与墓中普遍存在的商文化铜器显然不同,可谓独树一帜(图一)。这两件铜簋高圈足,四耳方垂珥,腹饰涡纹和粗线的兽面纹。几位学者已经指出他们与著名的宜侯夨簋以及故宫博物院所藏的荣簋很相似,年代应该非常接近。其实这种高圈足的铜簋在宝鸡纸坊头一号墓中也有出土,只是圈足更高一些。另一件相似的器物是现藏上海博物馆的噩叔簋,圈足之下又有方座,器形更为复杂。其实这种高圈足簋的陶仿制品在西周墓葬中也屡有发现,可见这是西周早期铜簋造型的另一个重要流派,[1]而西周晚期著名的琱生簋所仿照的也即是这样一种西周早期的式样。

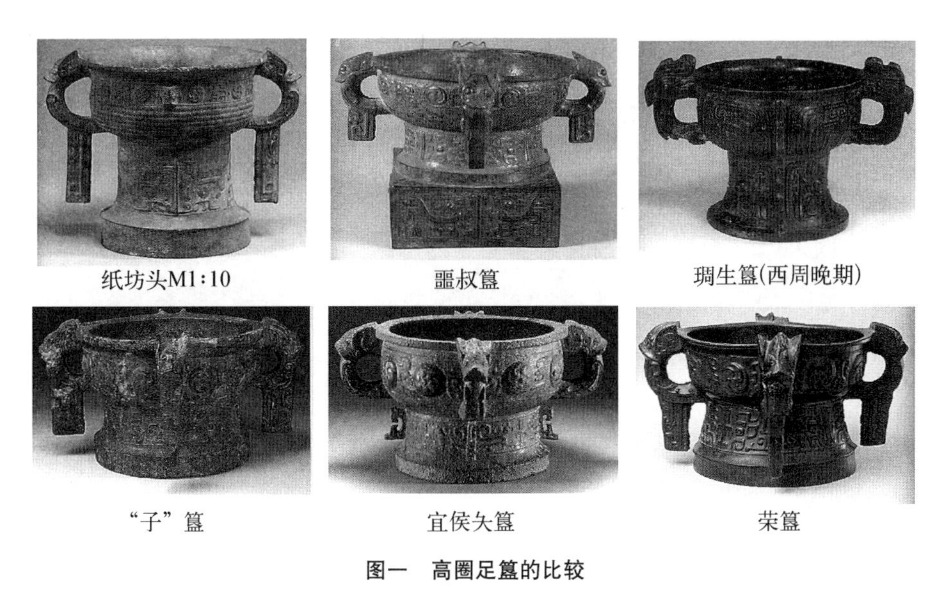

图一　高圈足簋的比较

宝鸡纸坊头一号墓学者们公认年代应在西周初年。这座墓葬中出土的铜器造型风格相当一致,这个年代应该是可靠的。如果和纸坊头墓出土的高圈足簋相比,就器形来讲,"长子口"墓出土的这件簋应该是较晚出的一种发展,年代应该早不到周初。这一点其实也可以从宜侯夨簋的铭文中得到明确的证据。这篇铭文开篇即讲"唯……王省武王、成王伐商图",因此学者们一致认为它是康王时期的标准器。无独有偶,荣簋的作者

① 中国社会科学院考古研究所沣西发掘队:《1967年长安张家坡西周墓葬的发掘》,《考古学报》1980年4期,490页。

荣又出现于邢侯簋和小盂鼎铭文之中，且身份一致，其活动于康王甚至昭王之世是没有问题的。如果以宜侯夨簋和荣簋的年代为准，再考虑这类簋自身的发展过程，“长子口”墓这两件高圈足四耳簋比较准确的年代应该是西周早期晚段，即康王或更晚，而不能早到西周初年。其年代与墓中的商式铜器可能有很大一段距离。

这两件高圈足铜簋底部各铭一个“子”字。一种意见认为它是同出其他器上“长子口”或“子口”的省略。而另一种意见认为它在这里是族名，即与作为私名的“长子口”中的“子”并不相同。[①]关于这一点还可以进一步讨论。但是有趣的是，这一个单独的“子”字也出现在另外两件方鼎上（M1：190、191），并且其书体完全一样，因此同铭为“子”的其实有两鼎两簋，这并不偶然。其实本墓出土尚有另外两套方鼎：一套是铭为“析子孙”的两器（M1：46、87），另一套则是铭为“长子口”的同形五器（M1：4、77、88、95、186）。我们可将这三套方鼎作如下比较（图二）：

“析子孙”鼎

“长子口”鼎

“子”鼎

图二 “长子口”墓三套方鼎的比较

我们只要看这三套方鼎，即可知“长子口”墓铜器的时代差异了。两件“析子孙”方鼎深腹直壁，粗柱足，是典型的晚商风格。五件“长子口”方鼎柱足虽略高，但是方正的腹形和等齐的扉棱仍是典型的商代晚期风格。而两件“子”方鼎则是细柱足，浅腹斜壁，扉棱上已经发展出了出飞之状，其形态明显晚于前两组方鼎，并且与商器已有一段距离。当然这种细柱足的方鼎在西周早期有一个延续的过程，其准确的断代并不容易。其年代较晚并与这两件方鼎形态更接近的有作册大方鼎，后者因为其铭文讲到公束（可能为召公）铸武王、成王異鼎，明显也是属于康王时期的铜器。[②]因此我们认为这两件“子”方鼎与其同铭的两件四耳簋应该为一套器物，他们应作于西周早期中段或偏晚。

① 王恩田：《鹿邑太清宫西周大墓与微子封宋》，43页。

② 王世民、张长寿、陈公柔：《西周青铜器分期断代研究》，北京：文物出版社，1999年，12页。

另外我们认为,墓中与这套铜器大致同时的尚有一套两件的铜鬲(M1:89、90)。这两件鬲已经发展出了明显的直领,与晚商铜鬲有一段距离。另一件觯(M1:197)也明显较晚,这种觯常常出现在西周早期晚段的墓葬中。[①]我们可将这些铜器归入一组,称为"C组"(图三)。他们无疑是"长子口"墓中年代最晚的一组铜器。

图三 "长子口"墓C组铜器

铭文的书体及铜器分组

那么,铭文同为"长子口"的铜器是否就属于同一组,并且年代一致呢?这里我们要从铭文的书体入手,进一步来考察"长子口"铜器的内涵问题。在"长子口"墓所有铭文中最常出现的一个字即"子",但我们发现这同一个"子"字却有两种不同的写法(图四)。

第一种写法"子"字头部为一个规则的圆圈,我们称之为空首A体之"子";第二种写法"子"字头部为一个实心的圆点,我们称之为实首B体之"子",上述四耳"子"簋和"子"方鼎上的"子"字即类似这样的写法。当然,同铭的器上个别字用不同的字体这并不少见。即便同一篇长铭中我们有时也会发现个别字的变异,这也并不奇怪。过去有学者把这现象称为"文字结构的不一致性"(Structural Inconstancy),认为这是伪器的标志,[②]这当然

① 李峰:《黄河流域西周墓葬出土青铜礼器的分期与年代》,《考古学报》1988年4期,416页。

② Noel Barnard: "New Approaches and Research Methods in Chin-Shih-Hsûeh," 《東京大学東洋文化研究所紀要》第19卷(1959年),23—31页;"The Incidence of Forgery Amongst Archaic Chinese Bronzes," *Monumenta Serica* 27 (1968): 166-67.

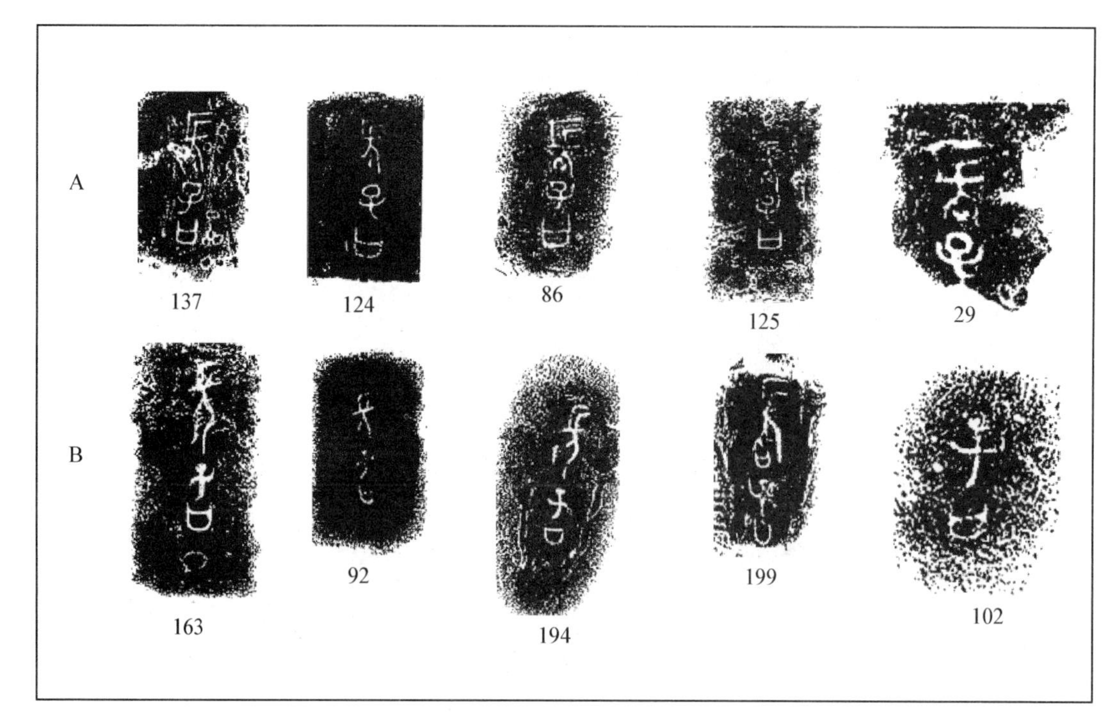

图四　“长子口”铭文书体比较

也不对。[1]但是我们在“长子口”墓铜器上所看到的现象似乎并不是那么简单的字体变化，而是一种变异的一贯性。首先我们可以看到，凡是“子”字为空首之A体者，其下的“口”字两边竖划必高出，作形。凡是“子”字为实首之B体者，其下的“口”字两边竖划多不高出，作形。我们再来看“长”字：凡是“子”字为空首之A体者，其上的“长”字头部两划方折，下体的半环必在下垂两划之间，作形；凡是“子”字为实首之B体者，“长”字字形瘦长，下体执杖必在一侧，作形。很显然，我们这里所看到的实际上是字体和书体均不相同的两组铭文，而不仅仅是一个“子”字的同文互换问题。也就是说，这两组铭文显然出于不同人之手。

进一步，我们要看这两种不同的“长子口”铭文在本墓出土的青铜器上分布是否有规律。在这方面我们的研究要受到限制，因为本墓出土的铭文并没有全部发表，已经发表拓本也均为未剔锈之文本，这给我们造成很大不便。不过就已发表的资料来讲，我们仍可以看出一定的规律。首先，墓中出土了三套各为五件的铜鼎，我们称之为“A组”，

① 关于这种观点的批判，见 Edward Shaughnessy（夏含夷），*Sources of Western Zhou History: Inscribed Bronze Vessels*（Berkeley：University of California Press，1991），pp. 43－44；Li Feng，“Ancient Reproductions and Calligraphic Variations，” 38－41。

包括一套方鼎，一套分裆鼎，一套扁足鼎（图五）。这三套鼎上所书均为A体的“长子口”铭文，可见他们是一起铸造的一组三套铜鼎。相反，与本组内方鼎相异的另两件方鼎（上述C组）只有B体的“子”字；而与本组内扁足鼎相异的另一件扁足鼎（M1：43）则为B体的“子口”铭文（图六）。可见这两种书体的分布并非偶然。从器形方面看，本组内这三套铜鼎均很古朴：扁足鼎浅腹，鼎足造型简单；分裆鼎浅腹高裆，粗柱足，器体厚重；方鼎腹壁直立，口底等齐，柱足粗壮。这些均为典型的商代风格。与之同铭A体“长子口”的铜甗三足细高，甑部外凸较甚，明显也不是西周的风格。再加上方体罍、两套方体尊和高足觥，造型均很古朴，且风格非常一致。这些铜器上所铸均为A体的“长子口”铭文。很显然，它们为同组、同铭和同时铸造的一套铜器。另外，这套铜器还应该包括铭文没有发表的两件铜方斝（M1：130、222），内容也为“长子口”。而没有铭文的四件方爵（M1：133、134、202、214）和四件方觚（M1：118、211、213、226）显然也应属于

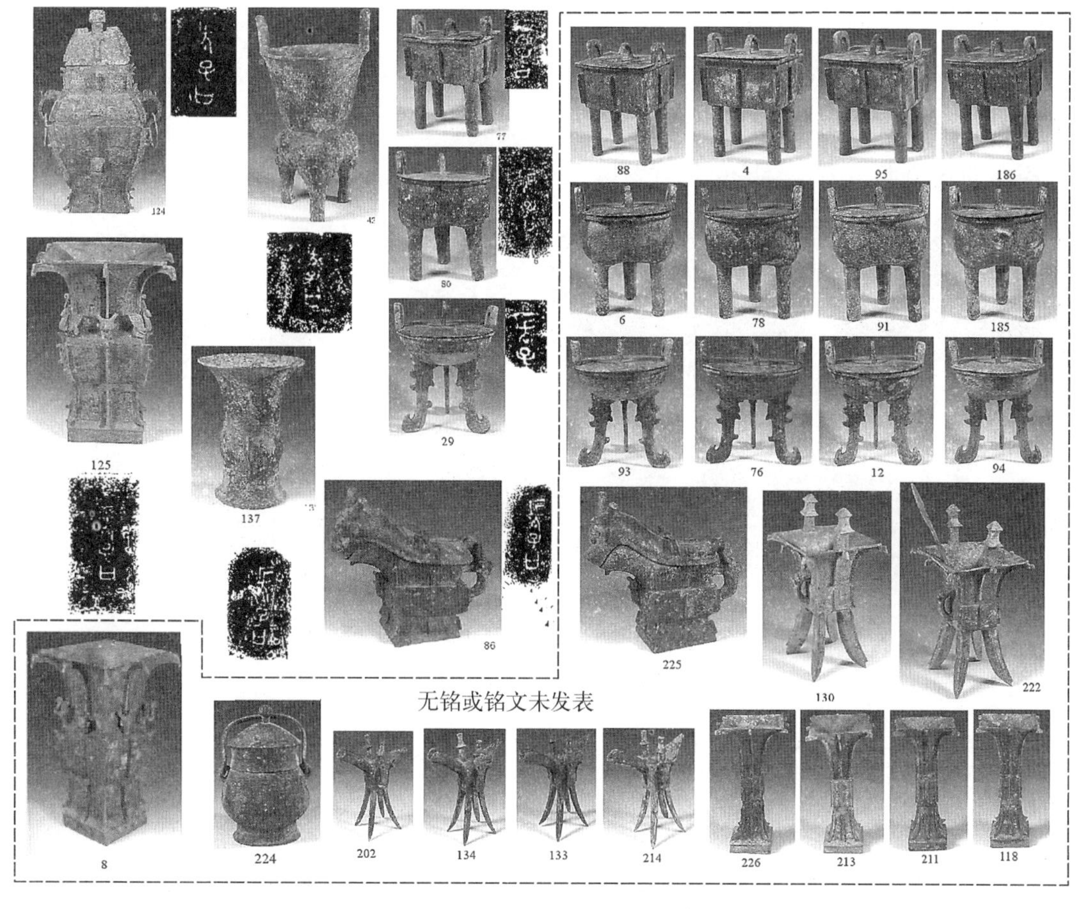

图五　“长子口”墓A组铜器

这套铜器。这套铜器的造型、风格和可能出自山东益都苏埠屯的商代"亞醜"组铜器可以说如出一辙,[①]他们可以与同墓出土的其他铜器区分开来。

铭文为B体"长子口"的铜器比较复杂一些。这其中包含一些器形,比如说三足斝和铜爵,其准确断代并不容易。但是,我们有充分理由把它们与A组铜器在年代上区分开来,我们称之为"B组"(图六)。首先,那件带盖的附耳鼎(M1:194)不是商代的风格。这件鼎深腹略下垂,细柱足,与之类似的有赛克勒藏品中的两件鼎(其中一件较晚);[②]这两件鼎在林巳奈夫先生的分期中分别排在西周IB和西周IIA,即西周早期偏晚和中期偏早。[③] "长子口"墓这件鼎可能略早一点,但应该早不到商代。其次,同为B体"长子口"铭文的扁足鼎(M1:43),其形态与A组的五件扁足鼎有明显区别,与其最相似的是山东滕县西周滕侯一组铜器中的扁足鼎和琉璃河M251的扁足鼎。[④]这种鼎扁足已不再尖长,突出的钩状饰件一直延续几近足尖,是一种西周的形态。进而,这件铭文为B体"长子口"的圆体铜觥(M1:92)也有明确的年代标志。可明确断代的铜觥虽然在现有铜器中很少,但是商代的铜觥器后把手下有垂珥,一般垂铒均为尖勾状(A组的两件铜觥即为此形态),与商代有些铜簋上的垂珥一致。而本器身后有方形垂珥,这种垂珥只出现在西周早期。另外,那件已残的铜卣(M1:163)根据报告的绘图复原,可知已经出

图六 "长子口"墓B组铜器

① 关于"亞醜"一组铜器的年代,参考殷之彝:《山东益都苏埠屯墓地和"亞醜"铜器》,《考古学报》1972年2期,23—34页,图版1-2。

② Jessica Rawson, *Western Zhou Ritual Bronzes from the Arthur M, Sackler Collections* (Washington, D.C.: Arthur M, Sackler Foundation, 1990), pp. 270, 276.

③ 林巳奈夫:《殷周時代青銅器の研究》(殷周青銅器綜覽:1),东京:吉川弘文馆,1984年,18、20页。

④ 滕县博物馆:《山东滕县发现滕侯铜器墓》,《考古》1984年4期,333—337页,图版7.2;北京市文物研究所:《琉璃河西周燕国墓地》,北京:文物出版社,1995年,图版54.3。

现直颈,颈腹分明,并且其口腹断面呈椭方之形,明显为西周早期偏晚形态。这件卣腹部和盖沿所饰的勾连雷纹,根据林巳奈夫先生的排比,从商代晚期一直延续到西周中期。[①]就西周的例子讲,如著名的令簋上所见即是这种勾连雷纹;此纹饰也见于长安沣西新旺村出土的勾连雷纹大鼎以及花园村 M15 两件铜方鼎上,它们均为典型的西周早期器形。[②]因此,铭为“长子口”B 体的这件勾连雷纹卣其年代属于西周早期也是没有问题的。即使那件三尖足的盉(M1∶102),也以见于西周早期墓葬中的为多,故过去一般都把它作为西周早期的器形。[③]

总之,以上铸有 B 体“长子口”铭文的铜器多具有西周早期作风,与上述铸有 A 体“长子口”铭文的铜器是有明显区别的。这种铭文字体和所在铜器器形风格的对应性绝非偶然,这说明它们其实是铸于不同时期,并且铭文由不同人书写的两套铜器。因此,我们在考虑“长子口”墓断代问题时,必须把它们区别开来。

三组铜器的年代序列

以上分析为我们重新考察“长子口”墓的年代提供三个新的定点。这样一来,我们就不能简单地根据相对年代学的方法,将“长子口”墓的铜器与其他地区商代到西周早期墓葬出土的铜器作笼统的比较来确定整个铜器群的年代,而是要确定每组铜器的不同年代。尽管我们不能绝对说每组之间一定隔了多大的距离,但我们至少可以有信心地说 C 组铜器一定比 A 组铜器要晚很多,而且 B 组铜器也明显比 A 组铜器为晚。A 组铜器基本可以肯定作于灭商之前的商代晚期,而 C 组铜器则作于西周早期中段甚至更晚。至于 B 组铜器也应该作于西周早期的某个时间,但它们和 C 组铜器之间的年代关系尚可进一步讨论。进而,我们在确定“长子口”墓的埋葬时间时,就不能简单地只是在经过相对年代学比较所得的年代幅度上找一个中间点(比如西周初年),而是要按照墓中出土的最晚一组铜器来定其埋葬年代。很清楚,我们应该把“长子口”墓的年代定在西周早期晚段,即康王甚至更晚。

其次,对这三组铜器的区分,也可以使我们看到“长子口”名称的时间变化。在 A 组铜器上,作器者只有“长子口”一种称法。在 B 组铜器上,也就是说以 B 体书体书写的铭

---

① 林巳奈夫:《殷周時代青銅器紋様の研究》(殷周青銅器綜覽:2),东京:吉川弘文馆,1986 年,377—378 页。

② 西安市文物管理处:《陕西长安新旺村、马王村出土的西周铜器》,《考古》1974 年 1 期,图版 1;陕西省文物管理委员会:《西周镐京附近部分墓葬发掘简报》,《文物》1986 年 1 期,图版 3.5。

③ 林巳奈夫:《殷周時代青銅器の研究》(殷周青銅器綜覽:1),206 页;王世民、张长寿、陈公柔:《西周青铜器分期断代研究》,北京:文物出版社,1999 年,146 页。

文中,我们既可见“长子口”,也可见“子口”的称法。但是,单独“子”的称法仅仅见于最晚的C组铜器。这似乎并不是一个偶然,至少说明“长子口”的称名越来越随便了。有的学者已经指出,“长”乃是商代的旧国,屡见于甲骨文,大致坐落在山西太行山地区。[①]如果“长子口”就是文献中所讲的“微子启”,那么被周人改封于宋地之后,可能就不称,或渐渐不再称“长子”了。另一方面,“宋”则可能是周人对改封于今商丘一带的“长子”之族的称法,而本族人可能并不称“宋”。我们到现在为止还没有发现西周早期所谓“宋人”的铜器,因此宋人在西周早期是否实际称“宋”还是一个问题。唯一一件可能与宋有关的西周早期铜觚近年出土于前掌大 M110,铭曰“宋妇彝,史”,可能为居于前掌大的“史”氏族人为其嫁入宋国的女子所作。[②]因此,到了离商灭已有 30 年左右的康王时期“长”国之君可能就保留了一个“子”的简单称谓。

共出陶器的年代和意义

当然,“长子口”墓准确断代的更重要意义在于对考古学文化的认知上。“长子口”墓共出陶器 197 件之多,包括罐、尊、罍、簋、盆和豆等器类,是一个庞大的陶器群(图七)。一般来讲,陶器的使用时间较短,因此一墓中出土的陶器应该与墓葬的埋葬时间大致相当。并且,由于陶器的地域性很强,那种远距离的相对年代比较法往往并不可靠;相反地,在一个考古资料积累不多的新地区,我们应该用一墓共出的铜器来定陶器的年代。“长子口”墓的陶器有明显的商文化特征,也可以说他们在器类、器形上均继承安阳殷墟的陶器群。但是他们既然与西周早期偏晚的铜器共出,其年代就应该在西周早期偏晚,与墓中最晚的铜器大致同时。如果上述有关“长子口”年代的分析不误,那么我们就应该说该墓为我们提供了豫东鲁西地区大致属于西周早期晚段的一组典型陶器。这群陶器的最大特点是其器形高度规范化,并且制作精细,这一点报告的作者已经指出。[③]这也说明其在年代上相差可能很小,因此这群陶器年代的确定对本地区西周早期文化的年代研究有重要意义。譬如说,圆腹的陶罐共有 32 件之多,其区别仅在于领部高低,肩部有无小耳。其他典型的陶器有体态瘦高的尊(有耳或无耳),共 28 件,折肩、有耳或无耳的罍,高圈足的簋、豆,直体的大口尊等器形。这些陶器遥承安阳殷墟晚商陶器风格,但有些器物已发生明显变化,如高圈足的直腹簋,这也是其年代晚于商代的表征。

---

① 杨肇清:《长国考》,《中原文物》2002 年 4 期,49—50 页。
② 中国社会科学院考古研究所:《滕州前掌大墓地》,北京:文物出版社,2005 年,233 页。
③ 见《鹿邑太清宫长子口墓》,21 页。

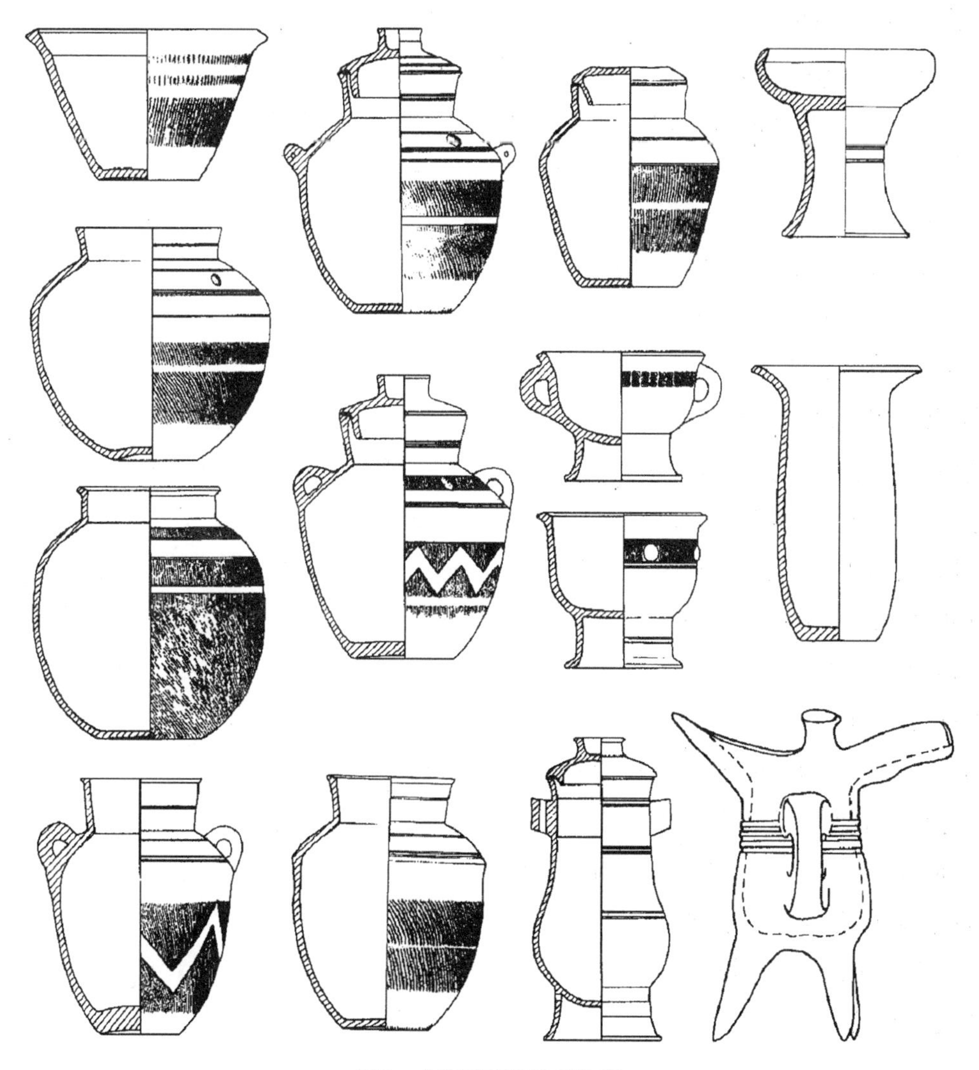

图七　“长子口”墓共出陶器

基于对“长子口”墓的新认识，我们也可以来比较一下同一地区中的其他墓葬，譬如说山东滕州前掌大墓地。这两处墓地相距约200公里，同属于鲁西豫东的平原地区，联系考察这两个墓地的资料，可以使我们对本地区西周早期的随葬陶器群的文化面貌及其与铜器群的共出关系有一个更深入的认识。前掌大墓地出土各类陶器259件，分别出土于62座墓葬中，这些陶器大多为实用器，少部分为明器。这与“长子口”墓的情况非常相似。陶器中以鬲、罐、罍、簋、尊为主，此外还有豆、斝、盆、盉、瓿、盘、甗、鼎等。从组合特征和形式看，既有商代墓葬的特点，又有别于商墓。如商代墓葬中盛行的以陶爵、觚随葬的现象在前掌大墓地中没有出现一例，鬲的数量和占整个陶器的比例明显不如晚商或西周早期的其他墓地。罍、罐、簋成为墓葬陶器的基本组合，鬲、豆在一些墓葬中虽然仍是重要随葬器物，但出现的频率明显不及罍、罐、簋。大量出现带耳器和带盖器是有别于其他墓地的又一特征。纹饰方面，绳纹上饰刮划三角形纹、竖细绳纹、刻画的网格纹等都具有典型的商代风格。总体来看，这两处的陶器群面貌非常相像，尽管前掌大墓地的器类可能较多一些。譬如说，"长子口"墓多出的大口圆肩有耳或无耳的罐、有耳或无耳的罍以及高圈足直腹簋与前掌大所出均极相似，并且在两地都是主要器类。[①]但是"长子口"墓所多出的那种体态较瘦的陶尊在前掌大则不多见，而前掌大出土陶鬲也不出于"长子口"墓，可见两地的陶器还是有一定的特殊性。就与铜器的共出关系讲，譬如说，与"长子口"墓类似的陶罐和陶罍在前掌大 M11、M13、M21、M120、M121等墓中均有出土，而这些墓葬中均有典型的西周早期铜器共出。[②]这说明即使在前掌大墓地，这些陶器的年代也不能早到商代。M11 是前掌大保存最好、等级最高的墓葬，出土陶器 3 件，青铜礼器 32 件，有鼎、甗、簋、尊、罍、卣、盉、壶等 16 个器类。[③]其中前掌大M11 的大圆鼎（M11：94）有蹄形足，在口沿下和足根饰兽面纹，器形和纹饰与长子口墓大圆鼎（M1：9）几乎一样。前掌大 M11 的两件分裆圆鼎（M11：88、89）则与长子口墓的五件分裆圆鼎（M1：6、78、80、91、185）相同。前掌大 M11 的斝（M11：95）和长子口墓的"戈丁斝"，M11 的方罍（M1：29）和长子口墓的方罍（M1：124）造型特征均非常一致。这些均是两墓中属于商代晚期风格的器物。但是，与长子口墓情况一致，前掌大M11 中也出土了一尊（M11：76）两卣（M11：111—112），所饰兽面犄角翘出，器形也明显较晚，应属西周早期器物。[④]因此，报告作者将此墓列入前掌大墓地的第二期，相当于西周早期偏早阶段。[⑤]因此，从"长子口"墓早晚期铜器与陶器共出的情况看，这个年代也是比较可信的。

结　　语

传统的青铜器研究以传世的单件青铜器为主要对象，以青铜器上的铭文所提供的联系来进行断代。现代考古学的科学发掘为我们提供了整群的青铜器，这使我们可以超出以往铭文的研究，用考古学的方法对青铜器进行成组的分析，从而为断代研究提供

---

① 见《滕州前掌大墓地》，167—75 页。
② 见《滕州前掌大墓地》，512—22、530 页。
③ 同上。
④ 见《滕州前掌大墓地》，530 页。
⑤ 见《滕州前掌大墓地》，533 页。

了更广泛的依据。但是，我们在用考古学的方法研究成群青铜器的时候，同样不应该忘记铭文所可能提供给我们的信息。相反，对于铭文内容特别是书体的研究可以有效地帮助我们来认识墓葬中出土的成群青铜器的分组情况。因此，我们要时刻把铭文的研究和铜器群本身的研究紧密结合起来。在对一群随葬青铜器进行年代学研究时，首先搞清楚其器群内部的分组情况是十分重要的。只有搞清楚了这种分组情况，我们才有条件来讨论它们的组合特征和年代。同时，科学的发掘还为我们提供了青铜器和其他器类特别是陶器群之间的广泛联系，这对研究陶器和铜器来说有着双重的重要意义。特别是当它们出土于过去研究较少的文化边缘地带，这种陶器和铜器的共存关系则可以为认识当地文化的特征和年代提供指导。只有我们尽可能全面地利用墓葬中出土的各类信息，我们才有可能得出更为可靠的结论。

文献批判和西周青铜器铭文：以牧簋为例[①]

有关青铜器和铭文的研究，宋代在中国近代以前考古学的发展史上占据着极为重要的地位。[②]然而，鲜有人知道在宋人著录的589件商周青铜器中，流传至今的可能仅有两件。[③] 这让人感到非常遗憾！这意味着自女真入侵中原以来，在一系列的国内外战争中，宋代所藏的古代青铜器几乎散失殆尽。不过，它们却以摹本和释文的方式得以幸存，这成为后人了解这些青铜器的唯一资料，且它们中很多极具历史价值。换言之，这些青铜器虽无法以实物方式存在，而我们仍能从文献记录来了解它们。

宋代的学者编写了超过20种青铜器著录，其中有8种至今尚存，大致可分为两类。[④] 一类可称之为"考古派"，即注重对实物的考察，如器形、纹饰、出土地、作器者等，而铭文只是其著录内容的一部分。[⑤] 这一派别发端于吕大临《考古图》(序言1092)，随

---

① 本文原发表为：Li Feng, "Textual Criticism and Western Zhou Bronze Inscriptions: The Example of the Mu Gui." In Teng Chung and Chen Xingcan ed., *Essays in Honour of An Zhimin* (Hong Kong: Chinese University of Hong Kong Press, 2004), pp. 280 - 97。在此我首先要感谢陈公柔先生提出宝贵意见。同时感谢陈星灿、焦天龙、吉开将人，他们帮助我获得了本文研究所需要的一些资料。

② 宋人的研究不只是现代中国考古学的来源之一，其重要性也已受到写世界考古学史的国外学者的承认。见 Bruce Trigger, *A History of Archaeological Thought* (Cambridge: Cambridge University Press, 1989), pp. 42 - 43. 有关宋代金石学学术成就，见 R. C. Rudolph, "Preliminary Notes on Song Archaeology," *Journal of Asian Studies*, 22 (1962 - 1963): 169 - 177。

③ 该数据主要根据张亚初先生的统计，见《宋代所见商周金文著录表》，《古文字研究》第12辑，北京：中华书局，1985年，267—269页。此前，王国维曾统计出636件青铜器。见《宋代金文著录表》，容庚编：《北平北海图书馆月刊》，1.5 (1928)，282页。尚存的两件青铜器一件为厚趠方鼎，现藏于上海博物馆。另外一件为兮甲盘(宋人著录中称为伯吉父盘)。一些学者曾怀疑厚趠方鼎的真实性，因为藏于上海博物馆的该器器形与宋人的图录有别。见白川静：《金文通釋》(神户：白鶴美术馆，1966—1983)，7.31：357—359页；亦见马承源：《商周青铜器铭文选》，北京：文物出版社，1988年，3.83页。兮甲盘曾为陈介祺所藏，东京的书道博物馆藏有其现代的复制品。见陈介祺：《簠斋吉金录》，风雨楼印本，1918，3.1页；亦见容庚：《商周彝器通考》，哈佛燕京学社，1941年，图版839。对兮甲盘的辨伪，见 Noel Barnard, "New Approaches and Research Method in Chin-Shih-Hsueh"，《東京大學東洋文化研究所紀要》，19 (1959)，3—5页；亦可见松丸道雄：《西周青銅器製作の背景》，《西周青銅器とその國家》，东京：东京大学出版会，1980年，106—111页。这里还应提及首载于王厚之《钟鼎款识》的楚公逆钟摹本，它后来被广收录于晚晴以及现代的著录中，如《商周青铜器铭文选》。该件铸铭铜器被罗振玉收购于上海，王国维曾为此器作跋，见王国维：《夜雨楚公钟跋》，《观堂集林》，北京：中华书局，1959年，890—891页。但该篇铭文非常可疑。在没有铭文的铜器中或许还有个别传自宋代，但它们无法鉴别。

④ 见容庚：《宋代吉金书籍评介》，《庆祝蔡元培先生六十五岁纪念文集》，中研院历史语言研究所，1935年，661—687页。

⑤ 见 Kwang-Chih Chang (张光直): *The Archaeology of Ancient China* (New Haven: Yale University Press 1986), pp. 8 - 9. 对宋人铜器研究的介绍，亦可见 Edward Shaughnessy(夏含夷): *Source of Western Zhou History: Inscribed Bronze Vessels* (Berkeley: University of California Press, 1991), pp. 9 - 10.

后其优势在宋徽宗敕撰、编于公元1110年前后的《博古图录》中得到了充分展现。另一类是盛行于南宋时期的“文献派”。由于雕版印制图像技术上的困难，加之南北宋之际诸多青铜器遗失，这一学派只致力于青铜铭文的著录，而不关注器物图像。其代表性著作为薛尚功编定于1144年的《历代钟鼎彝器款识法帖》。总之，这两派的影响自宋代一直延续至清代，甚至现代学者续编铜器目录依然沿着这两条传统路子行走。

但问题是，当一件青铜器转化成文本后，它在流传中也会如其他传世文本一样出现各种讹误——甚至这些讹误在工匠首次临摹时就已出现。在之后每一次青铜图像和铭文的传抄中，这种讹误都有可能发生。更有甚者，我们现在所见的宋代著录都是宋以后的版本，而原本无一幸存。因此，这些青铜器甚至不是以其原始文献记录方式存在。由于从宋至今代代流传，许多青铜器图像已与当初的器物原貌相差甚远，甚至其铭文也已殊难释读。本文要讨论的牧簋便是一个典型的例子。

那么，我们在历史研究中该如何处理这些宋人著录的青铜器及铭文？本文的目的就是以牧簋为例，来探索一个研究这类青铜器的有效方法。我的首条建议是：为了研究宋代发现、著录的商周青铜铭文，我们必须采用文献批评学的原则和标准。[①] 在文献批判的基础上，我们既可以对有关铭文进行历史学的研究，也可以对这些铸铭青铜器的特征进行艺术史角度的考察。我的第二条建议是：为了验证我们对宋代著录青铜器的理解，我们需将其与现存的青铜器进行比较，尤其是与那些经现代科学发掘出土的青铜器进行比较。这一比较将会为我们掌握这些青铜器可能的考古环境及铭文的历史背景打下坚实的基础。具体就牧簋而言，其铭文是有关西周时期法律实践的一则重要材料。它同样以独特的方式告诉我们西周中期的政治状况及周朝的衰落。因此，接下来，我将深入研究牧簋及其铭文。

来源及版本

作为研究的第一步，梳理牧簋的各种资料来源显得尤为重要。牧簋被发现于陕西省扶风县，最初属京兆（今西安）范氏所有。[②] 宋代有两本著录收录此器：《考古图》和《历代钟鼎彝器款识法帖》（以下简称《历代》），这两本书在后代有相当多的刻本（表一）。理想条件下，我们应比对这两本著录的所有版本，以便获得牧簋最原始的文本记录。但

---

① 对文献批判的原则、方法最简明的阐述，见 *Encyclopedia Britannica*（Cambridge：Cambridge University Press，1910），pp. 708 - 715.

② 见吕大临：《考古图》，天都黄晟亦政堂修补明泊如斋刻本，1753年，323—324页。

现实中，尤其对海外学者而言，遍阅所有的版本颇为不易。即便可以，也很难理清其中每一种资料的历史源流。然而，我们需尽可能多地搜集这些版本，并尽力弄明它们之间的渊源关系。

表一 牧簋资料来源表

著录	作者	版本	页码	出版信息	出版年
考古图	吕大临	大德本	3.21—24		1299
		泊如斋本*		程士庄	1368
		宝古堂本*		吴万化	1601
		亦政堂本	3.23—3.24	黄晟	1753
		四库本	3.25—26	四库馆	1784
历代	薛尚功	石印本*			12世纪
		万岳山人本*		万岳山人	1588
		朱谋垔本	139—42	朱谋垔	1633
		四库本	14.21—24	四库馆	1784
		阮元本	14.9—12	阮元	1797
		平津馆本	14.154—56	刘氏	1903
		陆友桐临汲古阁本	277—81	缪荃孙	1985
大系	郭沫若	影印平津馆本	59		1934
		影印亦政堂本	66		
金文通释	白川静	影印平津馆本	19.104：362—63		1967
		影印亦政堂本	19.104：361		
金文集成	考古研究所	影印朱谋垔本	04343		1987
铭文选	马承源	影印平津馆本	260		1988

* 作者未获见版本。

1753年黄晟亦政堂刻本所录之图，在很多美国图书馆都能查阅到（图一）。其铭文是先被刻于木板，再印之于纸张，因此看起来很像拓片。相反，器形的图形则完全是线描。

另外较为通行的还有修成于1784年的四库全书本（子部谱录）（图二）。[1] 据纪昀《四库全书总目提要》所云，四库所收之书乃是发现于无锡的宋本，时归清儒徐乾学所有。钱曾从徐氏处借得此本进行翻刻，由于版本精良，故被四库所收。[2] 四库本《考古

① 见《文渊阁四库全书》卷840，台北：商务印书馆，1983年，91—271页。
② 见纪昀：《四库全书总目提要》，上海：大东书局，1930年，115.1—2页。

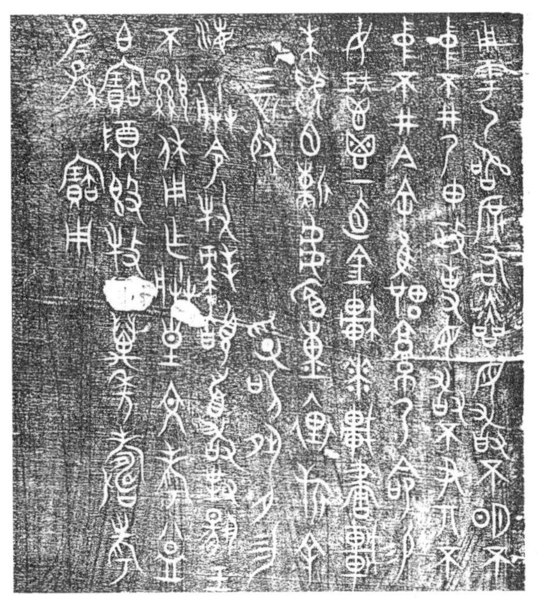
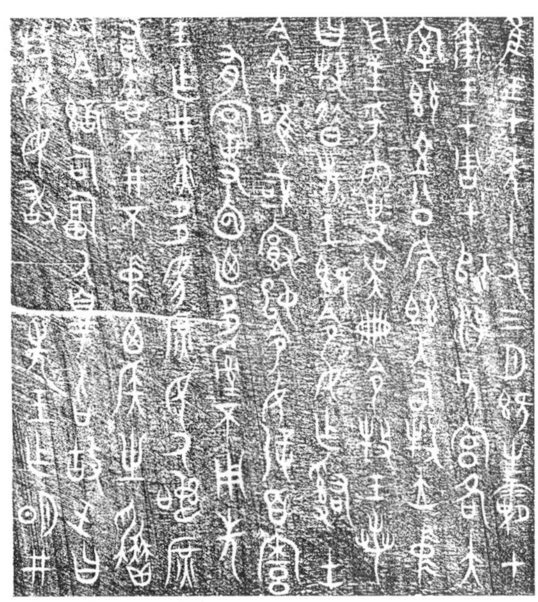

图一　亦政堂本《考古图》中的牧簋铭文，23—24

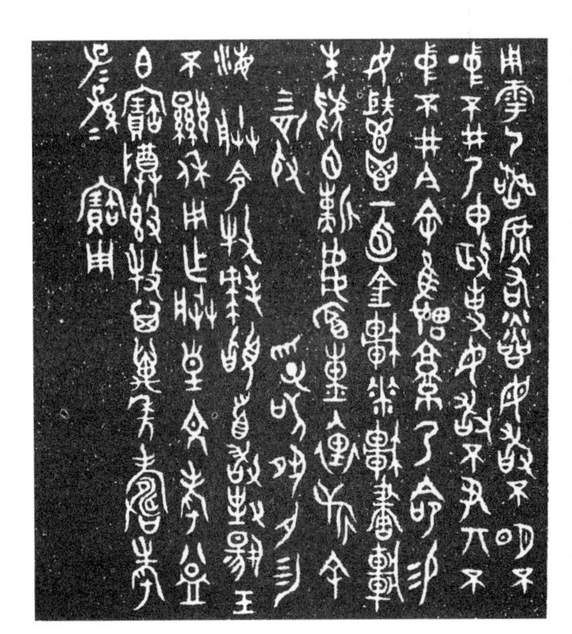
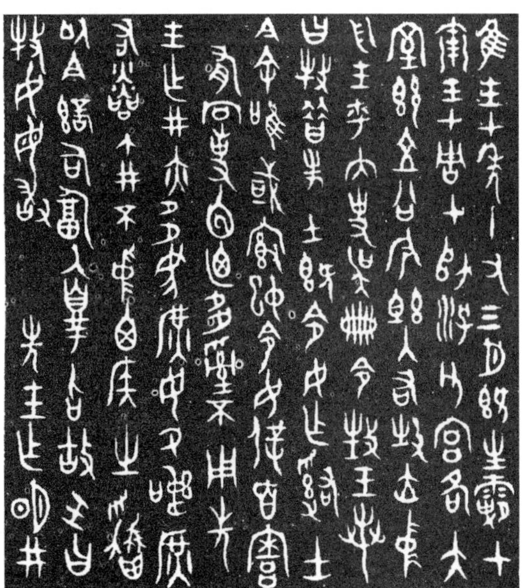

图二　四库全书本《考古图》中的牧簋铭文，840.138—39

图》收录的牧簋与亦政堂本相似，铭文均为雕版所刻，器形则同为线描。

《考古图》今存最早的版本可能是刻于元代大德年间的大德本（A.D. 1299），现藏于北京图书馆（图三）。大德本的拍摄胶片可在美国国会图书馆等一些美国机构中寻得。然而，大德本质量极为低下，从器物到铭文均含有大量讹误。不过，大德本毕竟代表了

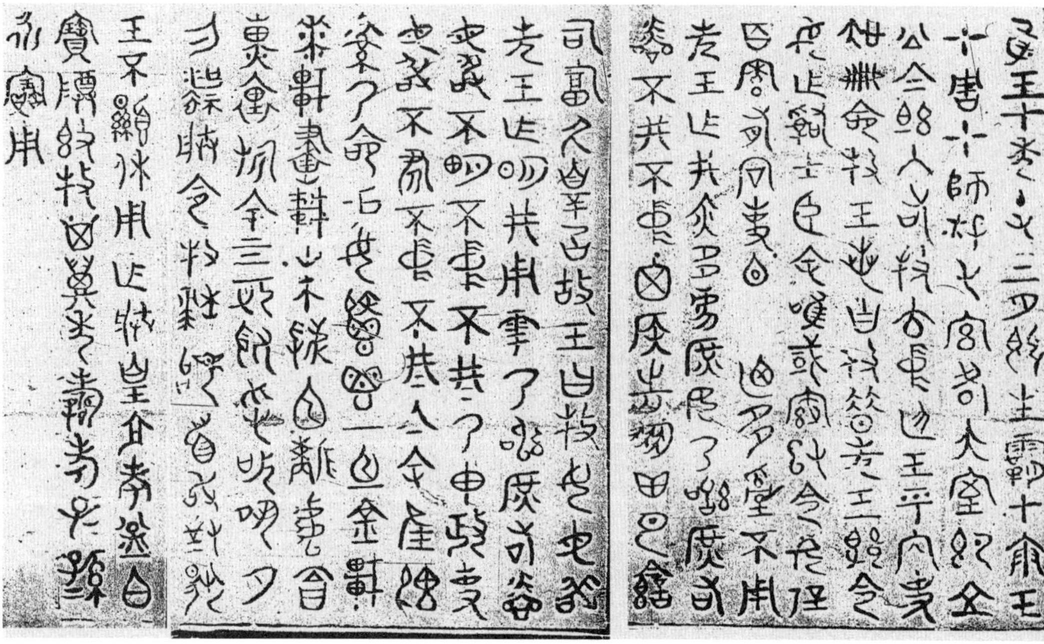

图三　大德本《考古图》中的牧簋铭文，3.22—23

《考古图》的又一个版本传统，其器形和铭文均为线描。

此外，《考古图》还有笔者此时尚未见到的两个明代本子，它们是：洪武元年（A.D. 1368）程士庄泊如斋本和万历二十九年（A.D. 1601）吴万化宝古堂本；亦政堂本即基于后者重刻。另据容庚所述，泊如斋本和宝古堂本实则内容相同。①

除《考古图》外，著录牧簋的另有《历代钟鼎彝器款识法帖》。其编成于1144年的两宋之际，比《考古图》成书要晚半个多世纪。因此，一个重要的问题是：薛尚功是否可能像吕大临一样，亲眼见过牧簋，并根据自己的释读来著录铭文？有证据表明，薛氏可能没有亲见过牧簋，其著录仅仅是取材于吕氏的《考古图》。首先，《考古图》明确记载牧簋在北宋为京兆的范氏所藏，而《历代》却没有记录当时的所有者，只是略微提及《考古图》中的记载。相应地，薛氏完全照搬了吕氏对此器的评论。其次，《考古图》和《历代》中所脱漏的字完全一致，这说明在牧簋的著录上，《考古图》只能是《历代》的唯一来源。如果这一推论属实，《历代》将不会比《考古图》的任何版本更为重要。

《历代》于1144年首次镌刻于二十四块石碑之上，存放在江州府公库。石刻的拓本残本现存于中国的一些机构，例如中国社科院考古研究所，可能还有台湾的中研院。②

① 容庚：《商周彝器通考》，673页。

② 民国时期中央研究院曾出版过宋拓残叶，见《历代钟鼎彝器款识法帖》，南京：中央研究院，1932年。

明代崇祯六年(A.D. 1633)朱谋垔木刻薛氏手书本(中华书局影印本，1986)(图四)，[①]后来被收录于《四库全书》。[②] 牧簋在其中的展现属于宋代青铜器研究中典型的"文献派"，没有器形，甚至连铭文也只是用线描摹写。

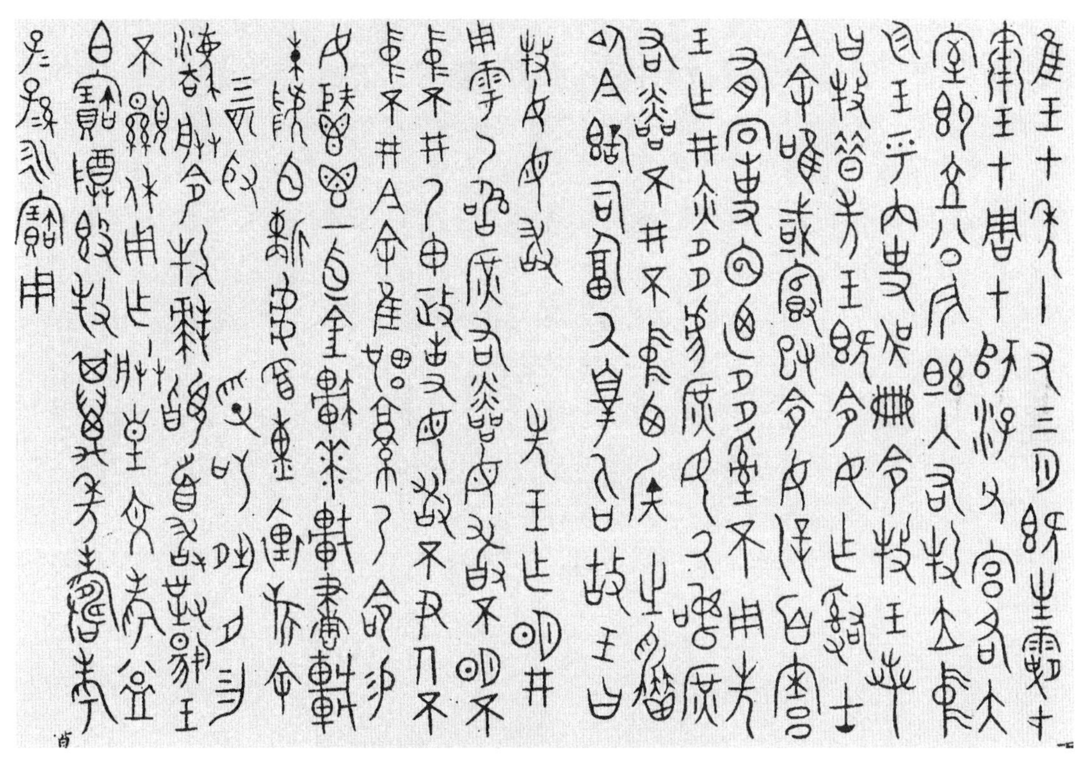

图四　朱谋垔刻《历代》中的牧簋铭文

《历代》的另一善本是平津馆本，由嘉庆朝的著名学者孙星衍编撰，并由安徽贵池刘氏于1903年刻印出版(图五)。此前，清代学者阮元曾于1797年刻过一版，由于当时他不知晓朱谋垔的刻本，所以阮刻本被认为质量不佳。目前所见《历代》最早的木刻本是明代(A.D. 1588)万岳山人刻本，但已经不全，且当今尤难得见。[③]

最后需提及的是一些现代重印本。很多学者现在都拿这些重印本中的牧簋铭文当作研究材料。郭沫若所使用的铭文取自平津馆本的《历代》，而牧簋图像则采用亦政堂

① 见容庚：《商周彝器通考》，673页。

② 见纪昀：《四库全书总目提要》，41.7；很明显的是，当我们拿朱谋垔的本子和文渊阁四库本比较时，可以发现后者并非前者的机械翻刻。见《文渊阁四库全书》，卷225，629页。

③ 见容庚：《商周彝器通考》，673页；另外，1985年辽沈书社出过一版，据称是取自现今不再存世的汲古阁本。

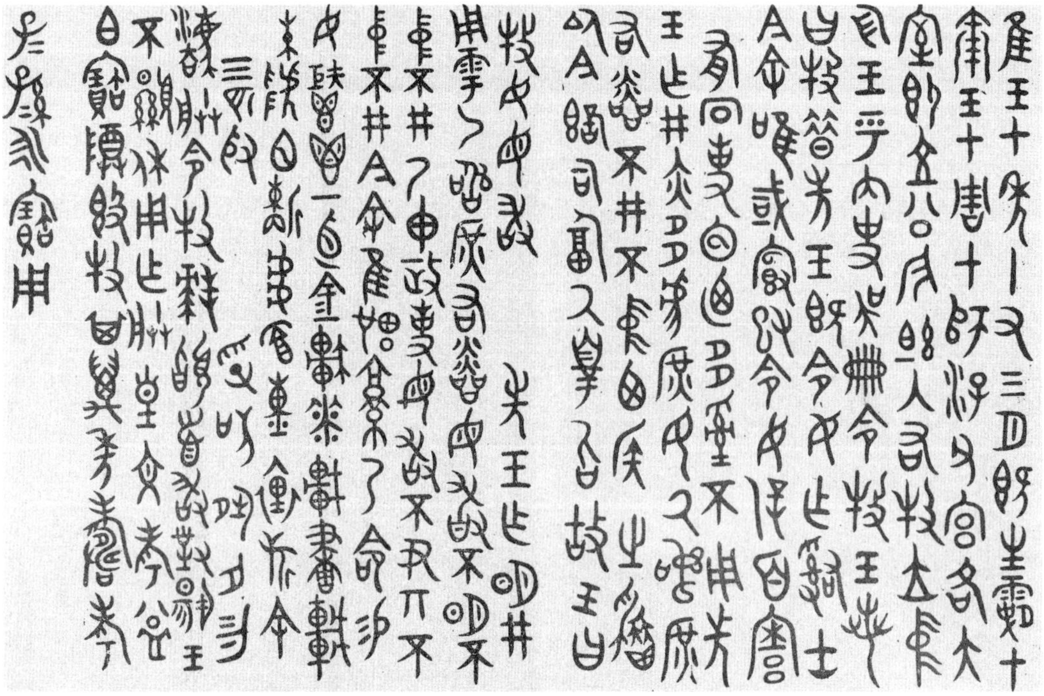

图五　平津馆本《历代》中的牧簋铭文

本的《考古图》。[①] 此后，白川静和马承源也都照此做法。[②] 只有《殷周金文集成》所录的牧簋铭文取自朱谋垔本的《历代》。[③]

器形及大致时代

在考察牧簋铭文之前，我们有必要先了解该器的器形特征。这是由于青铜器的形制和纹饰往往与其铸造时代紧密相关。虽然根据器内的铭文可以更准确地确定其具体年代，但如果抛开器形只着眼于铭文，则可能会误解铭文内容，从而得出失之千里的结论。相反，若以美术史标准，将铜器断代放到考古背景下，我们则可以得到不够精确但更为可靠的年代。因此，对器物本身的研究是研究青铜器铭文的基础。

然而，就宋人著录中的青铜器，我们应该首先对其手绘器形进行质疑和评价。通常，《考古图》和《博古图录》中的手绘图是作者亲见实物的描绘，可信度较高。但这两本

① 见郭沫若：《两周金文大系图录考释》，北京：科学出版社，1958 年，图 66，录 59。
② 见白川静：《金文通釋》19.104：360－369。见马承源：《商周青铜器铭文选》，3.260。
③ 中国社会科学院考古研究所：《殷周金文集成》，北京：中华书局，1984 年，编号：4343。

书经不同版本流传，有时会有一系列讹误。因此，我们需仔细校对这些版本，同时将其与现存的青铜器作比对，尤其是和那些经考古学家科学发掘的青铜器比对。就牧簋而言，我们有幸在《考古图》中得见其图像，但它却有三个不同的版本。

亦政堂本所录图像（图六，1），与四库全书本（图六，2）十分相似，器底均有一个装饰有大波浪纹的方座。然而，仔细比较，可发现二者的一些细微差别。如在亦政堂本中，口沿以下兽首两侧的第一段窃曲纹是完全对称的。但是在四库本中，不仅每一段结构松散，而且它们都朝着相同方向。另外，在亦政堂本中，方座上的波浪纹中的小C形角，与器身上C形角样式十分接近；而在四库本中，方座上的波浪纹的C形角变成了圆首。在以上这两处比对中，亦政堂本提供的图像似乎更加接近原器，而四库本中的器物纹饰则明显失真。然而，在另外一处比对中，四库本则更加真实：亦政堂本中铜器右耳垂珥有两个小长方形，而在四库本中则呈两个内向的钩子，与左珥一致。上述这些差异说明这两幅图不是互相抄袭关系，而可能有不同的来源。

图六　《考古图》中的牧簋图像（1. 亦政堂本；2. 四库全书本；3. 大德本）

然而，一般认为年代最早的现存本——大德本却提供了一张截然不同的图（图六，3）。与所录铭文一样的质量低下（见如下），大德本中的牧簋图像错误百出，伪造明显。这里，亦政堂和四库本器物两边器耳上立的较宽的兽耳被大德本替换成了羽毛状，这从不见于任何真青铜器。而且，耳下宽垂珥变成了细窄、下垂的足状，也与亦政堂本与四库本迥然有异。此外，铜器上的纹饰更成问题：这里见的方格或双重方格纹样可能仿自真器上的云雷纹，但作者忽视比例，错误地把真器身上这种不显眼的地纹转变成了主体花纹。除了这些方格纹，作者似乎对其他纹饰一无所知，仅随意画了一些错误的线条以填充空间。所以，大德本中图像的绘制背景实在值得怀疑——作者似乎对牧簋的形制有一点模糊的了解，但是很可能他并没有看到过类似于亦政堂本或四库本这样的本子。

在传统的文献批判学中，早出的本子由于更接近原本，所以要优于晚出本。然而，正如鲍则岳(William Boltz)所言，除非我们可以证明它，否则古本的优越性不能一概而论。[①] 在牧簋的例子中，这三个版本代表了三个不同的文献传统。而且，若是如此，那么年代先后的原则将不能作为善本的鉴定依据。由于亦政堂本和四库本对牧簋的形制描绘大体相同，所以接下来的论述我们将基于上述两个版本，而不再用大德本。另外，在这个特例中，由于"文本"(即线图)可能参照了原始铜器，所以我们可以与真实的青铜器进行比较，以更有效地评估不同版本的价值。同样地，倘若我们能于存世的铜器中(尤其是那些经科学发掘的铜器)找到与之相像的例子，那就可以说《考古图》中的牧簋图像可能就是根据此类铜器绘制的。

在这里，我们有幸找到了与亦政堂和四库本中牧簋图像十分相近的青铜簋(图七、八)。

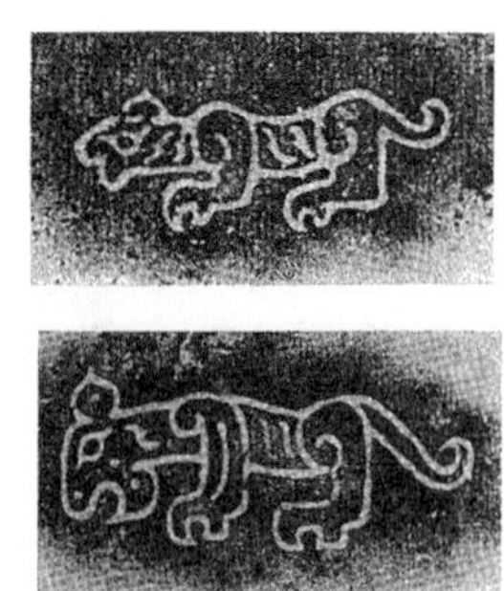

图七　日本热海市艺术博物馆所藏青铜簋(《东洋美术》,77)

① 见 William Boltz (鲍则岳), "Textual Criticism and Ma Wang tui Lao tzu," *Harvard Journal of Asiatic Studies*, 44 (1984): 168.

图八 藏于上海博物馆的青铜簋(见《上海博物馆藏青铜器》,图版 56,53—54 页)

一件是现藏于日本的热海市艺术博物馆的青铜簋(以下简称热海簋),最早收录于水野清一编的《东洋美术》第五辑中。[①] 一件是藏于上海博物馆的青铜簋(以下简称上博簋),已著录于 20 世纪 60 年代出版的《上海博物馆藏青铜器》。[②] 这两件青铜簋除所铸铭文稍有不同外,其他几乎完全相同。同时,它们同牧簋不仅形制相似,就连纹饰也相同,器身均以大波浪纹为饰。

然而,它们之间也有明显的差别。首先,与热海簋和上博簋相较,牧簋器侧面线呈极度的"S"形,显得不够自然,过于夸张。这可能是由于作者当时从高角度俯视器物,无法精确把握所致。第二,牧簋双耳的内弧与热海簋和上博簋均不相似,不过却与巴黎赛努奇博物馆藏的另一件方座簋神似(图九,1)。后者与牧簋在形制上也十分相像,但是没有双珥。[③] 第三,就纹饰而言,尽管热海簋和上博簋的圈足饰以窃曲纹,但在牧簋的相同位置却为双环纹,这在西周中后期的青铜器中十分常见。第四,牧簋腹部波浪纹的"C"形弧度也与热海簋和上博簋不相似,但在存世的青铜器中,我们也能找到与之相类

① 见水野清一编:《东洋美术:铜器》,东京:朝日新闻社,1967—1968 年,77 页;该件青铜簋的传世图绘见吴大澂:《恒轩所见所藏吉金录》,吴县刻本,1885 年,1.23;同时可见容庚:《海外吉金图录》,北平:考古学社,1935 年。

② 见沈之瑜:《环带纹方座簋》,《文物》,1960 年 2 期,68 页;亦见上海市博物馆:《上海市博物馆藏青铜器》,上海:上海人民美术出版社,1964 年,56 页。

③ 见 Werner Speiser, *The Art of China: Spirit and Society*(New York: Crown Publishers, 1960), p. 52; 最近对该器的著录,见 Gilles Beguin, *Arts de L'Asie au Musee Cernuschi*(Paris: Paris-Musees, 2000), p. 51。

1. 赛努奇簋

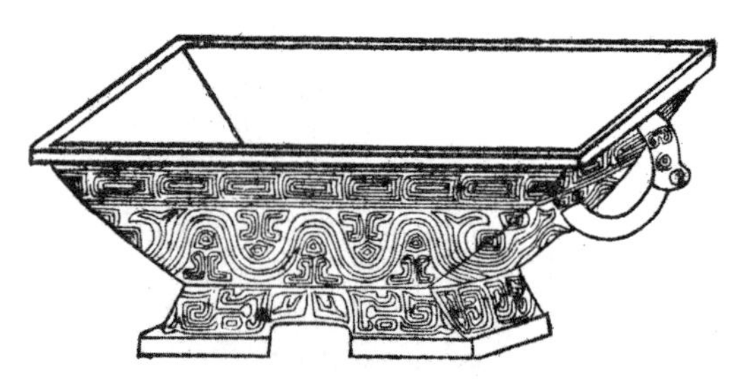

2. 季良父簠

3. 容庚藏簠

4. 中伯壶

图九　牧簋的比较

的波曲纹，例如季良父簠(匿)和另一件曾为容庚所藏的青铜簠(图九，2、3)。[①]

上述的比对使我们能够大致明晰牧簋真实的器形。基于此，我们现在可以考虑牧簋的铸造时代。林巳奈夫先生把热海簋编入西周的 IIIa 型，在其研究体系中对应西周晚期偏早的时间段。[②] 而上博簋纹饰曾被罗森(Jessica Rawson)作为西周晚期铜器的代表。[③] 方座簋的样式为周之特有，从著名的利簋开始，于周初极为流行。直至西周中晚期，尽管数量上明显减少，但仍有铸造，例如盂簋(大致在穆王时期)和著名的㝬簋(厉王时期)。现藏美国克利夫兰艺术博物馆的方座簋可能是目前所见方座簋中年代最晚的，铸造时代不早于春秋中期，在样式上明显相仿牧簋和热海簋(图一〇)。[④] 与这些可资断代的青铜器相较，牧簋的器身相对低矮，腹部较鼓，尽管有些夸张，再加上微耸的双耳，

---

① 季良父簠见于省吾：《双剑誃吉金图录》，北平：来熏阁，1934 年，1.11 页；其器形图绘可见吴大澂：《恒轩所见所藏吉金录》，卷 1，91 页；另外一件青铜簠，见容庚：《颂斋吉金续录》，北平：文奎堂，1938 年，122 页。

② 见林巳奈夫：《殷周時代青銅器の研究》(殷周青銅器綜覽：1)，东京：吉川弘文馆，1984 年，122 页。

③ 见罗森(Jessica Rawson)，*Western Zhou Ritual Bronzes from the Arthur Sackler Collection* (Washington: Arthur Sackler Foundation, 1990), p. 93.

④ 利簋、盂簋和㝬簋，见李西兴编：《陕西青铜器》，西安：陕西人民美术出版社，1994 年，91、116 页；克利夫兰艺术博物馆方座簋，见《海外遗珍》，台北：故宫博物院，1985 年，112 页。

1. 利簋

2. 盂簋

3. 厉王㝬簋

4. 克利夫兰博物馆藏簋

图一〇　方座簋的演变

显然表明这是一件西周中期或晚期的青铜器。

大波浪纹——林巳先生称之为"山纹"，始见于西周中期，且此后颇为流行。除热海簋和上博簋外，在著名的三年𤼈壶和大克鼎上也可见波浪纹。正如前文所述，带有"C"形弧度的波浪纹同样也出现于季良父簠和容庚所藏一件青铜簠上，而青铜簠直到西周晚期才出现。此外，波浪纹另一个较早的例子是赛克勒(Arthur Sackler)所收藏，并被罗森鉴定为西周中期所铸的中伯壶。[①] 1964 年，在张家坡出土过一批西周夷王或厉王时期的青铜器，其中就有一对和中伯壶形制十分相像的青铜壶。[②]

以上分析暗示了牧簋可能为西周中期偏晚至西周晚期所铸。然而，这一结论主要

① 见 Jessica Rawson, *Western Zhou Ritual Bronzes from the Arthur Sackler Collection*, p. 609.

② 见中国社会科学院考古研究所沣西考古队：《陕西长安张家坡西周墓地清理简报》，《考古》，1965 年 9 期，图版 2；见李峰：《黄河流域西周墓地出土青铜礼器的分期与年代》，《考古学报》1988 年 4 期，390、414 页。

还是从牧簋的形制特征来考虑的，因而只是一个大致的估计。若要得到更精确的结论——尽管无法保证总是更为准确——我们就需要以铭文作为内证，并将其放到具体的历史背景中。不过，这个内在证据只能依靠仔细分析和准确释读其铭文。

铭文新释读

在长期的文献流传过程中，铭文比器物图像有着更多的抄本。所以，正如文献批判的方法可以运用到对牧簋器形和纹饰的研究中一样，这一方法同样非常适用于对铭文的研究。[①] 相比那些存世铭文，研究宋人著录中的青铜铭文要显得复杂许多。首先我们需要在文字上尽可能地恢复其原貌，所以，我们必须逐字逐句地校勘这些著录的所有版本。但这还不够，在对各版本中不同的摹写的选择中，我们要将其置于原始的语言环境，以便获得符合当时语言、书体习惯的真实文句。第三层面，我们得以恢复的文句必须与现存世的，特别是科学发掘出土的青铜器铭文中类似的文句相比较，而对它们的解释必须以西周历史的背景为基础：

> 惟王七年十又三月，既生霸，甲寅。王才(在)周，才(在)師汓(湯?)父宫。各(格)太室，即立(位)。

由铭文内容可知，牧簋是西周诸多册命金文中的一篇，记录了周王对政府官员进行任命的册命仪式。[②] 通常而言，一篇铭文会讲："王才周师汓父宫。"这一记载册命地点的方式让一些学者认为"周师"当连读为一词，不管指具体某一地名或人名。[③] 而在牧簋这里的特殊句型("才"出现两次)明显说明西周铭文"王才X师XX宫"句式中的"师"应该从前断开，从后连读。此处"周"指"师汓父宫"所处之地名，即为今天的陕西周原。

---

① 在这里，我想先介绍一下铭文的实际情况。在《考古图》牧簋的记述中，吕大临言此铭共221字。若我们把两个版本《历代》所录牧簋铭文的字数数一遍，会发现与吕氏所言相合。然而，不论是亦政堂本还是四库本，《考古图》所录牧簋铭文中，均脱掉了末尾一行的"永"字，不过在吕大临的释文中却保存有该字。另外，除大德本之外，所有版本的《考古图》还在四处地方有所脱离。这意味着在宋代出土的时候，牧簋铭文的保存状况就已经很差。即便如此，牧簋铭文仍是我们目前所发现篇幅最长的簋铭文。除大德本外，所有版本的牧簋铭文均为23行，每行11—13字。大德本将铭文结构压缩为19行，删除了其他本子中铭文排列的留白部分。奇怪的是，大德本在第六行中间增添了原非其他版本所有的新留白，这严重违反了铭文摹写的基本原则。见吕大临：《考古图》(亦政堂本)，3.25页；吕大临：《考古图》(大德本)，3.21—23页。

② 目前我们所见大约有90篇西周铭文记录或部分记录了册命仪式，牧簋显然当归入此类。在最近的一篇论文中，我进一步探究了册命金文的一些细节及文中所记的仪式，见Li Feng (李峰)，"Offices' in Bronze Inscriptions and Western Zhou Government Administration," *Early China*, 26-27 (2001-2002): 1-72.

③ 见白川静：《金文通釋》，21. 120: 511-513。

这句话中的“汙”原为吕大临所释，薛尚功将其释为“保”，而现代学者多从吕大临释。该字在亦政堂本中作“”，于四库本中为“”，在朱谋垔和平津馆的本子又分别作“”、“”。上述无论何种字形，我们在其他西周铭文中均不曾获见。我强烈怀疑该字可能为宋人误摹，推测其原本可能为“汤”字。[①] 下图列举了三件存世铜器铭文所见的“师汤父”，与牧簋中原释的“师汙父”进行对比（图一一）。

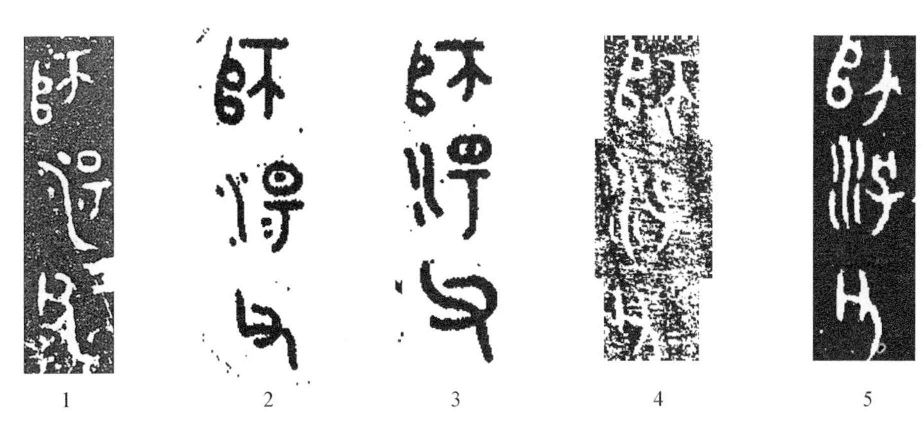

图一一　“师汤父”与“师汙(?)父”的铭文对比

（1. 师汤父鼎；2. 中柟父簋；3. 中柟父鬲；4. 牧簋亦政堂本；5. 牧簋四库全书本）

从对比中，我们可以看出师汤父鼎中的“”字与亦政堂本中“”极为相似。考虑到整篇牧簋铭文缺失了一些字，所以某些字也很可能会缺失一些笔画，故而造成了吕大临的误读。[②]

上述“师汤父”之辨别让我们拓宽了对牧簋铭文的理解。对于师汤父，我们颇为熟悉，因为他不仅铸造了师汤父鼎，同时也出现于中柟父簋和中柟父鬲的铭文中。后两者中的“中柟父”即为师汤父的下属，这暗示了师汤父的显赫地位。同时，这也解释了为何“牧”的册命会举办于师汤父宫，因其可能为师汤父管辖的一个行政中心。[③] 需提及的是，最近在周原又发掘出另外一件由师汤父铸造的青铜鼎。[④]

公𠂤(尹)䢅入右牧，立中庭。王乎(呼)内史吴冊令(命)牧。

---

① 在此需说明，当我把这一观点拿到2001年3月于芝加哥大学举办的西周青铜铭文研讨会上讨论时，我的观点立刻得到了翁有理(Ulrich Unger)教授的支持。翁有理教授说此前他已于德国发表了与之相关的论文，因受当时目力所限，他的文章我之前未曾拜读。

② 即便是那些经科学发掘、保存完好的青铜器，有些可能在铸造时就已造成个别字笔画缺失。

③ 我最近论证，在西周时期，像师录宫、师量宫、师司宫这样以官员名字命名的建筑物都应具有一定的政府职能。见 Li Feng, “Offices' in Bronze Inscriptions and Western Zhou Government Administration,” 3 - 14.

④ 这一消息取自1998年我探访周原时所作的笔记，当时我有幸能看到新发掘的师汤父鼎，在此要感谢周原博物馆罗西章馆长的热情帮助。

铭文中，“公”后面的字已腐锈不清，在亦政堂本中为“”，在四库本中为“”，而朱谋垔的《历代》本中作“”。而只有大德本的《考古图》作“”，与其他诸本皆不相同。郭沫若将其释作“族”，而后包括白川静在内的诸多学者皆从此说。他们从师酉簋铭文“”（公族）中找到的辞例，把该字与“”字对应起来。但事实上，“”、“”二字几乎没有关联。[①] 我认为，牧簋铭文中“公”二字可能为“公尹”，即“”字可能为“”（令方彝中的“尹”字）字反书“”的残写，这在西周铭文中并不少见。具体到历史上，牧簋中的“公”可能指有“公”的称号的一位尹氏。1977 年于鲁台山曾发掘出一件公太史鼎，其铭文中的“公太史”一词正与此相类。[②]

“”（絈?）字无法确识，但从上下文来看应是公尹的名字，而接下来文字则是在记述册命仪式的一贯步骤。其中，只有“”（庭）字是残字，不论是亦政堂本，还是四库本或朱谋垔本，所作形体皆同。唯有大德本作“”，做了一些形体改变，与其他版本都不相同。

> 王若曰：牧！昔先王既令（命）女（汝）作𤔲土。今余唯或𣪕改，令（命）女（汝）辟百寮（僚）。

此句首句清晰明了。唯一的问题是“唯或𣪕改”中的“𣪕”字。尽管我们不了解该字的具体意义，但联系语境，该字可能与“改”字意义重叠，一道表示对先前命令的更改。这一用辞可能与𬸚镈铭文上“万世至于辝孙子勿或俞改”（意思为：后世的子子孙孙不要妄自更改）的辞例相似。[③]

> □（厥?）有（同?）事，卣（逌）迺多𤔔（亂），不用先王作井（型），亦多虐庶民。

亦政堂本、四库本、朱谋垔本、平津馆本，这四个版本的牧簋铭文第七行“有”字上面有一小块留白，而大德本《考古图》和阮元本《历代》却没有这一留白。然而，大德本却在“迺”字上面有留白，而阮元本的留白处则出现于“事”字之后。该留白可容一小字，我根据上下文猜测可能为“”（厥）。“有”后一字吕大临释为“同”，但很多学者释为“司”，与前文连读为“辟百僚有司事（意为负责百官事务）”。[④] 然而，这一读法实有不妥，因其忽视了中间的缺字。另外，铭文中的“有司”通常写作“有𤔲”，从未简写作“有司”。与“𤔲”不同，西周金文中的“司”字通常用作子嗣之“嗣”。[⑤] 因此，我倒认为吕大临释作

---

① 郭沫若：《两周金文辞大系图录考释》，75 页；白川静：《金文通釋》，19.104：362。
② 见黄陂县文化馆等：《湖北黄陂鲁台山两周遗址与墓葬》，《江汉考古》1982 年 2 期，45 页。
③ 见罗振玉：《三代吉金文存》（上虞：罗氏百爵斋），1.69 页；白川静：《金文通釋》，38.216：382。
④ 见吴闿生：《吉金文录》（1933），3.11 页。
⑤ 例如，叔向父禹簋铭文“余小子司朕皇考”，见白川静：《金文通釋》，27.161：434。

“同”无误。尽管“同事”一词不见于其他铭文，但该处“同”与令方彝铭文“同卿事寮”和不嬰簋铭文“戎大同从追女”中“同”的用法是极为相似的。[①]

“迺”字前面的“”（亦政堂本）字释读是一个大问题，故之前的诸多研究都没有予以说明。该字在四库本中作“”，在大德本中作“”，在朱谋垔本中作“”，在平津馆本中作“”。与已知金文参照，该字字形很接近“”（大盂鼎铭文中的“卣”字）。“卣”的本义是指一种青铜盛酒器，但在牧簋铭文中显然不是这个意思。毛公鼎铭文有一字作“”，底下比“卣”字多了一笔。在语音上，“卣”有时假借为他字，例如虢叔旅钟铭文“逌天子多易休”中的“逌”，当读为“攸”。[②] 我认为这可能可以解释牧簋铭文中的“”字；如果它确实是“卣”字，就当如此释读。

关于“虐”字，亦政堂本和四库本分别作形体相似的“”、“”，朱谋垔本和平津馆本《历代》则一致作“”。然而，大德本的《考古图》却作“”，明显受到宋元楷书的影响。基于这一情况，我们将其与同样为宋代著录的盨盨作比较。盨盨铭文中也有“虐”字，作“”，与《历代》相似。以此观之，《历代》给出的“虐”字字形似更为可信。[③]

厥訊庶右𠳋（鄰），不井（型）不中，（迺?）疾（侯?）止（稻）（人?）。

这是整篇铭文最难理解的部分，包括一些难字。不过，这句话的语法显然与前句相似。首先问题是这个“”字，郭沫若将“”理解为“”地之侯。但这明显与上下文不符，同时也没有证据支持。其实，该字与前两行“”（迺）字的上半部分字形相同，所以我怀疑该字就是“迺”，只是下半部分缺失了。在“卣”字的例子中我们曾谈到，底下加一笔“卣”字和不加的“卣”字经常混用。最有力的证据是矢方彝盖子上铭文中的“迺”字写作“”，但器内铭文该字就简写成“”，这暗示“迺”底下那一笔似可省去。

先前一些学者认为“”当释为“侯”，意为公侯之“侯”。尽管这看似没问题，但这里的“侯”可能与“燕侯”、“晋侯”这样的“侯”意义不同。而以下所举两行铭文中的“侯”字才是和牧簋中“侯”用例相同。

蔡簋：勿敢侯有入告——勿使敢有侯止从獄。[④]

---

① 见白川静：《金文通釋》，6.25：290，32.192：823。

② 有关虢叔旅钟，见白川静：《金文通釋》，26. 155：375。

③ 有关盨盨，可参考白川静：《金文通釋》，31.184：729。对牧簋铭文“不用先王作井”，学界有不同的读法。有学者将“井”读为“刑”，因而整句句意为：“不用先王的刑罚。”我不采取该意见，是因为若照此理解，则会与铭文紧接的下句“不井不中”语意重复。若“井”解释为“刑罚”，那“不井”就意味着“不惩罚”。而这显然与上下文不合，甚至意思相反。将“井”读为“刑”，见：马承源：《商周青铜器铭文选》，3. 188；Laura Skosey（郭锦），*The Legal System and Legal Tradition of the Western Zhou*，CA. 1045 - 771 B.C.E，(University of Chicago dissertation，1996)，pp. 373 - 374.

④ 见白川静：《金文通釋》，23.134：105。

盥盨：勿使𩰫虐从狱——迺敢侯訊人。

上引“侯”之用例没有一处作“公侯”之意。相反，从盥盨“𩰫虐从狱”和蔡簋“侯止从狱”的比较中，可以看出“侯”在这里是形容某些强制或暴力的行为。显然，蔡簋“侯有入告”和盥盨“侯讯人”也有相同的意思。事实上，之前陈汉平已将“𩰫”连同“𧇭”字释义为“暴”。[①] 同样，比对蔡簋“侯止从狱”和牧簋“侯止稻人(?)”，几乎可以确定牧簋“侯”当用作副词，意为“敌对地”，“急躁地”或“暴戾地”。“侯”字本义为射箭之侯，所以上述字义可能是从其军事用途中引申出来的。

亦政堂本中有作“”，四库本作“”，朱谋垔本作“”，大德本作“”，之前大多数学者都没有对其进行考释。可以发现“”字与即簋铭文中被释作“稻”字的“”字十分相像。[②] 即簋该字属会意字，象征手伸入器皿中取米，而牧簋中的字则象征用手取麦穗放入盛器。后一个字“”马承源释为“以”，但他在释文中略过了之前的“”，认为待考。[③] 然而，释“以”明显不妥，因为所有西周铭文中“以”均作“”；右半多一“人”的“以”字出现得非常晚，例如在云梦秦简中才有。我推测该字当为“人”，左边的部分可能是误写，这在牧簋铭文中不止一例。[④] 倘若这一释读无误，那么“”可能意味着将人拘留。无论如何，“”是作为“”字的对象。所以严谨地来说，整个句子意为：将人以残暴的方式进行对待。

今，司匐(偪＝逼?)厥𡴂(罪)召(招)故。

上引铭文第二个字亦政堂本作“”，四库本作“”，朱谋垔本作“”。比对这些字形，很明显左半部分象征盛食器，而不是亦政堂本那样像一捆丝。该字右半部分可能为“言”，所以与左半部分合起来可能隶定为“𩞄”。但遗憾的是，我们在其他铭文或文献中均找不到这一构型的文字。而从比对中，我们发现盥盨铭文“有罪有故”是理解该句的关键。[⑤] 尽管“”在所有铭文中表示“罪责”，而“故”在此处当读为“辜”，意为死罪。[⑥] “”(匐)本义为匍匐，但于此解释显然不通。我认为“”字可能读为“偪”，训为“逼”，为逼迫之意。在西周铭文中，“人”作为部首常与“勹”部不分，例如县改簋铭文中

---

① 见陈汉平：《金文编订补》，北京：中国社会科学出版社，1993年，70—72页。

② 见《文物》，1975年8期，61页；即簋铭文中“稻”字的含义，见陈汉平：《金文编订补》，467页。

③ 见马承源：《商周青铜器铭文选》，3.187。

④ 这可能是一小块垫片被误抄为文字的一部分。研究表明，即便是整个西周时期，当要以旧有的铜器为参照，复铸新的青铜器时，垫片也有可能会被误读。见松丸道雄：《西周青銅器とその國家》，70页。

⑤ 见白川静：《金文通釋》，31.184：723。

⑥ 见马承源：《商周青铜器铭文选》，3.312。

的“”字当从许多学者所释为“任”。[①] 若此推断无误，那么“召”就可以读为“招”，意为供认，从而整句话可理解为：强迫罪犯供认不讳。到目前为止，这样理解似最为合理。

王曰：牧！女(汝)勿敢□(不?)□(用?)先王作明井(型)。

尽管上引铭文在所有刻本中均缺失两字，但联系上下文语境，几乎可以确定是“不”和“用”。

用雩(于)乃訊右咎(鄰)，勿敢不明不中不井(型)；乃申政事，勿敢不尹丌(其)不中不井(型)。

这里需注意的是“其”字，亦政堂本作“”，四库本作“”；只有大德本将该字与上一字合写作“”，这无疑出自臆造。通常，金文中的“其”字写作“”(如师酉簋)，或省写作“”。“”的写法通常于战国流行，西周铭文中暂无此例。因此，我怀疑这一讹误是《考古图》著录者在摹写牧簋铭文时就已产生。

今余唯醽豪乃命，易(錫)女(汝)醫(秬)鬯一卣，金車：(賁)較畫𨏚(𨐌)，朱虢(鞹)㘝(鞃)䩦(靳)，虎冟(幃)熏(纁)裏，旂(旗)，余(駼)【馬】四匹。

这是铭文中另一难解之处。亦政堂本有一组字作“”，在朱谋垔本中作“”，然而在其他铭文中，例如师𩛥簋作“”。可见“”明显是一个误写。裘锡圭先生认为“”当释为“申”，这一释读后来在考古上得到了验证。在河南南阳出土中爯父簋的铭文上，南申伯就写作“南醽伯”。[②] “”象征一座高台建在另一座高台之上，所以引申意为“增加”或“重叠”。[③]

“金车”意为装饰有金属材质的战车。然而，后面这些形容“金车”的词汇却给我们带来诸多问题。我们只有拿其他铭文详加对比，才能解释这些词汇的真正含义。在这一方面，三年师兑簋给我们提供了一个最接近牧簋的文例对照，尽管其铭文中这些词汇的排列顺序与牧簋略有不同(图一二)。[④]牧簋中“”字与“”(车)字有些许差异，此处应视为“较”字；“较”如三年师兑簋作“”，师克盨作“”。“较”可能指装在车厢两旁横木上的金属套件(图一三)，“贲较”意为有装饰的“较”。而“”字可能也存在误写，尽管释为“𨐌”字无疑；在三年师兑簋和毛公鼎铭文上，“𨐌”字分别写作“”和“”。根

① 见杨树达：《积微居金文说》，北京：中华书局，1997 年，2 页；见马承源：《商周青铜器铭文选》，3.123。
② 见裘锡圭：《史墙盘铭解释》，《文物》，1978 年 3 期，27 页；有关中爯父簋铭文的介绍，见《中原文物》，1984 年 4 期，15 页。
③ 见白川静：《金文通釋》，19.104：367。
④ 有关西周天子赏赐车件的研究，见黄然伟：《殷周史料论集》，香港：三联书店，1995 年，176—180 页。

图一二　三年师兑簋铭文

据张长寿先生的专门研究,“画䡇”实质上就是轮舆之间盖住车轴的青铜饰件。[①] “画”表示青铜部件上的图纹,这两个词汇都是形容车的品质。

该长句的后半部仍在陈述王赐给“牧”有关车辆的物品。“”(虢)字一般写作“”(三年师兑簋),是西周时期一个著名封国的国名。但在这一例子中,大多数学者认为当假借为“鞹”。《说文》云“鞹,去毛皮也。《论语》曰:‘虎豹之鞹。’从革郭声”,是指一种抛光的皮革。[②] 后面两个字“”(亦政堂),三年师兑簋作“”。郭沫若将其释为“鞃靳”,现学者多从之。[③]《说文》解释“鞃”:“车轼也”,即车轼上裹上皮革以便人抓扶的部分(见图一三),而“靳”则是套在辕马胸前的皮革。[④] 在牧簋中,这二者均由朱色的皮革所制。

---

① 见张长寿、张孝光:《说伏虎和画䡇》,《考古》,1980 年 4 期,361—364 页。
② 见许慎:《说文解字》,北京:中华书局,1963 年,60 页。
③ 见郭沫若:《金文丛考》,东京,1934 年。
④ 见许慎:《说文解字》,61 页。

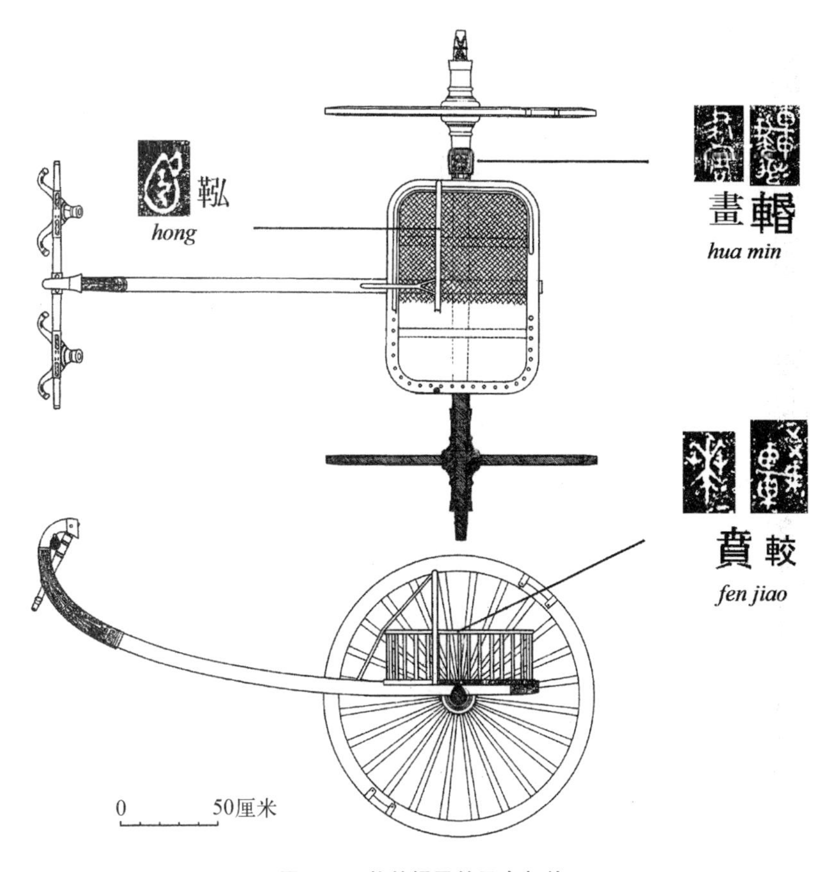

图一三　牧簋提及的马车部件

（据陕西张家坡西周墓地的考古发掘实物而稍作修改，见《张家坡西周墓地》，第338页）

“■■”两字在三年师兑簋中作“■■”，读作“虎冟”，意为车厢上面的伞盖，现在考古上已出土这样的实物。[①] 在牧簋中，这一伞盖由虎皮和棕色的内衬（纁裹）所制。

“马”字，如引文所示，所有版本皆空白留缺，甚至大德本连留白都不存。“余”郭沫若释作“駼”，《说文》云“騊駼也”，意为北方的一种良马。[②]

取□【𧷸】（賵＝專?）□【?】受（寽）。敬夙夕，勿廢朕令（命）。

由于“取專XX寽”（取𧷸□受）的句子在西周铭文中大量出现，很明显可以断定所缺的两个字分别是“■”和一个未知的数字。[③] 马承源先生认为“𧷸”（或“賵”）是圆形金

① 见郭沫若：《金文丛考》，191页。

② 见郭沫若：《两周金文辞大系图录考释》，76页；亦见许慎：《说文解字》，202页。

③ 这里需注意的是，只有大德本的《考古图》“取”字后面直接跟的是“受”。

属币的一种，即与陕西扶风出土的铜饼状物（直径 23 厘米）相同。[1] 在最近的研究中，松丸道雄先生认为陕西临潼和扶风的另外两件青铜饼即是“䝨”。“寽”是金属币的基本计量单位；松丸先生根据这两件青铜饼的实际重量（两个青铜饼分别为 4,650 g 和 5,000 g）和“寽”在战国时期的重量换算（战国时期一寽等于 1,220 g），推算出西周晚期一“寽”大致相当于 1,000 克。他认为一“䝨”应该相当于五“寽”。[2]很可能在西周时期，“䝨”是用来进行价值交换的铜材的标准形式。在一些铭文材料中，“䝨”被用来支付违法的罚款或败诉的赔偿。此外，“䝨”被用于奴隶交易。然而在更多的例子中，王室对被册命的贵族也会赏赐若干数量的“䝨”（5、10、20 或 30“寽”），这些“䝨”可能取自王室府库。同样，这里牧簋铭文所记的“䝨”也是由王室赏赐，只是数量我们无从知晓。

牧拜稽首，敢對揚王丕顯休。用作朕皇文考益伯寶尊簋。牧其萬年壽考，子子孫孫□【永】寶用。

铭文最后一段习语意义明确。唯一值得注意的是亦政堂本和四库本的《考古图》脱掉了“永”字。然而，在大德本的《考古图》和所有版本的《历代》中都留有该字。

牧簋的历史意义

我希望本文的研究可以使这篇艰涩的铭文大体能够通读。通过上文的新释读，我们可以重新审视牧簋的历史意义。但在把牧簋作为有效的史料之前，我们必须先对其进行比依照艺术特征定年代更加精确的断代。

郭沫若将牧簋的年代定为恭王时期，而马承源则定为懿王时期。[3] 判断牧簋时代最重要的证据是铭文中出现了对“牧”宣读周王命令的“内史吴”。“内史吴”亦出现于师虎簋（图一四）和师瘨簋铭文中，诸多学者认为他就是吴方彝铭文中的“作册吴”。因此，与这些铜器的关系将成为判定牧簋具体时代的重要考量因素。——内史吴在牧簋、师虎簋、师瘨簋三篇铭文中都扮演了相同的角色：宣读王命，这意味着牧簋与另外两件青铜器铸造时代相去不远。由于师虎隶属于井伯为中心的人际关系网，而井伯在师虎簋和师瘨簋中担任右者，

---

① 见马承源：《说䝨》，《古文字研究》第 12 辑，北京：中华书局，1985 年，176 页。

② 松丸道雄先生同时认为，寽与锊属于不同的货币单位，应避免混淆。“[illegible]”应隶定为“寽”。见松丸道雄：《西周時代の重量單位》，《東京大學東洋文化研究所紀要》，117(1992)，47—53 页。

③ 见郭沫若：《两周金文辞大系图录考释》，67 页；同样见马承源：《商周青铜器铭文选》，3.188。

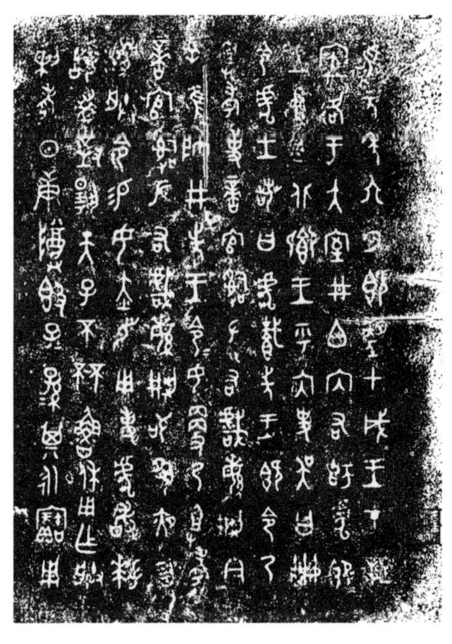

图一四　师虎簋及其铭文

所以夏含夷先生认为师虎簋当铸于懿王早年。[①] 马承源先生亦持此说。[②] 夏含夷先生同时认为，牧簋和师虎簋铭文上的干支历日不匹配，所以牧簋可能为孝王七年所铸。[③]

如果我们之前对牧簋铭文的新释读无误，那么我们就有另一条重要证据证明牧簋的年代。铭文中出现的“师汤父宫”（之前释读为“师汓父宫”）是以师汤父命名的建筑。正如我另文所述，这种建筑物可能为命名者下辖的一个官署。[④] 在牧簋的例子中，师汤父宫可能就是“师汤父”的行政办公场所。如前文所述，师汤父是师汤父鼎的作器者（图一五，1）。该器铭文中出现“新宫”一词，同样出现于恭王时期的十五年趞曹簋，故师汤父鼎曾被定为恭王时期之物。[⑤] 由于中枏父簋和三件中枏父鬲均出现师汤父，在艺术风格上，这些铜器铸造年代应不早于西周中期后段（图一五，2、3），所以我认为夏含夷先生将师汤父鼎定为该时期是对的。[⑥] 事实上，师汤父鼎与大克鼎极为相似，可能铸造于

① 见 Shaughnessy, *Sources of Western Zhou History*, p. 257。

② 见马承源：《商周青铜器铭文选》，3.167 - 168。

③ 见 Shaughnessy, *Sources of Western Zhou History*, p. 261。

④ 见 Li Feng, “‘Offices’ in Bronze Inscriptions and Western Zhou Government Administration,” 3 - 14。

⑤ 见郭沫若：《两周金文辞大系图录考释》，67。

⑥ 见 Shaughnessy, *Sources of Western Zhou History*, p. 278；相反，马承源先生将中枏父簋、中枏父鬲连同师汤父鼎一起定为恭王时期。见马承源：《商周青铜器铭文选》，3.147 - 149；马承源的断代显然违背了西周中期鬲的一般艺术风格。见李峰：《黄河流域西周墓葬出土青铜礼器的分期与年代》，411 页；见林巳奈夫：《殷周時代青銅器の研究》（殷周青銅器綜覽：1），2.63 - 65 页。

1. 师汤父鼎

2. 中枏父簋

3. 中枏父鬲

图一五 师汤父、中枏父铜器

夷王或厉王时期。而牧簋可能铸于师汤父在任期间,不会比厉王时期早太多。鉴于其与师虎簋、师瘨簋的紧密关系,应该也不会比懿王晚太多。

前文曾论述,根据牧簋的器形和纹饰,其可能铸于西周中期偏后到晚期的时间段。尽管我们大体同意艺术史研究的结论,但现通过铭文分析的证据,可以缩小其年代的下限,把牧簋定为孝王或夷王之器。更进一步地讲,鉴于由内史吴连接起牧簋与师虎簋、师瘨簋的紧密关系,故牧簋更可能为孝王时期所铸。

牧簋铭文是一篇典型的册命金文,记录了朝廷对“牧”的册命仪式。① 然而,其独特之处在于这是目前所见唯一一篇记载周王亲口承认王朝官僚系统缺乏自律的铭文。在周王的措辞中,那些作为西周政府的主体,身居“百僚”的官员已腐化不堪:他们不仅不

① 对册命铭文及其所记录仪式的细致论述,见 Li Feng, “‘Offices’ in Bronze Inscriptions and Western Zhou Government Administration,” 14—42。

遵循周初制定的政策，而且还不断虐待百姓。几乎所有同类的西周铭文，不是在歌颂个人功绩，就是在宣扬西周王朝的功德。只有这篇特殊的牧簋铭文则是揭露西周政府的黑暗面，而且这是直接出自周天子之口。它给我们的印象是，西周的官僚政府在西周中期偏晚已变成了一个由腐化官员组成的欺压人民的机体。大概从穆王开始，周王朝便陷入了长期的衰退，而牧簋铭文中，天子对于官员们丧失进取精神与纪律约束的哀叹，只不过是这一衰退的诸多信号之一。[①] 由于这个原因，作为先王时期司土的牧，被现任周王召回并授予新的职位——以百官之首的地位专门负责执法。这是牧簋的又一个特殊之处。[②]

倘若牧簋确实铸于孝王七年，那么我们就可以把铭文纳入到一个更大历史背景中。孝王是西周唯一一位非正常继位的周王，他是穆王之子，共王之弟，懿王之叔，但却继承懿王的王位。我们无法知晓为何出现这一特殊的现象，但看来孝王之前的懿王很弱势，而且他的王世被一系列问题所困扰。这些问题有可能迫使他离开周都居住。[③] 在懿王去世之后，孝王乘机夺取懿王之太子(后来的夷王)的王位。如果根据这一背景，牧簋铭文可能正是反映了懿王时期政治之积弊。铭文中的王可能就是孝王。他不仅针砭时弊，而且提拔像牧这样级别的官员到关键的位置，以整顿朝政。

对当朝者来说，关心的重点是公正合理的施行刑法。郭锦(Laura Skosey)曾利用牧簋铭文来说明法律原则的来源。[④] 正如铭文中“不型不中”(意为不效法先王且执法不得当)被周王反复提及，铭文清晰明白地揭示了先王治国之楷模，而不是成文的法律条文，才是衡量西周官员行为的标准。周人理想的施政效果是要达到“中”。而时任官员却有违先王之楷模，并没有以“中”善待友邻，反而“厌止稻人”，即以暴压人。更有甚者，他们不但没有认真调查案情，反而“偪罪招故”，强迫人认罪。这与先王的治国之道明显不符。故此，牧的职责就是惩治腐败官员，以期达到先王时期公正清明的政府。

---

① Li Feng, *Landscape and Power in Early China: The crisis and Fall of the Western Zhou, 1045—771 BC* (Cambridge, UK: Cambridge University Press, 2006), pp. 93 - 102. 又见李峰：《西周的灭亡：中国早期国家的地理和政治危机》(增订本)，上海：上海古籍出版社，2016年，100—110页。

② 正如我在另一篇文章中提到的那样，西周时期的司土可能不止一人，可多人同时担任。见 Li Feng, "'Offices' in Bronze Inscriptions and Western Zhou Government Administration," 41。

③ 有关懿、孝二王王位承袭的论述，见 Li Feng, *Landscape and Power in Early China*, 99；《西周的灭亡》，107页。

④ 见 Skosey, *The Legal System and Legal Tradition of the Western Zhou*, pp. 113 - 114.

结 论

按中国和日本学界的说法，本文研究的应该属于史料学(或史料批判)的范畴。因而本文的目的并不旨在解决主要的历史问题或艺术史问题，而在于澄清史料本身即青铜器铭文的问题。可以说，没有坚实的史料研究，历史研究就不可能达到其目的。对西周历史的研究也是如此，铭文具有突出的史料地位，而这其中很多是通过宋代的著录流传下来的。

因此，对这一问题的分析不仅涉及铭文研究，同时也触及文献研究。但是，首先需承认的是，文献是我们接触这些铭文的唯一途径，因此文献批判是我们研究宋人著录铭文的主要方法。然而，对宋人著录金文的研究与传统文献批判却有着不同的目的：传统文献批判学的目的在于探寻文献原貌，本文研究的最终对象则不在于文献本身，而在于曾经以物质实体形式存在的铜器及其铭文。有鉴于此，铭文的书体——只要它们都能准确地表示字词，在传统文献批判中几乎没有意义，但在铭文文献批判研究中，却有着重大意义。最终，那些现存的青铜器，特别是那些经科学发掘的青铜器，由于它们更具真实性和权威性，所以能够帮助我们实现“原始文本”到“原始铜器”的转换。

本文旨在探求一种方法，即研究宋人发现的铭文需首先辨析不同著录的关系，甚至相同著录不同版本之间的关系。在这个基础之上，器形是我们第一步要考察的方面，宋人著录里有关的青铜图像均要经过周密比对，以期重建最接近原始的器形与纹饰。这一结果最好可以得到相似的现存青铜器的比对验证，而对铭文的研究也应比照上述之方法。不过，要注意，铭文的比对需逐字展开，且文字结构和书体风格也应纳入考量范围。在厘清文字的原始字形之后，铭文文本就可以和其他相关的铭文作比对，尤其是和那些经现代科学发掘得来的铭文进行比对来作出解释。本文对牧簋的研究显示，以此方法我们可以获得对其器物乃至铭文的新理解，而相同的方法也应适用于对宋人发现与著录的其他青铜器的研究上。

(翻译：陈鸿超)

西周的读写文化及其社会背景[①]

考古资料表明，西周（公元前1045—前771年）是中国，乃至东亚读写文化传播的关键时期。而遍布中国北方及南方部分地区的铸铭青铜容器与兵器的发现，正是这一传播过程的明证。[②] 这与商代的情况迥然有别——目前我们很少在安阳以外的地方发现书写证据。[③] 在西周灭亡后的三个世纪里，即便是那些身处东南沿海新兴国家的贵族，也完全融入进周人的书写与青铜器铭文文化的体系里。[④] 然而，读写并不仅仅于地理空间上传播，同时也渗透进西周社会的不同层面。尽管书写无可否认地被掌握在社会上占少数的贵族精英手中，但这些需要读写技能的服务并且能够欣赏读写艺术的贵族精英却往往会活动于不同的社会背景之中。[⑤]

本文将考察我们现有的西周书写现象——铜器铭文中所反映的有关书写的直接证据。这些证据将有助于我们阐明书写在西周时期广泛的社会背景，特别是以行政管理为目的的文档。我们的研究将始于探寻铭文中的证据，它们显示了在整个西周时期，原

---

① 本文原发表为：Li Feng, "Literacy and the Social Contexts of Writing in the Western Zhou," in Li Feng and David Prager Branner ed., *Writing and Literacy in Early China: Studies from the Columbia Early China Seminar* (Seattle: University of Washington Press), pp. 271 - 302.

② 关于西周青铜铭文的地理分布，见 Li Feng（李峰），*Landscape and Power in Early China* (Cambridge: Cambridge University Press, 2006), pp. 27 - 90, 300 - 346。有很强的迹象表明，很多青铜器铭文是于当地铸造，有些甚至不在周文化的背景下。有关该观点的论述，参见 Li Feng（李峰）："Literacy Crossing Cultural Borders: Evidence from the Bronze Inscriptions of the West Zhou Period (1045 - 771B.C.)," *Bulletin of the Museum of Far Eastern Antiquities* 74 (2002): 210 - 421，特别参看 237 - 39。

③ 参见 Ken-ichi Takashima（高嶋谦一）："Literacy to the South and East of Anyang in Shang China: Zhengzhou and Daxinzhuang," in *Writing and Literacy in Early China: Studies from the Columbia Early China Seminar*, edited by Li Feng and David Prager Branner (Seattle: University of Washington Press, 2011), pp. 141 - 172. 比起甲骨，商代青铜器的出土地要更多，然而其铭文内容局限于先祖氏名与族徽，往往缺乏语法联系，不成句意（对比安阳出土的更长铭文的青铜器，例如1713号墓出土的青铜器）。换言之，他们并不能说明此时在地方上有实在的读写文化。譬如，有铭文的商代青铜器曾发现于山西灵石与河南南部罗山，参见山西省考古研究所等：《灵石旌介村商墓》，《文物》，1986年11期，7页；河南省信阳地区文管会等：《罗山天湖商墓地》，《考古学报》1986年2期，173页。有关1713号墓的发掘信息，可参见中国社会科学院考古研究所安阳工作队：《安阳殷墟西区1713号墓的发掘》，《考古》1968年8期，703—716页。

④ 见 Constance A. Cook（柯鹤立）："Education and the Way of the Former Kings," in *Writing and Literacy in Early China*, pp. 302 - 336；尤其可见越国的青铜铭文。

⑤ Edward L. Shaughnessy（夏含夷）曾在《剑桥中国古代史》西周史部分评论过西周时期的文献书写范围，参见 Edward Shaughnessy（夏含夷），"Western Zhou History," in *The Cambridge History of Ancient China: From the Origins of Civilization to 221 B.C.*, edited by Michael Loewe and Edward L. Shaughnessy (Cambridge: Cambridge University Press, 1999), pp. 297 - 299.

本书写于易腐材质的文本在特定的情况下被创作、使用和传抄。一些文本内容被进而铸造于青铜器，由此成为铭文的一部分而留存下来；但另外诸多文书则可能只书于简帛、木牍，故无法留存至今。[①] 进而，通过对著名且难读的散氏盘铭文（《集成》：10176）的新释读，我们将对文本的书写、署名，乃至最后转铸于铜器的过程做一次重要的探究。本文最后将探讨青铜铭文本身作为不同社会背景下读写证据的意义，譬如，这些“金属文本”（metal texts）是如何被呈现的，是如何被陈列的，又是如何被周代贵族精英理解的。

尽管书写具有精英指向性（elite-oriented），但它在西周社会中绝非被边缘化或属于无关紧要的角色，而是居于核心的地位。尤其在行政管理层面，书写是西周政府得以顺利运转不可或缺的重要环节；而且，书写活动也是实现政治权威的永恒之路。在社会层面上，书写的文本是社会关系的纽带，同时亦是经济契约的保证。而铜器铭文本身带有的“精英书写”的印记则又给它提供了展示超越本身内容的适合舞台，从而引领其进入了比器物直接所有者大得多的西周精英社会圈。因此，在描述西周社会这一现象的过程中，用“精英读写”（elite literacy）的概念可能要比用“史官读写”（scribal literacy）更具有意义。[②]

西周书写的社会功能

最近一项针对商代书写的分析，完全靠从逻辑上推测，设定了一系列社会背景，认为在其中书写“可能被”使用。但是它下结论说，由于可能是书写于易腐烂的材质，因此我们并无这样的证据。[③]不同于一一罗列西周时期书写在其中“可能被”使用的社会背景的做法，本文将直接考察青铜器铭文中有关各种书写文件或证件在西周社会中实际被使用的记录。[④] 尽管基于这些铭文所构建的历史画面远非完整，但总体而言，它们中的每一篇都坚实地增强了我们对西周书写的社会功用和书写文化扩张的理解。

---

① 有关传世文本书写情景的介绍，参见 Martin Kern（柯马丁）：“The Performance of Writing in Western Zhou China,” in *The Poetics of Grammar and the Metaphysics of Sound and Sign*, edited by Sergio La Porta and David Shulman (Leiden: E. J. Brill, 2007), pp. 122 - 126, 155 - 157.

② William Harris 将“scribal literacy”定义为“存在于特定的群体，以保留宫廷记录文档为目的的书写文化”，参见 William V. Harris, *Ancient Literacy* (Cambridge, Mass.: Harvard University Press, 1989, paperback ed. 1991), p. 7.

③ 这涵盖农业管理、军队名册、青铜器铸造、土地调查、契约、贸易及其他商业活动方面的记录，还包括商王活动、与方国和外部据点交流等方面的记录，见 Robert Bagley, “Anyang Writing and the Origin of the Chinese Writing System,” in *The First Writing*, edited by Stephen D. Houston (Cambridge: Cambridge University Press, 2004), pp. 190 - 261，特别参见 pp. 223 - 224.

④ 最近，王海成通过对比两河流域文明来探寻西周书写的政治与经济背景，见 Wang Haicheng, “Writing and the State in Early China in Comparative Perspectives” (PhD diss., Princeton University, 2007), 215 - 234. 遗憾的是王氏的论证并未包括本文所涉及的大多数证据。

书于王廷

迄今为止,西周中央政府使用文书的最好例证是六篇册命铭文,即颂鼎(《集成》:2829)、四十二年逨鼎(亦称为逑鼎,《新收》:745)、四十三年逨鼎(《新收》:747)、免簋(《集成》:4240)、寰盘(《集成》:10172)和趩鼎(《集成》:2815)。这些铭文均记述了发生于王廷的册命仪式,在这样的特定环境中,一种可称之为"王命书"的文书已被事先奉命抄写完成。把这一背景记述得最为完整的是颂鼎铭文:

> 惟三年五月既死霸甲戌,王在周康卲宫。旦,王格太室,即位。宰弘右頌入門,立中庭。尹氏受王命書,王呼史虢生冊命頌。王曰:"頌!命汝官嗣成周貯二十家,監嗣新造貯,用宮御。賜汝玄衣黹純,赤市,朱黄,鑾旂,攸勒,用事。"頌拜稽首,受命冊,佩以出。反入瑾璋。頌敢對揚天子丕顯魯休,用作朕皇考龔叔皇母龔姒寶尊鼎。用追孝,祈匄康䰜純佑,通祿永命。頌其萬年眉壽,畯臣天子。霝終。子子孫孫寶用。

早先一些学者,例如黄然伟认为,颂鼎铭文里描述的册命仪式还包含了周王和受封者见证之下的实际书写过程。但通过与相关铭文的比对,我们发现黄氏等学者的释读存在语法上的明显错误。[①] 对涉及这一过程的所有铭文进行全盘分析后,可以确信周王的册命文书必定在册封仪式之前就已准备好。同时,有充分证据表明,册命文书即便不由作册尹亲书,也必然由王室内廷的秘书类官员代为执笔。在册命仪式中,这件"王命书"先由周王交予尹氏(如颂鼎铭文)或其他人,以此象征此命出自周王的旨意。随后,周王再令另外一名史官(在颂鼎铭文中则为虢生)向受封者宣读王命。[②] 最近有研究表明,在王廷,由两位官员同时宣告王命书的制度直到西周晚期才出现。而在西周中期,

---

① 黄氏将"尹氏受王命书"中的"书"作为动词理解,将该句释为"尹氏接受王的命令去书写"。若按此读法,免簋铭文(《集成》:4240)中的"王受作册尹书,俾册命免"就要理解为"王受作册尹的命令去书写",这显然有违常识。见黄然伟:《殷周青铜器赏赐铭文研究》,香港:龙门书店,1978年,90、95页。正如我先前提到的那样,在免簋铭文中,"受"明显读为"授",所以在上述情景里,只能是周王授予作册尹一个文件,并要求他向免宣读册命(在颂鼎中,宣读册命的角色则有一位叫虢生的史官替代,而不是作册尹)。根据相同的原则,颂鼎铭文中的尹氏必定是王命书的接受者,而"王命书"应是一个独立词。见 Li Feng (李峰),"'Offices' in Bronze Inscriptions and Western Zhou Government Administration," *Early China* 26 - 27 (2001 - 2002): 50 注 143.

② 最近有关对册封仪式中王命书处理的探讨,参见 Martin Kern (柯马丁),"The Performance of Writing," 140 - 50. 柯氏同样认为王命书是提前准备好的,但他遵从白川静的意见,将趩鼎铭文中(《集成》:2815)"史留受王命书"理解为"史留将命书呈递给周王"(同样把"受"读为"授",将"命书"理解为一个词);同上,148。这与我的读法不同。白川静尽管把颂鼎铭文中的尹氏当作呈递者(周王是接受者),但在免簋铭文中则把周王解释为授予者,而把作册尹作为接受者。见白川静:《金文通釋》(白鶴美术馆)24.137: 158—59; 29.177: 593。而马承源把"王命书"理解为一个词,认为颂鼎铭文中的册命文书是从尹氏直接交给史官虢生,并未经过周王之手。见《商周青铜器铭文选》,北京:文物出版社,1986—1990年,3.303。

这两位官员的角色并无差别，可由一位官员完成，如免簋(《集成》：4240)铭文描述的那样："王授作册尹书，俾册命免。"[①]

有两点最为有趣。首先，在王的随从史官或有时周王自己(例如害簋铭文，《集成》：4259)口头表述完册命之后，很显然，这个王命是以书写的形式在竹或木的载体之上交付给了受封者，它类似我们今天的"聘书"类文件。事实上，我们可以估计西周中晚期这些"聘书"的使用程度。如今，我们已发现上百篇册命铭文，数量上远远超过了其他任何有关政府特殊活动的铭文。[②] 这些现存的铭文仅仅是西周中晚期所铸造的所有册命铭文中的一小部分，而且，由于它们最初都是书于简牍，所以还应有相当一部分册命并未被转铸至铜器。因而，我们可以相信以书写的方式传达对官员的任命在西周中晚期是一种制度，而非例外。

其次，在6篇涉及文书使用的册命铭文中，"书"一词的用法与"册"明显不同。例如，在颂鼎的语境中，王命的文书刚开始被叫作"王命书"，而后，当它被交由受封者并"佩以出"时，则被称为"命册"。[③] 很可能，在铭文的语境中，"册"指的是书写材料的物质形式，即承载册命内容的竹简或木牍；而"书"则指文件内容本身，它是一个文学的作品，在概念上可以与书写其上的载体相脱离。这意味着当铜器铭文提及"册命"时，正如所有册命铭文所言，它表示无论是谁进行这个实际的宣命动作，他手里一定有一件物质材料的文件并按照其上书写的内容来宣告王命。而"书"则可以被多次转写复制，若受封者想要永久保存或更好地彰显其荣耀，还可将其铸于铜器。[④]

收发、处理信息是官僚政府的主要职能之一，而西周政府被认为特别能够胜任这项职能。[⑤] 最近，有学者将其与美索不达米亚文明中的有关记录比较后推断，例如宜侯夨簋(《集成》：4320)和大盂鼎(《集成》：2837)铭文中土地与人口的准确数据可能来源于各种形式的土地勘探与人口调查。为此，西周政府应保存着这些氏族人口与土田的档

---

① 参见 Li Feng (李峰), *Bureaucracy and the State in Early China: Governing the Western Zhou* (Cambridge: Cambridge University Press, 2008), p. 109.

② 武者章曾于20世纪70年代末对当时已知的91篇册命铭文进行过多方面考察。武者章：《西周冊命金文分類の試み》，载松丸道雄编：《西周青銅器とその國家》，东京：东京大学，1980年，248—249页。时至今日，又有新的册命金文出土，虽非精确计算，但最保守估计册命金文的总数也在百篇以上。新近发现的有师酉鼎和井伯親簋，现分别藏于保利博物馆和中国国家博物馆。

③ 除颂鼎外，四十三年逨鼎和善夫山鼎(《集成》：2825)铭文中也有类似之记述，只是善夫山鼎并未记载王室作册接手文书。

④ 有关将文书转铸于铜器的论述，参见 Falkenhausen (罗泰), "Issues in Western Zhou: A Review Article," *Early China* 18 (1993): 145 - 46, 161 - 67; Li Feng (李峰), "Ancient Reproductions and Calligraphic Variations: Studies of Western Zhou Bronzes with Identical Inscriptions," *Early China* 22 (1997): 40 - 41.

⑤ Herrlee Creel (顾立雅), *The Origins of Statecraft in China*, vol. 1, *The Western Chou Empire* (Chicago: University of Chicago Press, 1970), pp. 124 - 25.

案记录。[①] 这一结论显然言之有理，尽管其推理与猜测成分较强。然而，有一个方面可以确定，这些青铜器铭文中的证据表明西周政府有着很强的记账传统。

长久以来，诸多学者都在为“蔑历”一词的含义而聚讼纷纭。“蔑历”在西周金文中习见，似乎代表着对功绩的叙述。有超过30篇西周铭文记载了官方“蔑历”的仪式[②]，例如免尊（《集成》：6006）：

> 唯六月初吉，王在鄭。丁亥，王格太室，井叔右免。王蔑免曆。命史懋賜免載市，絅黄。作嗣工。對揚王休，用作尊彝。免其萬年永寶用。

一般来说，“蔑历”是具有较高权威的某人对他的下属所做的行为。正如那些接受者认为这是一种荣耀应载于铜器上的那样，“蔑历”代表了一种深层的赞誉和赏识。可以得到进一步确认的是，“蔑历”仪式常伴随着财物的赏赐。它很可能不仅包含口头表达，还包括文字记录，即记录当局认为值得记录的功绩，或官员为王朝效命的历史。唐兰先生根据《尔雅》将“历”训为“数”，即历数接受者或其家族的功绩。[③] 对于“蔑”字，一些学者将其释为“伐”，训为“征伐或惩罚”。[④] 唐兰先生则进一步指出，“伐”有“美”义，意为褒奖、赞扬。因此，“蔑历”是指一个仪式，在这个仪式中，上级基于某种可以呈现的记录对下属的优异表现历数其详——这一解释已被大多数学者接受。[⑤] 实际上，唐兰先生与其更早的严一萍先生都把“蔑历”视为汉代“伐阅”（历数官员的功绩和资历）的雏形。[⑥]

“蔑”与“伐”在语义上的联系不成问题。然而，在所有30多篇包含“蔑历”的铭文中，无一出现以“蔑”替“伐”或用“伐”替“蔑”的用例。这意味着尽管可能属于同源字，但在西周时期，习惯上这两个字已经完全分化。就“蔑”本身而言，在《易经》剥卦的初六和六二爻辞中即有“蔑”字，且已有足够的证据证明这是“滅”的本字；“滅”字是西周以后用来写同一个词的，它从未出现在商或西周时期的铭文中。[⑦] “蔑”除了在军事背景中有

---

① 见 Wang Haicheng, “Writing and the State,” 222 - 25。

② 严一萍于1962年收集了35篇含有“蔑历”的铭文，见《蔑历古意》，《中国文字》，10（1962）：1—5页。又见张亚初：《殷周金文集成引得》，中华书局，2001年，1086页。

③ 见唐兰：《蔑历新诂》，《文物》1979年5期，42页。

④ 见白川静：《蔑曆解》，《甲骨学》，4—5(1959)：89—104；严一萍：《蔑历古意》，1—5；唐兰：《蔑历新诂》，36—42。

⑤ 对“蔑历”仪式的英文论述，见 Constance A. Cook（柯鹤立），“Wealth and the Western Zhou,” *The Bulletin of the School of Oriental and African Studies* 60.2 (1997)：278 - 79. 柯氏直接将“蔑历”翻译为“chronicle”，暗示一种书写而成的文件记录。亦见马承源：《商周青铜器铭文选》，3：4；Shaughnessy（夏含夷），*Sources of Western Zhou: Inscribed Bronze Vessels* (Berkeley and Los Angeles: University of California Press, 1991), p. 191.

⑥ 见严一萍：《蔑历古意》，1—13页。《史记》和《后汉书》均载有政府考核官员伐阅或官员递交伐阅的例子，这明显与我们现在的履历书极为类似。见《史记》，北京：中华书局，1959年，977页；《后汉书》，北京：中华书局，1965年，133页。

⑦ 《象传》已将其解释为灭，见《周易正义》，《十三经注疏》本，北京：中华书局，1980年，38页。在唐《经典释文》所引荀爽注中已将爻辞中“蔑”作“灭”。见《经典释文》，北京：中华书局，1983年，23页。《国语》中也将“蔑”作“灭”，见《国语集解》，上海：上海古籍出版社，1988年，57、111页。

"消灭"或"毁灭"义之外，它也有"掩盖"或"淹没"的意思（与"没"字意相近）。对"蔑"字的这个新释读，比先前读为"伐"更为直接，它意味着在西周铭文中，"蔑历"仪式可能不仅包括对官员功绩的口头表述，还包含了上级或周王对其功绩在某种"功劳簿"上进行实际记录。而此类铭文数量上的丰富表明"蔑历"是西周中央政府的惯例。

王廷以外的文书处理

有新证据证明，使用正式的书面记录不单是西周中央政府一项基本的行政制度，甚至在地方上也更加被广泛采用，如新近发现的吴虎鼎铭文（《考古与文物》1998.03）：

> 惟十又八年十又三月既生霸丙戌，王在周康宫夷宫。導入右吴虎，王命膳夫豐生、嗣工雍毅䰞厲王令，付吴無舊疆，付吴虎。厥北疆涵人眔疆，厥東疆官人眔疆，厥南疆畢人眔疆，厥西疆莽姜眔疆。厥俱履封：豐生、雍毅、伯導、内嗣土寺桒。吴虎拜稽首，天子休。賓膳夫豐生璋、馬匹；賓嗣工雍毅璋、馬匹；賓内嗣土寺桒璧。援書：尹友守史。乃賓史桒韋兩。虎拜手稽首，敢對揚天子丕顯魯休，用作朕皇祖考庚孟尊鼎，其孫孫子子永寶。[①]

该篇铭文记录了西周政府授予吴虎土地的事件，它最初由厉王准许，但直到宣王时才得以宣布。在宣读完王命后，王廷的官员——膳夫"丰生"和司工"雍毅"便带领受封者吴虎前去封地，一道前往的还有身为"右者"的伯导（伯导应名"导"，曾陪同吴虎接受命令）。接着，在内地司土寺桒的协助下划定疆界。结束后，由尹氏（即内史尹或作册尹，西周中晚期王室内廷秘书机构的长官）的一个僚属把称之为"书"的土地文书正式移交给受封者，从而完成了这次土地交割。一个颇为有趣和奇特的现象是，在整个过程中吴虎对这些官员感谢了两次：第一次是在交割土地和赠予礼物之后的感激（给中央王庭官员的礼品与给予内地司土的有别）；接着他又单独特意对携带文书的史桒表示了感谢，赠予他两"韦"。铭文中出现的两次"拜手稽首"使上述特征非常明了；它同时意味着对文书移交的特殊强调。该篇铭文代表了在西周社会里，例如土地交付等事都会有文字登记在册，以保障受封者使用其土地资源的权益。

不仅如此，吴虎鼎还反映了非常有价值的官员构成信息：（1）王内廷官员（膳夫），（2）行政官员，（3）秘书官员（史桒），（4）当地官员（寺桒）。膳夫在吴虎鼎铸造的西周晚

① 见穆晓军：《陕西长安县出土西周吴虎鼎》，《考古与文物》1998年3期，69—71页。

期往往充当周王的代表，但在西周中期其地位却并不显著。行政官员包含隶属于构成了西周中央官制主体的卿事寮的官员三有司。[①] (2)+(3)+(4)的模式在西周中期记录土地交割的铭文中习见。例如，五年裘卫鼎(《集成》：2832)铭文中，内史友眥同三有司，完成了对裘卫获得的四块田地的移交。另外，在永盂(《集成》：10322)铭文中，一名叫敚史的史官扮演着与吴虎鼎中史官相同的角色。尽管这些铭文都没有直接提及文书，但它们意味着以史官为人物代表的，或以吴虎鼎铭文为事例代表的西周政府的书写功能，可能已成为中央王朝经济生产、监督管理不可分离之部分。

宗族使用的土地注册文档

有关经济活动中文书使用的另一个重要证据来自六年琱生簋铭文(《集成》：4293)。这篇铭文无关西周政府颁行的契约或法令，而是宗族间的土地登记薄交付：

> 唯六年四月甲子，王在葊，召伯虎告曰："余告慶！"曰："公厥稟貝，用獄訟為，伯又底又成。亦我考幽伯幽姜，令余告慶。余以邑訊有嗣，余典勿敢封。今余既訊有嗣，曰：'侯令！'今余既一名典，獻伯氏。"則報璧。琱生對揚朕宗君其休，用作朕剌祖召公嘗簋，其萬年子子孫孫寶用享于宗。[②]

众所周知，这是两篇相关铭文中的一篇(另外一篇是藏于耶鲁大学的五年琱生簋[《集成》：4292]；记录事件发生时间为五年正月)。最近在扶风五郡西村的发掘给我们提供了另外一篇铭文琱生尊，其记录的时间即五年九月，可以排入之前已知的这两篇铭文之间。[③]然而，围绕这些铭文的铸造背景却颇为复杂。[④]粗略来讲，他们所记录的这件土地纠纷案发生在西周晚期的某一时间，当事人"琱生"很可能是"召"这一望族的小宗。"召"氏的首领，被"琱生"尊称为"宗君"，派遣他的长子"召伯虎"代表"琱生"入于王廷。这起案件的处理时间大概超过了一年，且琱生在支付所需的诉讼费后似乎最终获得了胜诉。六年琱生簋(《集成》：4293)就铸于该案件的判决时期，记录有"召伯虎"亲临"琱

① 这里提到的官员的角色以及西周中晚期的政府组织形式，参见 Li Feng (李峰), *Bureaucracy and the State*, pp. 63 - 93.

② 此释文大致按照林沄：《琱生簋新释》，《古文字研究》第3辑，北京：中华书局，1980年，120—135页。关于这篇铭文更多的讨论，见白川静：《金文通釋》，33.195：860—873。

③ 见宝鸡市考古研究所等：《陕西扶风五郡西村西周青铜器窖藏发掘简报》，《文物》2007年8期，4—27页。

④ 很多学者认为这三篇铭文的时间顺序为五年琱生簋——琱生尊——六年琱生簋。但林沄先生认为两件琱生簋连读，应一起铸造于六年(只是前器追述五年的事情)，而琱生尊则先铸造于五年的九月。见林沄：《琱生三器新释》，见 http://www.gwz.fudan.edu.cn/SrcShow.asp? Src_ID=284，2008年1月1日发表。

生”家族报喜的事情。

这篇铭文有两处可供参考的地方。首先，它记录了“召伯虎”在代表“琱生”家族出庭诉讼中，起草了一份涉及具有争议的土地登记的原始文件，并将其递请政府官员审查。第二，当这份文件获得王廷官员批准时，即他们可能已经采纳了召氏的意见时，“召伯虎”完善了最初的土地登记文件（或根据原本重拟一份新的），将所有相关聚落的名字尽书于内（一名典），随后在来访时将其转交给“琱生”家族。一方面，这份新的登记簿可以作为“琱生”家族有关先前有争议的土地的法律依据；另一方面，很可能王廷和“召”氏大宗都存有最初文件的抄本。从这篇铭文中可以看出，在土地纠纷诉讼于王廷之前，大宗有责任事先准备一份适合的文书陈述，以代表小宗在诉讼中出庭作证。而在西周的经济生活中，这样的书写文本扮演着重要的法律角色。

土地交易中的契约

六年琱生簋是土地纠纷中使用文件的一个典型例子，铭文记述了在土地纠纷中，大宗向王庭提交土地登记文件以获得胜诉，最后将文件或其副本交由当事的小宗保存的事件。然而，还有一些铭文则记录了土地交易中契约的使用，而这些事件似乎只在私下进行，并未有中央王廷介入。如西周中期的倗生簋（《集成》：4262）铭文所载：

> 唯正月初吉癸子，王在成周。格伯取良馬乘于倗生，厥贮卅田，則析。格伯遷。殴妊彶抌厥從格伯安彶田：殷穀杜木，邍穀旅桑，涉東門。厥書史戠武立盨成壘，鑄寶簋，用典格伯田。其萬年子子孫孫永寶用。冋。[1]

这篇铭文记录了格伯用三十块地换取了倗生的四匹良马。[2] 正如其他一些铭文所记录的土地交易程序一样，格伯和可能与来自倗生氏族的两名官员一道仔细勘查了这三十块田地。当土地边界确定下后，倗生的书史在地面上铲起了“壘”以作为标记，并且铸造了铜器，以将此事用铭文记录下来（“典”，与上文提到的六年琱生簋用法相同）。[3] 这篇铭文毫不隐晦地表明了铜器制作与铸铭的目的。铭文中，“典”一词直指这篇铭文的记事目的，即铸铭就是为了保存此次经济交易的记录，不管它是给器主回顾，或是给

---

① 郭沫若误将此器定名为“格伯簋”；见《两周金文辞大系图录考释》，北京：科学出版社，1958 年，6：81—82 页。马承源将其更正，认为倗生才是作器者和土地收受者，见《商周青铜器铭文选》，3. 143—144。

② 在西周经济史领域，“贮”的释义聚讼纷纭。就倗生簋而言，马承源认为格伯将三十块地转卖给了倗生，而郭沫若则认为是将地租赁给倗生。

③ 本文的释读大体采纳了马承源的意见；见马承源：《商周青铜铭文选》，3. 144。

更多的其他人阅读。

重要的一点是，这件铜器是直接为记录土地交易而铸造的，其内容不是像我们在其他铭文中读到的那样，从那些较常见的、且可能已经书于易腐材质的文件中摘抄出来。关于这一点，稍后我们还将在具体讨论铜器铭文的记事功能时论及。这里值得重视的是出现在铭文第三行的“则析”。几乎所有研究过该篇铭文的学者都认为这表示土地合同被切成了两份，由买卖双方分别保管。杨树达先生甚至找出文献依据来考释该词义。[①] 尽管在这篇铭文中“析”的后面并没有宾语，但在该篇铭文的语境下它显然表示“切开”一个物体，很可能代表着一种行为，即在买卖双方达成协议后切开类似土地券的东西，这一方式在后世是司空见惯的。

军事背景中的书写

另一个书写的例子出自西周中期早段的师旂鼎铭文(《集成》: 2809)，里面记载了伯懋父对一次军事纠纷的处理：

> 唯三月丁卯，師旂衆僕不從王征于方雷，使厥友引以告於伯懋父，在䢅。伯懋父乃罰得茲古三百寽，[②]今弗克厥罰。伯懋父令曰：“宜播。䖒！厥不從厥右征。今毋播，其有納於師旂。”弘以告中史，書。旂對厥質于尊彝。

郭锦(Laura Skosey)认为这是一次发生在周王统帅军事活动中的兵变。[③] 曾在穆王时期指挥过一系列战役的将领伯懋父，对这些不服从命令的士兵进行了惩罚。不知出于什么原因，罚金没有上缴，于是伯懋父给了第二次裁定。他一边威胁要把这些士兵流放，一边还是命令他们向师旂交足罚金。随后，师旂的属官便将裁决的情况报告给中史。这个中史很可能是隶属于伯懋父指挥部的史官，因为整个事件大概发生于䢅地战役期间。[④] 值得注意的是，一方面，铭文反映了该事曾由中史记录；另一方面，师旂又铸造了这件铜鼎以载录此次裁定。因此，这个单一的法律事件产生了两件文书：一件由王室的史官书写于简牍之上，保存于军队统帅部；另一件则被铸之于铜器，保存于师旂家中，以便在需

---

① 杨树达：《积微居金文说(增订本)》，北京：中华书局，1997 年，11 页。

② 根据松丸道雄先生最新的研究，三百寽大致等同于三百千克，《西周時代の重量單位》，《東洋文化研究所紀要》117 (1992 年)：47—56 页。

③ 见 Laura Skosey, *The Legal System and Legal Tradition of the Western Zhou, circa 1045 - 771 B.C.E.* (PhD diss., University of Chicago, 1996), pp. 95 - 96.

④ 传世文献中有将书简寄予战士的记载，如《诗经·出车》中即有：“岂不怀归？畏此简书。”(毛 168)见《十三经注疏》，9.4：415—416 页。

要时与官方记录核对。从铭文“质”这一词汇中可以清晰地看出，它是师旂据以要求从受罚的士兵那儿得到赔偿的凭证。

尽管这些直接提到书写文本的青铜器铭文并不足以概括西周时期书写的全貌，但它们使我们得以细窥文书产生、处理和保存的社会背景。读写被使用于诸多社会层面，例如日常的政府管理、官员的档案存贮、土地交易、涉及财产所有权的法律案件、私人的物品交换、军事管理等等。在所有这些领域，读写都发挥着举足轻重的作用。

书写及其之后：对散氏盘的分析

作为西周篇幅最长的铭文之一，散氏盘(《集成》：10176)(图一，1、2)不仅提供了关于书写文档的直接证据，而且以独特的方式阐释了一个文书是怎样或为什么最终被铸于铜器的原因与过程。铸造此件青铜盘的散氏宗族在西周晚期聚居于宝鸡境内的渭河南岸。而位于散氏北面是夨国，其领土北起陇县，南至宝鸡境内的汧河(渭河的支流，于宝鸡入渭)流域。散氏宗族是位于王畿边沿地区的一个宗族，而夨有自己的王，是独立于周朝政治系统之外的；但是它可能与周王室拥有共同的先祖。[①] 不知何原因，夨国袭击了散氏的属邑。这篇总计 349 字的长篇铭文记录了战后散氏与夨国所进行的重新划界的事实：

> 用夨撲散邑，乃即散用田。履：自濡涉以南，至於大沽，一封；以陟，二封；至于邊柳，復涉濡。陟雩戲鬗隆以西，封于播城楮木，封于芻逨，封于芻衢。内陟芻，登于厂湶，封割杆、隆陵、剛杆，封于單道，封于原道，封于周道。以東封于於韓東疆右。還，封于履道。以南封于豬逨道；以西至于唯莫。履井邑田：自根木道左至于井邑封；道以東一封；還以西一封，陟剛三封；降以南封于同道；陟州剛，登杆，降棫，二封。夨人有嗣履田：鮮、且、微、武父、西宫襃、豆人虞丂、彔貞、師氏右眚、小門人繇、原人虞莽、淮嗣工虎、[illegible]𠷎、豐父、唯人有嗣井、丂，凡十又五夫。正履夨舍散田：嗣土逆寁、嗣馬單堒、邦人嗣工騴君、宰德父、散人小子履田戎，微父、效果父、襄之有嗣橐、州豪、攸從鬲，凡散有嗣十夫。唯王九月辰在乙卯，夨俾鮮、且、䍙、旅誓曰：“我既付散氏田器，有爽，實余有散氏心賊，則爰千罰千，傳棄之！”鮮、且、䍙、旅則

---

① 有关散和夨的地理研究，见卢连成：《西周夨国史迹考略及其相关问题》，《西周史研究》，1984 年，232—248 页。有关散氏和夨国的政治地位，见 Li Feng (李峰)：*Landscape and Power in Early China: The Crisis and Fall of the Western Zhou, 1045 - 771 B.C.* (Cambridge: Cambridge University Press, 2006), pp. 186 - 87.

誓。迺卑西宫襄、武父誓曰："我既付散氏隰田、畛田，余有爽䜌，爰千罰千！"西宫襄、武父則誓。厥為圖，夨王于豆新宮東廷。

厥左執𦃶史正，中農。

图一　散氏盘及其铭文

上图：铜器。见故宫博物院：《故宫》，第1卷（北平：故宫博物院，1929），1。
下图：铭文。出自邹安：《周金文存》（上海：仓圣明智大学，1915－21），4.1。

根据条约，夨国需补偿给散氏面积可观的土地，位置大概是宝鸡北边的汧河沿岸（即铭文所提及的"潹"）。所有新的边界都栽上树作标记（"封"），并如同地形等其他特征一样，被详细地载入铭文。这篇铭文描述的内容毫无疑问是可以在实地追寻的。铭文的后半段详细记录了参与土地交割双方官员的名字，包括 15 名矢国官员和 10 名散氏的官员。有趣的是，在土地交易中，双方官员都分为两组：1) 即双方中心聚落的官员；2) 可能受到这次土地交割影响的地方属邑的官员。[1] 这一点可被进一步证明，因为只有中心机构的官员——鲜、且、覃、旅被要求起誓。他们发誓，若破坏协定或攻击散氏，将受到千爰的罚款并受到广及周邦的公开谴责。然后，西宫襄和武父也起誓，若违背协议将受到相同的惩罚。铭文记录这一天是周历的九月乙卯日。这日，双方便制作了一张地图，而此时矢王正身处矢国豆地的新宫中（见下文）。

可以确定，和铭文一样，地图内容也应包括了此次土地转让的细节。我们可以推测，铭文中提及的新边界上的所有地标都会在地图中有标识。从广义上讲，早在西周早期铭文中，既已出现地图的使用。如宜侯矢簋（《集成》：4320）就记载了周王将虞侯改封到宜地。其内容来源于土地授命的正式仪式，其间周王就是根据地图来决定新封国宜的位置。然而，就我们的研究目的反观散氏盘，有一个极为重要的地方始终被之前的学者忽视，即铭文最后一行八个字"厥左执綬史正，中农"。不像其他最后以半行字结束的铭文，这八个字并没有顶铭文最上格书写，而是另起一行写于下方，明显与正文分离（见图一）。很明显，这八个字并非正文的原有内容，而是左执綬史中农的签名；他显然验证了这篇书文，随后这篇文献被铸于铜器。这一现象有两个方面值得注意。首先，其加强了文本作为条约的法律性，违约将受到铭文中所述的法律制裁；其次，这个签名行在铜器上的出现意味着该篇青铜铭文真实再现了一篇原始文本构成特点。毋庸置疑，这样一篇铭文不可能是仅仅为，或主要为祭祀祖先而铸造，让那些想象中的祖先来阅读的（倘若这些想象中的先祖愿屈尊来读这些世俗世界里的细枝末节的话）。相反，它本身即是一个受到史官签名和有关参与官员详细名单所保证的一次领土转让的重要凭据；基于这篇铭文，这些官员是要为本次领土转让负责的。正因如此，散氏盘不仅仅是在法律案例中长篇文本使用的极好例子，同时亦是铜器铭文本身在西周法律系统中发挥重要作用的绝佳示范。[2]

可以理解，这样一件重要的条约文本需要被铸于青铜器。鉴于简牍可能会焚于火灾，而青铜则具有极高耐久度。采用青铜器作为书写载体不仅仅是因为持久性，也是因为其易于在例如公共集会这样的合适场所里向散氏成员展示。像这样一件青铜盘很可

---

① 见李峰：*Bureaucracy and the State*, pp. 184 - 87.

② 西周法律系统中的书写使用，亦见 Laura Skosey (郭锦), *The Legal System*, pp. 126 - 127.

能在散氏宗族的中心宫廷里陈设，以供散氏自己的官员或其他到访官员观览。这篇铭文文本的法律性质是为什么将其铸上青铜器的最合理的解释，而其原始的文本则可能已被书于简帛之上。在这方面，另有一点同样应值得注意，那就是散氏盘的特殊性：它完全没有作器者的私名。[①] 也就是说，这件器是以团体或公共的名义铸造，而这是所有使用者和看到它的人都知道的事。

在以文档保存为目的而作器这一方面，曶鼎（《集成》：2838）是另一个极好的例子。其内壁铭文可分为三个独立部分。其中有两个部分内容为作器者"曶"所经历的两起互不相关的法律案件，而同铸于此器的第三个部分亦与前两个部分无甚关联，乃是一篇典型的册命金文。曶鼎反映一个有趣的事实，即作器者从其家族的档案室里选择了一组互不相关、但极为重要的档案文书，为了保存这些文书，将它们铸于同一件铜器。如此这般，"曶"获得了潜在的"公众性"，即铸造的铜器将得以出现于更大的社会圈——如先前所述，不仅可以在家内的社交集会上展出，同时亦可在祭祖活动中陈列。这一做法使这些文件对西周社会起到了更为突出和普遍的作用。

最后需要关注的是传统学界对于散氏盘拥有者的争论。一些学者认为此盘为夨人铸造，若从此说，则该器当命名为夨人盘。[②] 然而此器定名为散氏盘，因为其他同一时代的法律铭文均由事件处理结果有利的一方铸造，夨人肯定不情愿为此政治上不利的事件专门铸造铭文。然而，没有内部证据表明，此文本必须由散氏的史官撰写。相反，语法上，"厥"字可作为文本最后一行"为图"二字的功能主语（functional subject）和签名行的语首代词，这意味着这一文本与夨关系更为密切，而非散氏。也就是说，最后署名的史官（中农）可能就是夨王的秘书官员。[③] 在夨国和散氏官员见证之下，条约签署于夨王在场的豆地新宫，从这点来看，上述推测得到了进一步的验证。由于铭文里豆地的官员（包括虞丂、录贞、师氏右眚、小门人繇）已在先前夨国的官员名单中提到，所以豆地毋庸置疑当位于夨国境内。

结合以上所有线索，我们认为，在15位夨国官员和10位散氏官员的见证下，散氏盘铭文很可能最初由夨国官员（对其领土有更好的了解）书于简或帛，而后经夨王过目并由其史官签名。这份被签署的文本在豆地召开的和平会议中被交到散氏官员的手中，散氏官员将其带回散氏并随之将这个文本内容铸于铜器，这就是我们现在看到的这

---

① 作器者名字是所有长篇铭文中最重要的元素，但一部分简短铭文例外，通常只说："作宝尊彝。"

② 见吴大澂：《愙斋集古录》，上海：涵芬楼，1918年，16：4页；刘心源，《奇觚室吉金文述》，1902年，8：21页。

③ 有关"厥"字的语法作用，见 Ken-ichi Takashima（高嶋谦一），"The So-Called 'Third'-Person Possessive Pronoun *jue* 厥 in Classical Chinese," *Journal of the American Oriental Society* 119.3 (1999): 405 - 20.

件散氏盘。这一新的解释在逻辑上最能说通文本书写以及散氏盘铸造的背景，而且更进一步说明了该篇铭文是一篇记录散氏处理与他国领土纠纷的法律文书。

更宽阔的背景：作为读写文化证据的青铜器铭文

散氏盘不仅给我们提供了有关青铜器铸造原因方面的重要信息，而且由此也提出了一个更为普遍的问题——青铜器铭文的社会作用。不言而喻，青铜铭文是反映书写和读写文化的证据，那么，它究竟是怎样一个证据呢？是代表着有具体功能的“史官读写”(Scribal literacy)，即青铜器铭文的读、写仅限于受过特殊训练的史官群体吗？还是作为一种较为普遍的读写文化，其实践可见于更广泛的社会背景中？由于青铜器铭文是现存西周时期主要的书写作品，所以这些均是理解这一重要时期读写文化状况的关键性问题。

长期以来，很多学者认为青铜器主要为祭祀祖先之用。[①] 尽管青铜器铭文的社会功能和铸造青铜器的目的二者密不可分，但实际上它们是两个不同的问题。过去一些学者总是在强调铭文的宗教祭祀作用，即认为它是沟通在世子孙与先祖的桥梁，并以在神界的祖先为铭文的读者。[②] 而另一些学者则看到了青铜器和其铭文得以铸造的更为复杂的原因和社会背景，[③]每一篇铭文都有其特定的目的，需要谨慎对铭文内容加以分析才可判断。同时，没有一个理论能够解释，或应该解释所有的铭文。上文提到的倗生簋(《集成》：4262)，其背景是一次经济交易，而铭文铸造的目的就是为了记录(典)这次交易的结果，它是一个明确而典型的例子。而散氏盘则与此不同，它的铸造仅仅是为了忠实地复制两方势力谈判的结果——一篇重要的领土条约。社会背景的不同使得这些青铜器不同于很多的“祭器”。

当然，这并不是否定祭祀先祖这类宗教仪式背景的重要性。事实上，很多青铜器铭

---

① 对这一观点的清晰定义，见容庚：《商周彝器通考》，北平：燕京大学出版社，1940 年，1—2 页；张光直：*Art, Myth, and Ritual: The Path to Political Authority in Ancient China* (Cambridge, Mass.: Harvard University Press, 1983), pp. 56 - 80.

② 此观点最系统的阐释见 Lothar von Falkenhausen (罗泰), “Issues in Western Zhou Studies: A Review Article,” Early China 18 (1993): 146 - 47, 167; Lothar von Falkenhausen (罗泰),《西周铜器铭文的性质》,《考古学研究》6 卷(2006 年),343—74 页。在张光直看来，不仅仅是铭文，青铜器上的动物花纹也能起到帮助沟通先祖的作用，见 Kwang-chih Chang (张光直)*Art, Myth, and Ritual: The Path to Political Authority in Ancient China* (Cambridge, Mass.: Harvard University Press, 1983), pp. 61 - 65, 88.

③ 见 Li Feng (李峰): *Landscape and Power*, 9 - 10. 朱凤瀚把祭器和礼器做了让人信服的区分，并承认绝大多数青铜器都为祭器。同时，他指出礼器一般为另外一些非祭祀目的铸造，比如婚媾、宴请、会见、涉外会议或特定地纪念某些德行。见朱凤瀚：《古代中国青铜器》，天津：南开大学出版社，1995 年，17—18 页。

文中都带有“尊彝”一辞，这意味着这些青铜器首要作献祭之用。[①]譬如，㦰簋（见《集成》：4322）铭文是西周中期的一篇长篇铭文，记述了作器者将该青铜器献给他的先母，且用宗教的语气感谢她在一次战争中给予自己的庇佑。[②] 除此之外，在青铜鐘上也有许多长篇的宗教祝祷。[③] 这些铭文当时可能被视为宗教文件，因为它们可以沟通作器者的现实世界和先祖的神灵世界。之前学者关于铸铭青铜器的宗教背景已有充分讨论，所以本节将讨论青铜器铭文所反映的其他社会背景，在这些背景中相关的青铜器被使用，它们的铭文被阅读（同时成为这些背景下的读写文化的证据）。这其中，最重要的是西周贵族日常的家内生活。

如，𣪘簋（《集成》：3827）给我们提供一个非常有趣的例子：

　　𣪘作寶簋，用饎（饙）厥孫子，厥不（丕）吉其辪（乂）。

这篇铭文的意思非常清晰简约。该铜器作日常生活之用，主要用来为𣪘家内成员盛放食物。“饎”字应读为从“食”旁的动词“饙”字（不要与“孝”混淆）。“饙”字在其他青铜器上出现时一般均指食器，且又根据该篇铭文的语法结构，读为“饙”字有充分依据。[④]因此，作为食器，𣪘簋给我们提供了一个自我定义为给器主家族活着的成员盛食之用的极好例子。

另一个例子见于𩁹盘（《集成》：10119），是周一位王子为母铸造：

　　𩁹作王母媿氏沬盤。媿氏其眉壽萬年用。[⑤]

“[illegible]”字在《说文》所收古文中还留有字形的孑遗，释为“沬”或“沐”，古文字学家通

---

① 最近，陈昭容将研究目光投到了“祭器”的相对比例，经她分析，在641件为女性贵族铸造的青铜器中，有122件可以明确为“祭器”。见《两周青铜器的女性接受者与女性制作者》，该论文发表于2008年3月8日哥伦比亚大学“早期中国讲座”（Earlg China Seminar）的研讨会上。另见陈昭容：《周代妇女在祭祀中的地位——青铜器铭文中的性别、身份与角色研究之一》，《清华学报》新31卷4期（2001）：395—440页；陈昭容：《性别、身份与财富——从商周青铜器与墓葬遗物所作的观察》，载李贞德主编《中国史新论・性别史分册》，台北：联经出版公司，2009年，19—86页。

② 㦰簋铭文记录了㦰一次与南方淮夷作战的经历。在战争中，正如㦰所述的那样，他的先母指引他进军的方向，开阔他的心界，保护他免受伤害，并最终庇佑他获得胜利。这篇铭文暗示一个清晰的宗教背景，从而成为了铸造此青铜器的理由。有关该篇铭文的释读，见马承源：《商周青铜器铭文选》，3：115页。

③ 对铜钟祷词铭文的分析，见 Falkenhausen, “Issues in Western Zhou,” 139－226.

④ 例证有《集成》编号为666、3838、10305的诸器。陈梦家视燕侯盂铭文中的“饙盂”一词与饭盂相同。见陈梦家：《西周铜器断代》，《考古学报》1955年10期，99—100页。同样的释法，亦见马承源：《商周青铜器铭文选》，3.29。对于𣪘簋铭文，我们也必须照此释读，因为若读为“孝”，“孙子”将成为孝祭的接受者，这与常理不合。显然，“厥孙子厥丕吉”也不应连读，因为这要求第二个“厥”字像“其”字一样作为副词（能够或将要），不过，“厥”在甲骨文、金文中从未有此用法。我要感谢高嶋谦一教授在最近的一次交流中对后一点予以确认（2008年5月8日）。同时可参 Takashima（高嶋谦一），“The So-Called ‘Third’-Person Possessive Pronoun *jue* 厥 in Classical Chinese,” *Journal of the American Oriental Society*, 119.3 (1999): 404－31.

⑤ 𩁹同时也铸造了与𩁹盘配套的𩁹匜（《集成》：10247），同时还有四件𩁹簋（《集成》：3931—3934），亦称饙簋，它们均为其母媿氏使用而铸造。

常认为其本义为"洗发"。[1] 这件铜器是䵼为其在世之母媿氏生活使用而铸造的。[2] 类似的情况还有鲁伯愈父盘(《集成》: 10113)和鲁伯愈父匜(《集成》: 10244),铭文中自我描述为沬盘和沬匜,它们属于鲁国的一位贵族为嫁到邾国的女儿所作的媵器。上述铜器无疑为贵族女子日常私用之器。[3]

以上这些例子呈现了西周贵族日常生活与铸造铭文之间的紧密联系。因而,我们需要将西周贵族的日常生活作为铜器铸造与铭文创作、阅读、理解的背景之一。另外还有一些铜器是为家内宴飨而铸造,宴请的对象不仅包括作器者的家人,也包括友人、同僚在内的社交圈。如多友鼎(《集成》: 2835)自述其目的为"用朋用友"。又如新近公布的兽叔奂父盨明确记载其用于在"嘉宾用飨"中承盛四种粮食——稻米、旱稻、糯米、高粱;在丰盛的食物中,作器者和嘉宾将"飤则迈(万)人(年)无疆,子子孙孙永宝用"。[4] 有时周王也受邀前往贵族官员府第用宴,在一些青铜器铭文上通常会有"用飨王逆逍(造)"的正式文句,例如仲爯簋(《集成》: 3747)和伯者父簋(《集成》: 3748)。[5] 实际上,该句所描述的情节是与周王的行政模式相吻合的。[6]

西周贵族的这一社会交往也在周代的文学作品中有描写,例如《诗经》中的《鹿鸣》(毛诗 161)、《六月》(毛诗 177)、《伐木》(毛诗 165)等,而尤以《伐木》最为典型:

伐木丁丁,鳥鳴嚶嚶。
出自幽谷,遷于喬木。
嚶其鳴矣,求其友聲。
相彼鳥矣,猶求友聲。
矧伊人矣,不求友生。
神之聽之,終和且平。
伐木許許,釃酒有藇。
既有肥羜,以速諸父。

---

[1] 见《说文解字》,北京: 中华书局,1963 年,236—237 页。对此字的释义,见周法高:《金文诂林》,香港: 香港中文大学出版社,1975 年,9: 5464—5473。

[2] 对这一关系的研究,见李朝远:《西周金文中的王与王器》,《文物》2006 年 5 期,74—79 页。

[3] 值得注意的是,西周青铜盘的铭文很少记其器为先祖所作。正如函皇父盘(《集成》: 10164)铭文所述,通常盘和盉不在尊器之列,这意味着盘和匜主要的社会功能可能迥异于祭器。

[4] 见李清莉:《虢国博物馆收藏的一件铜盨》,《文物》2004 年 4 期,90 页。

[5] 马承源将"逆逍"读为"逆受",见《商周青铜器铭文选》,3: 48 页。此外,郭沫若将其读为"逆造",意为欢迎王的到访,见《两周金文辞大系图录考释》,3: 42。

[6] 该句铭文暗示周王可能经常造访包括官员府第在内的不同建筑。关于这一点,见 Li Feng (李峰), "'Offices' in Bronze Inscriptions," 45.

寧適不來，微我弗顧。

於粲洒掃，陳饋八簋。

既有肥牡，以速諸舅。

寧適不來，微我有咎。

伐木于阪，釃酒有衍。

籩豆有踐，兄弟無遠。

民之失德，乾餱以愆。

有酒湑我，無酒酤我。

坎坎鼓我，蹲蹲舞我。

迨我暇矣，飲此湑矣。

值得注意的是，求慕"亲友"被西周贵族视为典型的美德，就好比鸟儿在寻求伴侣。诗中描写一位西周贵族还特意于宴会陈设了八件簋以款待友人。另一方面，《六月》则描写了亲朋和邻居为尹吉甫举办的庆功宴，喜迎他自猃狁之战凯旋归来，这一情形与上文提到的多友鼎铭文十分相似。[①] 当然，这样的宴会和燕饮会依礼在贵族宅邸举办，其中还会包括一些以宗教方式进行的活动。然而，贵族家内部的社会活动会有一套特定的礼仪，不同于在宗庙里举行的宗教活动。这些社会活动在西周社会中具有特殊的社会政治作用。更为重要的是，就青铜器的使用和铭文欣赏而言，它们构成了与宗教背景并行的社会背景，甚至重要性不亚于后者。

对这一社会背景的发现也解释了为何会有那么多青铜器铸有记录重大历史事件的长篇铭文。就拿散氏盘来说，文本的耐久性无疑是一个重要因素。但更重要的是，陈列青铜器所能达到的"公众性"是其他书写材料所不能企及的——最初文本书于易腐烂的材质且可能收藏于私家的档案室。由此，这些青铜器成为将纪念性文本传播到更广大社会圈的最佳方式。由于这些金属文本记录了家族的荣耀和成就，所以将它们以漂亮的字体铸于宝贵的铜器上，并在合适的场合展示给亲朋好友及同僚观摩，这无疑可以提升家族的社会地位。[②] 如史𩛥簋(《集成》：4031)铭文即是为了纪念王对史𩛥的赏赐而作，它清晰地表达了史𩛥要对该充满荣耀的文本进行"朝夕监"的愿望。同时，"朝夕监"的主体不仅有史𩛥，也可能包括能够到访他们家的目标群体。当周天子在上文所说的

① 多友鼎同样叙述了对猃狁的一次战役，铭文自述该器作宴会友人、同僚之用。对多友鼎和《诗经·六月》的分析，见 Li Feng (李峰), *Landscape and Power*, pp. 147－153。

② 最近，柯马丁(Martin Kern)相当详尽地讨论了西周铭文的展示功能。同时，他亦注意到西周中晚期青铜器在强化公众展示功能时是如何强调使用字体的，见"The Performance of Writing," 112－114, 167－171。

某些场合作为宾客造访，并看到这篇亲口所述已被变成荣耀的青铜文本时，显然将感到十分愉悦，而这整个过程无疑将进一步提升王室对其家族的好感。由此，书写发挥了它关键的社会和政治作用，它是社会价值最明确的表达，也是促进政治关系，以及在周人贵族之间形成社会团体的途径。

毋庸置疑，在宗庙中对先祖的宗教祭祀行为构成了青铜器实现"公众性"（在宗族成员间）的另一个社会背景。在这些场合中，先祖的美德被铸之于铜器，得以阅读与宣扬。而此时，这一家族的成就将同样受到同宗贵族的颂扬和赞誉，所有这些都将增强宗族的凝聚力。这也解释了为何那么多纪念重要历史事件或歌颂个人政绩与军功的原始文本本身与宗庙礼制无关，却还是被铸于祭器之上。然而，尽管需要与先祖沟通可能是一些铭文铸造的直接原因，例如上文提到的㦷簋（《集成》：4322），但在大多数例子中，这种铭文内容和神灵世界之间的脱节，正说明导致上述文本出现于祭器之上的真正原因，很可能是宗教仪式所产生的社会影响，而不是宗教仪式本身。而且，许多铸有长篇铭文的青铜器本来就不能被认为是祭器。

结　论

威廉·哈里斯（William V. Harris）曾研究过希腊早期读写文化的社会背景（公元前7—前6世纪）。他指出，尽管希腊人识字读书和半文盲的程度仍不清楚，"但无论如何，已有足够多的希腊人具有阅读和写作的能力，这保证了书写功能的稳定发展"。[①] 虽然我们对周人的读写文化不能比这句话说得更多，但我们可以说，到西周晚期，或许已有"足够多的"周人贵族具有阅读和欣赏书文的能力，所以他们能够创作出大量必要且有意义的长篇铭文。而且，这一读写文化很可能已超越了"史官读写"（Scribal Literacy）的阶段，即阅读铜器铭文的群体已远不限于具有专业训练的一小部分史官群体。当然，社会上大部分人可能还是处于文盲状态。

读写作为官员册命中必不可少的机制，在周代政府管理中占据着固定的位置，同时它也担任着记录西周中晚期官员的功绩和品德的任务。除中央管理之外，读写在确认财产交易、签订领土划界、提供法律文书、记录战役军功等各方面发挥着重要的社会作用。在上述所有方面，书写都清晰地体现出政治权力、司法权力和当权者的意志，它同时亦是政治和社会经济关系最明晰的表达方式。青铜器对于西周读写文化的意义就在

① 见 William V. Harris, *Ancient Literacy*, p. 64.

于它们是读写的载体,因为它们的结合可以将物质价值和文化价值传播到不同的社会领域。不论是作为周人贵族日常使用的食器,还是作为用于宗庙的祭器,青铜器都可以帮助建立起广泛的阅读群体,从而成为西周读写文化繁荣和扩张不可或缺的关键动力。读写对西周贵族具有特殊的意义,已成为提升个人或家族政治社会地位,促成现有的政治体系正常运转的途径。因此,西周读写文化不应被限定为"史官读写"(Scribal Literacy),而是该更准确地被定义为"精英读写"(Elite Literacy)。

(翻译:陈鸿超)

礼县出土秦国早期铜器及祭祀遗址论纲[①]

1994 年礼县大堡子山秦公大墓发现以来，有关这两座大墓的墓主问题可以说是众说纷纭，从秦仲到宪公的五代国君被提了出来，作为候选人。2006 年大堡子山上建筑遗址和祭祀坑中"秦子"铜器发现以后，更有静公加入这个行列，也使问题变得更为复杂。在《西周的灭亡》一书中，笔者曾根据 2000 年以前发表的资料，提出大堡子山两座大墓应属秦庄公和秦襄公的基本看法。[②]这十年间有更多的原可能出自两座大墓的遗物被发表，而在大堡子山遗址上的考古工作也取得了重要进展。因此，对这一问题有了进一步探索之必要。

大堡子山秦公铜器之分组

到目前为止，可能出自大堡子山秦公大墓的青铜容器和乐器，其已见器形或铭文拓本、照片者大约有 22 件之多(表一)。1996 年上海博物馆秦公六器发表时，李朝远先生已经指出这些铜器上的"秦"字分为从臼(如鼎 3：)和不从臼(鼎 2：)两种，认为后者实是开了春秋战国秦系文字中"秦"字的先河。[③]随后，王辉先生撰文指出有从臼之秦字的铜器(如上博鼎 3、4；簋 1、2)较早，为秦襄公器，而无臼字者(鼎 1、2；壶 1、2)较晚，应为文公器。[④] 2002 年李朝远先生发表秦公镈(其上秦字无臼)时则认为，鉴于其书体与上博的秦公簋 2(秦字有臼)接近，很难说从臼和不从臼的秦字孰早孰晚。[⑤]在《西周的灭亡》中我提出了四项理由，认为上博的四件鼎明显属于不同的两套器物。从器形上讲，我认为鼎 3、4 的年代也要稍早于鼎 1 和鼎 2。[⑥]

---

① 本文原发表于《文物》2011 年 5 期，55—67 页。

② 见李峰：《西周的灭亡：中国早期国家的地理和政治危机》，上海：上海古籍出版社，2007 年，309 页。

③ 李朝远：《上海博物馆新获秦公器研究》，《上海博物馆集刊》7 期，1996 年，第 23—33 页；收入李朝远《青铜器学步集》，北京：文物出版社，2007 年，77—89 页。引见 84 页。

④ 王辉：《也谈礼县大堡子山秦公墓地及其铜器》，《考古与文物》1998 年 5 期，93 页。

⑤ 李朝远：《上海博物馆新藏秦器研究》，《上海博物馆集刊》9 期，2002 年；收入李朝远《青铜器学步集》，北京：文物出版社，2007 年，90—105 页。引见 92 页。

⑥ 见李峰：《西周的灭亡》，307—309 页。

表一　礼县秦公大墓有关铜器统计

藏家	鼎	簋	壶	镈		尺寸	秦字	铭文
上博	1					高 47，口径 42.3 cm		秦公作鑄用鼎。
	2					高 38.5，口径 37.8 cm		秦公作鑄用鼎。
	3					高 25.9，口径 26 cm	〈〉	秦公作寶用鼎。
	4					高 24.2，口径 24.2 cm	〈〉	秦公作寶用鼎。
		1				高 23.5，口径 18.8 cm	〈〉	秦公作寶簋。
		2				高 23.9，口径 18.6 cm	〈〉	秦公作寶簋。
				1		体高 30，铣闲 24.5 cm	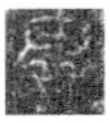	秦公作鑄鎛□鐘。
								（上博另有两壶，无铭，可能也出自大堡子山秦公墓。）
J. 拉利			1			高 52cm		秦公作鑄尊壺。
			2			高 52cm		秦公作鑄尊壺。
甘博	1					高 41，口径 40 cm		秦公作鑄用鼎。
	2					高 37.5，口径 38.5 cm		（同上）
	3					高 31.5，口径 31 cm		（同上）
		1				残高 10.4，口径 20 cm		秦公作鑄用簋
								（甘博另有鼎 4，簋 3 件，均与已发表者同）
范季融	1					高 35.2，口径 35.5 cm	〈〉	秦公作寶用鼎。
	2					高 32.4，口径 33 cm	〈〉	秦公作寶用鼎。
	3					高 30.5，口径 31 cm	〈〉	秦公作寶用鼎。
		1				高 16.4，口径 18.7 cm		秦公作鑄用簋。
		2				高 16.2，口径 18.9 cm		秦公作鑄用簋。

续　表

藏　家	鼎	簋	壶	镈		尺　寸	秦　字	铭　文
伦敦			1			高 48.2，口径 13.6 cm		秦公作鑄尊壺。①
国博		1						（形制、纹饰、大小、铭文与伦敦壶近同）②
香港私藏	1							秦公作鑄用鼎。
			1					秦公作鑄尊壺。（器形、纹饰与伦敦壶近同）
			2					秦公作鑄尊壺。（器形、纹饰与拉利壶近同）③
								（香港私藏另有两簋，形制、纹饰、铭文内容、大小均与上博簋相同）④

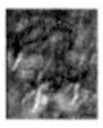

这里，我们要提出来重点讨论的是金文中字形和文辞的特殊配合关系，它可以为我们研究秦公铜器提供一个新思路。在表一中所列的 22 篇铭文（包括甘博鼎 2 和 3，虽未见拓本，但情况清楚）中，有 7 篇铭文中所用的是有臼的，包括上博的鼎 3、4 和簋 1、2，以及范季融先生所藏三件鼎（1—3），其余 15 篇均用没有臼的字。我们可以看到，凡是用字的铭文其用字虽可能因器类略有不同，书体也可能有变化，但均有“寶”字，句式为“秦公作寶 XX”。凡是用字形的均用“铸”字，句式为“秦公作铸 XX”。这个区别整齐划一，在已知的 22 篇铭文中没有一个例外。应该指出，“寶”和“铸”的不同不仅是用字的变化，而且涉及句法，即“寶”是一个形容词，全句是一个简单的“主・谓・宾”句式。但是，用了“铸”以后就变成了双动词叠用的“主・谓・谓・宾”结构，这是非常不同的。这种字形和特定语法结构的整齐对应关系是很有意义的。对于两者的严格区分，笔者认为只可能有两种解释：1）它们是两个不同时期的铜器铭文；2）大堡子山上存在两个不同的书写者团体，他们分别严格地按照自己的语法和书写传统为秦公作器。

① 李朝远先生在伦敦所见并报道：《伦敦新见秦公壶》，《中国文物报》2004 年 2 月 27 日。

② 见朱凤瀚：《中国青铜器综论》，上海：上海古籍出版社，2009 年，1846 页。

③ 以上三器数据由陈昭容、张光裕教授提供，谨此致谢。陈昭容教授虽与笔者观点不同，但仍慷慨支持本文，值得称赞。

④ 见上，朱凤瀚教授《中国青铜器综论》，1846 页。

以前学者对“秦”字的演变已作了很好的研究。可以看到，秦字在西周金文中虽有从臼（如师酉簋的 ；《集成》：4290—4291）和不从臼者（塱方鼎的 ；《集成》：2739）两体并用的情况，但从臼的 在秦系文字中是延续不到东周时期的。反过来讲，春秋时期的“秦”虽有两“禾”三“禾”之别，但已经都没有了臼，如秦武公钟；也出于大堡子山但时代较晚的秦子钟、镈上的“秦”字也无一从臼（见下论），情况其实很清楚。铸字之用当然也见于西周，只是例子很少，如西周早期的太保鼎（《集成》：1735）、中期的荣伯鬲（《集成》：0632）等，但在东周金文中它则是常用词。至于“作铸”二字连用的语法结构在金文中有50余例，其中真正可以确定为西周时期的，则只有中期的小臣守簋（《集成》：4180）、仲鑠父盨（《集成》：4399）和晚期的录盨（《集成》：4357），其余均为东周时期。可以说这种文例在西周是特例，而在东周铭文中则是惯例。鉴于这种情况，笔者认为秦公铜器上所见的这两种严格区别的铭文形式实际上是有早晚关系的，也就是说：“ ＋作寶”（下称“一式铭辞”）较早，而“ ＋作铸”（“二式铭辞”）则较晚。这是我们根据现有铭文数据可以总结出来的一个规律。其实，在大堡子山这样一个狭小的地方，两个书写者集团分别严格地按照各自文化传统为秦公作器的可能性是很小的。下面我们即以这种区别将大堡子山秦公铜器分为两组（图一、二）。

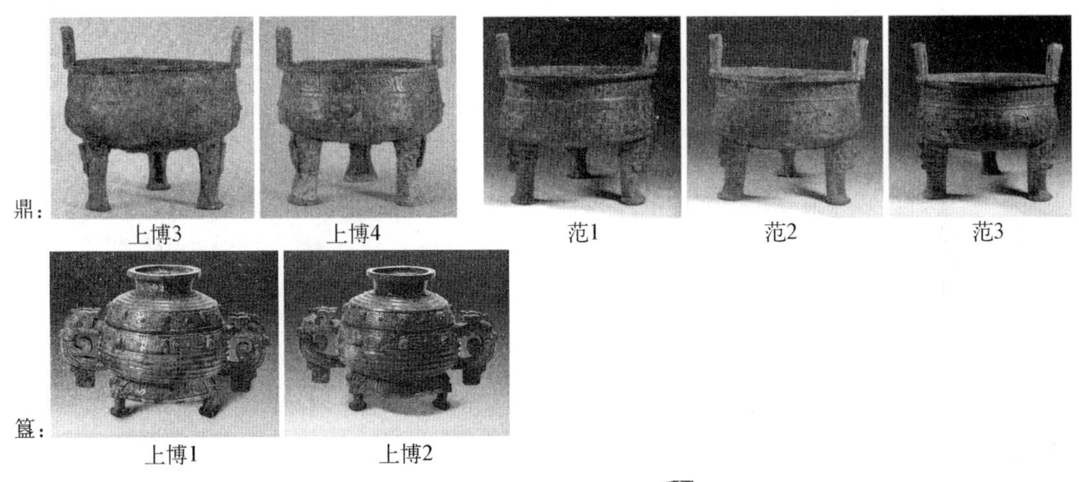

图一 大堡子山秦公铜器A组（一式铭辞“ ＋作寶”形式）

现在，我们再来讨论这两组铜器在器形方面的联系和区别。在《西周的灭亡》中笔者已经提出，上博的鼎3、鼎4年代是要稍早于鼎1、鼎2的。前者腹形圆缓，有圆凸底，尚多西周遗风；后者则是平底，乃是后来春秋时期平底鼎的祖型。上博的那两件簋可能即是配鼎3和鼎4的。另据朱凤瀚先生介绍，香港私藏另有两件簋与上博的两件簋器

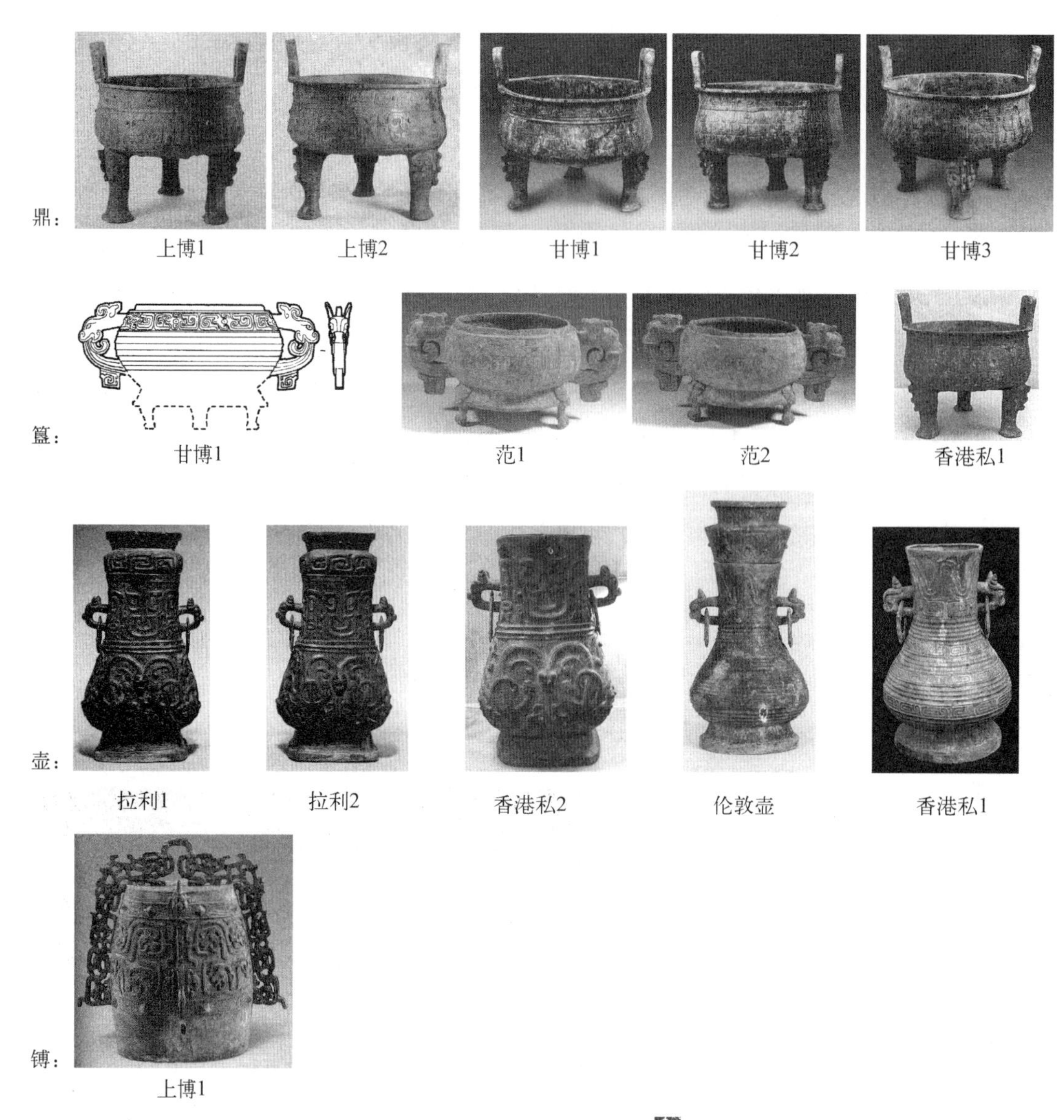

图二　大堡子山秦公铜器 B 组（二式铭辞“　+作铸”形式）

形、铭文均一样，那么这套簋至少应有四件。[①]拉利（James Lally）的那对青铜壶与传世的颂壶（《集成》：9731）以及芝加哥艺术研究所的一件壶（24.233—34 号）相比，[②]时代上明显要晚，这从它们更为细长的腹部以及龙纹图案的具体做法亦可看出。不过彼此的时

---

① 见朱凤瀚：《中国青铜器综论》，上海：上海古籍出版社，2009 年，1846 页。

② 关于芝加哥的壶，见 Charles Fabens Kelley and Ch'en Meng-chia（陈梦家），*Chinese Bronzes from the Buckingham Collection*（Chicago：The Art Institute of Chicago，1946），pl. 34 - 35.

间跨度并不大。与宋村 M1 中出土的同类壶（普遍认为属东周早期晚段）相比，[1]拉利的壶与颂壶则更为接近。甘博的铜鼎 1—3 浅腹平底，整体低矮，更有晚期特征；属于这套鼎的还有香港私藏鼎 1，但是甘博的铜鼎据报道已有七件，故这套鼎的总数尚待确定。范季融先生的两件簋按腹形似乎显得更晚，但是这两件簋的耳部形状与上博和甘博所藏簋的耳部形态均较一致，且其腹部饰垂鳞纹，则和甘肃博物馆的三件鼎一致。因此，范先生的两件簋原来很可能是配甘肃博物馆的这套垂鳞纹鼎的。伦敦所见的壶与香港私藏壶 1 圈足部饰以垂鳞纹（同形同铭者尚有北京国家博物馆一件壶），可能均属于这一套器物。而甘博所藏的这件簋（仅见线图）原来应该是配上海博物馆的鼎 1、鼎 2 的。从器形演变的角度看，比较有问题的是范先生的这套三件鼎。它们按腹形似乎更接近上博的鼎 1 和鼎 2，可能铸造的时间比较接近。但总体来讲，带有二式铭辞（“[illegible]＋作铸”形式）的 B 组铜器在器形方面有较晚的趋势，大致都应该铸造于春秋早期，这一点问题应该是不大的。

以上分组复原的尝试也使我们看到，这两墓随葬器群的原始面貌可能相当庞大。很可能两墓都有两套甚至更多套的列鼎，而且出自 M3 的其中一套鼎至少是七件成列的。如果我们把这个器群与其他地区大约同时期的随葬铜器群相比，它显然在级别上要高于北赵的晋侯墓葬，比如出五鼎的晋文侯之墓（M93），而与三门峡的虢国大墓大致相当。这当然有其礼制上的意义，说明了秦公在西周国家中的特殊地位（下论）。这个复原同时让我们看到，出自两座秦公大墓的铜器可能尚有很多信息未经发表。对此，我们则需要拭目以待。

大堡子山秦公墓地及墓主问题

1993 年礼县大堡子山秦公大墓被盗，1994 年 3 月到 11 月甘肃省文物考古研究所随即派研究人员对被盗的大墓进行了调查和发掘。在这期间共发掘两座中字形的大墓，呈南北排列，相距约 40 米。其中 M2 在南，全长 88 米；M3 在北，全长 115 米。在两座大墓之南又发现两座陪葬的车马坑，其中一座经正式发掘。[2]据戴春阳先生撰文介绍，在发掘过程中，收监在押的盗墓犯罪分子曾被带到现场，确认现藏于甘肃省博物馆的秦公鼎（图二：甘博鼎 1—3）和秦公簋（图二：甘博簋 1）出自北侧的 M3 殆没有问题。[3]

---

① 关于宋村的壶，见《文物》1975 年 10 期，55—67 页。

② 礼县博物馆等：《秦西垂陵区》，北京：文物出版社，2004 年，7—10 页。

③ 戴春阳：《礼县大堡子山秦公墓地及其有关问题》，《文物》2000 年 5 期，76 页。

2004 到 2006 年，甘肃省文物局组织了五个考古单位对西汉水上游古代遗址进行了系统调查，共发现有类似大堡子山遗存的所谓“周-秦文化”遗址四十余座。[①]根据调查基本上可以恢复本流域周代聚落的组织体系，而位于礼县县城之西的西山城址和位于礼县以东 13 公里的大堡子山遗址则表明这个体系中有两个中心聚落。

调查发现，大堡子山遗址并不是简单地只有秦公大墓，而是包括了墓地和众多夯土建筑在内并由城墙环绕的一个城址。它位于高出河面约 100 米的山脊之上，城墙沿着陡峭的山崖南北延续约 2 600 米（东墙复原估计），即秦人早期的都城。已发掘的两座秦公大墓及其两座车马坑即坐落于城址北部的狭小处，其东距夯土城墙约 30—40 米远（图三）。在墓地以南的城址中南部发现多处夯土建筑基址，而在城外北侧山坡上还发现一处由众多中小型墓葬构成的墓地。[②] 2006 年考古队对大堡子城址内部进行了全面钻探并对个别重点建筑基址进行了发掘，但除了已经发掘的两座秦公大墓外，再没有发现其他大型墓葬。[③]这一点非常重要，也就是说，只有两位秦公埋在大堡子山上，而上文所述的两组秦公铜器就是这两位秦公的随葬物。

那么，这两位秦公究竟是谁？1994 年李学勤先生和艾兰（Sarah Allan）教授首先提出拉利的两件壶的器主为秦庄公之说。[④]随后，韩伟先生又提出这两座墓葬的主人是秦仲和庄公。[⑤]到 2000 年为止，先后又有六位学者对这批青铜器进行了研究，其中四人认为它们应归于襄公和（或）文公，[⑥]其他两位学者则将它们归于文公和（或）宪公。[⑦]要解决这个问题，我们首先要确定这些铜器的年代。但更重要的是，我们要正确理解文献中有关记载的背景和性质，并在秦人早期历史的大背景中来理解大堡子山发现的重要意义。

秦人立国于非子，这一点历来没有异说。但非子所封并不在礼县一带，而是在秦地，即礼县以东约 100 公里的甘肃清水县一带，礼县一带则是秦人母族大骆氏所居犬丘的所在地。以后的秦侯到秦仲的三代均是以秦为居地，其地理位置比较靠近周人的中心地区。但是，在西周晚期周人和玁狁的长期战争中，位于西北边陲的秦人和大骆氏可以说是首当其冲。据《今本竹书纪年》，周厉王十一年西戎占领犬丘，灭掉了秦的母族

---

① 甘肃省文物考古研究所等：《西汉水上游考古调查报告》，北京：文物出版社，2008 年，2—3 页。

② 早期秦文化联合考古队：《甘肃礼县三座城址调查报告》，《古代文明》第 7 卷（2008 年），335—347 页。

③ 赵化成、王辉、韦正：《礼县大堡子山秦子“乐器坑”相关问题探讨》，《文物》2008 年 11 期，61 页。

④ 见李学勤、艾兰：《最新出现的秦公壶》，《中国文物报》1994 年 10 月 30 日。

⑤ 韩伟：《论甘肃礼县出土的秦金箔饰片》，8 页。

⑥ 见陈昭容：《谈新出秦公壶的时代》，《考古与文物》1995 年 4 期，64—70、69 页；白光琦：《秦公壶应为东周初期器》，《考古与文物》1995 年 4 期，71 页；李朝远：《上海博物馆新获秦公器研究》，29 页；王辉：《也谈礼县大堡子山秦公墓地及其铜器》，《考古与文物》1998 年 5 期，93 页。另外，上引戴春阳先生文亦主襄公、文公说。

⑦ 见卢连成：《秦国早期文物的新认识》，《中国文字》，1996 年 21 期，64 页；陈平：《浅谈礼县秦公墓地遗存与相关问题》，《考古与文物》1998 年 5 期，86 页。

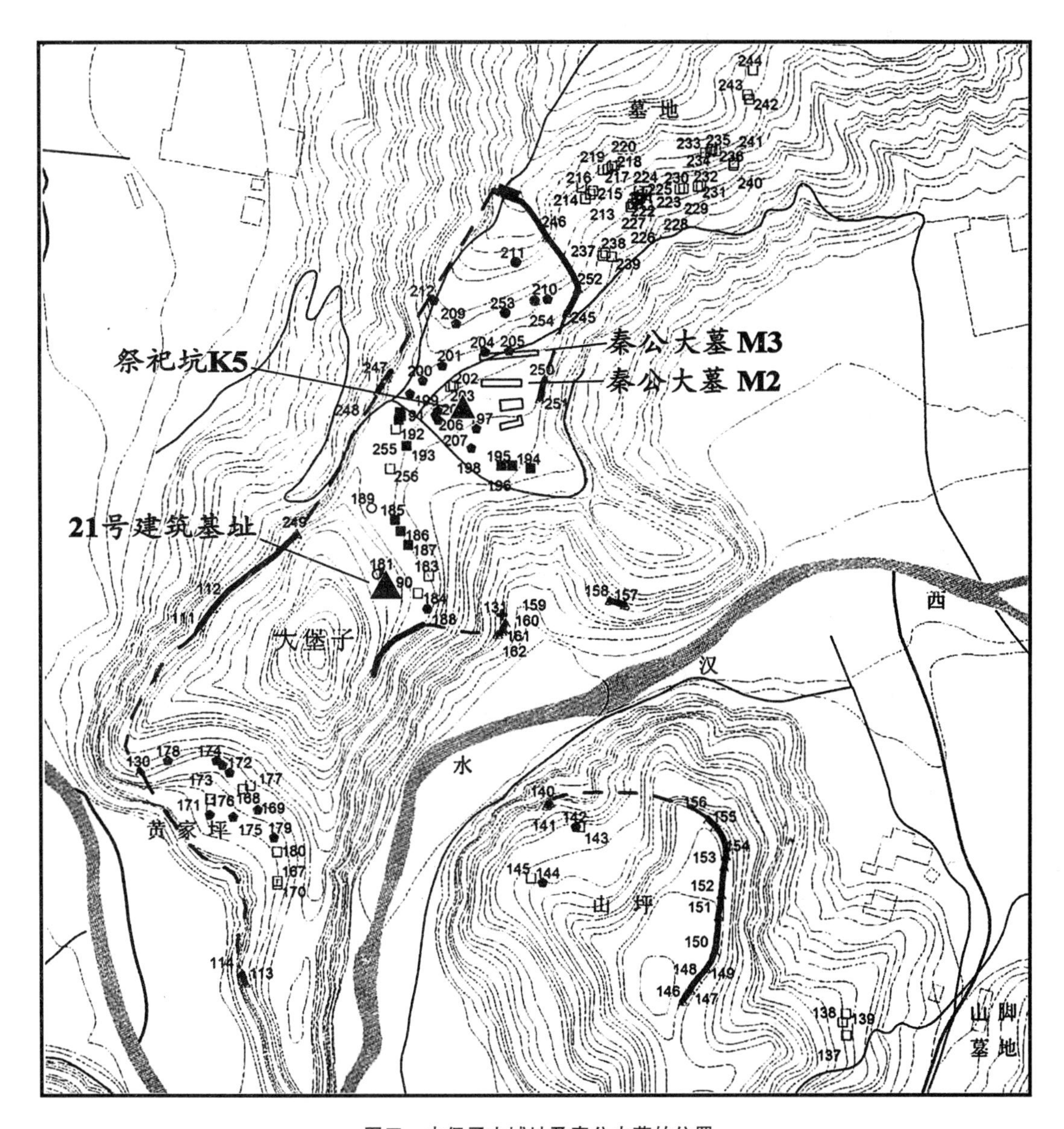

图三 大堡子山城址及秦公大墓的位置

（根据《古代文明》7（北京大学，2008 年）第 340 页图一一修改）

大骆氏。随之而来的是秦人和西戎之间的艰苦斗争。宣王三年（公元前 825 年）秦仲奉王命讨伐西戎，这比兮甲盘（《集成》：10174）和《诗经·六月》所记载的公元前 823 年周人沿泾水流域对玁狁的战争仅早两年。但是显然秦人方面的战事并不顺利，到公元前 822 年秦仲被西戎所杀。随后，秦人迎来了自己早期历史上的一个英雄时代：在周王室的帮助下，秦庄公和他的昆弟五人终于击败西戎，并且还趁势收复了犬丘之地。此役之后，秦国正式占据了犬丘之地，于是庄公将其居地从秦迁到了犬丘，即今西汉水流域，从此这里成为秦政权的中心。仔细比对西周晚期的文献和金文资料，我们是可以恢复秦人早期这一段历史的。它告诉我们秦庄公是秦人早期历史上真正的一位开疆扩土、奠定基础的君主。

因此，我们在考虑大堡子山秦公大墓墓主时可以首先排除秦仲，因为秦人居犬丘之地是在庄公打败西戎之后，而秦仲在此之前已为戎所杀，即使他有墓葬，也应该在秦，即清水县一带。相反，庄公在犬丘一代统治秦国达44年之久（公元前821—前778年），大致与周宣王时期平行。他的长期在位不仅对秦国早期的发展至关重要，对宣王时期西部边境的稳定也很重要。虽然文献中有关他的葬地缺乏明确的记载，但极可能他就是葬于犬丘的某个地方。秦襄公早年发生了西戎围犬丘，襄公之兄世父与战被擒的事件，这也说明秦人的中心仍在犬丘一带。襄公在这里统治了12年（公元前777—前766年），他经历了西周灭亡的变故，其亡年已进入东周纪年。《史记》讲襄公死后即葬于西陲。下一位国君文公于即位后三年（公元前762年），率军东征进入陕西渭水中游；文公索性将秦都从西汉水流域的犬丘迁至所谓汧渭之会的宝鸡一带，并以此为都居住了46年，直到他公元前716年故去，这时上距西周灭亡已有55年了。从西周晚期的政治形势看，所谓的文公东迁实际上很可能是在周人东迁以后秦受到了来自西戎部族的更大压力，被迫放弃西汉水流域而已。《史记·秦始皇本纪》中说文公葬西垂，但是《秦本纪》中则说是西山（同文公之子宪公葬地）。李零先生曾力主文公、宪公葬地在宝鸡地区，而非西垂之说。[①]因为这时秦的中心已经东迁陕西，几乎在渭河平原生活了半个世纪的文公死后再归葬西汉水流域的可能性是非常小的。况且，两地之间直线距离虽不算太远，但有秦岭和陇山相隔，交通非常困难，考虑到其后世君主祭奠的困难，这样做的可能性也是微乎其微的。

过去学者们不愿考虑庄公为墓主的原因主要有两个，但是这两个原因实际上都不成立。首先，《史记·秦本纪》讲：

> 西戎犬戎与申侯共伐周，杀幽王郦山下。而秦襄公将兵救周，战甚力，有功。周避犬戎难，东徙雒邑，襄公以兵送周平王。平王封襄公为诸侯，赐之岐以西之地，曰：“戎无道，侵夺我岐丰之地，秦能攻逐戎，即有其地。”与誓，封爵之。

受到这段文献的影响，很多学者遂以为秦在襄公时才受封为诸侯，从而也就怀疑甚至否认了庄公在早期秦国历史上的重要性，进而否定庄公称公的记载。第二，1978年宝鸡太公庙发现的秦武公钟（《集成》：0262—0266）说：“秦公曰：我先祖受天命，赏宅受

---

① 李零：《〈史记〉中所见秦早期都邑葬地》，《文史》1983年20辑，19—23页。

国，烈烈昭文公、静公、宪公，不墜于上，昭合皇天，以虩事蛮方。"因为这里历数先公自文公起，一些学者即把这里的"赏宅受国"与上引所谓秦襄公的"赐之岐以西之地"联系起来，认为他就是钟铭所讲的"先祖"。其实，《秦本纪》中这段话的史料价值是很值得怀疑的；过去已有学者指出，它可能并非出自周平王之口，而可能是秦人借平王之口来表述自己的立场，其目的就是要把秦人侵入周人故地渭河平原的这件事合法化。我们现在研究知道，东周初年平王初立时周朝曾有两王并立的政治局面。也就是说，在秦人于公元前762年进入陕西之时，渭河平原上另有一位周王即携王存在，由虢国拥立。并且，秦国和这个小"周朝"在渭河平原上至少共存了三年时间，直到公元前759年。在这种情况下，秦人假平王之命来建立自己居地的合法性是很有必要的。[①]总之，无论如何《史记·秦本纪》这段话不能作为秦人在襄公时才立国为诸侯的证据；况且这段话既不符合我们现在从金文可知的西周封国制度，也与《史记》本身所记秦人早期世系相矛盾。这是早期秦史研究中的一个严重误区，我们必须纠正。至于秦武公钟上所记只能理解为近世之祖，也就是只讲东迁以后秦人在陕西关中地区艰苦创业的历史。而"赏宅受国"的"先祖"也只是泛指，既可能是受封立国的非子，也可能是领有西陲，真正建立秦国基地的庄公，甚至可能两者同指。

文献上留下的秦国先君的各种称谓其实颇有深意。笔者曾另文指出，西周地方封国的国君按制度是应该称为"侯"的，如齐侯、鲁侯、滕侯、燕侯、应侯等，均已为出土金文资料所证实。所谓生称"公"者实际上在西周时期人数很有限，一般只有地位崇高，在周王之下但凌驾于政府之上的王室重臣才能生称"公"。地方诸侯如有机会入仕王室并取得如此崇高地位，也有可能生称"公"。但这是按照王室系统的称谓，例子极少。这些称谓（甚至包括伯、子、男）在西周时期虽然都有，但并不属于一个系统，而是各自有自己的意义。只是到了东周时期，由于"霸"的政治体制的出现，它们才被编成了一个序列，也就是所谓的"五等爵"制，但这并非西周的制度。[②]我们看到秦国的第二代国君是"秦侯"，正和其他诸侯国国君一样称"侯"，这是西周的制度。这说明秦国在始封之后的一段时间内确实是称"侯"的。限于西周时期而言，其他封国国君生称为"公"的可能只有虢国和郑国，但这两国原属于王畿内宗族，在西周晚期王室中占据要位，是称"公"在前，东迁转变为诸侯国在后。这样看来，秦庄公不称"侯"而称"公"（以后历代秦君也袭称"公"）

---

① 关于这点，参看李峰：《西周的灭亡》，273—277页。

② 参见 Li Feng（李峰），"Transmitting Antiquity：The Origin and Paradigmization of the 'Five Ranks'，" in Dieter Kuhn and Helga Stahl ed.，*Perceptions of Antiquity in Chinese Civilization*（Würzburger Sinologische Schriften；Heidelberg：Edition Forum，2008），pp. 109－114. 另见李峰：《论"五等爵"称的起源》，刊《古文字与古代史》第三辑，台北：中研院历史语言研究所，2012年，159—184页。

应该是秦国地位的一次重要转变，而这个转变可能正是由于庄公的特殊历史贡献和与周王室的密切关系。庄公曾是周-秦联军的统帅，又能在西陲之地坚持立国44年，对于他这样一位重要的地方国君，王室授予"公"的称谓（而不是文献中所讲的"西陲大夫"）完全是有可能的。因此，我们在算秦公簋（《集成》：4315）上所讲的"十又二公"时必须自庄公算起，而不应是自襄公算起。

总之，笔者认为答案应该非常清楚：即秦国历史上实际上只有庄公和襄公两位君主在西汉水流域的犬丘一带居住并实施过统治，也只有这两位君主才可能埋葬于此地，大堡子山上城址内也正好发现了两座秦公大墓，他们应该就是庄公和襄公的墓葬。更具体讲，位于墓地南部的M2应该就是庄公之墓，其下葬时间在西周末年；而位于其北侧的M3出土了有"二式铭辞"的B组铜器中甘博的鼎1—3和簋1，其下葬时间在东周初年，应该就是襄公之墓。至于属于B组的所有秦公器是否均出自M3，受资料所限我们尚不能确定。

大堡子山早期秦国祭祀遗址的年代和性质

2006年早期秦文化考古队对礼县大堡子山遗址进行了全面的钻探，发现建筑基址26座。同年，考古队对两处重点遗迹进行了发掘，包括21号夯土建筑基址和一处祭祀遗址。21号基址位于大堡子山城址内南端，山顶堡子东北渐低的台地上，北距秦公大墓不到500米。它为南北窄长方形，长107米的房中有18个石柱础，未发现隔墙痕迹及门道和台阶，因此发掘者判断它应是大型库房类建筑。[①]被发掘的祭祀遗址由一座长方形主祭祀坑（乐器坑K5）和四座圆形的小人祭坑（K1-4）组成，它们位于秦公大墓M2以南仅20米。K5出土3件镈钟、8件甬钟和一组10件的石编磬，分两排整齐放置，属于重大发现（图四）。其中最大的铜镈K5：1-1有铭文26字："秦子乍（作）寶龢鐘，以其三鎛，氒（厥）音鍴鍴（徵徵）雍雍（雝雝），秦子畯黔（命）才（在）立（位），眉（眉）壽萬千（年）無彊（疆）。"说明这套钟和镈为"秦子"所作。[②]

关于这套秦子镈和共出之钟（无铭文）的年代，已有赵化成、王辉和韦正三位学者联名发表《礼县大堡子山秦子"乐器坑"相关问题探讨》（以下称《礼县》），进行了仔细研究。[③]该文将秦子镈与上海博物馆所藏秦公镈1（见图二），日本美秀美术馆所藏秦公镈，

① 早期秦文化联合考古队：《2006年甘肃礼县大堡子山21号建筑基址发掘简报》，《文物》2008年11期，4—13页。
② 早期秦文化联合考古队：《2006年甘肃礼县大堡子山祭祀遗迹发掘简报》，《文物》2008年11期，14—29页。
③ 赵化成、王辉、韦正：《礼县大堡子山秦子"乐器坑"相关问题探讨》，《文物》2008年11期，54—66页。

镈K5:5-1(中)

K5:3-1(小)

钟K5:9-1

K5:10-1

K5:6-1

K5:8-1

图四 大堡子山祭祀坑出土的"秦子"镈、钟

以及太公庙1978年所出秦武公镈的形态进行了仔细比对，认为镈从西周晚期到东周的变化有逐渐变高的趋势，这是完全正确的。笔者将《礼县》一文提供的数据选要项编排如下，这里最关键的是"比高"，它代表了一件铜镈体高与铣间距的比值；比高越大，器物越瘦高。

名称	秦公镈	秦子镈（大）	秦子镈（中）	秦子镈（小）	秦武公镈（大）	秦武公镈（中）	秦武公镈（小）	秦桓公镈
出处	上博 1	大堡子山	大堡子山	大堡子山	太公庙	太公庙	太公庙	传世不存
体高	30	48.5	38.5	37.5	54	50.6	45.3	55.07
铣间距	24.5	37.2	27.7	28	40.5	37	35	36.55
比高	1.224	1.304	1.389	1.339	1.333	1.368	1.294	1.506

* 秦桓公镈：《礼县》记为"秦景公镈"；笔者认为其作器者应为秦桓公。

根据这些数据，《礼县》一文认为新发现的秦子镈晚于上博的秦公镈，而早于太公庙的秦武公镈。从这个年代认识出发，《礼县》作出了两个重要推论：1）这个"秦子"一定是文公之子的静公;静公为太子估计在30年以上,不及即位而亡,故称“秦子”;2) 位于这座祭祀坑(乐器坑K5)之北仅20米的秦公大墓M2即是这位“秦子”(静公)之墓,而再向北的M3则可能为文公之墓。① 但是,我们仔细看一下《礼县》所提供的数据就会发现,秦武公镈只有一个比值比大堡子山的秦子镈高,而秦子镈有两个比值比太公庙秦武公镈大。如果分项相比,秦子镈的中小型器按数据均比太公庙的中小型镈瘦高,这其实看照片也不难发现:

	大	中	小
太公庙秦武公镈:	1.333	1.368	1.294
大堡子山“秦子”镈:	1.304	1.389	1.339

因此,按照《礼县》一文所指出的器形发展规律“秦子”一组其实应该是较晚的,至少它是不会早于太公庙秦公镈的。进而,我们将这批秦子镈共出之钟(无铭文)与太公庙秦公钟进行仔细比较后发现,这批钟的花纹显得简略粗浅,且造型方面铣端尖锐,下弧近于正圆,而且有几件钟侧边已出现轻微内弧,整体造型明显较为轻巧。像这样的钟比之太公庙秦武公钟只能晚,不能早。我们用同样的方法将这两组钟的器体比高数据相排比,得出下表。太公庙秦武公钟1号其大小基本与大堡子山秦子镈共出之钟K5∶10－1相当,表中两者排齐,其余顺延:②

号码		♯1	♯2	♯3	♯4	♯5		
太公庙		1.148	1.136	1.169	1.157	1.144		
大堡子山	1.183	1.155	1.346	1.317	1.237	1.295	1.214	1.239
号码	♯1(9－1)	♯2(10－1)	♯3(6－1)	♯4(8－1)	♯5(11－1)	♯6(12－1)	♯7(13－1)	♯8(14－1)

从上表中可以看出,大堡子山秦子镈共出之钟只有一个数据♯2(10－1)较小,其他七件的数据无一例外均比太公庙秦武公钟的任何数据要高(平均比高比为:太公庙秦武公钟:大堡子山秦子镈共出之钟＝1.150∶1.248)。钟在东周时期的发展和镈一样,都是趋于瘦高。大堡子山的这组钟整体明显瘦高,其年代比之秦武公钟应该是要晚的,尽管两组钟的时间相差也不会太大。换句话说,大堡子山的秦子镈和共出之钟应作于秦武公(公元前697—前678年)之后。

---

① 赵化成、王辉、韦正:《礼县大堡子山秦子“乐器坑”相关问题探讨》,《文物》2008年11期,62—64页。

② 根据两份简报所提供的数据,我们统一采用了“通高－甬高＝体高;体高÷铣间距＝比高”方式 。参见早期秦文化联合考古队:《2006年甘肃礼县大堡子山祭祀遗迹发掘简报》,28页;宝鸡博物馆(卢连城)等:《陕西宝鸡县太公庙村发现秦公钟、秦公镈》,《文物》1978年11期,1页。

上述判断也可以从21号建筑基址等近期发现的遗迹中得到印证。21号建筑基址位于祭祀坑以南400米，它被一座战国时期的屈肢葬墓(M11)打破，而它本身又打破另一座春秋墓葬(M12)，该墓出土了一件典型的大盘口罐。这种罐在陕甘一带虽为西周晚期常见之小口折肩弦纹罐的发展，但形态已相距甚远，年代大约在春秋早期偏晚阶段。另外，该建筑夯土中还出土了一件浅盘带弦纹的豆，年代也很晚。简报作者将21号建筑定在春秋早期偏晚或中期偏早，这是比较准确的。①另外，2006年在大堡子山城内发掘的2座小型墓葬，以及城外的5座墓葬，其年代均属于春秋中晚期，其中以春秋中期的M25最为典型(图五)。②而1998年在隔河相望的圆顶山发掘的3座墓葬年代也大致相当。③这些发掘说明春秋早期偏晚和春秋中期是大堡子山贵族活动最为广泛和集中的一个时期，而出土秦子镈和共出之钟的"祭祀坑"实际上是这些晚期埋葬遗迹的一个组成部分。我们应该从考古数据所反映出来的这种大的文化联系中来理解上述祭祀坑的存在和意义。

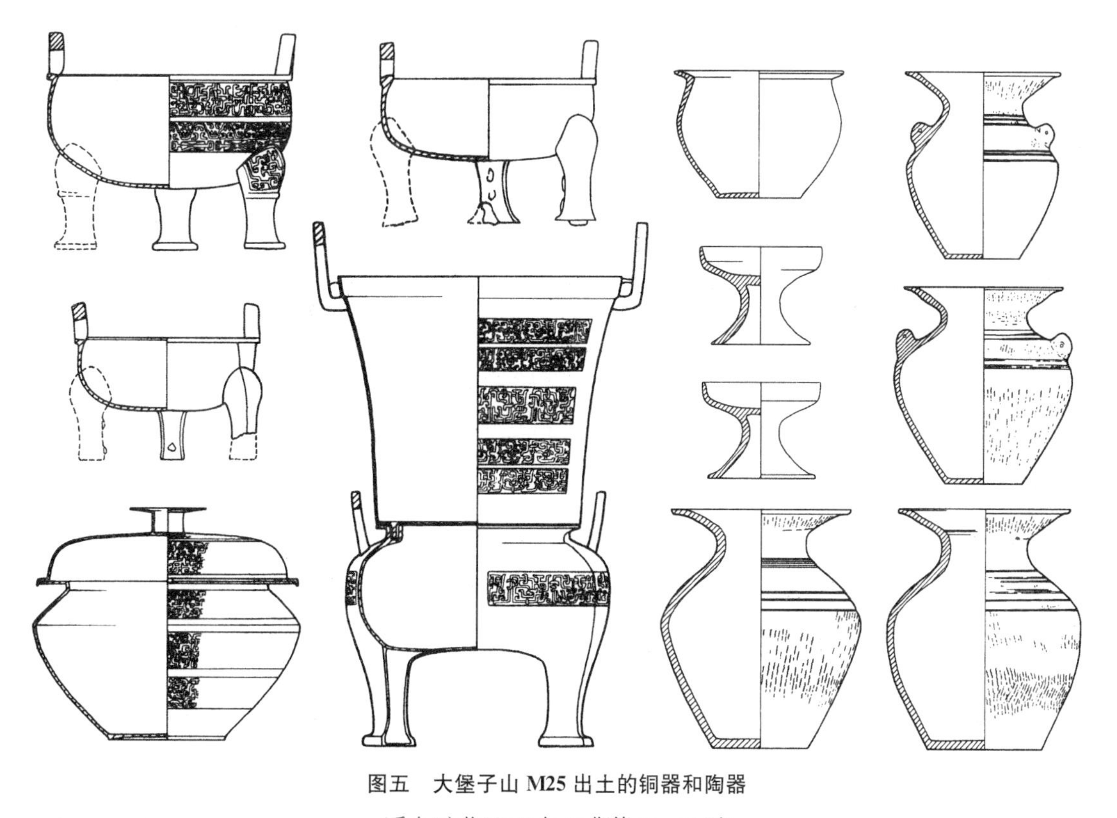

图五　大堡子山M25出土的铜器和陶器

(采自《文物》2008年11期第41—42页)

① 早期秦文化联合考古队：《2006年甘肃礼县大堡子山21号建筑基址发掘简报》，12页。
② 早期秦文化联合考古队：《2006年甘肃礼县大堡子山东周墓葬发掘简报》，《文物》2008年11期，30—49页。
③ 甘肃省文物考古研究所等：《礼县圆顶山春秋秦墓》，《文物》2002年2期，4—30页。

上文已经指出，在秦人的历史上，只有庄公和襄公在西汉水流域实行过统治，也只有他们二人死于此地，也就是大堡子山秦公大墓 M2 和 M3 的墓主。那么，我们应该怎样来看待包括“秦子”器在内的这些时代明显较晚的遗迹、遗物在大堡子山上的出现呢？实际上，如果从秦人早期历史发展的大背景中来理解这些新发现，答案是很清楚的。《史记・秦本纪》记有一段重要记载：

> 武公元年，伐彭戏氏，至于华山下，居平阳封宫。三年，诛三父等而夷三族，以其杀出子也。郑高渠眯杀其君昭公。十年，伐邽、冀戎，初县之。十一年，初县杜、郑。灭小虢。

在文公三年（公元前 763 年）东迁之后的半个多世纪里，秦人主要忙于陕西关中地区的战事，斗争对象是周人东迁后入居的各个戎人部族，这一点笔者在《西周的灭亡》中已有系统论述。[①]武公时期，对内得以平定三父之乱，对外能征伐位于关中东端华县一带的彭戏之戎，可以说秦人基本确立了他们在关中地区的独霸局面。武公十年（公元前 688 年）秦人西征，灭掉邽和冀戎，并在其地推行县制。重要的是：邽即汉代陇西郡的上邽县，今天的天水市，冀戎也在天水附近，古无异议。天水是关中通往礼县的必经之路。天水一带既然为戎人所有，很可能在文公东迁之后秦人即已放弃了礼县西陲之地，甚至可能整个陇山以西地区即被各种戎人所占有。东迁 75 年之后的武公十年，秦人才重新占领渭水上游的天水地区，并可能扩及礼县一带的西汉水上游地区。因此，很有可能大堡子山就在武公新设邽县的范围之内。

由于大堡子山是秦人故都，又有庄、襄两代国君的墓葬，因此秦人再次占领陇西地区后在这里进行频繁活动是势所必然的。换句话说，出土“秦子”镈和共出之钟的“祭祀坑”即是秦人再次回到大堡子山后祭祀 M2 和 M3 中两位先公的遗迹，21 号建筑是与此类祭祀活动有关的储藏类设施，而在大堡子山及附近出铜器的中小型墓葬则可能属于与祭祀活动有关的中下级秦国官员。这些遗迹和墓葬的历史年代正相当于秦武公及以后时期，与上述秦国的历史发展非常吻合。《礼县》一文认为“祭祀坑”铜钟、镈的作器者“秦子”即是其北 20 米的 M2 墓主（静公），这主要是误判了这套铜钟、镈的年代所致。其实这种“祭祀坑”和墓葬的密切关系与我们在安阳所看到的祭祀坑和大墓的关系大致相同，都是祭祀附近大墓墓主的。北赵的晋侯墓地也有这种情况，如在 M8 附近发现 8 座祭祀坑，M64 墓道内及两侧发现 20 座祭祀坑，均为在墓葬填埋期间或略后连续进行

---

① 李峰：《西周的灭亡》，309—313 页。

祭祀活动的遗留，与大墓同为西周晚期的祭祀遗存。[①]而用一个墓主自己所作的礼乐器来祭祀自己，这在逻辑上是说不通的。

我们并不是说大堡子山没有与M2和M3两座大墓同时的遗迹，这些早期的遗迹可能就包括在已经探出但尚未发掘的建筑基址和墓葬之中。只是现在已发掘的"祭祀坑"、建筑基址和墓葬(除两座大墓外)基本都属晚期遗存，是春秋早期偏晚以降大堡子山上祭祀文化的组成部分。至于主祭者"秦子"的身份，这涉及其他与"秦子"有关的铜器的断代和定性问题，需要另文专门讨论。王辉先生过去曾指出"秦子"是秦国幼年即位并尚在丧期中的国君，春秋时期秦国有三位国君符合这个条件，即宪公、出子和宣公。[②]陈平先生则认为这三者中最有可能的是宣公。[③]宣公于公元前675年即位，离武公死相差3年，上距秦人重新占领天水一带约13年，这至少从时间上讲与大堡子山"祭祀坑"所出"秦子"钟、镈是非常相符的。但是，这个问题要留待以后讨论。

结　语

礼县大堡子山的发现是近年来秦文化考古工作的重要进展。要想真正理解这些发现的意义，我们就要对文献中的记载有一个系统的理解，从秦人早期历史发展的整体背景来考虑问题。在秦人的早期历史上曾经有一个放弃礼县西陲之地和重回天水一带的曲折过程，这期间相隔大约有75年之久。按照我们以往周代考古的经验，这样的年代间隔在考古学文化上应该是有所反映的(譬如西周初年和西周早期偏晚阶段的考古遗物是可以区别的)。实际上，这也正是我们在大堡子山铜器上所看到的一个年代的间隔，文献中的记载则是对这个间隔的一个很好的解释。在陶器方面，目前正式发掘的如出自M25的陶器基本与晚期铜器同时期。调查所得的资料有晚至春秋中期的，也有早到西周晚期的陶片。但是由于这些资料过于琐碎，以之为据建立陶器分期系统尚不可能。这些只有依靠在现场的考古工作者在以后发掘工作中逐渐解决。

(谨以此文纪念李朝远先生，他为秦国早期铜器的搜集和研究作出了重要贡献。)

---

① 北京大学考古学系、山西省考古研究所：《天马—曲村遗址北赵晋侯墓地第二次发掘》，《文物》1994年1期，5页；山西省考古研究所、北京大学考古学系：《天马—曲村遗址北赵晋侯墓地第四次发掘》，《文物》1994年8期，4页。

② 王辉：《关于秦子戈、矛的几个问题》，《考古与文物》1986年6期，80页。

③ 陈平：《〈秦子戈、矛考〉补议》，《考古与文物》1990年1期，102页。

此秦子非彼秦子：近年发现早期秦国铜器的再思考

大堡子山上的早、晚两期遗存

在最近的一篇文章中，我认为甘肃礼县大堡子山及其周边的秦文化考古遗迹可大致分为早、晚两个时期：早期始于秦庄公(公元前 821—前 778 年)于公元前 821 年占领犬丘之时(此举将大堡子山变成了秦国实际上的政治中心)，终于公元前 763 年秦文公(公元前 765—前 715 年)东迁陕西之际；晚期始于公元前 688 年秦收复甘肃东部天水-礼县地区之后，即秦武公(公元前 697—前 678 年)对外扩张时期。这两个时期相隔大约 75 年之久。[①]在早期秦以犬丘(位于礼县)为根据地的时代，我们于大堡山子山仅发现有 2 号、3 号两座带斜坡墓道的大墓，墓主分别为秦庄公和秦襄公(公元前 777—前 766 年)，只有他们两人在犬丘进行过统治。而晚期遗存包括 K5 祭坑、21 号建筑基址，及 2006 年发掘的包括 25 号墓在内的一些小型墓葬，[②]它们均与祭祀早期埋葬在这里的两位先公的宗教活动有关。

属于晚期的最重要的发现当属在 K5 祭坑中发现的一组青铜乐器，由八件青铜钟和三件大型的青铜镈组成。最大的一件青铜镈 K5：1-1(秦子镈)共铸有 26 字铭文(图一)。

> 秦子乍(作)寶龢鐘，以其三鎛，乆(厥)音鍴鍴(徵徵)雝雝(雝雝)。秦子畯紷(命)才(在)立(位)，費(眉)壽萬千(年)無彊(疆)。[③]

据上述铭文可知，某位秦子铸造三件青铜镈，并且该铭文大概就铸于其中一件青铜镈上。从祭坑出土的实物来看，恰好出土三件青铜镈，此外还有一组青铜钟。与铭文所称相符。三件镈应与同出的八件青铜钟组成一个完整的器组。一般认为，“秦子”即为

---

① 见李峰：《礼县出土秦国早期铜器及祭祀遗址论纲》，《文物》2011 年 5 期，55—67 页。

② 见早期秦文化联合考古队：《2006 年甘肃礼县大堡子山 21 号建筑基址发掘简报》，《文物》2008 年 11 期，4—13 页；《2006 年甘肃礼县大堡子山祭祀遗迹发掘简报》，《文物》2008 年 11 期，14—29 页。

③ 见《文物》2008 年 11 期，18—27 页。

图一　大堡子山祭祀坑出土的秦子镈(K5∶1－1)

K5所出所有这11件青铜乐器的作器者。[①]对此，本文亦从之。

然而，笔者认为，与先前所知秦武公(约公元前697—前678年)铸造的器组，诸如秦武公镈、秦武公钟进行类型学比较后可以发现，大堡子山K5祭坑出土的未铸铭铜钟和秦子镈的铸造年代不会早于公元前7世纪，相当于春秋早期的晚段。因此它们属于大堡子山晚期的祭祀遗存。早在2006年大堡子山发现秦子镈之前，我们在少量传世青铜武器的简短铭文中也曾见到过“秦子”的称谓，例如秦子戈(《集成》：11352)和秦子矛(《集成》：11574)。然而，“秦子”身份为何？是秦国一位尚未即位的储君，还是一位即位不久的幼君？对此，学界一直聚讼纷纭。

因对新发现的秦国铜器产生了浓厚的兴趣，我于2011年夏重游礼县故地。行自陕西，一同游访的还有中研院史语所的陈昭容教授及哥伦比亚大学博士研究生兰德。在大堡子山的考古工地，礼县博物馆馆长王刚先生告诉我们，早在1993年，当时参加盗掘的农民依稀记得2号墓曾出土过一批貌似钟样式的青铜器。陈昭容教授很快就指出，日本滋贺县美秀美术馆(Miho Museum)藏有一组四件的秦子钟，想必就是这批被盗掘

① 见赵化成、王辉、韦正：《礼县大堡子山秦子“乐器坑”相关问题探讨》，《文物》2008年11期，54—66页，特别参看58页。

的青铜钟。[①]美秀美术馆所藏青铜钟上的铭文与大堡子山 K5 祭祀坑出土的秦子镈十分相似,而后者之年代属于我于上文提到的早期秦文化晚期。2 号墓(属于早期秦文化早期)位于 K5 坑以北 20 米处,倘若美秀美术馆藏的这批青铜钟最初就是盗掘自 2 号墓,那么我所划定的两个分期的界线就会变得迷糊不清。另一方面,我们知道,上海博物馆藏有一批包括秦公镈在内的青铜镈(可能也与若干数量的青铜钟组成一个器组)。可以确定,上海博物馆的秦公镈的铸造年代要早于秦子镈,它很可能和其他秦公器一同被盗掘自大堡子山的某座墓的。[②] 显而易见,以当时盗墓农民的认识水平,他们是无法分辨上博秦公镈与像 K5 祭坑秦子镈那样的青铜镈或钟之间的风格差异的,更别提那是在非法盗墓的简陋条件下了。换言之,出自大堡子山的可能不止一套镈和钟,至少还有包括现存上海博物馆的秦公镈在内的一组青铜镈和钟,盗掘者所指可能正是后者。总之,我们不能确定,美秀博物馆的秦子钟出自何坑,或出自何处。

然而,美秀美术馆藏的秦子钟于 2000 年或更早已经进入该馆。[③] 如果它们不是那批之前被盗掘的文物,那它们会不会来自大堡子山的另外一个墓地,抑或来自一个考古学家尚不知晓的地方?事实上,这些假设皆有可能。此外,我们该如何把美秀美术馆所藏秦子钟与其他传世的、盗掘的、科学发掘的秦子、秦公作的铜器相联系?另一个问题是,为何一些铜器铭文不用更普遍的"秦公"称谓,而用"秦子"呢?显然,上述这些疑问需要我们更系统地研究铭文中"秦子"之称谓。我相信,如果我们把它放到春秋时期青铜器铭文的一般文化背景中,并且联系到决定当时各国爵称的规则,这些问题将会得到更好的解释。

新发现秦子簋盖和秦子盉的年代

据陈昭容教授最近的统计,目前共有 14 件铜器铭文记载"秦子"为作器者,或言及"秦子"之称谓。[④]这其中,现藏澳门珍秦斋的"秦子簋盖"(图二)便是铸铭最长的一件秦子器。虽然其器物残损严重,但铭文大体完整,共计 37 字:

……畤。有憂(柔)孔嘉,保其宫外。温恭□秉德(?),受命屯魯,義(宜)其士女。秦

---

① 陈昭容:《秦公器与秦子器——兼论甘肃礼县大堡子山秦墓的墓主》,《中国古代青铜器国际研讨会论文集》,上海博物馆、香港中文大学文物馆,2010 年,246 页。

② 见李峰:《礼县出土秦国早期铜器及祭祀遗址论纲》,59 页。

③ 美秀美术馆:《中国戦国时代の霊獣》,滋贺县,日本:2000 年春,11 页。

④ 见陈昭容:《秦公器与秦子器——兼论甘肃礼县大堡子山秦墓的墓主》,241 页。

图二　澳门珍秦斋藏秦子簋盖

子之光，卲于夏四方。子子孫孫，秦子姬用享。

传闻该件器物也出自甘肃省，这使我们立即想起在20世纪20年代同样发现于甘肃的那件著名的秦公簋（《集成》：4315）（图三，1）。显然，秦子簋盖的形制及其上硕大的环形捉手意味着它原来一定与类似秦公簋或1998年发掘于圆顶山2号墓（紧邻大堡子山遗址）青铜簋一样的簋器身相配，尤其捉手上的纹饰与后者更为接近（图三，2）。[①]关于秦公簋的年代，据铭文中的"十又二公"，一般认为该器铸于秦桓公（约公元前604—前557

1

2

图三　秦文化的簋

（1. 秦公簋；2. 礼县圆顶山2号墓出土未铸铭铜簋）

① 见甘肃省文物考古研究所、礼县博物馆：《甘肃礼县圆顶山98LDM2、2000LDM4春秋秦墓》，《文物》2005年2期。

年)或秦景公(公元前576—前537年)在位之时。相对来说,我更倾向于为秦桓公时所铸。而圆顶山2号墓出土的青铜簋,经过与出自陕西、甘肃两地青铜礼器的横向比较,我们认为其铸造年代要稍早一些,约铸于公元前7世纪中期,即春秋中叶。

同时,西北大学梁云教授提供了另一个暗示秦子簋盖年代的线索,他指出秦子簋盖捉手上的纹饰十分接近于圆顶山4号墓所出的铜器,本文兹附图如下(图四)[①]:

1

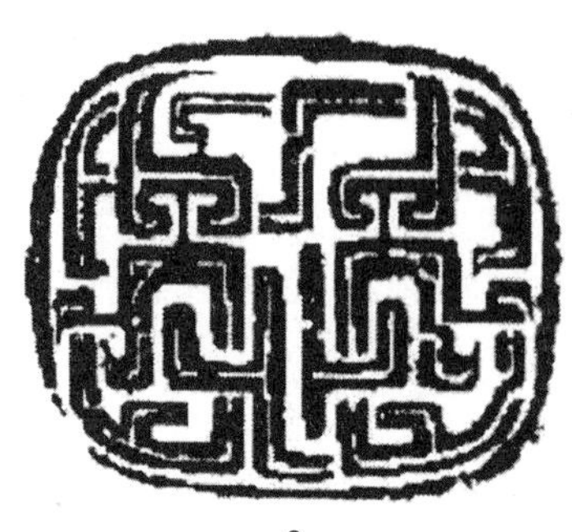

2

3

图四　与秦子簋盖的纹饰对比图

(1. 秦子簋盖纹饰;2. 边家庄M1:12;3. 圆顶山2000LDM4:6簋盖内底纹饰)

以上结果更进一步得到秦子盉比对的证实,秦子盉亦属私人收藏,未知原始出土地(图五,1)。[②]不过,秦子盉形制与圆顶山2号墓所出盉十分接近,只是秦子盉铸得更为精

1

2

图五　与秦子盉的比对图

(1. 私人收藏的秦子盉;2. 圆顶山M2:39)

---

① 梁云:《秦子诸器的年代及有关问题》,《古代文明》(辑刊),2006年第五卷,304页。

② 同上,303页。

细(图五,2)。梁云认为,二者相较,秦子盉的年代可能要略早。但我以为,工艺上精美程度的差异可能另有原因：即秦子盉为秦君作器,铸铭;而圆顶山盉可能为秦国某高级官员所拥有,且无铭文。

通过以上比对我们可以得出两个结论：一是秦子簋盖与秦子盉铭文中“秦子”很可能是同一人;二是它们的作器者秦子生活的年代接近公元前7世纪中叶,与圆顶山墓埋葬年代大体相当。这位秦子生活年代虽距秦桓公作秦公簋不远(很可能为公元前6世纪早期),但肯定比之更早。这是我们通过相关铜器的铭文分析,得出的对秦子时代背景的一个基本认识。

自公元前688年秦武公收复陇西地区到秦桓公即位(公元前604—前577年),这百余年间秦人一直活跃于礼县—天水一带,先后共有六位秦公进行了统治：德公—宣公—成公—穆公—康公—共公。这些秦君中,哪位可称之为“秦子”,或准确地说,是哪位秦君铸造了秦子簋盖和秦子盉?这是一个颇为复杂的问题,但通过上述对秦子生活年代的讨论,秦子簋盖所铸的这篇篇幅较长的铭文能够给我们提供一些线索。

从铭文上看,这件青铜器是秦子为其妻子“秦子姬”所铸,显然,秦子姬是一位来自姬姓国的女子。据史书记载,我们找到两位娶姬姓国之女的秦君：一位是秦宪公(公元前725—前704年),其妃是来自鲁国的鲁姬子(在秦武公钟铭文中,秦宪公的儿子秦武公述自己的母亲为“王姬”,显然,秦宪公夫人为周王室之女);第二位是秦穆公(公元前659—前621年),据《左传》所记,他的夫人便是晋献公之女穆姬。鉴于秦子簋盖与秦桓公(公元前604—前577年)或更晚铸造的秦公簋年代接近,我认为这位“秦子”更可能是秦穆公,而不是生活在50年前的公元前8世纪后期的秦宪公。秦宪公的年代相较于秦子簋盖和秦子盉在器形与纹饰上所反映的年代,显得太早了。换言之,秦子簋铭文中的“秦子姬”可能就是那位推动秦晋之好、秦穆公的夫人穆姬。而此处“秦子”应指穆公,如果我们推测秦人年长有成国君也可以称之为“子”(详论见下)。

那么,有没有可能还有另外一位秦君,他的生活范围符合秦子簋盖的铸造年代,同时又娶姬姓之女,且传世文献疏于记载呢?这当然是可能的。但是我相信,秦子簋盖和秦穆公、穆姬生活年代的相合并非偶然。而且秦子簋盖铭文中,还有两个内证支持秦子姬很可能就是秦穆姬。

首先,铭文描述秦子姬有能力保佑宫外那些民众。国君的配偶,大多囿于宫中,极少像秦子姬那样拥有这么大的能力。显然,秦子姬不是一位普通的妃子,而是一位在秦国具有很大政治影响力的人物。作为秦子姬美德所造成影响的逻辑性延伸,秦子之光将能照临“夏四方”(中国东部的华夏之地)。据《左传》记载,穆姬曾支持秦穆公扶立晋惠公(穆姬同父异母兄弟)为晋国国君。但随后两国在公元前645年反目成仇,秦国在韩原之战中击败晋军,生俘晋惠公。这位穆姬念兄妹之情,以自己及一女二子(包括后来的秦康公)自杀相要挟,强迫秦穆公释放了晋君。以此观之,穆姬在秦国有很高的政治地位,这与秦子簋盖对秦子姬的描述十分相近。所以,该器很可能正是穆姬的儿子秦康公(公元前620—前609年)为其母秦穆姬所作。

其次,“夏四方”透露出一个非常重要的信息。作于公元前7世纪初的秦武公钟描述秦公的任务为“虩事蛮方”;百余年后,由秦桓公(公元前604—前577年)所作于公元前6世纪早期的秦公簋改述为“虩事蛮夏”。在秦国的叙事传统中,这是表述秦人政治理想的习语。而这一习语的发展,反映了秦国随着逐渐向东的扩展,对东部华夏之地列国事务的参与。在春秋时期社会的“华夷”之辨中,它显然也反映了秦人的世界观及他们对自身的定位。将秦子簋盖置于这一背景之中,铭文中“秦子之光,昭于夏四方”实际上暗示了秦国国家政策的一个重要转变:改变以往以周边蛮夷为主要对象的政策,将战略重心完全转移到与东边的华夏列国有关的事务上。秦穆公统治时期是早期秦国扩张的一个极为特殊的时期。在这一时期,秦国利用晋献公去世之后晋国的内乱,积极介入到东方政治、军事的争霸中。然而,穆公时期政治军事上的成功犹如昙花一现,随着公元前623年(即穆公去世2年前)“殽之战”的惨败戛然而止。自此秦国一蹶不振,屡次被晋国打败,并被长期锁闭于关中。因此,秦子簋盖铭文中反映的政治雄心与秦穆公那段辉煌岁月(公元前659—前621年)正相对应。

总之,尽管这一问题的最终结论仍需等待日后更多的证据,但通过对现有证据的分析,我们看到秦子簋盖、秦子盉与秦穆公时代存在的联系比之早期秦国历史上的任何一个时代都更紧密。基于这一认识,以下我们将探讨其他铜器铭文中的“秦子”。

大堡子山秦子镈、钟和美秀秦子钟的比较

本文于开头曾介绍了大堡子山K5祭祀坑出土的秦子镈(K5∶1-1),此处首先要讨论的正是这件秦子镈。据笔者之前的研究,秦子镈应比太公庙出土的秦武公镈(图六,2;武公时期铸造,约公元前697—前678年)年代要晚。当我们将秦子镈和同出未铸铭的两件铜镈(图六,3),与现藏于上海博物馆的秦公镈(图六,1)相比较时,可以发现它们之间差异明显。秦子镈不仅整体变得瘦高,器身中间最宽部分直径点接近中部,其下部内敛明显,而且装饰性飞棱极度夸张。至少在秦文化中,秦子镈的造型代表了青铜镈

艺术发展的新阶段。因此，在早先的研究中，我认为秦子镈与同出K5祭坑的铜镈、钟同属于大堡子山遗址晚期，而秦公镈连同其他“秦公”所作的铜器均属于遗址早期。[①]这意味着秦子镈年代在秦武公之后，与秦子簋盖和秦子盉的年代接近。当然，这三件铜器有可能为同一位秦子所铸，不过也可能由两位在位时间接近的秦君分别铸造。然而，当我们研究美秀美术馆所藏的秦子钟时，将面临非常不同的情况。

1

2

3

图六　秦国镈器的比对

(1. 上海博物馆的秦公镈[可能来自大堡子山2号墓]；2. 秦武公镈[太公庙]；3. K5：5－1镈[与K5：1－1秦子镈同器组])

2011年10月，笔者有幸与陈昭容教授一道参观了位于日本中部滋贺县的美秀美术馆，并得到允许近距离观察和测量它们所藏的四件秦子钟和另外四件秦公钟(图七，1、2)。秦子钟和秦公钟，不仅铸铭不同，同时连器形大小也不一样(后者要更大一些)。很明显，它们属于不同的器组，且可能出自不同座墓葬。但是，它们的造型和纹饰十分接近，说明年代必然相差不远。然而，它们与大堡子山K5祭坑的青铜钟(图七，4)及秦子镈差异明显。例如，美秀美术馆所藏钟的篆(枚之间的部分)上夔龙纹龙首与龙身清晰可辨，而K5钟则几乎简化呈S型。此外，美秀美术馆钟上复杂的凤鸟纹在K5钟上也同样被简化。再者，美秀美术馆钟上的枚更为粗壮，且分布密集，而K5钟则相对细小，排列分散(图八、九)。

总之，美秀美术馆藏秦子钟和秦公钟的外观特征暗示它们要早于大堡子山K5出土的秦子镈及其共出铜钟(这些应与秦子镈同时)。此外，通过对三组青铜钟的尺寸的比对也可证实上述之结论。在表一中，我比对了六组青铜钟的平均比高，发现它们的年代涵盖西周晚期(例如柞钟和中义钟)到春秋早期偏晚段。从中可以看出，美秀美术馆藏的秦子钟(平均比高：1.169)和秦公钟(平均比高：1.154)与太公庙遗址出土的秦武公钟

① 见李峰：《礼县出土秦国早期铜器及祭祀遗址论纲》，64页。

(平均比高：1.150；图七，3)高度十分接近，但与大堡子山K5祭坑中同秦子镈一起出土的青铜钟器组(平均比高：1.248)差异显著。

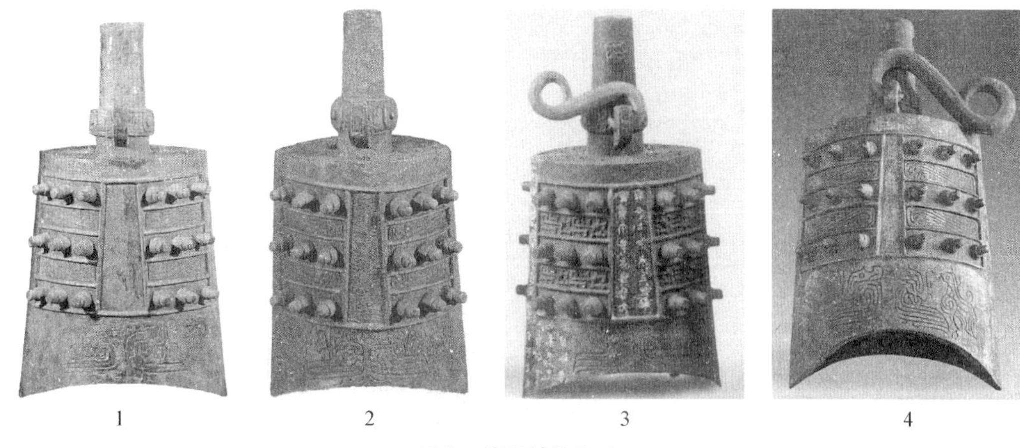

1 2 3 4

图七 秦国钟的比对

(1. 秦公钟[美秀美术馆])；2. 秦子钟4号[美秀美术馆]；3. 秦公钟[太公庙遗址]；4. K5：13[大堡子山遗址])

图八 秦子钟花纹细部比较

(左：美秀美术馆藏秦子钟；右：大堡子山出土钟)

鉴于非法盗掘破坏了原始的埋藏环境，因此，我们对于美秀美术馆秦子钟和秦公钟的原始器组构成仍留有诸多疑问。但总的来说，它们大致应铸造于公元前7世纪早期，即秦武公在位期间或略前后，时代上明显早于大堡子山K5祭坑出土的秦子镈和未铸铭的青铜钟。有趣的是，美秀美术馆秦子钟铭文的内容和书体与秦子镈十分相似。[①]然而，仔细观察秦子钟铭文的笔势，并以此比对秦子镈铭文齐整的书写风格，可以发现，它们其实并非出自同一人之手。因此，有可能存在一个原始的标准文本，它最早被铸于秦子钟，之后经过

① 陈昭容也曾注意到二者铭文的关系，见陈昭容：《秦公器与秦子器——兼论甘肃礼县大堡子山秦墓的墓主》，第246页。

图九　秦子钟凤鸟纹的比较

（上：美秀美术馆藏秦子钟；下：大堡子山出土钟 K5：2）

表一　六组编钟的比较

编钟组名	比高 #1	比高 #2	比高 #3	比高 #4	比高 #5	比高 #6	比高 #7	比高 #8	平均比高
柞钟	1=1.090 H：52 cm	2= 1.067	3= 1.051	4= 1.083	5= 1.025	6= 0.916	7= 1.000		**1.033**
中义钟	1=1.064 H：49 cm	2= 1.068	3= 1.016	4= 1.043	5= 1.000	6= 1.072	7= 1.200	8= 0.982	**1.055**
秀美“秦公”	1=1.167 H：75 cm	2= 1.199	3= 1.134	4= 1.114					**1.154**
秀美“秦子”	1=1.173 H：47.5 cm	2= 1.174	3= 1.135	4= 1.195					**1.169**
太公庙	1=1.148 H：48 cm	2= 1.136	3= 1.169	4= 1.157	5= 1.144				**1.150**
大堡子山	1=1.183 H：53.71 cm	2= 1.155	3= 1.346	4= 1.317	5= 1.237	6= 1.295	7= 1.214	8= 1.239	**1.248**

一些修改，又铸于秦子镈。尽管这只不过是推测，但我们还是有坚实的理由相信，秦子钟、秦子镈的铸造年代，再加上秦子簋盖和秦子盉的铸造年代，暗示了在超过半个世纪的时间里，秦国青铜器上一直使用着“秦子”这一称谓。更重要的是，在武公和穆公之间，德公、宣公、成公这三位君主的统治时间加起来约 50 年。那么，针对秦子器铸造的时间延续相对较长的特点，与公元前 7 世纪头 50 年里秦国各位君主在位时间均较短的事实，人们不禁会疑虑，是否青铜器铭文中的“秦子”均指代同一位国君？这显然是不可能的。

“秦子”的真正意义

在早期秦文化研究领域，关于“秦子”的意义与历史身份，长期以来学者们一直聚讼纷纭。然而，尽管诸家各执一词，但在以下几点上却基本一致：1.“秦子”必然年幼；2.“秦子”未曾继位为秦君，即便曾继位，在位时间也不长；[①]3.“秦子”是一个少有的称谓，与通常秦君称“公”不同，故必然特指某位秦君。根据这些前提，学者到目前为止主要把目光集中在这三位年轻的秦君上：秦宪公(卒于22岁)，出子(五岁即位，在位六年时，大庶长、三父等令贼人杀之)，秦宣公(在位3年，20余岁卒)。[②]同时，以此标准，像秦穆公这样年长的国君被排除于候选人之外。最近，尽管“出子”之说受到一些学者的极力推崇，[③]但陈昭容则扩大了年龄范围，把秦文公四十八年去世(秦文公去世2年前，公元前718年)，时为太子的秦静公也纳入考虑。[④]然而，如果秦静公在其去世前已被称作“秦子”，那他极不可能是秦子簋盖和秦子盉铭文中所提到的“秦子”，因为这两器的年代在公元前7世纪中叶，要比秦静公的年代晚得太多。

我认为，我们现在有足够的证据去质疑之前大多数学者的这些前提。这个证据即来自秦子簋盖，特别这件铜器是为秦子姬铸造的祭祀用器。如果“秦子”是太子或刚登基不久即年轻国君的称谓(他未来即将称为更为尊贵的“公”，如同除“出子”外的所有秦君)，那么在纪念先君荣耀的青铜器铭文中，后代称他作“秦子”就会显得很奇怪。比如秦子簋盖，称先君为更低级的“秦子”，而不用更尊贵的“秦公”，这显然不合情理。不过，秦子簋盖也可能是单独为纪念秦子姬所作。也就是说，此器在铸造时，秦子姬的丈夫秦子仍然在世。但倘若如此，鉴于这位极具影响力的妻子已经去世，秦子必然也已年长，因此才能“昭于夏四方”。假设秦子簋盖在铸造时，秦子仍在世，那么他就应该是一位年长的君主。过去有学者也曾指出的大堡子山秦子镈和美秀美术馆秦子钟铭文上说到“秦子畯命在位”，清楚地显示秦子是一位年长有成的国君。据秦子戈(《集成》：11353)铭文所述，此戈乃是秦子授命铸造分发给左右师使用的。以上这些材料都可以揭示“秦子”实际上具有和“秦公”一样的身份、地位，甚至年龄。

为了理解“秦子”的真正含义，我们要把“秦子”置于一个更大的历史背景中，即通盘考

---

① 见王辉：《关于秦子戈、矛的几个问题》，《考古与文物》1986年6期。

② 见陈平：《〈秦子戈、矛考〉补议》，《考古与文物》1991年1期。

③ 见董珊：《秦子簋盖初探》，《珍秦斋藏金：秦铜器篇》，澳门：澳门基金会，2006年，52—147页；梁云：《秦子诸器的年代及有关问题》，208—311页。

④ 见陈昭容：《秦公器与秦子器——兼论甘肃礼县大堡子山秦墓的墓主》，253页。

虑东周凡是带“子”称号的青铜器。表二搜集了近20篇东周时期称“子”的铭文，涵盖了除秦国外其他12个国家。除单子伯盨中的“子伯”是个人称谓外，其他所有“子”均表示各国国君的称谓。在这些国家中，不论是君主自称，还是臣民尊称，都把时任君主称作“子”。其中，最有趣的例子当属陈子子匜，其铭文中“陈子”之后紧跟着“子”，显然，“陈子”是指陈国国君，而“陈子子”是指陈君的儿子，即该器为陈子之子所作。另一个例子是铸子（山东小邾或州国国君）的兄弟为己所铸的铜器。稍别于上述之情况，郳子匜是鄩伯铸造赠予郳国国君的，其中铭文称郳君为“郳子”。还有一些国君自作器，例如楚子趌已被考证为是楚康王招；[1]黄子为黄夫人铸造了一组铜器（显然“黄子”是黄国国君）。在所有的这些例子中，国君均被称作或自称作“子”，而他们所在的国家均属于非姬姓国或者是周边小国。

表二　东周金文中诸侯称“子”举例

国　名	称　谓	铭　文	资料来源	作器背景
秦	秦子	秦子鎛	《文物》2008.11：27	秦子自作。
陈	陈子	陈子子匜	《集成》10279	陈子之子为孟妫作媵器。
曾（随?）	曾子	曾子仲謱鼎	《集成》02620	曾子自作用器。
单	单子伯	单子伯盨	《集成》04424	单子白作叔姜祭器；子伯也可能是私名。
邓	邓子	邓子盘 邓子午鼎	《江汉考古》1993.4：91 《江汉考古》1983.2：37	邓子□作叔曼媵器。 邓子午之食器。
郳	郳子	寻伯作郳子匜	《集成》10221	寻伯为郳子所作媵女之赠器。
薛	薛子	薛子仲安簠	《集成》04546－04548	薛子仲安所作。
铸	铸子	铸子叔黑颐簠	《集成》04570－04571	铸子之叔黑颐自作器。
楚	楚子	楚子趌之飤繁（鼎） 楚子弃疾簠	《江汉考古》1983.1：81 《中原文物》1992.2：88	楚子趌之食器。 楚子弃疾自作食器。
曾（山东）	曾（鄫）子	曾子遇簠 曾子仲宣鼎	《集成》04488 《集成》02737	曾子遇之行器。 曾子仲宣自作器。
徐	徐子	余（徐）子汆鼎	《考古》1983.2：188	徐子之器。
许	许子	鄦子䵼鎛 鄦子妝簠	《集成》00153 《集成》04616	许子自作乐器。 许子作孟姜、秦嬴媵器。
黄	黄子	黄子鼎 黄子豆 黄子鬲 黄子壶	《考古》1984.4：319 《考古》1984.4：319 《考古》1984.4：320 《考古》1984.4：319	黄子作黄夫人行器。 黄子作黄夫人行器。 黄子作黄夫人行器。 黄子作黄夫人行器。

① 见夏渌、高应勤：《楚子超鼎浅释》，《江汉考古》1983年1期，31页。

最近,我另文已经指出,“子”最初是周人对周边非周人封国(基本都非姬姓)国君之称谓。到了春秋时期,随着更为系统化的“五等爵”观念的兴起,“子”被纳入到五等爵制,并逐渐被非周人封国的国君所采用,将其铸于青铜器上。[①]而一些国家,例如楚国,虽然已采用了另外的称谓,例如“楚公”,但于一些场合也用“楚子”。实际上,“楚子”之称谓早在东周之前就已有之。相似的例子还有邓国。邓国的国君通常被称为“邓子”,但在另外一些铭文中被叫作“邓公”。此外,还有一些国家,例如陈国,本为臣服于周王的周初封国,周人习惯上称其国君为“陈侯”。然而,鉴于东周王权衰落的政治现实,一些小国开始采用一种能模糊其政治定位的称法,自称为“子”,例如在陈子子匜铭文中便称国君作“陈子”。然而,这些均为非姬姓的国家。这种称“子”的做法并不被那些在周王世系中拥有共同先祖的姬姓国国君所接受。

秦国就是这样一个异姓国,其情况与陈国相似。传世文献记载秦受封于西周中期,此后很长一段时间里是为周人镇守西陲之得力助手。可能由于这一原因,秦庄公接受了周王室赐封的“公”之称号(或者未经王室受封擅自称“公”)。此后,习惯上,历代秦君都被称作“秦公”。然而,与“楚子”、“陈子”或关东其他称“子”的诸侯国一样,有时秦君也会自称“秦子”。究竟哪一位秦君自称或被本国臣民称作“秦公”或“秦子”,都是由当时的政治时局以及作器者偏好的政治语言所决定的。幽王之乱,周室东迁,开启了春秋这一特殊的历史时期。随着周王室不断衰落,位于关中的秦国只能孤军奋战,以求生存。而此时改称“秦子”而不用周室所封的“秦公”可能具有特殊的意义。它强调了秦国特殊的历史溯源与文化认同,以此脱离西周的政治体系,增强秦国与周人相分离的“秦人主权”意识。尤其在秦国大肆扩张的秦穆公时期,这一文化认同能够成为秦国拓土雄心的重要政治优势。很显然,一些秦君很喜欢使用“秦子”的称谓;而且,任何在位秦君都可以自由选择“秦子”、“秦公”这两个称号。

(谨此感谢松丸道雄先生对本文写作的帮助)。

成稿于2012年3月

(翻译:陈鸿超)

---

① 见 Li Feng, “Transmitting Antiquity: The Origin and Paradigmization of the ‘Five Ranks’,” In *Perceptions of Antiquity in Chinese Civilization*, ed. Dieter Kuhn and Helga Stahl (Würzburger Sinologische Schriften) (Heidelberg: Edition Forum, 2008), pp. 103 - 134. 该文的中文版见李峰:《论五等爵称的起源》,《古文字与古代史》第三辑,台北:中研院历史语言研究所,2012年,159—184页。

西周青铜器制作中的另类传统：琱生诸器的年代与西周青铜器的生产系统问题

2006年11月扶风五郡西村发现琱生尊等二十七件铜器之后，关于琱生诸器的讨论一时曾成为学术界的热点(图一)。[①]在陆续发表的诸多文章之中，以陈昭容女士等人发表在《古今论衡》以及林沄先生发表在复旦大学出土文献和古文字研究中心网页上的论述最为全面。[②]这些讨论带来了新的视点，推进了有关琱生诸器的认识，特别是就琱生尊与传世的五年琱生簋和六年琱生簋中反映的人物关系取得了相对的一致意见。但是就这些铜器铸造的先后关系，特别是这些铜器的铸造年代仍然是悬而未决的问题。

琱生诸器的年代问题

首先就这些器物的先后关系讲，大部分学者认为五年正月铸造的琱生簋在先，五年九月铸造的两件琱生尊其次，六年四月铸造的琱生簋为最后。但是，林沄先生仍然坚持他过去有关两件琱生簋连读的观点，认为二器一起铸造于六年(只是前器追述五年的事情)，而两件琱生尊则先铸造于五年的九月。考虑到五年琱生簋和琱生尊中叙事内容的重复性和不同的角度，我比较赞同林沄先生的意见(图二)。

关于琱生诸器的年代问题，我们则不能不提及过去的一些看法。郭沫若先生《两周金文辞大系》中以两件琱生簋中提到的召伯虎为依据，将他们断定在宣王时期；[③]实际上召伯虎是郭沫若确定宣王铜器的主要依据。但是，后来陈梦家先生经过研究，根据琱生也见于师釐簋(他断定在孝王时期)的事实，将琱生簋判定在西周中期的孝王时期。[④]这个说法在后来影响很大，比如马承源先生作《商周青铜器铭文选》时即将两件琱生簋安

---

① 宝鸡市考古研究所等：《陕西扶风五郡西村西周青铜器窖藏发掘简报》，《文物》2007年8期，4—27页。

② 陈昭容、内田纯子、林宛蓉、刘彦彬：《新出土青铜器〈琱生尊〉及传世〈琱生簋〉对读——西周时期大宅门土地纠纷协调事件始末》，《古今论衡》第16期(2007年)，32—52页；林沄：《琱生三器新释》，见 http://www.gwz.fudan.edu.cn/SrcShow.asp? Src_ID=284，2008年1月1日发表。

③ 郭沫若：《两周金文辞大系图录考释》，北京：科学出版社，1958年，142—145页。

④ 陈梦家：《西周铜器断代》，北京：中华书局，2004年，235页。

图一　琱生诸器

（上左：五年琱生簋；上右：六年琱生簋；下：琱生尊）

排在孝王时期，[①]近年张长寿、陈公柔和王世民先生作西周青铜器断代研究，认为从器形和花纹考察，两器不能晚到宣王时期，因此将他们定在了西周中期。[②] 这里请特别注意从器形、花纹考察，不能晚到宣王的说法。

陈昭容女士等人在他们的文章中特别注意到琱生尊与西周时期陶尊的器形联系，根据所共出的两件铜簋按其器形也是西周中期的理由，认为琱生诸器的年代应以定在西周中期偏晚，即孝王、夷王时期为宜。[③]林沄先生过去在研究中重视召伯虎在宣王时期

---

① 马承源：《商周青铜器铭文选》，3. 208—209。

② 张长寿、陈公柔、王世民：《西周青铜器分期断代研究》，北京：文物出版社，1999 年，101 页。

③ 陈昭容等：《新出土青铜器〈琱生尊〉及传世〈琱生簋〉对读》，38 页。

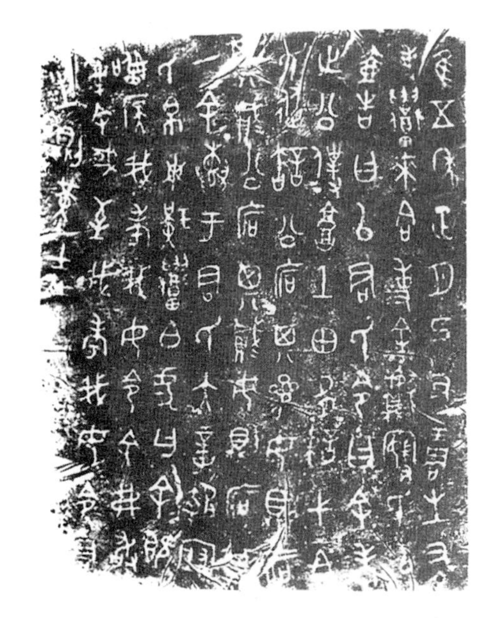

图二　琱生诸器铭文

（上左：五年琱生簋；上右：六年琱生簋；下：琱生尊）

的活动，认为五年琱生簋和六年琱生簋最有可能作于厉王五年和六年。[①]但是，在林沄的新研究中，他比较了琱生尊与西周时期陶尊的器形，同时注意到琱生簋上兽首耳与西周中期其他铜器（如𢦚簋、接簋）的联系。他认为：将琱生器定为宣王、厉王时期的器物，

① 林沄：《琱生簋新释》，《古文字研究》第3辑，北京：中华书局，1980年，131页。

从器形上说是有矛盾的，是需要慎重考虑的。[①]这实际上是否定了他以前将琱生器定在宣王、厉王时期的观点，这主要是因为他们的器形比较早。

上述情况实际上反映了学术界目前在琱生器断代上的矛盾心理。一方面，所有学者都承认琱生器的召伯虎就是宣王时期的执政大臣召穆公(《诗经・江汉》中称“召虎”)，没有人就此提出异议。另一方面，五年琱生簋和六年琱生簋，特别是新发现的两件琱生尊的早期形态特征确实让人感到困惑。这是实情，也是这个问题的症结所在。但是，如果我们承认召伯虎活动于宣王时期，那么要把它们定在西周中期夷王甚至孝王时期就是比较困难的。如陈昭容女士等已经指出，厉王 37 年加上共和 14 年，中间相隔 52 年。假定事件发生在孝王五年，当时召伯虎 20 岁，到宣王元年他就是约 80 岁了。[②]这种可能性是很小的，这主要是根据《夏商周断代工程》所定年代来推算的。特别是考虑到召伯虎在这些铭文中已经是壮年，能够独立主事，而且他的父亲，即铭文中的“君氏”(即幽伯)很可能已经去世，[③]而是由他的母亲，即铭文中的“妇氏”(即幽姜或召姜)发布命令，这样一位已在壮年的贵族能够在西周政坛上连续活跃 50 乃至 60 余年的可能性其实是很小的。如果我们以眉县单氏家族的世系为标准，从孝王到厉王已经经历了亚祖懿仲和皇考龚叔，到宣王时期的逨已经是第三代孙辈了，可见其间世事、人事的变化。[④]至于琱生器与师釐簋的联系，其实也不是问题。师釐簋中讲到师龢父，就是文献中厉王出奔后代王行政的共伯和；[⑤]铭文讲师龢父死亡，师釐着素服告于周王，这实际上正是师釐簋作于宣王时期的证据，也是琱生诸器作于宣王时期的另一个佐证。

因此，如果我们完全不考虑器形、花纹方面的因素，而只是基于铭文本身的证据来断代，我想大家都会承认，将琱生诸器断定在宣王时期的证据远远比断之于孝王或夷王时期要强大。特别是《诗经・江汉》中明确讲到“召虎”是宣王时期周室重臣，这是无法否认的证据。况且洛阳东郊 C5M907 号西周墓新出土的召伯虎盨及其同出陶器年代明显都在西周晚期(图三)，[⑥]而绝不能再像过去陈梦家先生那样一定要把召伯虎的活动年代也提早到孝王时期，从而误判了一批重要铜器的年代。[⑦]召伯虎的年代是进一步判定琱生诸器年代的一个基础，这一点我们是必须首先澄清的。因此，笔者过去一直相信琱

---

① 林沄：《琱生三器新释》。
② 陈昭容等：《新出土青铜器〈琱生尊〉及传世〈琱生簋〉对读》，38 页。
③ 同上，40 页。
④ 陕西省考古研究所等：《陕西眉县杨家村西周青铜器窖藏发掘简报》，《文物》2003 年 6 期，26—27 页。
⑤ 李峰：《西周的灭亡》，上海：上海古籍出版社，2007 年，123—124 页。
⑥ 洛阳市文物工作队：《洛阳东郊 C5M906 号西周墓》，《考古》1995 年 9 期，788—791、801 页。
⑦ 陈梦家：《西周铜器断代》，北京：中华书局，2004 年，235—238 页。

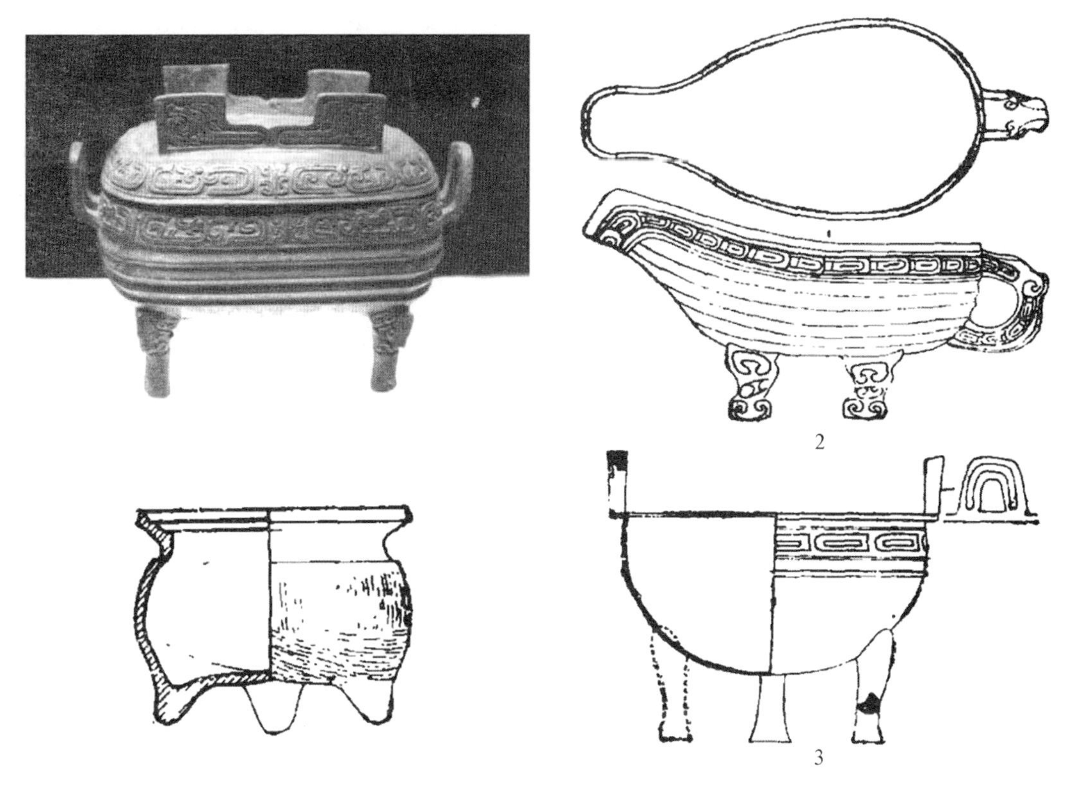

图三　召伯虎盨及其同出器物

生诸器应该被断定在宣王时期的西周晚期，而非孝王所在的西周中期。[①]

至于琱生诸器器形方面所表现的较早的因素和其铭文中证据之间的矛盾，我认为有另一个而且是更好的解决办法。这就要求我们必须比较全面地考察琱生诸器的器形来源。在这个考察中我们不仅要考虑铜器本身的变化规律和铭文中的信息，还要充分考虑铜器和陶器之间的复杂关系，唯有这样才能真正解决这个问题。

琱生诸器器形来源的考察

首先我们来看五年琱生簋，现藏于美国耶鲁大学艺术博物馆（图四）。2004 年在耶鲁大学参加会议之际，笔者曾和李朝远先生等人一起观摩过五年琱生簋。当时我想看这件铜器的原因是由于其器形的奇怪，一直对其真伪有所怀疑。据当时仔细观察，五年琱生簋铸造很粗糙，其表面多有砂眼，铭文笔画也有凿刻痕迹，且底部或全身找不到一

① 李峰：《西周的灭亡》，159 页。

图四　耶鲁大学藏五年琱生簋

个垫片。但是就这些特点来判定其真伪仍嫌证据不足。

带着这个问题，2005 年路过北京之际曾得到朱凤瀚先生帮助安排到中国国家博物馆考察六年琱生簋(图五；彩版六、七)。六年琱生簋表面所观察到的现象和五年琱生簋

图五　中国国家博物馆所见六年琱生簋

非常一致，粗糙且多有砂眼。但是它的铭文字口较平滑，看不到凿刻痕迹。进而，由于其耳下的垂珥已经丧失，可以看到明显的包铸痕迹。总之，我们找不到怀疑它的明显的证据。现在由于琱生尊出土，两件琱生簋的真伪问题也就不用再讨论了，问题就集中在他们的器形上了。

像琱生簋这样的高圈足簋在周初已经出现，可知最早的例子是宝鸡纸坊头一号墓出土的高圈足簋。这种簋主要流行于西周早期，并且大约在康王、昭王时期形成了如鹿邑长子口墓出土"子"簋和宜侯夨簋这样的典型器形。两件琱生簋显然是模仿了这种簋的形态，尽管它足更高，四耳变成了两耳。当然，它的装饰风格显示它要晚得多。

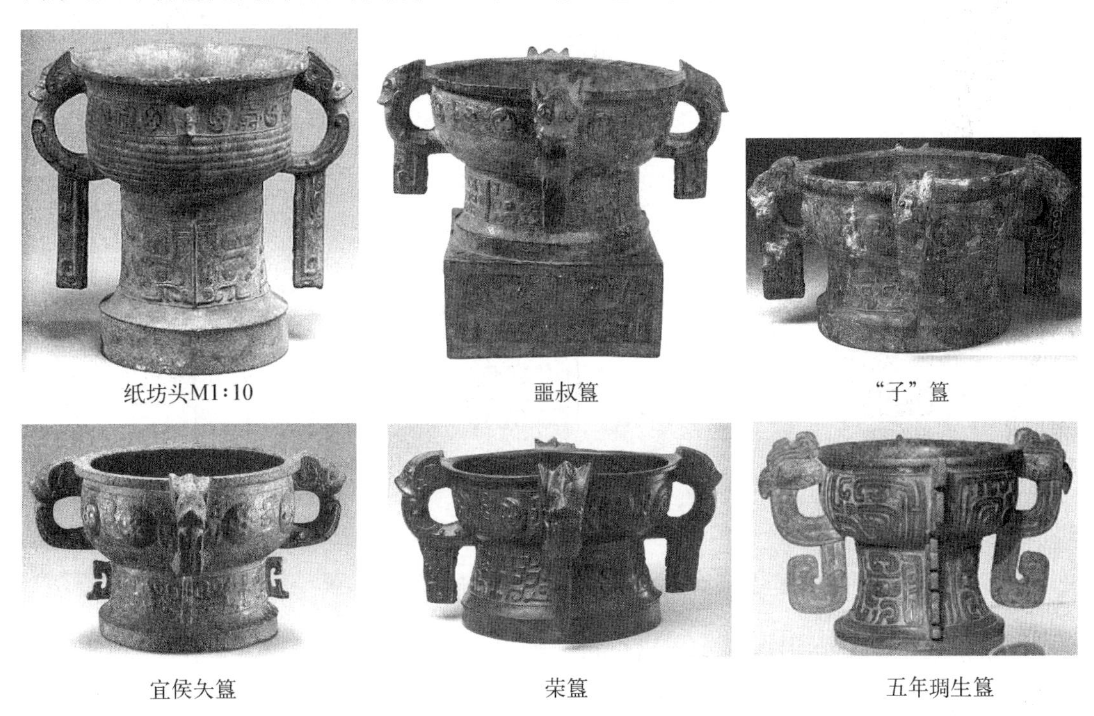

纸坊头M1:10　　噩叔簋　　"子"簋

宜侯夨簋　　荣簋　　五年琱生簋

图六　琱生簋与西周早期高圈足簋的比较

其次我们来看琱生尊。几位学者已经指出，琱生尊的器形来自西周时期的陶尊，但他们对这类陶尊的年代尚存在疑惑。陶尊在丰镐地区的西周墓葬中虽然有一些发现（图七），但是例子不多，因此，张长寿先生在排比张家坡陶器分期表时并没有把它们排进去。但是，查他们的出土单位，这些墓葬如 M33（二期）、M143（二期）、M197（二期）、M101（四期）、M164（五期），时代或早或晚，但总的趋势是陶尊逐渐变矮。[①]丰镐地区随葬陶器群的最重要变化是西周早、中期墓中常见的陶簋到了西周晚期都被陶盂所代替

① 中国社会科学院考古研究所：《张家坡西周墓地》，北京：科学出版社，1999 年，125 页。

了(图八)。这种陶盂的造型在西周铜器中也偶有表现,如庄白微氏家族器群中的微癲盂,显然是模仿同时期西周墓葬中常见的陶盂而来的。但是,琱生尊的器形显然并非模仿关中地区同时期的陶尊或陶盂,而是模仿了西周早期的高体陶尊。

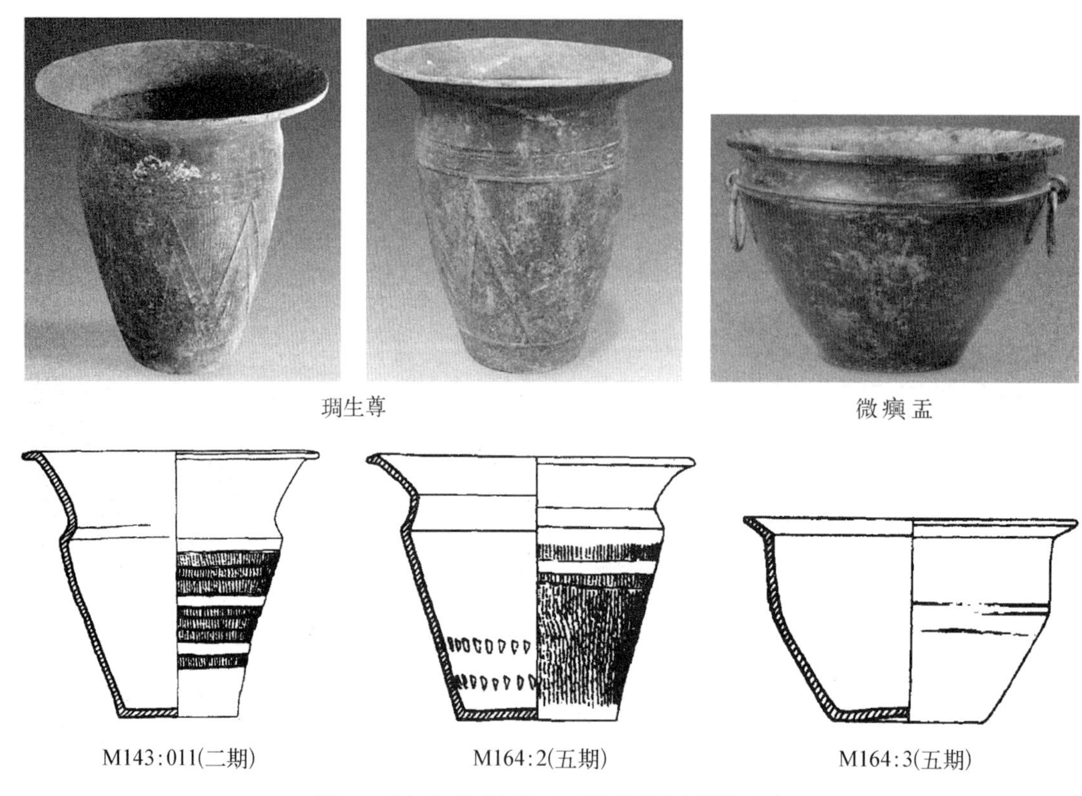

图七　琱生尊、微癲盂和丰镐地区西周陶器的比较

以尊随葬的习俗在山西汾水流域最盛。如在曲村发掘的西周墓葬中出土五件以上陶器的十五座墓中,十二座即有陶尊随葬。[①]根据其共出的铜器和陶器判断,这些墓葬大部分应该在西周早期或中期(如 M7161、M6038)(图九),但也有一些可能更晚(如 M6382)。[②]

在扶风五郡窖藏与琱生尊同坑出土的还有两件铜簋(9 号和 10 号),器形也很特殊,并非我们常见的铜容器的簋,而是仿造了陶器的器形。但是两件簋的器形来源可能不一样。像 9 号簋(父辛簋)这样的器形我们过去也知道,如芝加哥艺术研究所(Art Institute of Chicago)收藏的命簋,究其源流,可能均来自丰镐地区西周早期偏晚到中期

① 北京大学考古系商周组等:《天马—曲村 1980—1989》第二册,北京:科学出版社,2000 年,318 页。
② 同上,382—383、558—559、578 页。

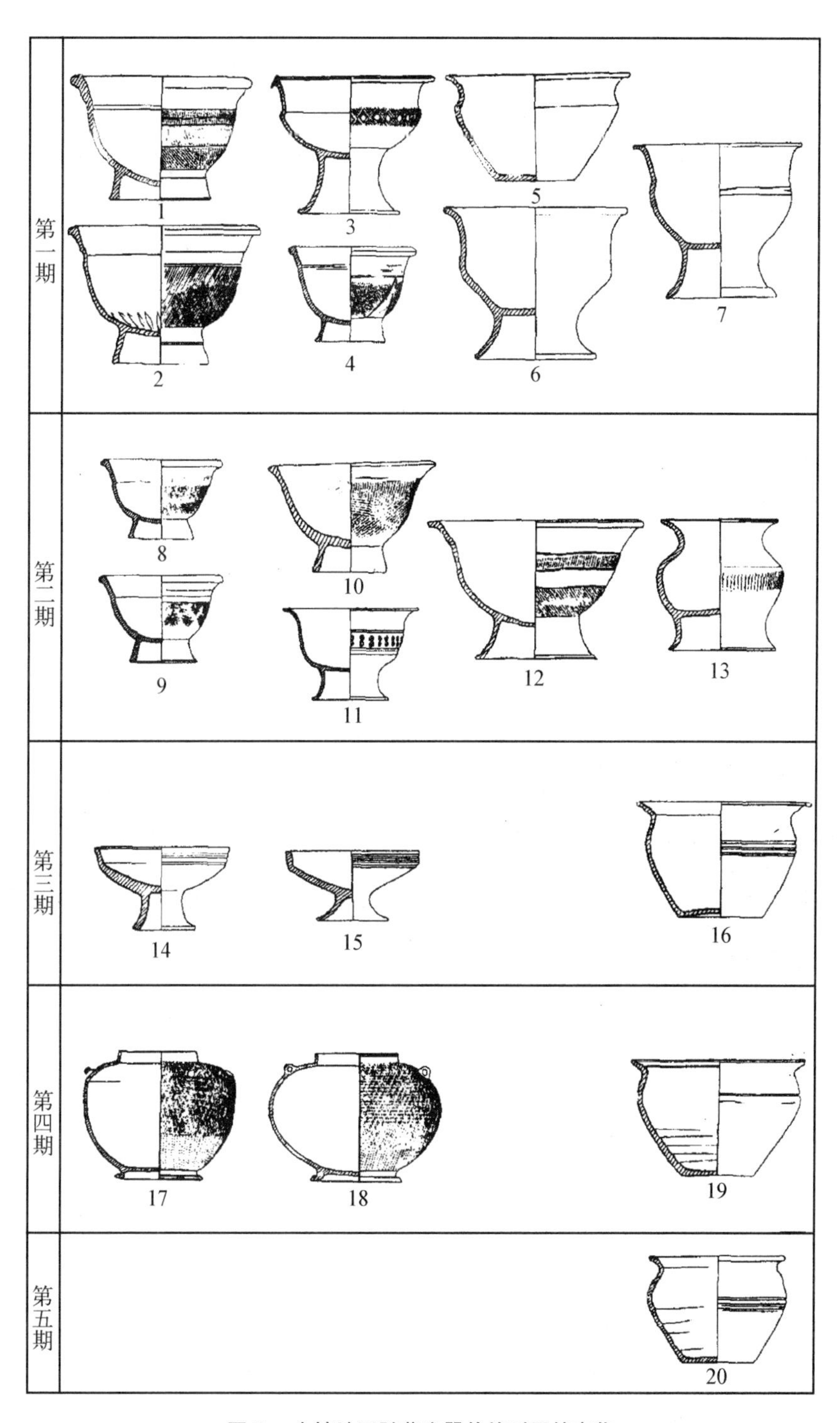

图八　丰镐地区随葬陶器从簋到盂的变化

图九　曲村 M7161 出土铜器和陶器(西周早期)

偏早时段的陶簋(见图八第二期),如张家坡 M398∶1 和 M137∶010(图一〇)。命簋上的长尾鸟纹显示它的铸造年代在西周中期偏早,因此它是一件对大约同时代的陶器进行仿造的作品。五郡的 9 号簋饰以粗线的窃曲纹和环带纹,明显是一件西周晚期的铜器,但它显然仿照了西周中期的陶簋造型。

陶簋的随葬在丰镐地区西周中期以后虽然没有了,但在其他地区却得以保留,这说明关中地区不同遗址在西周中期以后丧葬习俗开始趋于不同。特别值得重视的是,在周原地区西周晚期墓葬中常常有陶簋随葬,如扶风齐家村 M113∶2 和齐家村 M108∶3,其年代均在西周最晚时期(见图一〇)。[①]扶风五郡地处于周原的边缘地区,五郡的 10

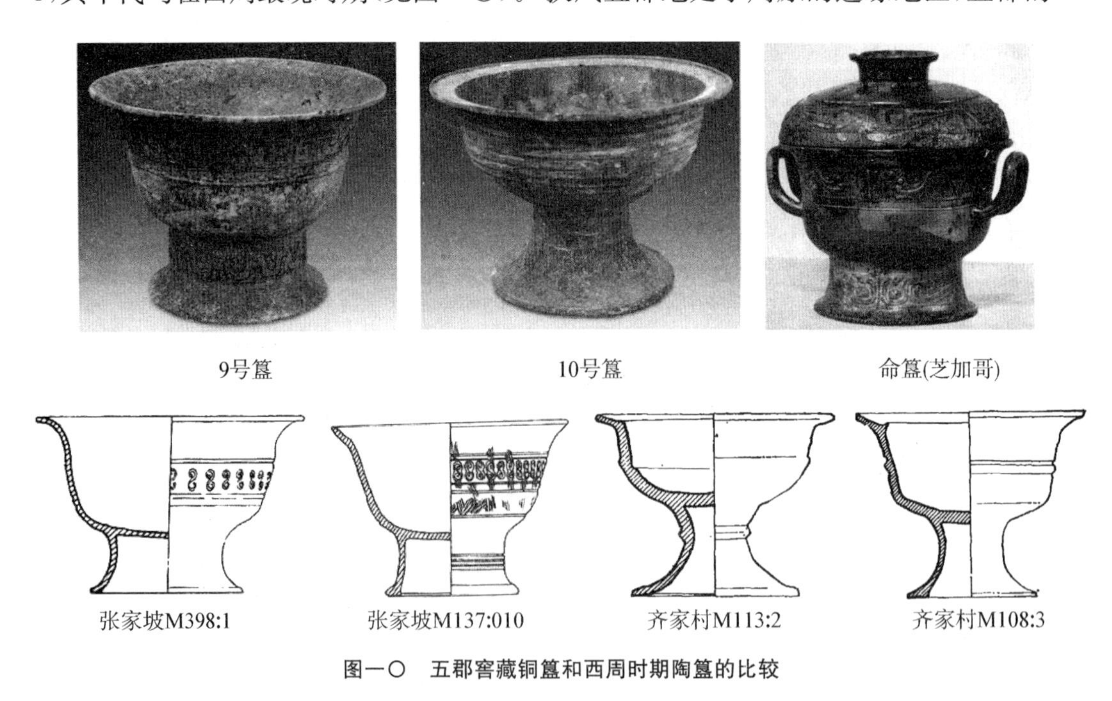

图一〇　五郡窖藏铜簋和西周时期陶簋的比较

① 中国社会科学院考古研究所:《一九六二年陕西扶风齐家村发掘简报》,《考古》1980 年 1 期,45—51 页。

号簋(伯盨父簋)应该就是仿自周原地区这种西周晚期的陶簋。在关中以外地区，譬如山东，陶簋是西周晚期最常见的器类，但器形又不一样。这一点，我们过去一些年在龙口归城遗址的考古工作中有大量的例证。[①]

关于琱生铸造的铜器我们过去还知道两件，那就是琱生豆、琱生鬲，其器形也很特殊。这件铜豆深盘直壁，高圈足中部有节棱，周身饰垂鳞纹，豆盘周围有涡旋纹。西周时期陶豆的变化线索很清楚，而且在周文化所到达范围内陶豆的器形也非常标准均一。琱生豆的豆盘显然源自西周早期深腹的所谓“直腹豆”，但是它的豆柄却采用了西周晚期流行的细柄中间有突棱，上下两端大致相当的所谓“节棱豆”的造型。节棱本身在西周中期常见的所谓“粗柄豆”上已经出现，但是其柄部的整体形状与琱生豆并不相同。其实，西周晚期常见的铜豆，如三门峡出土的虢季豆和西周晚期的陶豆形态很接近，但是它们常常带有镂空。它和琱生豆的形态却是不一样的；琱生豆带有明显的早期风格(图一一)。

琱生豆

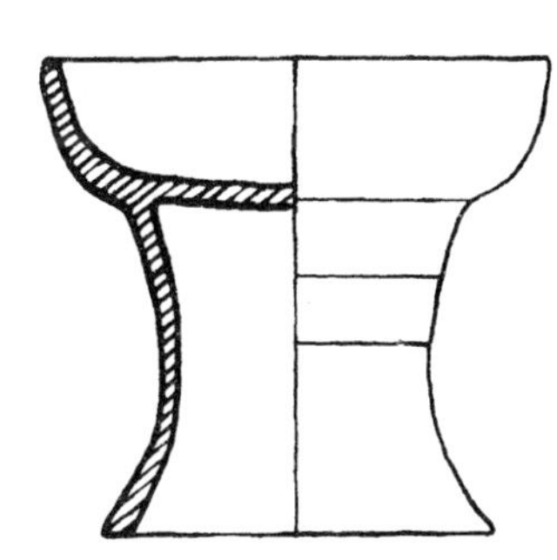
张家坡M37:2(二期)

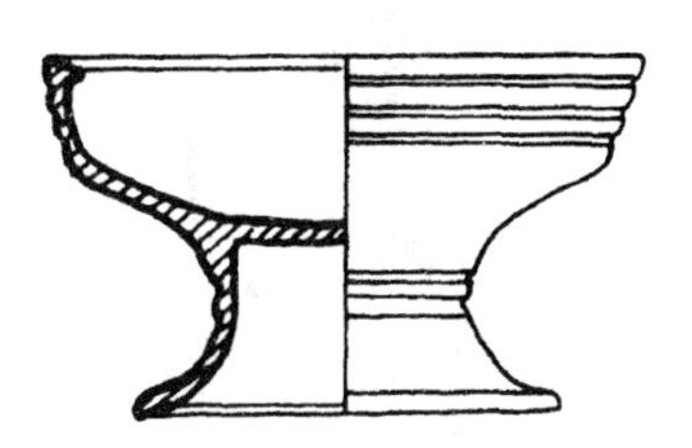
张家坡M140:2(三期)

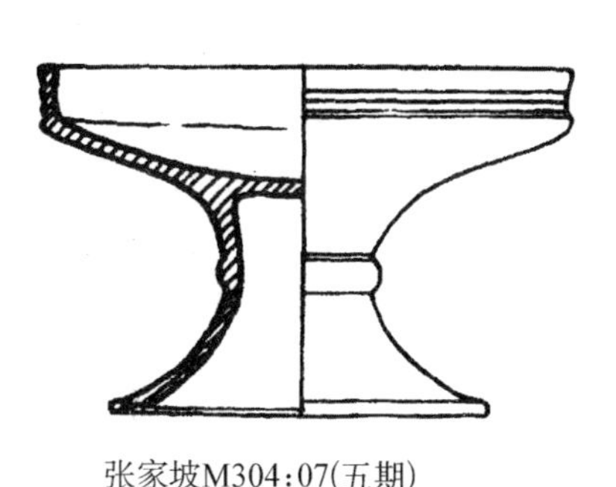
张家坡M304:07(五期)

虢季豆(铺)

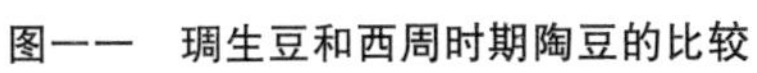
图一一　琱生豆和西周时期陶豆的比较

---

① 见李峰、梁中合主编：《龙口归城：胶东半岛地区青铜时代国家形成过程的考古学研究(公元前1000—前500年)》，北京：科学出版社，2018年，697、709、711—712页。

无独有偶，琱生鬲的形态也是一种早期的造型。西周早期流行的铜鬲是一种细柱足、直颈部多饰弦纹的形态。从这种鬲逐渐发展出了一种矮柱足、短颈的铜鬲，如尹姞鬲，它讲到"穆公作尹姞宗室于繇林"的事，应该和穆公簋盖的穆公同时。穆公簋盖饰盘卷的大鸟纹，年代大约在西周中期的早段。藏于北京故宫的师趛鬲形体很大，但基本也符合这个时代特征，年代大约在西周中期偏早。琱生鬲的形态和尹姞鬲最为接近，而腹部也饰类似师趛鬲这样的回首卷体的夔纹。但是，琱生鬲花纹的纹路宽扁，再加上颈部的窃曲纹，表明它显然不属于同一个时期，而很可能是一件保留了早期某些器形和装饰特点的西周晚期铜器（图一二）。

荀鬲(西周早期)

尹姞鬲

师趛鬲(北京故宫)

琱生鬲

虢季氏子铃鬲(西周晚期)

图一二　琱生鬲与其他西周时期铜鬲的比较

最后还应该提到，扶风五郡窖藏中与琱生尊共出的还有五件铜钟。这些钟和西周晚期常见的编钟，譬如说扶风齐家村窖藏出土的中义钟、柞钟等形态上有明显区别，而和出自竹园沟 M7 的西周早期偏晚编钟很接近。竹园沟 M7 的年代据报告作者推测应该在康王晚期和昭王时期。另外，出自普渡村长由墓的西周中期偏早的编钟也和它们相似。这些钟均以短甬，分布稀疏的短小尖状枚为特点，是铜钟中比较早的形态（图一三）。五郡窖藏 6 号钟有十七字的铭文，作器者为姞仲，我们尚不能确定他和琱生的关系。但其字体应该在西周中期偏晚至西周晚期。以字体判定铜器的年代一般讲是一项很冒险的作业，因为书体很容易被模仿；但如果一件铜器的铭文出现了较晚的字体，其铜器的年代就只能较晚。这一点应该很好理解。

五郡窖藏出土五件铜钟

竹园沟M7铜钟(西周早期)

中义钟(西周晚期)

图一三　五郡窖藏出土铜钟与其他铜钟的比较

琱生铜器对西周青铜器生产系统的启示

综上所述，我们可以看到，由琱生所作两件簋、两件尊、一件豆、一件鬲共六件铜器以及在扶风五郡窖藏和琱生尊一起出土的两件铜簋、五件铜钟，均表现出与西周主流青铜器铸造传统截然不同的风格，是西周青铜器铸造中的一个另类传统（Divergent tradition）。它们一方面和本地区西周陶器的制作传统保持着密切的联系，另一方面又表现出特意保留西周早期铜器造型乃至陶器造型的某些特点的趋向。近年来已经有学者讨论过商代铜器或者是东周铜器中的所谓"复古"现象，[①]对琱生铜器的分析为我们提供了西周时期铜器中的"复古"现象（Archaism）的一个典型例子。但是，仅仅指出这样一个现象是远远不够的。这些"复古"的现象集中出现在琱生一人及其家族窖藏共出的铜器上，其后面的社会和文化背景究竟是什么？这是我们要进一步探讨的。

在一个基本层面上，我们通过对琱生诸器的分析，确实可以看到在西周青铜器的生产系统中存在一个以家族为核心的铸造传统。这一点本身就很重要。过去关于西周青铜器的生产系统问题在学者间有很多疑问，也就是西周青铜器究竟在哪里铸造？有人主张在很大范围内出土的青铜器基本都是在宗周和成周这两个铸造中心生产，然后以馈赠的方式带到东方各国。其他学者，譬如松丸道雄先生曾经试图在西周铜器中区别出王室作器和诸侯作器两个大类。[②]我自己过去也讨论过这个问题，指出不仅西周时期的一些主要诸侯国铸造了自己的铜器，甚至一些与周文化相异的文化团体也铸造过有铭文的青铜器。[③]现在随着各个诸侯国地区铜器的大量发现，并且不少铜器带有自己的风格，这个问题已经不需要再讨论了。另外，哥伦比亚大学和中国社会科学院考古研究所在山东龙口归城的考古工作中也发掘出土了一块陶范，年代大致在东周初年，是西周周边地区铸造青铜器的直接证据（图一四）。[④]

---

① Jenny So, "Antiques in Antiquity: Early Chinese Looks at the Past," *Journal of Chinese Studies* (HK), No. 48 (2008): 1 - 34; Jessica Rawson, "Reviving Ancient Ornament and the Presence of the Past: Examples from Shang and Zhou Bronze Vessels," in *Reinventing the Past: Archaism and Antiquarianism in Chinese Art and Visual Culture*, ed. Wu Hung (Chicago: The Center for the Art of East Asia, 2010), pp. 47 - 86; Lothar von Falkenhausen, "Antiquarianism in Eastern Zhou Bronzes and Its Significance," in *Reinventing the Past: Archaism and Antiquarianism in Chinese Art and Visual Culture*, ed. Wu Hung (Chicago: The Center for the Art of East Asia, 2010), pp. 77 - 106.

② 松丸道雄：《西周青銅器中の諸侯製作器について》，载《西周青銅器とその国家》，东京：东京大学，1980年，137—166页。

③ Li Feng, "Literacy Crossing Cultural Borders: Evidence from the Bronze Inscriptions of the Western Zhou Period (1045 - 771 B.C.)." *Bulletin of the Museum of Far Eastern Antiquity* (Sweden), 74 (2002): 210 - 242.

④ 见李峰、梁中合主编：《龙口归城》，416页。

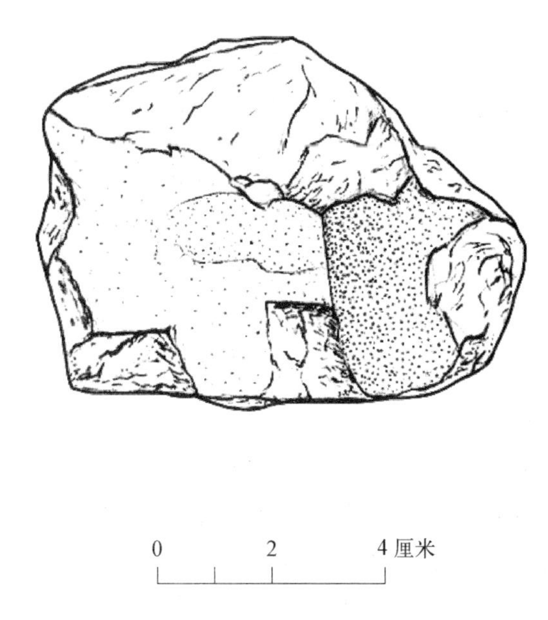

图一四　龙口归城遗址发现的陶范(H9：38)

通过对琱生诸器的研究，我们看到，即使在周王畿地区，青铜器的铸造也不是统一的，或者不是由王室独占的。我们应该想到，一些有经济实力的贵族宗族可能都拥有自己的青铜器铸造作坊和自家的工匠，并且可以按照自己的意愿或喜好来铸造青铜器，久而久之也会形成自己的传统或习惯。只有在这样一个青铜器的生产模式中，像琱生诸器这样的有独特风格的铜器才能够产生。关于这点的另一个很好的证明是周公庙遗址曾出土大量的陶范。现在大多数学者认为周公庙应该是周公家族世代居住的宗邑。那么，周公庙发现的这些陶范就应该被看作是宗族青铜器生产的证据。

“琱生”其人及琱生铜器的制作背景

那么，琱生到底是什么人？他或者说琱生家族为什么会拥有这些有明显“复古”风格的青铜器呢？在扶风五郡铜器窖藏发现之后，已经有学者如高西省注意到琱生尊等同出铜器在器形上的特殊性，但是他认为这主要是这个窖藏的主人(即琱生)有意吸收的外来文化因素来铸造青铜器的结果。[①]在最近的另一项研究中，董珊先生提出，琱生的“琱”就是西周金文中的“周”氏。这个妘姓的“周”与我们通常讲的姬姓周人本来就是异

① 高西省：《简论扶风五郡西周窖藏出土的青铜器》，《中国历史文物》2008 年 6 期，4—13 页。

族，而商代甲骨文中讲到的受到商人征伐的“周”实际上是这个“周/琱”，而非后来灭商建立周朝的周人。[①]从上文论述可见，我的观点与高西省先生不同，我认为琱生铜器和五郡窖藏铜器所表现出来的特点都来自周文化已经存在的器形样式，我们所看到的特殊现象实际上是早期和晚期因素的“时代倒错”的(Anachronistic)混合的结果，这一点是很清楚的。再者，即使“琱”氏确实属于外族，琱生本人也不一定是外族。因此，我们尚不能用这样的异族背景来简单地解释琱生诸器的铸造，它们应该有更深层的社会文化背景，这是需要我们进一步发掘的。

大家知道，张亚初先生以前曾有一篇很有名的文章，题为《两周铭文所见某生考》。张亚初先生在文中列举了四十余条有关“某生”的金文资料，认为金文中的“某生”应该读作“某甥”，“某”实际上指某人之母娘家的氏名。[②]我重新仔细检索了张亚初先生所列举的铭文证据，认为张亚初先生的主要观点到现在来说仍然是正确的。譬如说“琱生”的“琱”，我们可以根据函皇父(宣王晚年到幽王初年的重臣)为“琱娟(妘)”所作的一组重器知道它是“妘”姓，当然和建立周王室的周人非同族。而“琱”氏本族人作的媵器则自称其姓为“妘”，如：“周𩵋生作楷娟(妘)媿媵簋，其孫孫子子永寶用。冋。”(《集成》：03915)；这也说明“琱”与“周”为同族。在六年琱生簋中，琱生明言为自己的烈祖召公作尝簋，表明他一定是姬姓周人的召氏(召伯虎)一族，并且为其小宗。因此他名字中的“琱”有可能指其母家的氏名。周𩵋生则是琱生母家之人，但他同时又是𩵋氏的外甥。对于这种复杂的亲戚关系，我们现在可以从金文中得到一个明确的了解。当然这里还有一个问题，即青铜器铭文中的这个“琱生”是否都指同一个人？我相信这些铜器应该是同人之器，它们在器形上表现出来的“复古”的共同特征实际上也说明了这一点。

尽管张亚初先生的观点被学者们普遍接受，但是很少有人问：琱生为什么要称自己“琱生”，而不按自己的本族氏名称自己“召某”？金文中近三十位“某生”为什么甘于按其母家的氏名而称自己为“甥”？特别是番生簋的“番生”实际上是西周中期一时统领周王室朝政的重臣，为什么连他都不能称自己本族的氏名，却非要称其母家的氏名？这才是问题的关键所在。我认为，对这个问题的解释既复杂也简单。简单地讲，它是基于一种我称之为“称名区别原则”(Rule of Name Differentiation)的做法(图一五、一六)。[③]

简述其要旨如下，西周金文中的这种称名原则首先表现在女性的称谓上。譬如说，

---

① 董珊：《试论殷墟卜辞中的“周”为金文中的妘姓之“琱”》，《中国国家博物馆馆刊》2013年7期，48—63页。

② 张亚初：《两周铭文所见某生考》，《考古与文物》1983年5期，83页。

③ 李峰：《西周宗族社会下的称名区别原则》，《文汇报》“文汇学人”专栏2016年2月19日，14—15页。另见李峰：《再论周代女性的称名原则：答吴镇烽先生质疑》，简帛网，武汉大学，http://www.bsm.org.cn/show_article.php?id=2911，2017年10月6日发表。

姬姓的A族嫁女到姜姓的B族，A族的父亲作媵器就要称“B姬”，原因是他可能还有其他女儿嫁到姜姓的E族或F族。因此他要称女儿夫家的氏名以资区别，分别称她们为“B姬”、“E姬”和“F姬”。但是，姜姓的B族丈夫为其妻子作器则要按妻子本族的氏名称之为“A姬”，因为他同样可能有其他“姬”姓的妻子来自C族或D族，可以分别称为“C姬”和“D姬”。但是“A姬”的儿子为母亲作器则要按自己的氏名称之为“B姬”，因为他只有一位母亲，是不需要区别的。自然，已婚女子自作之器也是称夫家之氏和本家之姓，即“B姬”、“E姬”和“F姬”；这和她们的父亲对她们的称谓相一致。这就是我说的“称名区别原则”，我曾以这个原则判定西周时期“姬”姓郑氏之外，另有“姜”姓郑氏的存在。[①]西周时期的贵族作器实际上是很严格地遵守了这一制度的。

称名区别原则 I

(Rule of Name Differentiation)

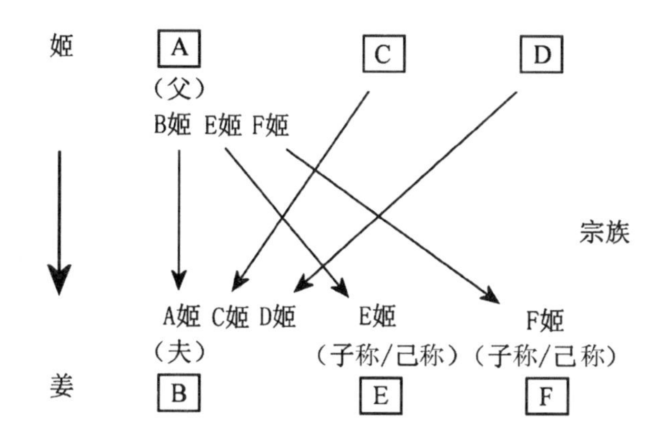

Li Feng, 11/17/2015

图一五　西周时期女子称名原则

“某生”的问题也是同样的一个道理。像召氏这样的西周大族历代繁衍，一定有众多的小枝族，就像“琱生”家族这样，是召氏宗族的小宗。如果召氏宗族的每一代男子都按“伯、仲、叔、季”的称法，那么几代以后就会有一大堆的“召伯、召仲、召叔、召季”，这是宗族自然繁衍的结果。但是，我们看金文中的情况似乎并不是这样混乱，如说到“井伯”，也就是著名的司马井伯一人；说到“井叔”也就是懿、孝时期的那位井叔，似乎并没混乱不堪的情况。当然，我们知道，在枝族从本宗族分裂出来以后，他们可以采用地

① 李峰：《西周金文中的郑地和郑国东迁》，《文物》2006年9期，70—78页。

名＋原氏名的称法将小宗成员与原宗族的主系成员相区别，因此金文中才有譬如“郑井”、“郑虢”的说法。枝族也有将其分裂后始祖排行作为氏名的，如“井叔叔采”的称法。但是，这些称法在金文中例子都较少。我认为，“称名区别原则”也就在这时发挥作用，它是另一个区别宗族内部亲疏关系，从而减少称名混乱的办法(见图一六)。也就是说：为了和本宗族大宗的“某伯、某仲、某叔、某季”相区别，出身小宗的宗族成员就采用了一种以母家氏名来称名的办法，因此就有了“A生”、“B生”、“C生”，其实都是同一个宗族的小宗。即使这些人的仕途发展到了很高的地位，只要其宗族关系不改变，他们只能这样称呼自己。当然他们也可以同时加上本族的氏名称自己为“某A生”、“某B生”的，乃至加上自己的私名，称为“某A生某”、“某B生某”。从“称名区别原则”的角度来看，这些都是很容易理解的了。

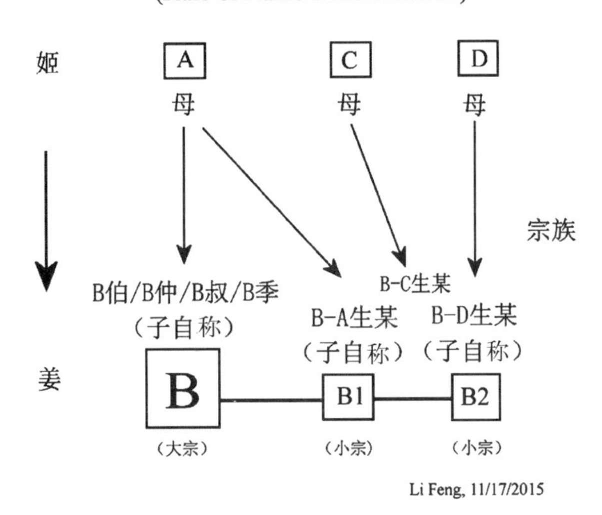

图一六　西周时期外甥称名原则

也就是说，处在小宗地位的贵族有一个自我标识和认同的问题。这个标识可能不仅通过称名制度表现出来，也可能通过物质形式表现出来。就是说，为了和召氏的大宗(召伯虎)，特别是和其他的召氏小宗相区别，琱生家族可能有意识地在自己制作的青铜器上保留了一种早期的风格，并借此来表现自己家族历史悠久，能够保持自周初召公以来的文化传统。这可能会为琱生家族赢得荣誉。五年琱生簋和琱生尊铭文都提到琱生曾经将自己的两件铜壶进献给了召氏大宗召伯虎家族，并且受到召氏大宗的善待。对琱生诸器的研究，使我们不仅可以看到西周时期青铜器制作体系的复杂性，同时也能看到青铜器这一重要的物质文化表象后面隐藏的西周宗族社会的复杂性和组织原则。当然，它也提醒我们，对青铜器的断代研究不能只是依据器形花纹或是铭文，而是要把两方面的证据结合起来，并考虑到各种特殊的现象。对西周社会总体的理解和认识更是可以有效地帮助这种研究。

西周金文中的郑地、郑国东迁及其相关问题[①]

西周金文中有郑地，而传世文献中有郑国，这些都是众所共知的，但怎样把二者联系起来则存在很多问题。特别是郑国的早期历史及其东迁过程，可以说是西周晚期历史上的一个谜。本文拟结合金文和文献资料对这一问题进行初步探讨，错误之处敬请大家批评指正。

姬姓郑国和姜姓郑氏

关于郑国的建立，《史记·郑世家》有如下记载：

> 郑桓公友者，周厉王少子而宣王庶弟也。宣王立二十二年，友初封于郑。封三十三岁，百姓皆便爱之。幽王以为司徒。[②]

根据这段文献记载，周宣王弟友（或多父）于宣王二十二年（公元前806年）受封于郑地，因此建立了郑国。此外，我们还可参照《史记》的《十二诸侯年表》，而司马迁在《燕世家》厘侯二十一年及《楚世家》熊徇十六年下均提到郑桓公于此年初封于郑，可见他对这一年代深具信心，并且是作为西周晚期的一件划时代的大事来记载的。关于这一点，过去从来没有学者怀疑过，尽管有人曾质疑宣王和友的兄弟关系，认为友也可能应为宣王而非厉王之子。[③]郑到底位于何处？古代地理史家多举《汉书·地理志》的记载将其与汉代的郑县相联系，认为即在今天陕西东部的华县一带。现代学者卢连成和王辉等先生则是将郑与春秋时期秦都雍城一带的大郑宫相联系，认为郑应位于今关中西部的凤翔一带。[④]除了这种字面的联系外，另外一条史料似乎也支持这一观点：《世本》说到郑

---

① 本文原发表于《文物》2006年9期，70—78页。笔者特别感谢上海博物馆李朝远副馆长协助确证有关铜器的年代并提供参考照片。

② 见《史记》，北京：中华书局，1959年，第12卷1757页。

③ 有关多父友为宣王之子的说法，请看陈槃：《春秋大事表列国爵姓及存灭表譔异》，台北：中研院历史语言研究所，1969年，53—56页；松井嘉徳：《周王子弟の封建：鄭の始封建、東遷をめぐって》，《史林》72.4（1989），4—6页。

④ 参看卢连成：《周都域郑考》，《古文字论集》（《考古与文物丛刊》2），西安：1983年，9—10页；王辉：《周畿内地名小记》，《考古与文物》1985年3期，26—27页。

桓公友曾居住于一个叫棫林的地方，[①]而《左传》襄公四年(公元前559年)记载的一次对秦征讨中，东方晋、齐、宋、卫诸国的联军曾越过泾水到达棫林，说明棫林确应在泾水之西，也就是在关中西部。[②]在金文方面，譬如说夨王簋盖(《集成》：3971)中讲到的郑与宝鸡到陇县一带的夨国的婚姻关系也说明将郑定在关中西部凤翔一带是比较合理的。关于这点下面还要讨论。

尽管上述有关郑国始封的时间地点的观点可以接受，但是如果我们把郑国与更多的金文资料联系起来，问题则变得不那么简单了。这里首先要讨论的是传世的寰盘(《集成》：10172)(图一)：

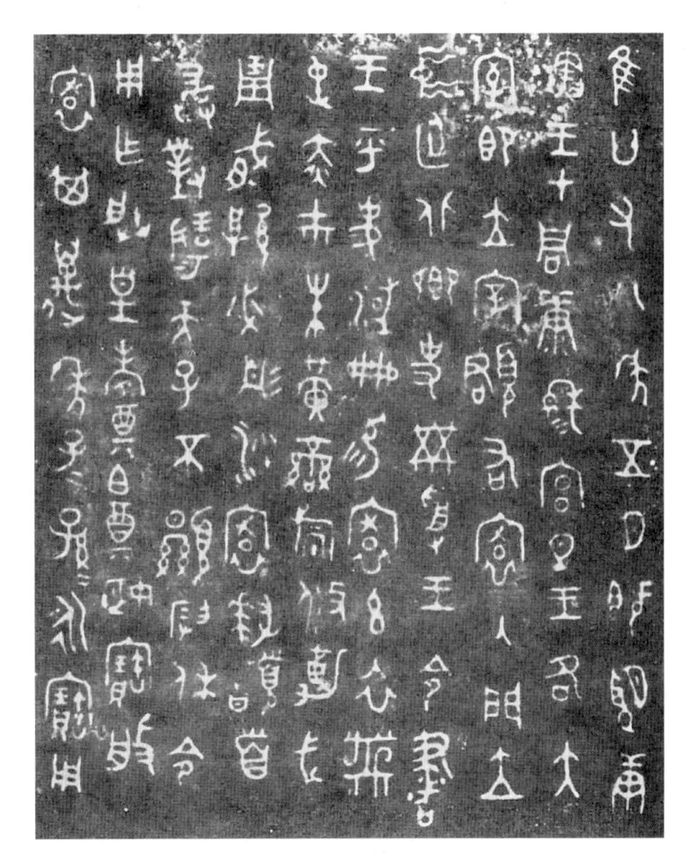

图一　寰盘铭文

隹(唯)廿又八年五月既望庚寅，王才(在)周康穆宫。旦，王各(格)大室，即立(位)。宰頵右寰入門立中廷，北鄉(嚮)。史𢦚受王令書。王乎(呼)史減冊易(賜)

① 见《史记》，第42卷1758页；《左传》(十三经注疏)，北京：中华书局，1979年，第47卷2080页。

② 见《左传》，第32卷1956页。

寰玄衣黹屯(純)、赤市朱黄、鑾旂攸勒、戈：琱㦰(内)厚必(柲)彤沙。寰拜䭫首，敢對揚天子不(丕)顯叚休令，用乍(作)朕(朕)皇考奠(鄭)白(伯)、奠(鄭)姬寶般(盤)，寰其邁(萬)年子$_{=}$(子子)孫$_{=}$(孫孫)永寶用。

这篇铭文记载作器者寰在周地康穆宫受赏，因此为其父母郑伯、郑姬作器，纪念此事。学者多将寰盘定为宣王时器，因为它作于二十八年，自然不可能是幽王时器。关于寰盘的时代，可以说在最近发现的四十二年和四十三年逨鼎中得到了新的证明：史減在三器中担任同样册命者的角色。由于两件逨鼎中的高位年数，史減很难跨越四十余年从厉王时期到宣王末期一直担任同一职位。换句话说，我们可以肯定寰盘作于宣王二十八年(公元前 800 年)，即郑桓公封郑以后的第六年。在这一年郑伯、郑姬已经死亡，因此其子寰才要为他们作祭器。我们知道郑桓公于周幽王十一年(公元前 771 年)犬戎入侵时与幽王一起死于戏地，史无争议。那么，这里寰盘中讲的郑伯自然不可能是郑桓公；不需多言，他当然也不是桓公的父亲，即周厉王(他不能称为郑伯)。毋庸置疑，寰盘中讲的郑氏宗族当然不可能是郑桓公一族的郑。

关于这一点，其实铭文的称谓本身即提供了证据。由于郑伯之妻，作器者寰之母被称为“姬”姓，根据周代同姓不婚的原则郑伯和其子寰一族自然不是姬姓，也就自然不是出于姬姓王室的郑桓公一族了。那么，寰盘中讲的郑氏一族究竟是谁？关于这一点，虽然寰盘铭文中没有直接证据，但其他金文中还是有一些重要信息的，譬如矢王簋盖(《集成》：3871)：

矢王乍(作)奠(鄭)姜隫(尊)殷，子$_{=}$(子子)孫$_{=}$(孫孫)其邁(萬)年永寶用。

按照李仲操先生对金文中女性称名的梳理分析，矢王簋盖显然属于宗主矢王为其妻作器，其时称女性所出之族的族名和姓(寰盘则为儿子为其母所作，其时作器者称本族名和母亲所出族的姓)。[①]也就是说，矢王之妻来自属于姜姓的郑氏宗族，而寰之母郑伯之妻则来自一个姬姓的宗族。矢王簋盖所讲的这个姜姓的郑非常可能即是寰盘所讲的郑伯的宗族。这几件器物与文献对证，可以让我们了解到西周历史中过去不为人知的一个史实，即在郑桓公的姬姓郑氏之外另有一个姜姓的郑氏宗族，而且这个姜姓郑氏宗族的历史可能更为悠久。西周早期的宜侯矢簋(《集成》：4320)中明确地讲到有“郑七伯”被周王赏赐给了宜侯，可见郑地早就存在并有宗族以之为氏。而寰盘和矢王簋盖所讲到的郑氏宗族很可能就是宜侯矢簋提到的郑地早期居民的后裔。关于这个姜姓郑氏宗族的另一个重要证据是

---

① 另一件铭文可以为此提供进一步的证据：散伯簋(《集成》：3779)为散伯为其妻矢姬所作，可见矢国为姬姓，以其娶为姜姓的郑氏的女子为妻，情理正合。见李仲操：《西周金文中的妇女称谓》，《宝鸡文博》1991 年 1 期，35—39 页。

一件传世的郑姜伯鼎(《集成》：2467)，其铭文简单，只有十二字(图二)：

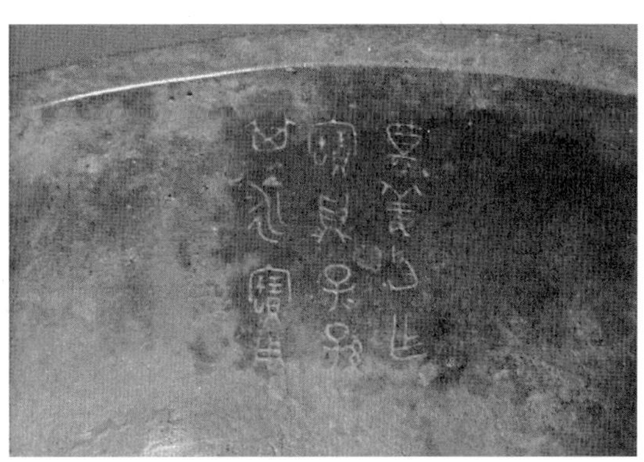

图二　郑姜伯鼎

奠(鄭)姜伯乍(作)寶鼎，其子=(子子)孫=(孫孫)永寶用。

关于这件鼎，过去学者们觉得对郑氏称“姜伯”这一点不好理解，故有将其与郑义伯盨(《集成》：4391)的“义伯”等同起来的。[1]但是这件鼎上的字明明是一个“姜”字，故《殷周金文集成释文》将其释为“姜”，应该是正确的。[2]郑姜伯鼎现藏于上海博物馆，经查该鼎为半球形腹，马蹄形足，口沿下饰两道弦纹，素面，属西周晚期殆无疑义。且其形态口部微敛，足端已现外放，与董家村出土的此鼎特别是丙器非常相似，年代也应接近。这件鼎的存在证明西周晚期(或者说郑国东迁以前)郑地确有姜姓之“伯”，而他很可能就是寰盘中讲的郑伯。通过这件郑姜伯鼎，我们可以把寰盘和夨王簋盖紧密联系起来。其实我很怀疑，郑姜伯在这里违反金文中男子不称姓的原则而称自己为“姜伯”，很可能就是为了与此时已经存在的姬姓郑伯相区别。不过要断定这一点我们尚需证明郑姜伯鼎铸于宣王二十二年(公元前806年)即郑国受封之后，但是我们没有这样的证据，这一点暂且存疑。不过，从郑姜伯鼎的形态讲，与此年代应该并不矛盾。

了解了姬姓郑氏之外尚有姜姓郑氏这一点，我们也可以来解释其他的一些金文资料。譬如说还有一件郑伯荀父鬲(《集成》：730)，是郑伯为叔姬所作的祭器。因为它显然不是郑伯嫁女所用的媵器，很可能是郑伯为其族弟亡妻所作的祭器；而这位叔姬很可能与寰盘的伯姬一样是来自姬姓宗族的女子。不过，关于这件铜器的年代以及姬姓郑氏建立以后与姜姓郑氏的关系我们还需要进一步研究，或许姜姓郑氏因为与姬姓郑氏

---

① 见吴镇烽：《金文人名汇编》，北京：中华书局，1987年，301页。此书“郑义伯”条下所列的郑义伯鼎(三代3.28.4)即是我们这里所说的郑姜伯鼎。这是个明显的错误。

② 见中国社会科学院考古研究所：《殷周金文集成释文》，香港：香港中文大学出版社，2001年，第2卷238页；另见第3卷495页郑义伯盨释文。

同居一地而成为郑国的一族，并在以后随之东迁也未可知。

金文中郑地组织的复杂性

不过，金文中郑地的情况其实比之姜姓郑伯与郑桓公的两宗族的交替要更为复杂。《古本竹书纪年》上讲穆王曾居郑宫，而后世学者更有周穆王以下都于西郑的说法。关于这种说法是否能够成立还可进一步讨论，但在西周中期金文中，郑地确是常常以周王的活动地出现，因此我们在这里要对郑地的性质和地位再作讨论。金文中直接讲到王在郑地的有大簋(《集成》：4165)、三年瘐壶(《集成》：9726)和免尊(《集成》：6006)三器：

大簋：

唯六月初吉丁巳，王才(在)奠(鄭)，穢(蔑)大曆，易(賜)芻羊犅，曰：用啻于乃考。大拜䭫首，對揚王休，用乍(作)朕(朕)皇考大中障(尊)簋。

三年瘐壶：

图三　免簋铭文

隹(唯)三年九月丁子(巳)，王才(在)奠(鄭)，鄉(饗)醴，乎(呼)虢弔(叔)召瘐，易(賜)羔俎。己丑，王才(在)句陵，鄉(饗)逆酉(酒)，乎(呼)師壽召瘐，易(賜)彘俎，拜䭫(稽)首，敢對揚天子休，用乍(作)皇且(祖)文考尊壺，瘐其萬年永寶。

免尊：

隹(唯)六月初吉，王才(在)奠，丁亥，王各(格)大室，井弔(叔)右免，王蔑免曆，令史懋易(賜)免載市冋黄，乍(作)𤔲(司)工。對揚王休，用乍(作)障(尊)彝，免其萬年永寶用。

前两器所记乃周王在郑地暂居或燕飨，作器人受到周王赏锡，因而作器铭记。而后一器免尊则为周王在郑地进行册命仪式，任命作器者免担任𤔲工一职。这件作于六月的免尊又可能与同一人在三月份所作的免簠(《集成》：4626)联系起来(图三)：

隹(唯)三月既生霸乙卯，王才(在)周，令免乍(作)𤔲(司)土(徒)，𤔲(司)奠(鄭)還𢼸(林)眔吴(虞)眔牧，易(賜)戠衣、䜌。對揚王休，用乍(作)旅𩰫彝，免其萬年永寶用。

尽管我们不能确定免的两件铜器作于同年，但如果是同年，我们可以得到一个这样的认识：即周王先于三月份于周都任命免担任𤔲土，前往郑地管理那里的林牧渔业；三个月以后周王亲至郑地，并在免任职的当地重新任命他为那里的𤔲工，管理土木建筑之事。关于在郑地任职的官员，除了免之外，我们尚知道有永盂(《集成》：10322)中讲到的"郑𤔲徒函父"，窬鼎(《集成》：2755)中讲到的管理郑田的窬、牧马受簋(《集成》：3878)的作器者郑牧马受等人。而师晨鼎(《集成》：2817)中的师晨则是作为师俗父的助理被派到郑地管理善夫、官守友一类的下层官员，[①]据此我们可以对郑地的官僚组织了解一个梗概。与此同时，我们知道西周金文中反复讲述到"五邑"这种建制，实际上是指当时位于渭水平原上的五座主要城市，与之相匹配的一些行政职能(譬如说其地方治安和宗教职能)由中央政府直接任命的官员来统一管理，从而形成了西周地方行政之中的一个特殊层位，关于这一点笔者以前已有文论述。[②]我相信郑地很可能即属于这五座城市中的一座。从金文中的情况来看，西周中期位于关中平原西端的郑地可能已发展成一座周王常常莅临并派遣官员进行直接管理的重要城市，为西周地方行政管理的重要一环。郑地的发展和繁荣与周穆王对于西北方面的兴趣可能不无关系。

但是周王室在郑地的活动并不排斥上述姜姓郑伯所属之族在郑地的继续存在，这一点关系到我们对西周时期都邑社会经济生态的总体理解。不仅郑氏宗族，金文资料表明郑地同时也有其他重要西周宗族的活动。这里比较重要的一支是井氏，其宗族主要基地是在凤翔一带的井邑，距离郑地应该不远。这一点首先可以从康鼎(《集成》：2786)铭文末尾的"郑井"族徽中看到，表明井氏宗族有一支确实是住在郑的，因此以"郑井"为族徽(图四)。而作器者康在另外一件铜器郑井叔康盨(4401)中则直接称自己为"郑井叔"，即住在郑地的井叔。[③]另外金文中尚有郑井叔钟(《集成》：22)、郑井叔甗(《集成》：926)，铭文不直称作器者之私名，因此我们无法了解其与郑井叔康的关系，但它们无疑也是居于郑地的井叔所作。井氏之外，另一个在宝鸡一带的宗族虢氏显然也在郑地领有住宅，这一点可以从三件同铭的郑虢仲簋(《集成》：4024—26)中看到。与这两个宗族相比，姜姓郑氏一族既然以"郑"单字为氏，那应该就是郑地的"原初"居民了。关于这一点我们下面还要谈到。我们在这里的目的并不是要把在郑地居住过的宗族一个个

---

① 关于西周金文中正职和助理职务之间的关系，请参看李峰，"Succession and Promotion: Elite Mobility during the Western Zhou," *Monuments Serica* 52 (2004): 1-35.

② 参看李峰，"'Offices' in Bronze Inscriptions and Western Zhou Government Administration," *Early China* 26-27 (2001-2002): 25-29, 55-56.

③ 当然，我们知道金文中另有住在丰京的井叔。关于这一点，参看张长寿：《论井叔铜器：1983—86年沣西发掘资料之二》，《文物》1990年7期，34页。

图四 康鼎及其铭文

找出来，而是要通过这些金文中明显的例子来解释郑地在都邑形态上的一个发展。很可能到了西周中期懿王、孝王的时代，郑地已经发展出了一种类似于丰邑和岐邑的城市结构。这种结构是以属于王室的财产为中心，包括王宫、宗庙、各种园林。与之并存的则有诸多的贵族宗族的宅院住居以及一些可能属于行政管理之用的政府设施。此外，则是大量存在的属于王室或是当地宗族的各种手工作坊及其工匠劳力的住所。不可忽视的是这样的城市中同样包括有属于王室或者宗族的一些农耕人口居住，关于这一点金文中有明确的证据。在城市的外围则是称作“还”的地带，由大量的农耕田地所构成；金文证明称为“还”的地带在丰地和郑地都存在。虽然这里所讲的只是一种典型性的描述，西周时期关中地区的重要城市包括郑应该是具备了这样一种综合和复杂功能的。

古代主张周穆王以下都西郑的学者，譬如《汉书·地理志》注所引的臣瓒，曾有因为郑地既为周王室活动地，就不可能封予郑桓公，并根据郑桓公曾居“郑父之丘”的说法（见下论），否定了郑桓公受封于关中之郑地的史实。[1]而现代学者则有根据金文中郑地的复杂性对此进行批判的。[2]其实重要的是，记录周王室在郑地活动或政府行政活动的铭文中，除了大鼎可能作于厉王十二年外，其他均不晚于西周中期。这说明西周中期以后郑地至少是对王室的重要性明显下降了。与此同时，在郑地有财产的井氏宗族也似乎衰落，其土地及人民处于被其他宗族所并吞的状态。[3]郑地这种变化可能正是周宣王

① 见《汉书》，北京：中华书局，1962年，第28卷1544页。
② 见松井嘉德：《周王子弟の封建》，30—32页。
③ 关于这点，参考伊藤道治：《中国古代王朝の支配構造》，东京：中央公论社，1987年，179页。

将其封予弟友多父的背景。而所谓封郑，可能也只是将郑地原属于王室的财产划归多父，正像金文中表明的那样，多父封郑以后姜姓的郑氏宗族仍然存在。

郑国东迁及相关文献的梳理

关于郑国历史的更大一个难题是其东迁的时间：究竟是郑桓公征伐并灭掉郐国，从而把郑国从关中迁到了中原河南的新郑一带，还是桓公之子郑武公完成了东迁？这一问题主要是由《竹书纪年》中的一段话引起，而关于这些繁琐的争论已有学者进行了总结归纳，因此这里不需重复赘述。[①]我们这里要做的是从另外一种途径来尝试解决这个难题。首先，《古本竹书纪年》讲：

> 晋文侯二年，同惠王子多父伐郐，克之。乃居郑父之丘，名之曰郑，是曰桓公。

《古本竹书纪年》这一条原为《水经注》所引用，清代以来的重建者将这一条找出并还原到《古本竹书纪年》之中。[②]《今本竹书纪年》中相对应的一条为：

> (幽王二年)晋文侯同王子多父伐鄫，克之。乃居郑父之丘，是为郑桓公。[③]

比较这两条我们可以发现三处不同。首先，厉王在《水经注》的古本引文中明显错引为惠王。第二，在《水经注》的《古本竹书纪年》引文中多父所伐之国为郐，而在《今本竹书纪年》中多父所伐之国为鄫。[④]在这一点上，清代以来的学者由于否定了《今本竹书纪年》的可靠性而均认为“鄫”是“郐”之误，这两个字本来确实很像。第三，《水经注》的《古本竹书纪年》引文记此役发生在晋文侯二年(公元前779年)，即周幽王三年，而《今本竹书纪年》记此役发生在周幽王二年(公元前780年)。上述这些差异虽然看起来是枝节小事，但在我们对郑国东迁历史的理解上却产生了重大差异。郐国被公认为位于东部平原，与荥阳一带的东虢接近，而两国又同为郑国所灭，其地并入郑国的新址。[⑤]如

---

① 请参考张以仁：《郑国灭郐资料的检讨》，《中研院历史语言研究所集刊》第50卷4期(1979年)，615—25页。

② 见郦道元：《水经注》(王国维校)，上海：上海人民出版社，1984年，703页；范祥雍：《古本竹书纪年辑校订补》，上海：新知识出版社，1956年，33页。

③ 见《竹书纪年》四部丛刊本，上海：商务印书馆，1920年，第2卷16页。

④ 见《竹书纪年》四部丛刊本，第2卷16页。《四部丛刊》所用为最早的明天一阁范钦本。另一个明本，即吴管《古今逸史本》同为“鄫”字；参看《古今逸史》景明本，上海：商务印书馆，1937年，第2卷14页。凡此可见明本中此字定为“鄫”字。《四部备要》据清孙星衍“平津馆本”校刊时，将此字改定为“郐”，但注明本为“鄫”，今据《水经注》引《古本竹书纪年》条改；参看《竹书纪年》《四部备要》，上海：中华书局，1936年，第2卷10页。

⑤ 关于郐的地望，传统文献多指河南密县东北，而河南省的考古学者认为今密县东南大樊庄的城址即郐国都城。关于这一点，参看马世之：《郐国史迹初探》，《史学月刊》1984年5期，30—34页；梁晓景：《郐国史迹探索》，《中原文物》1987年3期，103—104页。

果按照《水经注》所引《古本竹书纪年》的说法，郐国就应当是在周幽王三年（公元前 779 年）被郑桓公所灭，其时早于西周灭亡八年。但是如果按照《今本竹书纪年》的说法，因为所伐之国为鄫，因此这就不要求郑国有东伐之举。

然而，由《水经注》引文所得出的公元前 779 年作为郑国东伐并占据所谓“郑父之丘”的时间，与我们所知的有关郑国东迁的另一个时间（公元前 773/772 年）明显相矛盾。后一时间可以从《国语・郑语》和《史记・郑世家》中得知。《国语・郑语》讲：

（郑）桓公为司徒，甚得周众及东土之人，问于史伯曰：“王室多故，余惧及焉，其何所可以逃死？”史伯对曰……公说，乃东寄帑与贿，虢、郐受之，十邑皆有寄地。[1]

明显地，郑国的东迁是在郑桓公成为周王室司徒之后；笔者认为正是他担任了周王室这一重要职位，并能利用在成周主政的便利，郑桓公才有可能把自己宗族的私欲强加于虢、郐这样的小国之上。这应该是一个符合逻辑的解释。我们有三种不同的文献，《国语》、《今本竹书纪年》和《史记・郑世家》，一致指出郑桓公任周王室司徒一职是在幽王八年，即公元前 774 年。[2]笔者曾在另文中指出桓公出任司徒其实是幽王前期皇父在与幽王-褒姒之间的党派斗争中失败，从而周王室于公元前 777 年到前 774 年间进行权力重新组合的结果。[3]《史记・郑世家》并且讲郑桓公将其民众迁至成周，虢、郐两国让出十邑供其居住之用。这些史料明确地把郑国东迁的时间定在公元前 774 年之后和西周于公元前 771 年灭亡之前。

关于郑国东迁的这一较晚断代也得到另一条史料的支持。《汉书・地理志》注引三世纪薛瓒云：

初，桓公为周司徒，王室将乱，故谋于史伯而寄帑与贿于虢、会之间。幽王既败，二年而灭会，四年而灭虢，居于郑父之丘，是以为郑桓公。[4]

这段文献和《今本竹书纪年》将东虢灭亡定在周平王四年（公元前 767 年），同时也将郐国的灭亡定在平王二年（公元前 769 年）。这里所交代的历史背景与上引史料中有关郑桓公的讲法是一致的。这似乎建议我们只要把《今本竹书纪年》幽王二年，或《古本竹书纪年》幽王三年下的这段记载下移至平王二年（即公元前 769 年）即可以解决有关

---

① 见《国语》，上海：上海古籍出版社，1988 年，16 卷 507—23 页。
② 见《国语》16 卷 524 页；《竹书纪年》2 卷 17 页；《史记》42 卷 1757 页。
③ 见李峰：*Landscape and Power in Early China: the Crisis and Fall of the Western Zhou*（*1045 - 771 B.C.*）（Cambridge UK：Cambridge University Press，2006），pp.203 - 215.
④ 见《汉书》，北京：中华书局，1962 年，第 28 卷 1544 页。

郑国伐郐一事的矛盾。但是这样一来我们又制造了新的矛盾，因为《今本竹书纪年》其他地方和《史记》一致说郑桓公于公元前771年与周幽王一起在戏地被犬戎所杀，因而他不可能于平王二年灭掉郐国。不过，笔者相信我们有比这个更好的解决办法。

如上所述，我们的史料表明郑国对郐、虢之役不可能早于郑桓公成为周王室司徒的时间。如果伐郐之役果然是在平王二年即公元前769年发生，那么伐郐的郑伯就不可能是郑桓公，而只能是他的儿子郑武公。关于这一点，《汉书・地理志》注引应劭云其实即有说明：

> 国语曰：郑桓公为周司徒，王室将乱，寄帑与贿于虢、会之间。幽王败，威公死之。其子武公与平王东迁洛阳，遂伐虢、会而并其地，而邑于此。[1]

根据这些史料我们可以基本上肯定大约在幽王九年到十一年（公元前773—前772年），首先由郑桓公将郑氏宗族的家产由关中西部的郑地东移至成周，暂寄居东虢和郐国小邑。然后到了平王东迁以后第二年由郑武公首先灭掉东虢，再于第四年灭掉郐国，从而建立了郑国在中原地区的新基地。我相信通过对文献的梳理，这是我们能得到的对郑国东迁历史的最为合理的一个认识。但是这一认识显然是与《古本竹书纪年》郑桓公伐郐而居“郑父之丘”相矛盾的。

“鄫”和“郐”的问题及《古本竹书纪年》正误

那么，我们究竟应该怎样解释《古本竹书纪年》的郑桓公伐郐年代（公元前779年）和《今本竹书纪年》的“鄫”呢？我认为只要我们不抱成见，解释其实是很清楚的：是《水经注》错将《古本竹书纪年》中的“鄫”字引用为“鄶（郐）”字，而不是《今本竹书纪年》错将古本中的“鄶（郐）”改为了“鄫”字。在这一点上，过去的史学家可能都犯了错误，因为文献本来就有郑国伐虢、郐的说法（见上），所以将郑桓公所伐的鄫国也误认为郐国是一个很容易犯的错误。更有甚者，则是索性将《今本竹书纪年》中的“鄫”改为“郐”。[2]我们这里关心的并不是所谓《古本竹书纪年》的真伪问题，而是它经过古代史学家引用及清代以来学者所恢复的现在这样一个面貌。问题的关键在于，由于古人不用标点，当他们引用《竹书纪年》时我们并不知道他们写下的到底是直接引语还是间接引语，或者是间隔

---

① 见《汉书》，北京：中华书局，1962年，第28卷1557页。

② 见上文注18引《四部备要》的例子。另如徐文靖：《竹书纪年统笺》，《二十二子》，上海：上海古籍出版社，1986年，第9卷1085页。今又查香港中文大学网上《汉达文库》(CHANT)录用《今本竹书纪年》，竟将书中所见三个“鄫”一律改成了“郐”。

地插入了他们自己的议论。这最后一点在现有《古本竹书纪年》自孔颖达《左传》注疏所录入的一段有关西周灭亡的引文中可以看得十分清楚。清代以来学者在没有搞清“直接引语”和“间接引语”之分别的前提下即根据古代文献中的引文对《古本竹书纪年》进行复原，这不能不说存在着方法论上的一个很大的盲点。但是他们也没有办法，同时我们也没有办法将古文献的“直接引语”和“间接引语”随时分开。但是作为现代的史学家，我们至少应该认识到《古本竹书纪年》中的这种特殊问题，而不是对其文辞句句相信，不置疑问。严格地讲，我们现在并没有《古本竹书纪年》这本书，所有的只是重建《竹书纪年》而已。相反的，关于《今本竹书纪年》近几十年来有不少学者相信它并不伪，而可能是接近晋代战国墓中出土的文本。[①]如果它果然不伪，由于没有经过引用和重新复原的复杂过程，在这点上《今本竹书纪年》的记载可能比《古本竹书纪年》更为可靠。

回到郑国东迁的问题，我们至少有两条内在的证据表明《今本竹书纪年》的“鄫”不误，而《古本竹书纪年》的“郐”则是错的。第一，《今本竹书纪年》幽王九年下记载申国（实际是西申）聘于犬戎和鄫，十一年下记载鄫国（同样一个字）与申国、犬戎一起攻打宗周，灭掉了西周王朝，可见鄫国本来就是周幽王室的敌人，在西周末年的关键时刻与申国和犬戎站在一起。而关于这个在西周末年与周王室为敌的鄫国，《国语》中史伯对郑桓公讲到的一段话中也有提到，在那里写为“缯”。《国语》中这个“缯”字的出现反过来证明《今本竹书纪年》中幽王十一年与申和犬戎一道攻打宗周的一定是鄫国，而非郐国之误。而由于《国语》中这个“缯”的存在，到了宋代的《通志》那里遂又衍出褒姒好闻裂缯之声，幽王发缯裂之以适其意的怪论。[②]因此幽王二年多父所伐的应该就是这个西方近于周王畿的鄫（缯）国，而不是远在中原的郐国。第二，如果此役只是为了郑国的利益，我们将不能解释为什么晋侯要介入其中。但如果此役是王子多父以周王室领军的身份征讨王室敌国鄫（缯），晋国在其中的参与就很好解释了。从西周晚期的金文和文献得知，晋国在这一时期确实曾经屡次协同周王室作战。这在晋侯苏编钟中表现得很清楚。从这一点看，公元前 779 年王子多父与晋文侯共同征讨的也应该是鄫国，而非郐国。

---

① 关于这方面的研究，参看 Edward Shaughnessy（夏含夷），“On the Authenticity of the *Bamboo Annals*,” *Harvard Journal of Asiatic Studies* 46.1 (1986)：149－180；陈力：《今本竹书纪年研究》《四川大学学报丛刊》第 28 集(1985)：4—15 页。譬如，夏含夷举出《今本竹书纪年》所讲到的西周中期几个人物只见于西周金文，而不见于任何其他的传世文献。另一方面，班大为(David Pankenier)则指出《今本竹书纪年》中两次五星聚会的排列相距为 517 年，而现代天文学所测定的五星聚会的周期数据为 516.33 年，与《今本竹书纪年》正合。这些研究说明《今本竹书纪年》并不简单地是一个伪作。参看 Shaughnessy,“On the Authenticity of the *Bamboo Annals*,” 165－175；David W. Pankenier（班大为），“Astronomical Dates in Shang and Western Zhou”, *Early China* 7 (1981－1982)：17－20。

② 见郑樵：《通志》，上海：商务印书馆，1935 年，第 3 卷 52 页。

关于这个鄫(缯)国的地理位置,文献中没有明确记录。[①]但是它既与犬戎并列,又同为申国的与国,在地缘上应相距不远。这里的申国,并非南阳的南申国,而可能是在泾水上游平凉地区古代申水附近的西申国。[②]按照《古本竹书纪年》和《今本竹书纪年》的同样记载,在这次战役之后,郑桓公占据了所谓的"郑父之丘"。我们并不了解这两件事之间的必然联系。可能的解释是郑桓公利用其为王室新近建立功勋的政治资本,乘机扩充了自己在郑地的财产,并占据了可能是姜姓郑氏原居之地的"郑父之丘",其地也应在关中西部的郑。《水经注》的作者不但把《古本竹书纪年》上面原有的"鄫"字误引为"郐",如上所述,还把古本的"厉王"错引为了"惠王",其引文的不准确性可见一斑。《今本竹书纪年》幽王六年(公元前 776 年)下记有伯士伐六济之戎,并同记有西戎灭盖。王国维先生曾指出"盖"应为犬戎二字的合文。[③]《史记·秦本纪》记襄公二年(公元前 776 年)秦世父被戎人所俘,说的其实是同一件事,可见王国维应该是对的。当然王国维的目的主要是指出《今本竹书纪年》的错误。但是仔细想一想,如果晋代学者已经将此字隶定成了"犬丘"两字,在以后隶楷字体的传抄或传刻中将其误为"盖"一字的可能性似乎并不大。相反更为可能的则是墓中原本的战国文字中两字写得太密或者本来就是合文,晋代学者把它们误读为"盖"字的。总之,"盖"和"鄫"这一类字在《今本竹书纪年》中的出现,可能正说明了《今本竹书纪年》中保留着战国墓中所出文本的一些原有痕迹。

以上结合金文和传世文献中的材料对西周时期郑国初封及其东迁的历史进行了探讨。这其中特别是对姜姓郑氏的辨识,对我们正确理解郑国早期情况及其与关中西部其他宗族的关系提供了条件。对《今本竹书纪年》和《古本竹书纪年》有关郑国早期史料的比较研究则可帮助我们理清郑国东迁过程的一些传统争议。笔者相信,只要我们全面掌握资料,并不带成见地仔细对所有数据进行符合逻辑的比对研究,我们还是可以对古史中的一些疑难问题提出新的结论的。

---

① 关于缯,过去史家有将它与春秋时期山东地区的缯国联系起来的;见《史记》,第 4 卷 149 页。清代学者高士奇则将它与楚方城附近的所谓缯联系起来;见高士奇:《春秋地名考略》(清吟堂,1688 年),第 14 卷 1 页。但是这些地点均不可靠。

② 关于申国的位置以及西周灭亡事件的地理问题,笔者已有详细论述,见 Li Feng (李峰), *Landscape and Power in Early China*, pp. 221 - 228。

③ 见王国维:《今本竹书纪年疏证》,海宁王静安先生遗书,1936 年,2 卷 15 页。

西周青铜器铭文制作方法的释疑[①]

青铜器铭文的铸造方法是青铜器研究中的难题。关于这个问题,过去的学者如石璋如[②]、巴纳(Noel Barnard)[③]、林巳奈夫[④]和松丸道雄先生等都作过深入的研究。[⑤] 但是由于其工艺过程的复杂性,铭文制作的问题一直没有得到很好的解决。过去的三十年间,随着几处商周时期铸铜遗址的发掘和研究,我们对青铜器铸造的工艺过程已经取得了相当程度的了解,而许多新发现的青铜器也为铭文制作方法的研究提供了新的资料。这使我们有条件来重新考察青铜器铭文制作这一问题。笔者的总体看法是,我们应该设定数种不同的铸造途径,而不是用单一的一种方法来解释青铜器上的所有复杂现象,这样我们才能另辟蹊径,在这个问题的研究上有所突破。笔者认为,基于现有资料且经过系统的分析,我们现在可以合理地解释青铜器铭文中所见的各种现象,使这个问题有一个满意的答案。

青铜器铭文制作中"嵌入法"的设定

一般来讲,青铜器铭文的笔画在青铜器上是凹入器壁的阴线(图一上),那么他们在范上就是凸出的阳线,这样才能铸出阴线的铭文。而且,大多数铭文出现在器物内壁之上(个别在外表,如钟类铭文),那么他们铸造前就是在器物内范(或称范芯)上的。但是,也有一些铭文是在器表上凸出的阳线,在内壁和外壁上都有发现(图一下,《集成》:6498、6424、9850),那么他们在范上就是凹入的。但是,这类铭文数量很少,应该不超过《殷周金文集成》所著录铭文的百分之一。

---

① 本文原发表于《考古》2015 年 9 期,78—91 页。

② 石璋如:《殷代的铸铜工艺》,《中研院历史语言研究所集刊》第 26 本(1955 年),95—129 页。

③ Noel Barnard and Wan Chia-pao, "The Casting of Inscriptions in Chinese Bronzes—with Particular Reference to those with Rilievo Guide-lines," 刊《东吴大学中国艺术史集刊》第六卷(1976 年),43—134 页。

④ 林巳奈夫:《殷周青銅器銘文鑄造法に關する若干の問題》,《東方學報》第 51 册(1979 年),1—57 页。

⑤ 松丸道雄:《殷周金文の 製作技法について》,《全日本書道連盟会報》第 61 号(1990 年);又载《甲骨文・金文》,东京:二玄社,1990 年,34—62 页。中译:《试说殷周金文的制作方法》(蔡哲茂译),《故宫文物月刊》第 101 期(1991 年),110—119 页。

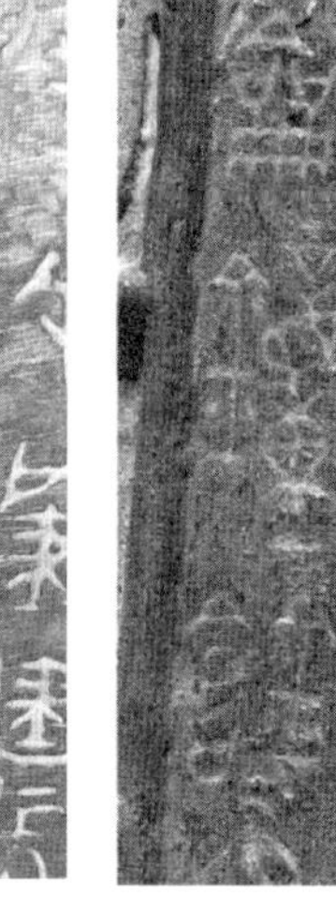

四十二年逨鼎甲器　　　　逨钟

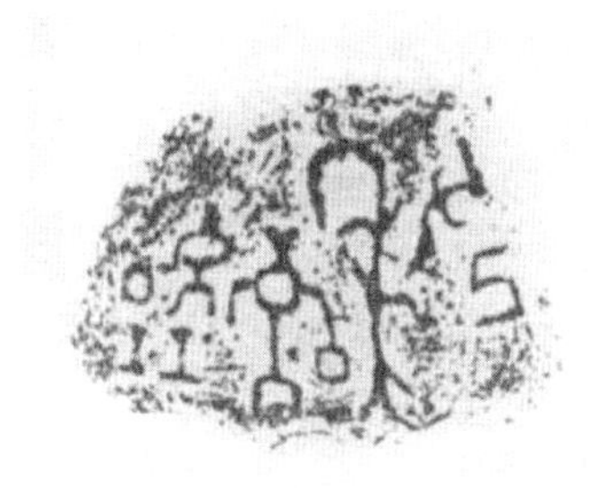

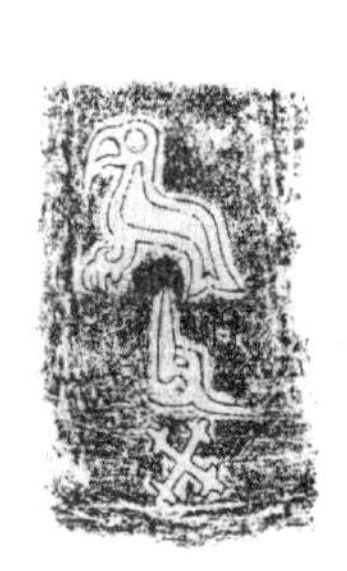

《集成》：6498　　《集成》：6424　　《集成》：9850　　《集成》：5677

图一　商周青铜器铭文现象举例

（上排：四十二年逨鼎甲器（内壁）和逨钟（外壁）上所见阴线铭文；下排：《殷周金文集成》著录的阳线铭文）

关于这些铭文的铸造法，譬如说逨钟上的铭文，和大多数铜钟上的铭文一样，应该是直接正书刻入钟模体，然后翻上外范成为反书的阳线，最后铸入钟外表成为正书的阴线铭文。至于那些凸起的阳线铭文，不管它们出现在器物内壁（很多在觚的圈足内）或是外壁，应该是直接用刀刻入内范或外范的。这要求刻手以反书完成，才能铸出正书的阳文。但刻手往往会错刻成正书，这样铸出来就成了凸起的阳文反书（图一下，《集成》：6498）。也有个别铭文是直接用双钩刻在内范上，铸出来以后就成了双钩轮廓线的阳线铭文，如上海博物馆藏的鸟父癸尊（图一下，《集成》：5677）。

上述情况均不难理解，但是问题是铸在器物内壁上的阴线正书的铭文究竟是怎样铸出来的？这类铭文占商周时期青铜器的铭文绝大多数，是青铜器铭文的常态。由于它们的铭文在内范（即范芯）上是反书凸起的阳线，当然它们不太可能（特别是铭文较长

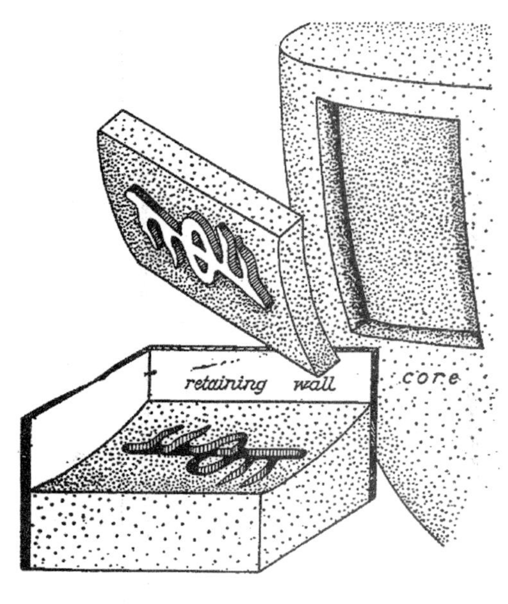

图二　巴纳先生图示的铭文“嵌入法”

的时候)被直接用减地的刻法刻在范上,而是采取了更复杂的制作办法。过去学者们对这类铭文的主要解释是:它们采取了所谓“嵌入法”铸造,如巴纳文中图示(图二)。[①] 此图被夏含夷先生转用在他的书中;[②]朱凤瀚先生在他的书中也介绍了这一铭文的铸造方法,但他也指出这种方法用在长铭文的铸造上可能比较难于操作。[③] 总之,“嵌入法”是目前学术界对青铜器铭文制作方法的比较一致的理解。

要理解这个“嵌入法”我们必须首先了解内范的形成过程。我们一般的理解是内范来自模,当外范从模体上翻下后,工匠会按一定厚度把模体进行刮削,形成一个表面光滑(刮去了原来模上的一切花纹和附带饰件)的内核,这就是内范。它和模是同一块泥土,而刮去的厚度就是所要铸的青铜器器壁的厚度(姑且不计内、外范烤干时的收缩度)。换言之,内范的制作过程同时也是一个毁模的过程。铭文的制法则是先在另外一块泥板上刻出凹下正书的字,这块泥板可单独称为“铭文模”。从这块模板上可以直接翻取“铭文范”,也就是另一块带有凸起阳线反书的泥板。最后,将这块铭文范小心嵌入内范上事先挖出的一个相应的空床,就得到了一个带有阳线反书铭文的内范,铸出来铜器内壁上就有了阴线正书的铭文。

虽然上述关于青铜器内壁铭文制作的工艺流程属于推测,但是我们还是有有力的证据表明这一推测是可靠的。首先,在我们目前所知的数万件的青铜器中(包括一起出土且器形相似的成套铜器)没有两件铜器是完全一样的,也就是说没有一模多范、批量生产的问题。第二,考古发掘出土的陶范数量与陶模数量相差悬殊,如 2000—2001 年安阳孝民屯铸铜作坊发现三万余件陶范,而同出可辨别为陶模的尚不足百件,数量相差悬殊。[④] 这些虽然不是内范制作过程的直接证据,但他们有力说明了陶模的确应是一次

① Noel Barnard and Wan Chia-pao, “The Casting of Inscriptions in Chinese Bronzes,” 60.

② Edward L. Shaughnessy, *Sources of Western Zhou History: Inscribed Bronze Vessels* (Berkeley: University of California Press, 1991), p. 41.

③ 朱凤瀚:《古代中国青铜器》,天津:南开大学出版社,1995 年,531—532 页。

④ 中国社会科学院考古研究所安阳工作队:《2000—2001 年安阳孝民屯南地殷代铸铜遗址发掘报告》,《考古学报》2006 年 3 期,351—384 页。

性使用，并在印取外范之后很快被刮削改型为内范使用，因此原形的模极少能在青铜器的铸造工艺程序中保留下来。

关于铭文范的制作与使用，我们则有更直接的考古证据（图三）。图三上排的泥板于2001年出土于安阳孝民屯。原报告认为是铭文范芯[1]，但是其铭文是阴线的正书，铸造出来的铭文就应该是阳文的反书。但是，如果目的是铸成阳文的铭文，可以直接在内范上刻阴线，而不需要采取另外嵌入的做法，因此这件实物的真正用途还需要进一步研究。图三下排的两块泥板在1979年前出土于洛阳北窑铸铜作坊遗址，文字反书，线条凸起，应该是真正的铭文范[2]，这是考古发掘中难得的实物证据。另一方面，由于铭文范嵌入的办法比较复杂，古代的工匠往往不能很好地掌握，因此这个过程在铸好的青铜器上留下了种种痕迹。譬如，《集成》：3126簋铭由于铭文范放置太低，因此在铸出的器物上它突起于器表，在拓本上形成一大黑块（图四上）。而它右侧的《集成》：5685尊铭和上海博物馆所藏3号秦公鼎铭文则由于铭文范放置过高（这种情况更常见），在铸出的铜器上形成一个相对的凹坑，在拓本上沿铭文范周边就有一道向内的白线。

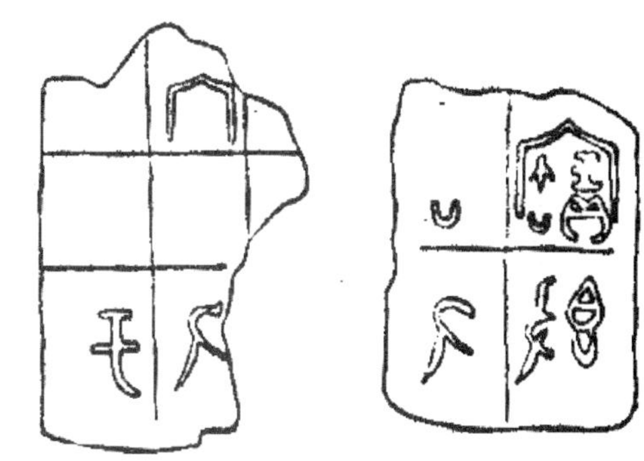

图三　考古发掘出土的实物

（上：安阳孝民屯2001AGH2：2；下：洛阳北窑西周铸铜作坊出土。）

仔细观察西周青铜器铭文的存在状态，我们发现很多长篇铭文也是采用了嵌入法制成的。譬如说，著名的多友鼎在其铭文的上沿有一条明显的白线；在左右两侧这条白线虽有断续，但仍能追踪（图四中）。更值得注意的是新近发现的柞伯鼎，这条线在铭文

① 中国社会科学院考古研究所安阳工作队：《2000—2001年安阳孝民屯南地殷代铸铜遗址发掘报告》，《考古学报》2006年3期，374页。

② 洛阳市文物工作队：《1975—1979年洛阳北窑西周铸铜遗址的发掘》，《考古》1983年5期，439页。

《集成》:3126

《集成》:5685

秦公鼎(上博3号)

多友鼎

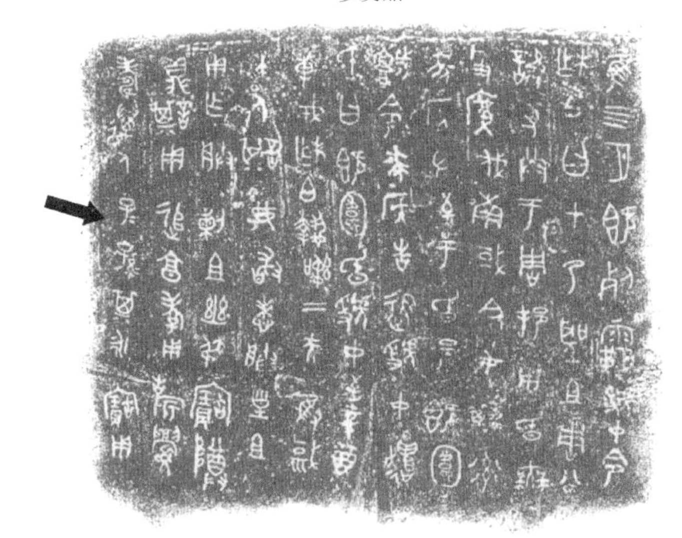

柞伯鼎

图四　青铜器表面上可见的铭文范使用痕迹

上部为白色,但到了铭文的左侧则变成了一条黑线(箭头所指),在拓本上很容易被忽略(图四下)。由于铭文范在这一侧放置太低,铸出来以后在器表上就形成突起,在拓本上则表现为黑色。相反地,白线则是由于铭文范略高,在铸出的铜器上它则低于周围器表,这一落差在拓本表现为白色。进一步观察眉县新发现的单氏家族铜器,我们发现其中六件四十三年逨鼎的铭文均由三块铭文范组成,另外四件四十三年逨鼎的铭文由单独一块范铸成。最典型的是2号鼎,铭文由三块范铸成,范和范之间形成一个明显的宽凸棱(图五)。这主要是在铭文范之间填充软泥所致:由于在填充范与范之间缝隙时,手指按压软泥所填充的厚度并不能与两块范的高度持平,同时工匠又不能将这个范围大面积地抹平(这样做会破坏周围凸起的铭文),因此他在两块范之间留下手指按压的凹槽,铸出来就变成了凸起的棱脊(彩版八)。

四十三年逨鼎(2号)

图五　四十三年逨鼎(2号)器壁的铭文范之间凸棱

上述现象表明,在商周时期大部分内壁有阴线铭文的青铜器在铸造中确实采用了"嵌入"铭文范的做法,这一点在我们的青铜器研究中可以定谳。现在的问题是:是否商周时期,特别是西周时期的所有青铜器内壁的阴线铭文都是采用"嵌入法"铸造的?当然不是。

“嵌入法”解释的困境

上文已经讲到，铸于器外壁的阴线铭文（主要在钟上，另如鬲的口沿等）可以在模体上阴线刻铭铸成，而阳线的铭文则是直接刻铭于内范或外范上，它们当然不需要采取“嵌入法”。即使是铸在器物内壁的阴线铭文，也有很多是无法采用“嵌入法”制成的。下面是一些实例：

首先一个例子是现藏于华盛顿弗里尔美术馆的令方彝（《集成》：9901），盖器各有185字，其盖上的长铭文不但中段随盖内表转折，而且几乎覆盖了内壁的全部（图六上左），这样的铭文是很难用只适合于平面的“嵌入法”完成的。另一个典型的例子是现藏于旧金山亚洲艺术博物馆的盥方鼎，其铭文由器壁开始，在器底形成转折（图六上右）。而在台北故宫博物院的令方尊（《集成》：6016）的铭文则是每行始自器腹壁近底一侧，转折至器底，再转折延续到器壁另一侧，呈明显的三段式，在拓本上形成明显的白痕（图六下）。还有一个有趣的例子是大簋（《集成》：4299），其106字的铭文布满了簋盖的全部。特别是这件簋盖的内面并非平整，而是有波浪形的起伏，铭文也随着这个起伏而转折（图七上左）。这样的铭文是无论如何都不可能用“嵌入法”做成的。

更让人困惑的是类似小克鼎（《集成》：2797）这样的铭文出现在方格子里的情形，在西周青铜器中有很多例子。它们的方格一般都是凸起的阳线，而铭文本身却是阴线，并且有时铭文还不能被严格地控制在格子以内，而是会打破阳线格子（图七上右）。在眉县新出土的四十二年逑鼎甲器上我们更是观察到，在铭文之间的垫片往往就是放置在这些阳线的交叉点上，并且常常会打破阳线，非常有规律性（图七下；彩版九、一〇）。这样的铭文其制作办法肯定要比一般的铭文范“嵌入法”复杂得多，需要进行深入的研究。另外，西周铭文中还有个别阴阳同体的现象，如周原出土的楚公豙钟。我们将在本文最后一节讨论这篇铭文。

上述种种现象表明，过去学者们所设定的“嵌入法”只能解释青铜器铭文中的一般现象，而难以解释一些更复杂的现象。正因为意识到了这个局限，有些学者曾尝试用别的方法来解释西周青铜器铭文的铸造。譬如说，松丸道雄先生曾经提出“皮型说”，认为至少有一部分铭文有可能是先在牛皮上刻字，然后将字转印在贴有软泥的内范表面，这样就形成了内范上凸起的阳线铭文，其范围也不易受内范表面转折的限制。[①] 松丸先生

① 松丸道雄：《殷周金文の 制作技法について》，《甲骨文・金文》，东京：二玄社，1990年，34—62页。

的假说遭到有些学者，譬如台北故宫博物院张光远先生的质疑①，但是张光远先生自己也未能提出一个解决问题的方案。总之，这是一个尚未解决的难题。

图六 铭文无法用"嵌入法"铸造的青铜器例子

（上左：令方彝器盖；上右：盝方鼎器内壁的铭文；下：令方尊及其铭文）

---

① 张光远：《商周金文制作方法的商榷——与日本松丸道雄教授切磋》，《故宫文物月刊》104期（1991年），56—71页。

大簋(《集成》:4299)

小克鼎(《集成》:2797)

四十二年逨鼎甲器

图七 青铜器表面上的复杂现象

青铜器铭文制作方法的新解释

要彻底解决这个难题，我们必须重新思考青铜器铸造的整个流程，特别是内范的制作过程。笔者认为，西周的工匠应该是以他们常用的材料为基础（即含有细沙的范土），根据具体需要适当调整制范的程序就可以完成各类复杂的作业。这里的关键是我们要引入“假范”的概念：一块“假范”即是由于工作程序设定的需要，为了取得想要的陶范而制作的过渡性的陶范。我们之所以称它为“假范”就是因为它只是程序制作中的过渡性产物，而不会被真正用于青铜器的实际铸造过程之中。

其实，巴纳先生在他早期研究中已经提出并经过试验来试图解决铭文中方格线的问题。他设想先在一个适当大小的平面泥板上刻出阴线的方格，再把它翻到另一块同等大小的泥板上，这样就得到了凸起的阳线方格。在这些方格中刻下铭文，再把它翻到第三块泥板上就得到了一个阴线方格和阳线铭文的泥板；把第三块泥板嵌入范芯就可以铸出带有阳线格子的阴线铭文。[①] 林巳奈夫先生则认为这样的设定并不能解释方格的真正用途，而且在长铭文的情况下，要把带字的软泥板嵌入有很大弧度的器物范芯上而又不能碰坏它上面凸起的铭文，这是十分困难的。[②] 因此他的解决办法是先在一个半球体原型上刻方格，经过翻制得到一个有阳线格的“铭文用母体”；从这个母体中即可以翻制出具有阴线方格和阳线铭文的范芯。[③] 这虽然比巴纳的方法进了一步，但是林巳奈夫设定的制作流程却存在许多问题，他设想的半球体原型既被用来翻制所谓的“铭文用母体”，之后同一个半球体又经刮削，刮削之后放上鼎足才提取外范，而花纹则是在最后阶段直接刻在外范上。这样就没有一个制作模的过程，当然也就不能从带有花纹的模上翻取外范。现在考古发掘已经出土了很多带有花纹的陶模，说明商周时期的工匠确实是先作模，再从模上翻取带有花纹的外范的。这和林巳奈夫先生设计的主要程序是相矛盾的。

基于我们对青铜器铸造流程的最新认识，并参考一些新发现的铭文资料，笔者对带阳线方格的长铭文铜器的铸造流程进行了重新复原。以下，笔者即以北京故宫博物院所藏的颂鼎（《集成》：2827）的器形为根据（颂鼎的铭文并无方格，特说明），对这个流程进行绘图说明（图八—一〇）。西周工匠如果按照这一流程作业，只要他们准确掌握每一个步骤，就可以铸造出内壁上带有阳线方格的长篇青铜器铭文。总之，带阳线方格的

---

① Noel Barnard and Wan Chia-pao, “The Casting of Inscriptions in Chinese Bronzes,” 64—73.

② 林巳奈夫：《殷周青銅器銘文鑄造法に關する若干の問題》，8—12 页。

③ 同上，19—20 页。

长篇铭文的铸造法是青铜器研究中的一个难题。把这个流程搞清楚了，青铜器上的其他一些复杂现象就可以迎刃而解了。

第一步：做模 要想铸造出像颂鼎（《集成》：2827）这样的一件铜器，首先必须做出一个和它一样的陶模（A）。这个陶模为实芯，表面有两道凸弦纹，大小和将要铸出的颂鼎一样。如果一件要铸造的铜器上有更复杂的花纹，那么这些花纹主要都应该被刻在陶模上。

第二步：翻外范和底范 将鼎模范倒转180度，口部朝下。首先在三足之间填入软泥，沿三足切成一个大约为三角形的底范（B），上印有模体鼎底部的弧度（分离后一般会在底范上刻槽成为铸筋，以加强鼎的底部）。再从外侧填充泥土，稍干后切割分离成三块外范（C）（加上底范共为四块）。三块外范上印有模体鼎侧面的弧度及鼎上可能刻有的所有花纹。并且这些外范上也包括了模体鼎口下面基座的高度，一般也就是鼎耳的高度。

第三步：做假内范 将模体鼎（A）削去三足，留下一个半球形的实体。按照一定的厚度（也就是所要铸造的颂鼎的器壁厚度）将其刮削，得到一个直径较小的半球形实体，这就是假内范（D），在实际铸造中它是不用的。

第四步：刻方格 在假内范（D）上刻方格，呈凹下的阴线。刻方格的目的是为了有效地控制鼎内壁的弧度，让文字能够在这个弧面上纵横对齐。特别是在长铭文的情况下这是非常必要的，但有些短铭文的制作也采用了此方法。方格线有时也有进行修改、反复刻划的情况。如眉县出土单氏家族器中的单五父方壶乙铭文，由于原来的方格刻斜了，而且最下一格太窄，故重新刻了一遍才翻范刻字（图一一；彩版一一）。

第五步：提取假外范 在假内范（D）上填泥土，稍干后进行切割，做成假外范（E），其弧度即鼎内壁的弧度，但是比之真正外范（B+C）要小一周，即鼎的厚度（假外范[E]类似于现代工业铸造中所谓的芯盒，用于制作铸件用的砂芯）。这个假外范上即印有方格，但是它是凸起于范表面的阳线方格。

第六步：刻字 在假外范（E）的方格中刻字，这样假外范上就会出现阴线的铭文和阳线的方格。由于铭文是后刻，有些字自然会冲破阳线的方格，或有一个字占用两个方格的情况。

第七步：做内范 将假外范（E）（有三块或四块）组合，翻转过来，形成一个锅底形的半圆空间。在这个空间内填充泥土，就会作出一个和假内范（D）一样的真正内范（F），而这个内范上即会出现阴线的方格，阳线的铭文。

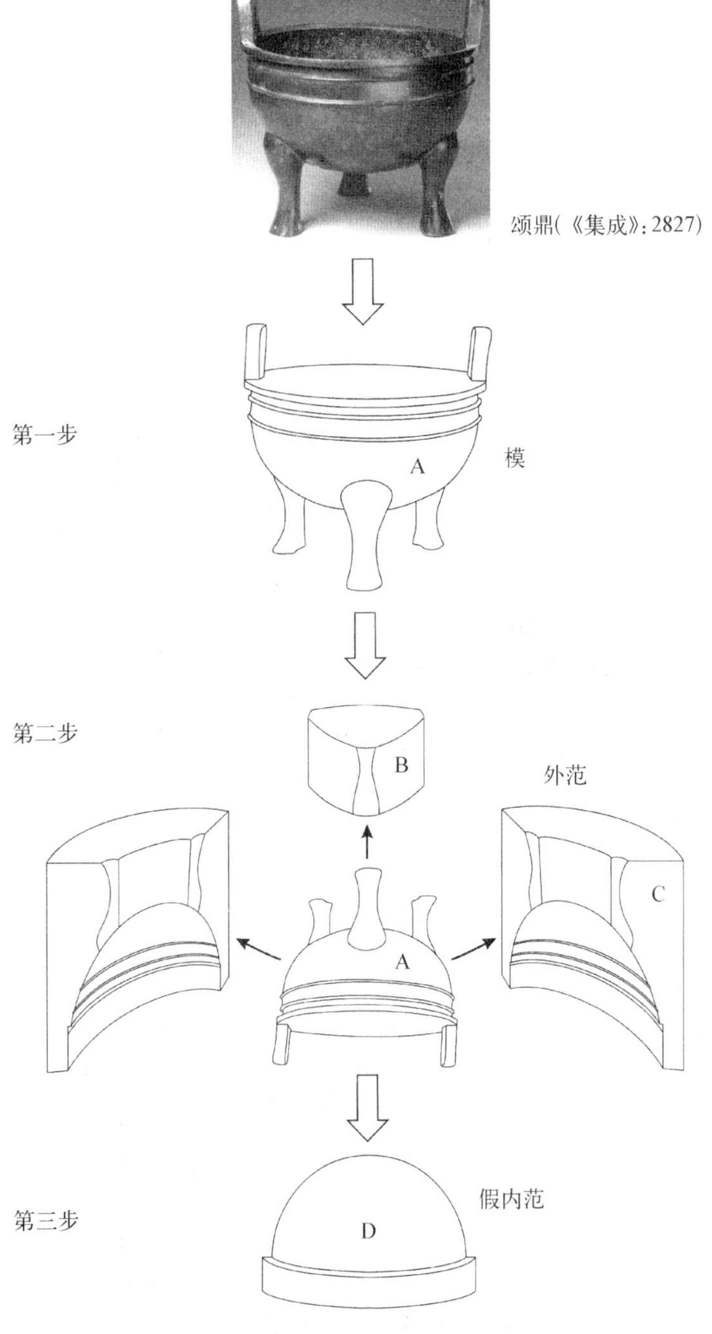

图八　西周青铜器铭文制作流程图(一)

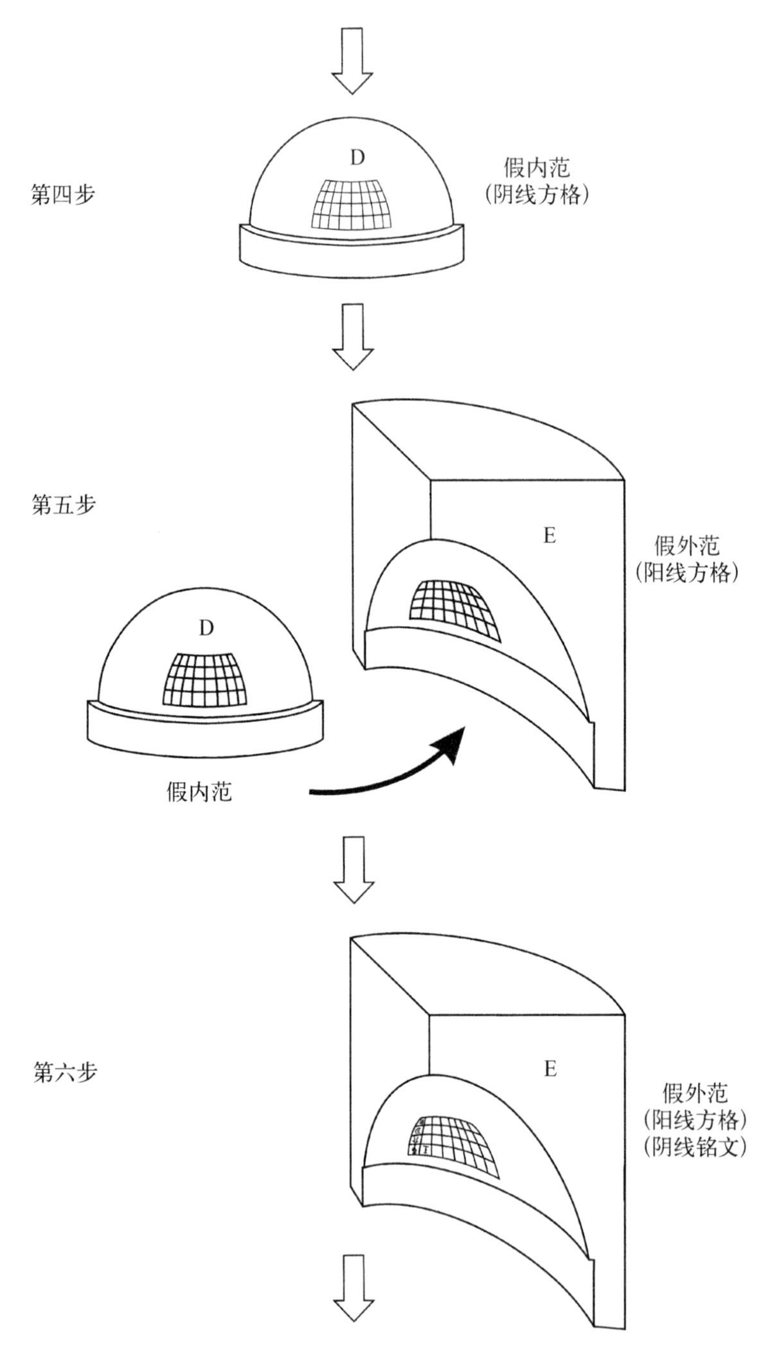

图九　西周青铜器铭文制作流程图(二)

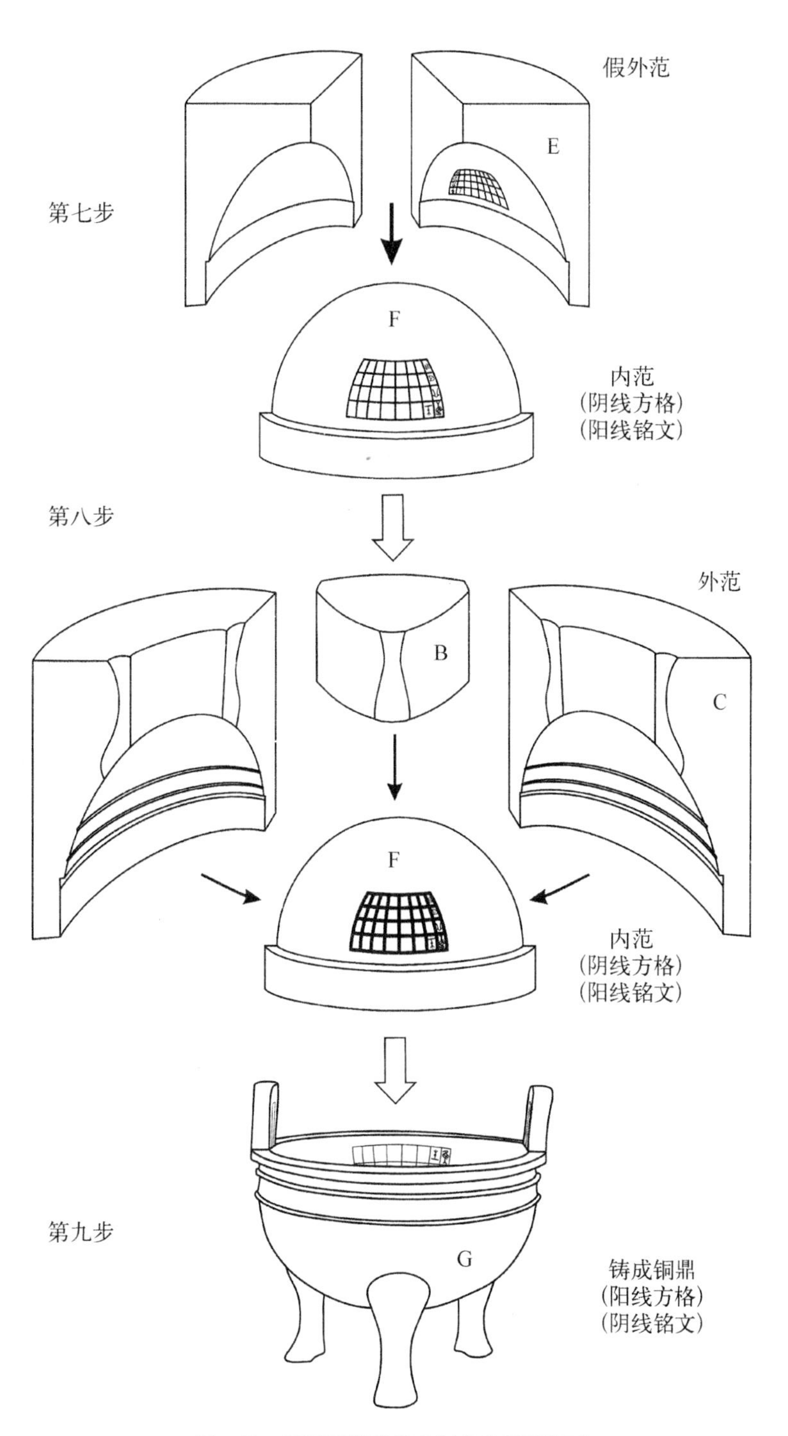

图一〇　西周青铜器铭文制作流程图(三)

图一一　单五父方壶乙铭文的方格修改情况

第八步：组合待铸　将真正的外范(B+C)围绕内范(F)组合，对准范的接口，准备浇铸。为了有效地分割内范和外范，使两者不至于接触从而在铜器上铸出漏洞，这时一般会采取放置垫片的做法。在铭文部分，这些垫片会被摆放在字里行间，形成了在文字间的规律性分布，这个特点被当作判定青铜器为真器的辨伪标准。[①] 但是由于这里也是阳格线行走的地方，因此就出现了像四十二年逨鼎甲器上的垫片出现在方格交叉点上的情况(见图七下)。由于这时内范(F)上的方格是由阴线组成，垫片可以平整地压在格线交叉的位置，铸出来以后它则冲破格线，有时也会有阳线延续到垫片表面的现象。

第九步：浇铸　进行浇铸，得到一件真的青铜颂鼎，它有凸起的阳线方格和凹下的阴线铭文。

当然，上述流程还需要经过未来考古发掘的进一步证实，希望考古工作者能够在特别是西周时期的青铜器铸造作坊的出土遗物中辨认出用于上述流程的“假内范”或“假外范”，或发现更多的铭文范。但是经过仔细观察，在现有青铜器上我们还是能发现一些重要的线索。如四十二年逨鼎甲器铭文左下角的方格阳线延续很远，超过了铭文的范围且变得很零乱(图一二下；见彩版一〇)。而其上方的另一道较粗的阳线从铭文范围一直延

① 松丸道雄：《西周青銅器製作の背景——周金文研究・序章》，《東京大學東洋文化研究所紀要》72 (1977)，第 1—128 页；又刊于松丸道雄编：《西周青銅器とその國家》，东京大学，1980 年，11—136 页。中译：《西周青铜器制作的背景——周金文研究・序章》(蔡凤书译)，载《日本考古学研究者・中国考古学研究论文集》，香港：东方书店，1990 年，263—324 页。

续到鼎内壁一周，其延续部分从其平滑的走势看绝不是内范上的自然裂缝铸造后形成的痕迹（如图一二上中与它相交的那条细线凸纹），而是组成方格的一条阳线的自然延伸（图一二上）。关于这条阳线的形成原因，我们推测它很有可能是在假内范D上开始划方格线前首先刻下的水平基准线。由于这条基准线的存在，其他横线才能水平延伸，并与鼎口保持平行。并且，由于它和其他方格线一样被铭文笔画打破，说明它也一定是在方格制作

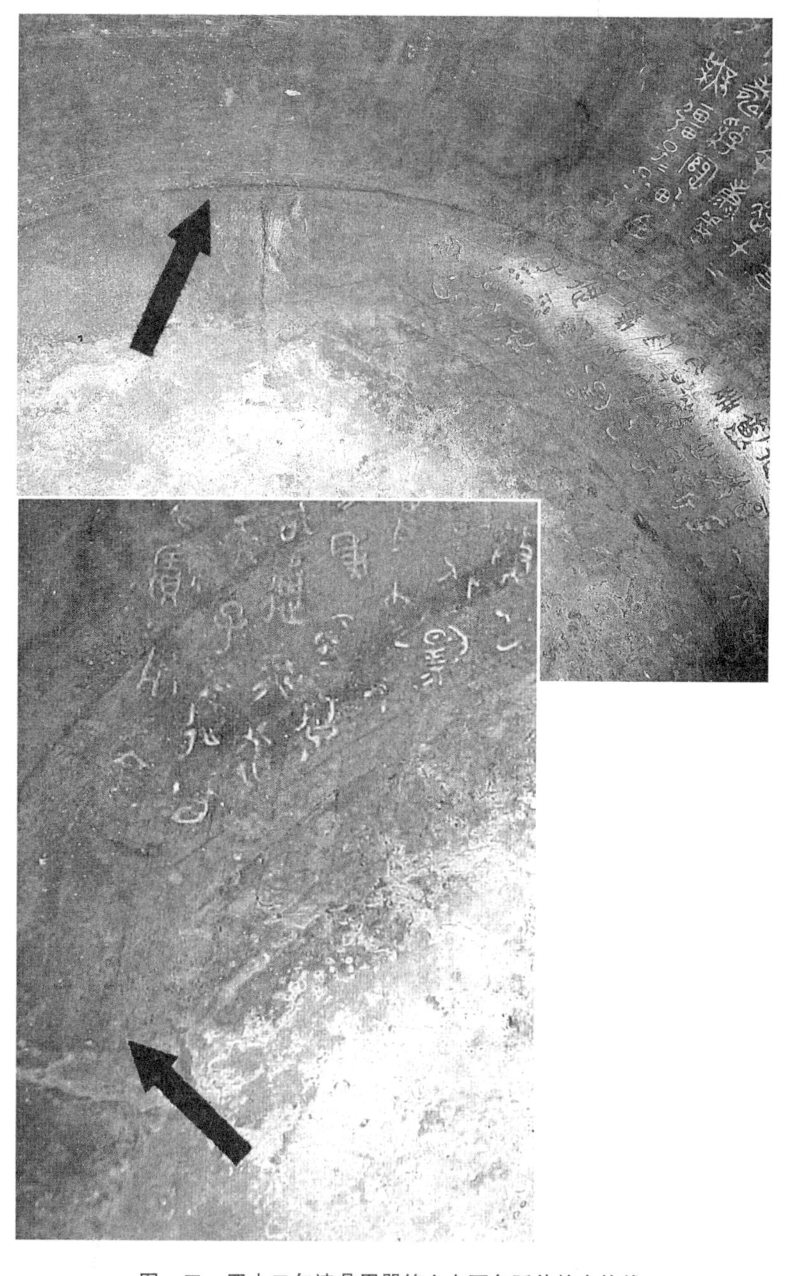

图一二　四十二年逨鼎甲器铭文左下角延伸的方格线

阶段或之前产生的，并且一直保留到铸造程序的最后阶段，在铸成的青铜器内壁上也清晰可见。它的存在说明一个整体的假内范(D)(而非仅是一块方格部分的泥板)的存在，也证明我们上边复原的流程是正确的。而四十二年逨鼎甲器铸造时用的内范也应是和铭文一起从由假内范(D)产生的假外范(E)上翻下来的，所以它也一直带有这条环线。

当然，上述流程并不限于带方格的长篇铭文的铸造；经过简化它也可以用来铸像令方尊、大簋这一类范围较大，但不带方格的铭文。即使在做方格的情况下，作为一种变通，也可以从假外范(E)上直接翻下一块带铭文的泥板，再把这块泥板镶嵌回假内范(D)上直接铸造。上海博物馆藏著名的大克鼎(《集成》：2836)铭文的另一半可能就是用这种办法铸成的。

关于几个特殊铭文现象的解释

基于上述对青铜器铸造流程的新认识，本文最后一节将讨论几个复杂的铭文现象。这些特殊的现象给学者们带来了很大困惑，也引起了一些误解，因此在这里我们有必要进行厘清。

首先一个例子是楚公豙钟，1998年出土于周原召陈村五号窖藏，现藏于周原博物馆(图一三上)。铭文共两行十六字，是一件西周晚期楚国铸造的铜器，但因故却出土于周人的中心地周原。有趣的是，和其他钟(包括传世的四件楚公豙钟，《集成》：0042—0045)上常见的情况不同，这件楚公豙钟的钲部有凸显的中心棱脊(实际是铸缝)，铭文即分布在棱脊两侧，也就是说它们在铸造前是分布在两块外范上的。其中十五字为凹线的阴文，但是最后一个“用”字却是阳文。仔细观察我们还会发现铭文周围尚有阳线的方格，在左侧一行更清楚；右侧则只是在最下一字周围隐约可见(彩版一二)。这件楚公豙钟，不论是其阴阳一体的铭文，还是方格的使用在钟类铭文中都是极少见的。

一般来说，钟的铭文是直接刻在钟的模上，并在长铭文时延续到舞上甚至钟身的两个边际。经过翻制，钟的外范上就出现阳文的铭文，铸造后又成了阴文。基于上文对带方格的铭文制作法的新认识，笔者推测楚公豙钟铭文的铸造应该经历了以下的流程：首先在已经做好的钟模上提取外范，钟每一侧包括两块，从钲中心切开。其次在钟模的钲部刻入能容纳两排铭文的阴线方格。从这个钲部印取第一块薄泥板，上面即有了阳线的两排方格。然后在这块泥板的两行方格中刻字，之后从上面印取第二块泥板，这块泥板上即有了阴线的方格和阳线的铭文。将这块泥板从中心切成两半，分别嵌入钟正面外范的两个边沿，这样就铸出了楚公豪钟上带阳线方格的铭文。可能是由于在第一块泥板上刻字时忘刻了最后一个“用”字，或者这个字在镶嵌第二块泥板时被破坏了，因此工匠才在最后阶段直接在已嵌入外范的泥板上补刻一个阴线的“用”字，铸出来后它就成了铭文中唯一一个阳文的字。无独有偶，在三门峡虢国墓地出土的虢季簋（M2001：86）上也发现这种情况。这七个字的铭文铸在三道格线之间，虽为阴文铭，但“季”字的上半，“永”字左右的两笔，和“用”字的大半都为阳文（图一三下）。这些均是在铸造的最后阶段对原来凸起的阳线字进行补刻的结果。

图一三　西周青铜器上铭文补刻的例子

（上：楚公豪钟；下：虢季簋）

另一个有趣的例子是上海博物馆藏的大克鼎(《集成》: 2836)(图一四),它上面有巴纳等人所说的"骷髅文字"。① 大克鼎的铭文分为两半,其右侧的铭文铸在阳线的方格

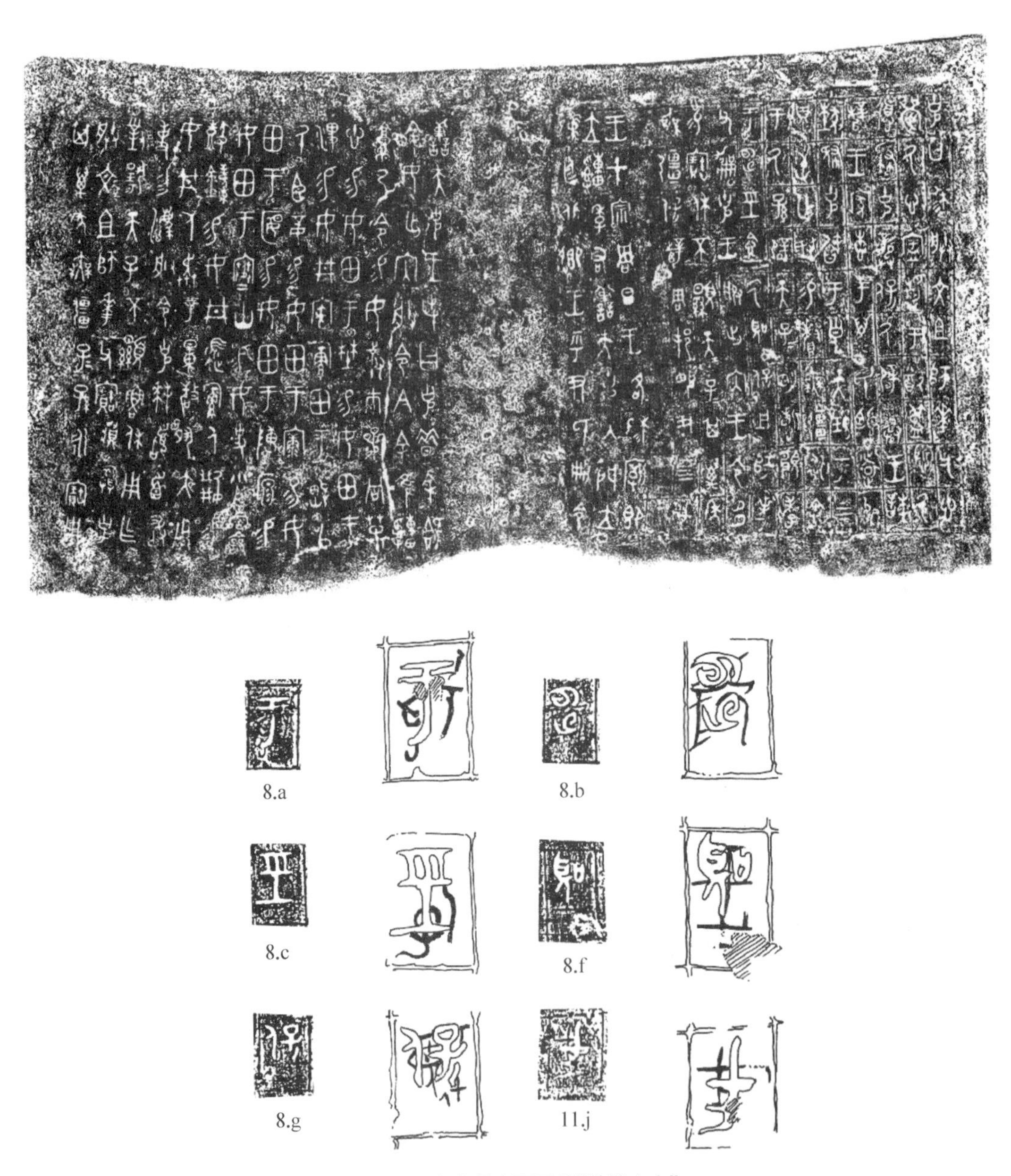

图一四　大克鼎上可见的"骷髅文字"

① Noel Barnard, Cheung Kwong-Yue, and Kuang-Yu Chang, *The Shan-Fu Liang Ch'I Kui and Associated Inscribed Vessels* (Taipei: SMC Publishing, 2000), pp. 261-262.

内，而且铭文周围有明显的范线，为嵌入铭文范无疑。有趣的是，在一些字下面却藏有另一个阳文的字（图一四下）。譬如，“圣”下面是一个阳文的“王”，“在”字下面是另一个“在”字，“经”字下面是一个“孝”字，等等。这种情形让很多人困惑不解。把它放到我们上文复原铸造流程中就可以得到合理的解释：这些阳文的字应该是在第四步和阳线的方格一起刻在假内范（D）上时生成的，其目的是要为后一阶段标识出这些方格内应该刻写的文字。但是，不知什么原因到了后一阶段（第六步）刻手并没有按照这些字的样子来刻，而是重新刻了一篇新的铭文，这样才形成阴线铭文下压阳线铭文的特殊现象。

近年来，从铭文铸造角度来说一个非常重要的发现是李学勤先生在他文章中发表的京师畯尊（图一五）。这篇铭文有二十六字，分为六行，行和行之间有凸起的阳线隔开，类似上述虢季簋的做法。但是，这篇铭文既非阳文，也非真正的阴文，而是由凸起的阳线勾勒出每个字轮廓的阴线铭文。这种铭文过去有发现，多属于商代晚期和西周早期，但如此长的阳线双钩铭文实属罕见。他的制作法与直接刻在内范上的阳文双钩铭文（如图一，《集成》：5677）并不同，后者只是凸起的双层阳线。林巳奈夫先生曾系统地

图一五　京师畯尊

收集过这类铭文，他认为这是把已经翻范的阳文双钩铭文再一次进行阴刻的结果。[①] 这是一个很合理的解释。如果把它放在我们上文复原的流程中，其制作方法就是：首先第四步在假内范(D)的格线内直接刻入双钩的阴线铭文。第五步，翻到假外范(E)上后它就变成了双线的阳线铭文。最后即第六步，刻手沿着双钩阳线的内侧进一步刻下去，这样就形成了边缘为凸起的阳线的阴线铭文。如果我们仔细观察京师畯尊的拓本，有些笔画阳线轮廓清楚，有些并不清楚，或者一侧不清楚，这正是二次刻铭的结果，即有些部位原来的阳线在再次刻制时被刻掉了。另外还有一些字，譬如第一行"汉"字下部和第二行末"王"字均有阳线隔断阴线笔画的现象，在这些地方的第二次刻手忠实地保留了第一次刻手所留下的阳线交叉。

（谨以此文纪念胡智生先生，他曾于 2005 年夏协助笔者考察宝鸡青铜器博物院藏眉县新出土铜器群。笔者感谢宝鸡青铜器博物院任雪莉女士于 2014 年冬协助查对四十二年逨鼎有关资料。本文内容曾于 2013 年 6 月在吉林大学古籍研究所讲演时口头发表。笔者感谢吉林大学崎川隆先生的大力协助。）

① 林巳奈夫：《殷周青銅器銘文鋳造法に関する若干の問題》，23—36 页。

附录

黄河流域西周墓葬出土青铜礼器的分期与年代[①]

序　论

陈梦家先生曾根据有铭铜器的断代研究把西周铜器分为三期：初期包括武、成、康、昭，中期包括穆、恭、懿、孝、夷，晚期包括厉、共和、宣、幽。[②] 郭宝钧先生又研究了建国后发现的成组铜器，以普渡村长囟墓为界把西周铜器分为前后两期。[③] 郭先生共列举了三十一群，其中出自墓葬者只有二十余群。时至今日，西周铜器群大量出土，仅黄河流域确属墓葬出土者就有138座墓计745件青铜礼器。这其中包含着很多具有典型意义的铜器群，我们可以依此进一步分期，并对其组合形式和器形的发展演变作进一步探讨。

本文主要利用墓葬出土的铜器群来探索西周铜器发展演变的规律。由于它们大多没有说明自身年代的铭文，因此我们在研究中除根据其形制、花纹外，还依据以下几方面：(1) 所出墓葬的层位关系；(2) 不同器类的共存关系及同类器物不同型、式的共存关系；(3) 铜器群的组合关系及各种器物的数量关系；(4) 铜器与其他质地器物的共存关系。同墓出土的器物一般讲时代比较一致，对于个别墓中出现的先世之器，可以根据众多的资料及其有无规律性加以辨别。

沣西地区的考古工作已经建立起西周随葬陶器群的分期序列，从而为铜器的分期提供了可靠依据。为此，本文专列一节讨论铜器墓中的共存陶器，作为铜器分期的补充。

---

① 本文原发表于《考古学报》1988年4期，383—419页。鉴于附图较大，为行文方便，故将附图统一置于文末。

② 陈梦家：《西周铜器断代》，《考古学报》(1955年)九、十册，1956年1—4期。

③ 郭宝钧：《商周铜器群综合研究》，北京：文物出版社，1981年。

分　期

本文所论之138座墓葬(附表)大多数是完整的,随葬铜器群保存较好。我们将其中的96座分为六期,其余的42座墓葬资料太少,暂时不作分期。从地域看,这些墓葬主要集中在关中及周围地区,其他地区则较少。[①] 就时代论,西周早期墓占很大比例。张长寿先生《殷商时代的青铜容器》一文已经列举出陕甘等地二十三个西周早期铜器群,指出了它们的若干特点[②],我们又补充了近年来的新资料,并参考伴出的陶器,将它们进一步区分,作为本文的第一、二、三期。[③]

第一期　包括下列22座墓葬[④]:

67张家坡M87[⑤],84沣西M15[⑥],63马王村墓[⑦],61张家坡M106[⑧],56丁家沟墓[⑨],56田庄墓[⑩],53洛阳3∶01墓[⑪],71北瑶墓[⑫],钢铁厂墓[⑬],71高家堡墓[⑭],77韦家庄墓[⑮],75西菴墓[⑯],70峪泉墓[⑰],67张家坡M85[⑱],79张家坡M2[⑲],77客省庄M1[⑳],67张家坡

---

① 附表所列墓葬中陕西的76座、甘肃10座、宁夏1座、河南27座、山西3座、河北1座、北京9座、山东10座。这些铜器群主要特征是一致的,差别似乎并不显著。本文所谓"黄河流域",即指这些出土西周铜器的地区。

② 张长寿:《殷商时代的青铜容器》,《考古学报》1979年3期。

③ 林巳奈夫以传世铜器为主把西周早期的青铜容器排列为c、d两个阶段,见林巳奈夫:《殷西周间の青铜容器の编年》,《东方学报》第50册(1978年);后收入《殷周时代青铜器の研究》,东京:吉川弘文馆,1984年。

④ 这些墓葬大约在周初。近年有关殷末周初铜器的论著见上注②和③,以及杨锡璋、杨宝成:《殷代青铜礼器的分期与组合》,《殷墟青铜器》,北京:文物出版社,1985年;王世民、张亚初:《殷代乙辛时期青铜容器的形制》,《考古与文物》1986年4期。笔者也曾把陕西地区一些墓葬列在商代,见李峰:《试论陕西出土商代铜器的分期与分区》,《考古与文物》1986年3期。

⑤ 中国社会科学院考古研究所沣西发掘队:《1967年长安张家坡西周墓葬的发掘》,《考古学报》1980年4期。

⑥ 中国社会科学院考古研究所丰镐工作队:《1984—1985年沣西西周遗址、墓葬发掘报告》,《考古》1987年1期。

⑦ 马王村墓可能包含个别更早的器物,但组合与钢铁厂等墓非常一致,器形多数同于张家坡M106,时代相当。见梁星彭、冯孝堂:《陕西长安、扶风出土西周铜器》,《考古》1963年8期。

⑧ 赵永福:《1961—62年沣西发掘简报》,《考古》1984年9期。

⑨ 贺梓城:《耀县发现一批周代铜器》,《文物参考资料》1956年11期。

⑩ 河南省文物工作队第一队:《河南上蔡出土的一批铜器》,《文物参考资料》1957年11期。

⑪ 河南省文物工作队第二队:《洛阳的两个西周墓》,《考古通讯》1956年1期。

⑫ 洛阳博物馆:《洛阳北瑶西周墓清理记》,《考古》1972年2期。

⑬ 傅永魁:《洛阳东郊西周墓发掘简报》,《考古》1959年4期。

⑭ 葛今:《泾阳高家堡早周墓葬发掘记》,《文物》1972年7期。

⑮ 陕西省考古研究所等:《陕西出土商周青铜器》(一至四册),北京:文物出版社,1979—1984年。

⑯ 山东省昌潍地区文物管理组:《郊县西菴遗址调查试掘简报》,《文物》1977年4期。

⑰ 王永光:《陕西省宝鸡市峪泉生产队发现西周早期墓葬》,《文物》1975年3期。

⑱ 见注⑤。

⑲ 中国社会科学院考古研究所沣西发掘队:《1979—1981年长安沣西、沣东发掘简报》,《考古》1986年3期。

⑳ 中国社会科学院考古研究所沣西发掘队:《1976—1978年长安沣西发掘简报》,《考古》1981年1期。

M54[①]，73 兔儿沟 M3[②]，80 史家塬 M1[③]，58 桑园堡墓[④]，67 张家坡 M16[⑤]，67 张家坡 M28。[⑥]

以上出土于丰镐地区的共十群，除张家坡 M106 和马王村墓外，都有西周早期陶器伴出，对于认识第一期铜器群颇为重要。张家坡 M87 和 M106、沣西 M15、马王村墓以及田庄墓、北瑶墓、高家堡墓都有较多的青铜礼器，是食器与酒器的复合组合。其他几墓仅以食器或酒器随葬，件数也较少。

组合特点

1. 复合组合的主要形式是鼎、簋、尊、卣、觚、爵、觯，见于张家坡 M106、马王村墓等七座墓葬。觚、爵、觯是相当稳定的一套饮酒器，可分一觚二爵一觯和一觚一爵一觯两种配置方式，前者相当普遍，而后者比较简化。[⑦] 看来，觚、爵、觯相配在周初一段时间内比较流行。张家坡 M2 单出这套酒器，共出的陶器时代亦甚早。一般说，包含觚、爵、觯这套饮酒器的铜器群年代不晚于周初。

2. 高家堡、韦家庄等墓的复合组合中爵、觯相配而不出觚，与商代根本不同。而另一些墓仍保留着商代以来觚、爵相配的传统，如张家坡 M87、沣西 M15，它们都有西周早期陶器伴出。

3. 鼎、簋和尊、卣是复合组合中另两个单元。张家坡 M87 等很多出两鼎的墓中，都是分裆鼎与圆鼎相配，具有规律性。尊、卣相配的问题陈梦家先生曾经论及[⑧]，本期一尊一卣者居多。

4. 鼎、簋的简单组合在殷墟晚期及陕西地区商代铜器中已经出现[⑨]，西周时期成为下层贵族普遍采用的组合形式。客省庄 M1 出三鼎二簋，张家坡 M54 出一鼎一簋，按器形应是西周墓中最早的例子。桑园堡墓以多件鼎、簋相配，也是周人很有特点的一种组合形式。

5. 张家坡 M16、M28 各出一爵一觯，器形同于张家坡 M106，伴出陶器亦早，可以代表最早的爵、觯组合，它出现于西周。

---

① 中国社会科学院考古研究所沣西发掘队：《1967 年长安张家坡西周墓葬的发掘》，《考古学报》1980 年 4 期。

② 庆阳地区博物馆：《甘肃庆阳地区出土的商周青铜器》，《考古与文物》1983 年 3 期。

③ 淳化县文化馆：《陕西淳化史家塬出土西周大鼎》，《考古与文物》1980 年 2 期。

④ 陕西省考古研究所等：《陕西出土商周青铜器》（一至四册），北京：文物出版社，1979—1984 年。

⑤ 见注①。

⑥ 见注①。

⑦ 殷墟晚期的随葬铜器群中，觚、爵相配者最为常见。另一些觚、爵、觯相配者有二觚二爵一觯和一觚一爵一觯两种形式，前一种与周初铜器群明显不同。殷墓中觚、爵的件数总是相同。

⑧ 陈梦家：《西周铜器断代》，《考古学报》（1955 年）九、十册，1956 年 1—4 期。

⑨ 可举殷墟西区 M275、M1573 及 71 礼泉泔河工地群。见中国社会科学院考古研究所安阳工作队：《1969—1977 年殷墟西区墓葬发掘报告》，《考古学报》，1979 年 1 期；杨锡璋、杨宝成：《殷代青铜礼器的分期与组合》，《殷墟青铜器》，北京：文物出版社，1985 年；秋维道、孙东位：《陕西礼泉发现两批商代铜器》，《文物资料丛刊》（3），北京：文物出版社，1980 年。

器形特点

鼎主要有AI、CI式两种。AI式鼎分裆柱足，腹饰三个大兽面（附图一，1），西周初年很流行。CI式圆鼎鼓腹柱足（附图一，3），存续时间较长。张家坡M87的CII式鼎是西周早期的典型器物，形体高大，饰三角夔纹（附图一，4）。①

AI式无耳簋敞口斜壁，腹饰方格乳钉纹（附图三，5）。这种簋晚商墓中已有出土②，在83沣毛M1中与早周陶鬲共出③，关中地区的周初墓中仍很流行。CI式方座簋的腹、座饰兽面纹和团龙纹，很有代表性（附图四，8），沣西地区还有仿照它的陶簋。BII式簋在西周早期一直很流行，腹壁较直，双耳有珥（附图三，7）。

AI式尊与AI式卣相配非常多见。这两种器形也见于殷墟西区M93、M875（《殷墟》图版）。本期的AI式尊腹部微鼓，口外敞更大，饰饕餮纹（附图六，10）。AI式卣最大腹径偏下，蒜头状钮（附图七，12）。高家堡墓的AII式尊通身有扉棱，腹饰团龙纹（附图六，11），同出的AIII式卣风格相同（附图七，14）。AII式卣见于洛阳3：01墓，腹壁较直（附图七，13）。

I式爵为爵之主要形态，张家坡M85、M16、M2的I式爵菌状柱低矮，立于流折处（附图九，20）。I式觯体矮，圆口束颈（附图一〇，22）。I式觚、I式爵、I式觯是本期很有代表性的器形配置。

第二期　包括下列20座墓葬：

72白草坡M1④，72白草坡M2⑤，81竹园沟M4⑥，61庞村墓⑦，66贺家村墓⑧，76霍家村墓⑨，78河迪村墓⑩，73琉璃河M50⑪，73琉璃河M52⑫，33辛村M60⑬，75召李

---

① 这种鼎还见于辽宁北洞村二号周初窖藏。见《考古》1974年6期，图版柒，1。

② 如58大司空M51、65墕头村窖藏、77解家沟墓等。见河南省文化局文物工作队：《1958年春河南安阳市大司空村殷代墓葬发掘简报》，《考古通讯》1958年10期；陕西省博物馆：《陕西绥德墕头村发现一批窖藏商代铜器》，《文物》1975年2期；绥德县博物馆：《陕西绥德发现和收藏的商代青铜器》，《考古学集刊》（2），北京：中国社会科学出版社，1982年。

③ 中国社会科学院考古研究所丰镐发掘队：《长安沣西早周墓葬发掘记略》，《考古》1984年9期。

④ 甘肃省博物馆文物队：《甘肃灵台白草坡西周墓》，《考古学报》1977年2期。

⑤ 见注④。

⑥ 宝鸡市博物馆：《宝鸡竹园沟西周墓地发掘简报》，《文物》1983年2期。

⑦ 此墓可能包含有个别更早的器物，见周到、赵新来：《河南鹤壁庞村出土的青铜器》，《文物资料丛刊》（3），北京：文物出版社，1980年。

⑧ 此墓出铜礼器十七件，仅有十件发表图形，其余不知何器，见陕西省考古研究所等：《陕西出土商周青铜器》（一至四册），北京：文物出版社，1979—1984年。

⑨ 河南省博物馆：《河南省襄县西周墓发掘简报》，《文物》1977年8期。

⑩ 郑洪春：《长安县河迪村西周墓发掘简报》，《文物资料丛刊》（5），北京：文物出版社，1981年。

⑪ 中国科学院考古研究所琉璃河考古工作队：《北京附近发现的西周奴隶殉葬墓》，《考古》1974年5期。

⑫ 见注⑪。

⑬ 郭宝钧：《濬县辛村》，北京：科学出版社，1964年。

M1[①],64 庞家沟 M1[②],76 竹园沟 M1[③],57 张家坡 M178[④],60 张家坡 M101[⑤],76 张家坡 M3[⑥],81 孙家庄 M1[⑦],61 张家坡 M307[⑧],61 张家坡 M404[⑨],60 齐家村 M8。[⑩]

上述铜器群标志着一个重要的发展阶段,它在组合、器形各方面都逐渐成熟,充分显示出周人自己的特点。把它们与第一、第三期铜器群相区别,对探讨西周铜器发展演进的整个过程很有意义。竹园沟 M4、白草坡 M1 和 M2 出土铜器最多,后两墓分别是“潶伯”、“隁伯”之墓。霍家村等墓组合亦较完整,对探讨本期铜器群的时代特点也很有意义。

组合特点

1. 鼎、簋、甗、尊、卣、爵、觶是复合组合的基本器类,包括一套食器、一套盛酒器和一套饮酒器。有的墓中还有鬲、盉之类。白草坡 M2 的十一件铜器中八件同铭“隁伯作宝隮彝”,觶铭“伯作彝”,爵铭“伯作”,属于同时所作,很有典型意义。这是隁伯、潶伯一类贵族的随葬铜器。在出土六、七件铜器的墓中,鼎、簋多不成套,如霍家村墓出一鼎一簋一尊一卣二爵一觶,可看作这类墓葬的代表,其规格可能比前三墓略低。[⑪] 琉璃河两座墓都不出簋、卣而多鬲,或许反映着燕国墓地的某种特点。

2. 饮酒器中爵、觶相配而极少出觚,是第二期复合组合的显著特点,一爵一觶和两爵一觶最为普遍。

3. 食器中鼎、簋之数往往相同,或三鼎三簋,或两鼎两簋。某些规格较高的墓中,鼎、簋往往有几套。白草坡 M1 出方鼎二件、分裆鼎二件及圆鼎三件;竹园沟 M4 出方鼎二件、CII 式圆鼎和 DI 式圆鼎各三件。两墓都有三套鼎。

4. 尊、卣相配,往往同铭,有一尊一卣和一尊配同形二卣两种形式。后者殷末周初也已出现[⑫],在本期规格较高的墓中比较流行,如白草坡 M2。白草坡 M1 出二尊三卣,同铭“潶伯作宝隮彝”的也是一尊及二件 C 型卣,而 B 型卣可能是配另一件尊的。时代相当的传世铜器中也不乏这类例子。[⑬]

---

① 扶风县文化馆、陕西省文管会等:《陕西扶风县召李村一号周墓清理简报》,《文物》1976 年 6 期。
② 此墓被盗,见洛阳博物馆:《洛阳庞家沟五座西周墓的清理》,《文物》1972 年 10 期。
③ 宝鸡市博物馆:《宝鸡竹园沟等地西周墓》,《考古》1978 年 5 期。
④ 中国科学院考古研究所:《沣西发掘报告》,北京:文物出版社,1963 年。
⑤ 中国科学院考古研究所沣西发掘队:《1960 年秋陕西长安张家坡发掘简报》,《考古》1962 年 1 期。
⑥ 见中国社会科学院考古研究所沣西发掘队:《1976—1978 年长安沣西发掘简报》,《考古》1981 年 1 期。
⑦ 固原县文物工作站:《宁夏固原县西周墓清理简报》,《考古》1983 年 11 期。
⑧ 见赵永福:《1961—62 年沣西发掘简报》,《考古》1984 年 9 期。
⑨ 同上。
⑩ 陕西省文物管理委员会:《陕西扶风、岐山周代遗址和墓葬调查发掘报告》,《考古》1963 年 12 期。
⑪ 西周墓葬等级及墓主人身份问题不在本文范围之内。随葬铜礼器的不同组合,一方面可能反映死者的不同身份,另一方面也反映着时代的差别,它提供给我们断代的依据。
⑫ 如 1901 年宝鸡出土的鼎尊(《柉禁》图版四)、鼎卣(《柉禁》图版六、七)。
⑬ 如卿尊(《澂秋》26)、卿卣(《澂秋》36、37)和臣辰尊(《大系》图二〇〇录 16)、臣辰卣(《大系》图一六五录 16;《美劫》A630R304)。

5. 竹园沟 M1 出五鼎三簋一爵，可称鼎、簋为中心的组合。张家坡 M101、M3 等墓是一鼎一簋的简单组合，以 DI 式鼎配 BII 式簋为特征。

6. 一爵一觯的组合见于张家坡 M307 和 M404、齐家村 M8[①]，都是 III 式觯与 I、II 式爵相配。

器形特点

AII 式鼎深腹有一段直颈，饰饕餮纹，腹、足饰兽面，是分裆鼎中较晚的形态(附图一，27)。BI 式方鼎腹部都饰大兽面纹(附图一，28)，竹园沟 M4 的 BIII 式分裆小方鼎形制特别(附图一，30)。DI 式圆鼎流行于本期，腹部浅垂，薄胎，口呈桃圆形，沿下饰带扉棱的兽面，是周鼎的典型形态(附图二，33)。它与 BII 式簋相配很有断代意义。

BII 式簋成为本期簋的唯一形态(附图三，34、35)。

AI 式鬲体态较高，短颈分裆(附图五，37)。

AI、AII、AIII 式尊在本期并存。AIII 式尊中腹明显圆鼓，饰两条夔纹带，足部花纹消失，很有特点(附图六，40)。

AI 式卣已不多见。本期卣的把手几乎都变成环状。AIV 式卣出自辛村 M60，高直颈，腹下垂，盖顶出现犄角，带状提梁(附图七，43)。它与 AIII 式尊相配很有断代意义。召李 M1 出的 AIII 式卣，较第一期低矮，提梁出现方钉，是较晚的形态(附图七，42)。本期的 B 型卣体态相对较矮，粗颈扁腹(附图七，44)。[②] C 型卣形似直筒(附图七，45)。[③]

AII 式盉体态瘦高，分裆三足，流行于西周早期(附图八，47)。BI 式盉分裆四足，通体饰细线饕餮纹，也很有特点(附图八，48)。[④]

I 式觯已经不见，而流行 III 式觯配爵。III 式觯高圈足，瘦直腹(附图一〇，53)。爵一般都有较高的柱立于口沿上。

第三期　包括下列 15 座墓葬：

72 丰姬墓[⑤]，76 云塘 M20[⑥]，76 云塘 M10[⑦]，76 云塘 M13[⑧]，79 刘台子墓[⑨]，57 永凝

---

① 三墓都出 III 式觯，爵柱较高，结合共存陶器，应晚于第一期。而属于第三期的北瑶 M13、M29 出 IV 式觯，年代更晚。

② 同类器如殷末的四祀邲其卣(《文物》1977 年第 9 期 91 页图五)小口长颈；周初的濬伯逘卣(《通考》六五九)、父乙臣辰卣(《塍稿》26)颈变粗，腹外突不甚；本期的卣则是更晚的形态。

③ 这种卣也有更早的，如古父己卣(《中国》20)、亚其吴卣(《通考》六二九)。

④ 传世的臣辰盉(《大系》图一九四)与此完全相同。

⑤ 见陕西省考古研究所等：《陕西出土商周青铜器》(一至四册)，北京：文物出版社，1979—1984 年。

⑥ 陕西周原考古队：《扶风云塘西周墓》，《文物》1980 年 4 期。

⑦ 同上。

⑧ 同上。

⑨ 德州行署文化局文物组等：《山东济阳刘台子西周早期墓发掘简报》，《文物》1981 年 9 期。

东堡墓[①]，73 贺家村 M5[②]，81 琉璃河 M1026[③]，73 贺家村 M6[④]，78 滕县墓[⑤]，71 齐镇 M1[⑥]，71 齐镇 M2[⑦]，74 北瑶 M13[⑧]，74 北瑶 M29[⑨]，57 张家坡 M162。[⑩]

学术界在这一时期青铜礼器的认识上分歧较大。作为考古学的研究，首先要找出代表西周早期向中期组合关系及器形演变过程的铜器群。云塘三墓压在制骨作坊遗址之下，墓向、规模都相仿，有很多器形共出，时代应大致相当。丰姬墓未发表简报，从可见资料观察有一些器形可能略早，但从尊、卣、簋、鬲等众多器形看，当不会太早。张家坡 M162 陶器有较晚的特征，所出 DII 式鼎见于同期许多墓葬。

组合特点

1. 复合组合的基本形式是鼎、簋、鬲、尊、卣、爵、觯。鬲在铜器群中常见，是这一时期的显著特征。[⑪] 复合组合的墓中或少簋，或少尊、卣，但都有鬲。1974 年麟游蔡家河[⑫]和 1975 年长子景义村[⑬]的两组铜器中也都有鬲，时代大致相当于第三期。它们都可能出自墓葬，其组合形式同样说明本期以鬲随葬的重要性。

2. 出现鬲与鼎或鬲与簋相配的简单组合形式。前者见于齐镇 M1、M2，后者见于贺家村 M6。

3. 鼎、簋的简单组合仍然比较流行。贺家村 M5 出一鼎一簋，永凝东堡墓出一鼎二簋，都是 DII 式鼎与 BII 式簋相配。

4. 爵、觯的简单组合见于北瑶 M13、M29。两墓的觯都是 IV 式，大概是爵、觯简单组合中最晚的例子。

器形特点

DII 式鼎是本期鼎之最主要的形态，腹下部外突，最大径近底，饰弦纹(附图二，58)。

---

① 解希恭：《山西洪赵县永凝东堡出土的铜器》，《文物参考资料》1957 年 8 期。

② 陕西省博物馆等：《陕西岐山贺家村西周墓葬》，《考古》1976 年 1 期。

③ 中国社会科学院考古研究所琉璃河考古队：《1981—1983 年琉璃河西周燕国墓地发掘简报》，《考古》1984 年 5 期。

④ 见②。

⑤ 滕县文化馆：《山东滕县出土西周滕国铜器》，《文物》1979 年 4 期。

⑥ 见陕西省考古研究所等：《陕西出土商周青铜器》(一至四册)，北京：文物出版社，1979—1984 年。

⑦ 同上。

⑧ 洛阳博物馆：《洛阳北瑶村西周遗址 1974 年度发掘简报》，《文物》，1981 年 7 期。

⑨ 同上。

⑩ 见中国科学院考古研究所：《沣西发掘报告》，北京：文物出版社，1963 年。

⑪ 我们特别提出铜鬲，也考虑到第二期个别墓葬出鬲的问题。若从随葬铜鬲的整个历史看，三、四期以至东周时期它一直是主要器类之一，第三期很多墓葬出鬲，体现了这一规律性的变化。

⑫ 这群铜器包括一鼎二簋四鬲，见陕西省考古研究所等：《陕西出土商周青铜器》(一至四册)，北京：文物出版社，1979—1984 年。

⑬ 这群铜器包括鼎、簋、甗、鬲各一件，见山西省长治市博物馆：《山西长子县发现西周铜器》，《文物》1979 年9 期。

BIII、CII、DI 式簋出现。BIII 式簋明显束颈，腹下垂，圈足微外撇，多为素面（附图三，60）。CII 式簋见于云塘 M20 及滕县墓，簋身同于 BIII 式，方座扁矮，饰弦纹（附图四，62）。DI 式簋上部同于 BIII 式而有三足，大概是三足簋的最早形态（附图四，63）。

AIII 式鬲体矮足低，有一段直颈，饰弦纹，数量甚多（附图五，66）。另一种是 AII 式鬲，饰兽面纹（附图五，65）。

尊、卣相配有 AI 式尊、AIV 式卣和 AIII 式尊、AIV 式卣相配两种。后者见云塘 M13，前者见丰姬墓。[①] 丰姬墓的 AI 式尊素面无纹（附图六，67），与周初的 AI 式尊有较大差别。云塘 M13 的 AIII 式尊体矮足低（附图六，68），已很接近 B 型尊。云塘 M10 开始出现 BI 式尊，形态似觯，垂腹矮足（附图六，69），是尊的一个新型。AIV 式卣（附图七，70）在本期非常流行。

IV 式觯始见于本期，体态细高，口部外敞，很有时代特点（附图一〇，74）。

总之，以 DII 式鼎、BIII 或 CII 式簋、AIII 或 AII 式鬲、IV 式觯、AIII 或 BI 式尊、AIV 式卣等器形所组成的铜器群有别于第二期，而另一些器形如 DII 式鼎等又延续到西周中期。这是一个重要的变革时期，器形演变以由高到矮、显出颈部、腹部弛垂为主要趋势。同时，殷代以来流行的兽面纹、夔龙纹已不多见，而饰弦纹似乎成为一种新风尚。

第四期　包括下列 15 座墓葬：

54 长囟墓[②]，81 花园村 M17[③]，81 花园村 M15[④]，78 齐家村 M19[⑤]，75 南罗墓[⑥]，75 庄白伯𢦏墓[⑦]，74 茹家庄 M1 甲[⑧]，74 茹家庄 M1 乙[⑨]，74 茹家庄 M2[⑩]，64 庞家沟 M410[⑪]，73 琉璃河 M53[⑫]，78 西张村墓[⑬]，82 北滍墓[⑭]，54 普渡村 M2[⑮]，72 西岭 M1。[⑯]

---

① 传世的睘尊（《尊古》一，36）、睘卣（《断代》二，图版玖）与丰姬墓尊、卣类同；传世的召尊、召卣（《断代》二，图版捌）与云塘 M13 尊、卣相同。

② 陕西省文物管理委员会：《长安普渡村西周墓的发掘》，《考古学报》1957 年 1 期。

③ 陕西省文物管理委员会：《西周镐京附近部分墓葬发掘简报》，《文物》1986 年 1 期。

④ 同上。

⑤ 陕西周原考古队：《陕西扶风齐家十九号西周墓》，《文物》1979 年 11 期。

⑥ 临潼县博物馆：《临潼南罗西周墓出土青铜器》，《文物》1982 年 1 期。

⑦ 扶风县文化馆等：《陕西扶风出土西周伯𢦏诸器》，《文物》1976 年 6 期。

⑧ 宝鸡茹家庄西周墓发掘队：《陕西省宝鸡市茹家庄西周墓发掘简报》，《文物》1976 年 4 期。

⑨ 同上。

⑩ 同上。

⑪ 见洛阳博物馆：《洛阳庞家沟五座西周墓的清理》，《文物》1972 年 10 期。

⑫ 见中国科学院考古研究所琉璃河考古工作队：《北京附近发现的西周奴隶殉葬墓》，《考古》1974 年 5 期。

⑬ 铜礼器十件，鼎、盘、盉是明器，一件 E 型簋有长铭，被认为作于成、康之时，其他器物多被认为作于康昭之世。实际上此墓有断代意义的鼎、尊、卣与本期各墓所出相似，十件铜器中大部分应基本同时。见河北省文物管理处：《河北元氏县西张村的西周遗址和墓葬》，《考古》1979 年 1 期；李学勤等：《元氏铜器与西周的邢国》，《考古》1979 年 1 期。

⑭ 平顶山市文管会　张肇武：《河南平顶山市出土西周应国青铜器》，《文物》1984 年 12 期。

⑮ 此墓可能包含更早的器物，见石兴邦：《长安普渡村西周墓葬发掘记》，《考古学报》1954 年 2 期。

⑯ 甘肃省博物馆文物队等：《甘肃灵台县两周墓葬》，《考古》1976 年 1 期。

长囟墓出铜礼器十九件，年代确属穆王时期。花园村两墓很典型，也被认为在穆王时期。[①] 齐家村 M19 的铜器组合规整，并配有一套陶礼器。茹家庄 M1 乙、M2 是“强伯”与其配偶“井姬”之墓，很多器物相同，甚至有同时制作的一套而分置于两墓的。南罗墓和伯㦰墓，年代都大致相当。以上这些墓葬器类齐全，组合完整，对探讨第四期铜器群的时代特点非常重要。

组合特点

1. 器类较全的墓基本组合是鼎、簋、甗、鬲、尊、卣、壶、爵、觯、盘、盉，包括食器、酒器、水器三部分。齐家村 M19 的十二件铜器，从风格、铭文看属同时所作。[②] 其中，食器鼎、簋为长尾鸟纹，上股作针状；酒器尊、卣、爵、觯为回首“S”形夔纹；水器盘、盉为长尾鸟纹，上股作勾状。这种区分恰恰体现了当时人们对于铜器群组成的观念。

2. 盘、盉这套水器的固定出现是这一时期的突出特点。对于盉近年有学者作过专门研究，指出了它的各种用途。[③] 本期墓中盉往往与盘配套，如花园村 M17 盘、盉同铭“公作宝隮彝”，茹家庄 M1 乙的盘（M1 乙：1）与盉同铭“強伯自作般（盘）荣（鎣）”，齐家村 M19 的铜器和陶礼器中都有一套盘、盉。[④]

3. 壶的普遍出现具有断代意义。长囟墓、伯㦰墓各出一壶，花园村 M17 和茹家庄 M1 乙各出二壶，庞家沟 M410 也有壶。[⑤]

4. 茹家庄 M1 甲出五鼎四簋，其中四件簋形制、大小相同，五件鼎形制相同而大小相次。这种严格成列的鼎、簋尚不见于更早的周墓中。

5. 本期尚未发现爵、觯组合的墓葬，但爵、觯仍是复合组合的重要组成部分。两件同形的 II 式爵配 IV 式觯是常见形式，早期的 I、II 式爵相配则不见。尊、卣相配仍有一尊一卣和一尊二卣两种形式。

6. 西岭 M1 是鼎、簋的简单组合，出一件 DIII 式鼎和一件 DIII 式簋，按器形特征可以归入本期。

---

① 李学勤：《论长安花园村两墓青铜器》，《文物》1986 年 1 期。

② 两鼎同铭“作旅鼎”，两簋同铭“作旅簋”，尊、卣同铭“作宝隮彝”。除甗之外所有铜器都是风格一致的长尾鸟纹和回首夔纹。

③ 张亚初：《对商周青铜盉的综合研究》，《中国考古学研究》（夏鼐先生考古五十年纪念文集），北京：科学出版社，1986 年。

④ 西周早期盘、盉的随葬似乎并没有形成一定的制度。第四期各类墓葬普遍出现成套盘、盉，是重要的时代特点。

⑤ 1965 年山东黄县归城姜家和河北唐县南伏城的两组铜器中也有壶，时代大致相当。前者可能出自墓葬，简报认为器形风格与长囟墓相近。分别见齐文涛：《概述近年来山东出土的商周青铜器》，《文物》，1972 年 5 期；河北省博物馆等：《河北省出土文物选集》，北京：文物出版社，1980 年。

器形特点

BIV 式鼎为此期方鼎的主要形态，见于伯䧹墓和茹家庄两墓，浅腹圆折而弛垂，立耳或附耳(附图一，76)。BV 式方鼎带盖，饰弦纹，见于茹家庄 M1 乙(附图一，77)。圆鼎中出现 CIV、CV 和 DIII 式。CIV 式鼎出自长囟墓，颈内收成槽、饰窃曲纹(附图一，78)。CV 式鼎圆鼓腹，附耳带盖(附图一，79)。DIII 式鼎腹形同于同期的 DII 式，但三足为中段细、两端粗的形式(附图二，82)。本期的 DII 式鼎大都底部较平，腹壁近直，或已形成反弧。

BV 式簋带盖，见于各墓。伯䧹墓的 BV 式簋耳作鸟形，饰大鸟纹。DIII 式簋三个高足，腹饰瓦纹(附图四，91)。BVII 式簋出现，附耳盆形(附图三，89)。

B 型绳纹鬲见于各墓。BI 式高领有扉棱(附图五，97)；BII 式是主要形态，短颈，卷沿或平沿(附图五，98)；BIII 式乳状袋足(附图五，99)。

BI 式尊与 AV 式卣相配具有断代意义，见于很多墓葬。BI 式尊垂腹矮圈足，喇叭形大敞口(附图六，101)；AV 式卣体矮，盖顶较平，椭方形口(附图七，103)。[①]

III 式盘配 AIV、AV 或 BII 式盉也很有特点。III 式盘腹较深，圈足较矮(附图一一，116)。AIII 式盉常见，体形较矮，束颈明显(附图八，104)。BII 式盉盖顶作伏鸟形(附图八，107)。

I 式壶形体瘦高，有贯耳，较常见(附图八，108)。

III 式爵体较矮，腹周及流尾之下均有扉棱，饰饕餮纹(附图九，110)。本期的 IV 式觯喇叭形大敞口，颈部或有蕉叶纹，是最晚的形态(附图一〇，112)。

还应提到，茹家庄两墓出土很多特殊的器形，如 F 型鼎鼓腹似罐，三矮足，素面无纹(附图二，83)；DIV 式簋圈足下有四小足，兽首衔环，双环相套(附图四，92)；BVI 式簋腹作球形，双耳，矮圈足(附图三，88)。它们与周文化的铜器迥然有别，有人认为是接受了周文化影响的另一种文化遗存。

第五期　包括下列 11 座墓葬：

54 中州路 M816[②]，57 上康村 M2[③]，64 张家坡墓[④]，73 贺家村 M3[⑤]，67 张家坡

---

① 同样的配置还见于丰尊、丰卣(《陕铜》二，一八、一九)及效尊、效卣(《大系》图二〇一、175)等器，时代大致相当。

② 中国科学院考古研究所：《洛阳中州路》，北京：科学出版社，1959 年。

③ 陕西省文物管理委员会：《陕西岐山、扶风周墓清理记》，《考古》1960 年 8 期。

④ 中国科学院考古研究所沣西考古队：《陕西长安张家坡西周墓葬清理简报》，《考古》1965 年 9 期。

⑤ 见陕西省博物馆等：《陕西岐山贺家村西周墓葬》，《考古》1976 年 1 期。

M103[①],67 张家坡 M105[②],83 王家河墓[③],75 寺沟 M1[④],67 张家坡 M115[⑤],78 鲁城 M11[⑥],78 鲁城 M20。[⑦]

64 张家坡墓铜器最多,其中 CVI 式大鼎(7 号)和另一件 DV 式鼎(5 号)有补痕,可能较其他器物为早。中州路 M816 原报告定在西周中期而与长囟墓近似,但从簋、盉看似乎更晚,两件鼎则与张家坡 M103∶1 属同类。由于本期资料较少,对组合特点尚难深入讨论。在论述器形特征时,我们补充了两组窖藏铜器。痶器四十三件,很多器形与墓葬所出相同,年代属于懿、孝时期;[⑧]散伯车父器十一件,与贺家村 M3 铜器属同人制作[⑨],也被认为在西周中期。[⑩]

组合特点

1. 出鼎、簋的组合见中州路 M816 及上康村 M2,都是同形的两鼎两簋相配,前者另有一盉。

2. 鼎、盨相配见于 64 张家坡墓及贺家村 M3。前者出三鼎四盨二壶,后者出一鼎二盨(墓被盗,器类可能不全)。以盨代簋是这一时期的新现象。

3. 寺沟 M1 等墓单出一鼎。这种形式在西周始终存在。

器形特点

CVI 式鼎胎体厚重,粗柱足中段细、两端粗(附图一,118)。DV 式鼎流行,腹浅垂,底较平,半圆形足,饰宽线条的回首夔纹(附图二,120)。DIV 式鼎浅腹,足矮小,饰弦纹(附图二,119)。E 型半球腹鼎开始出现,EI 式蹄足细小(附图二,122),EII 式鼎口部带流(附图二,123)。散伯车父鼎浅垂腹,足根有兽面,饰窃曲纹(《陕铜》三)。

本期的 BIII 式簋体甚低矮,饰回首夔纹或鸟纹(附图三,124)。痶器中的方座簋束颈,垂腹,饰重环纹和直棱纹(《陕铜》二)。散车父簋鼓腹有盖,圈足下有三小足(《陕铜》三)。

盨是新器类。I 式盨椭圆腹,圈足下有四小足,饰瓦纹和重环纹(附图五,125)。痶

① 见中国社会科学院考古研究所沣西发掘队:《1967 年长安张家坡西周墓葬的发掘》,《考古学报》1980 年 4 期。
② 同上。
③ 尚友德等:《陕西铜川市清理一座西周墓》,《考古》1986 年 5 期。
④ 刘得祯:《甘肃灵台两座西周墓》,《考古》1981 年 6 期。
⑤ 见注①。
⑥ 山东省文物考古研究所等:《曲阜鲁国故城》,济南:齐鲁书社,1982 年。
⑦ 同上。
⑧ 陕西周原考古队:《陕西扶风庄白一号西周青铜器窖藏发掘简报》,《文物》1978 年 3 期。
⑨ 史言:《扶风庄白大队出土的一批西周铜器》,《文物》1972 年 6 期。
⑩ 刘启益:《西周夷王时期铜器的初步清理》,《古文字研究》(第七辑),北京:中华书局,1982 年。

器的盨也是圈足下有四个小足(《陕铜》二)。II式盨圈足有缺口,无小足(附图五,126)。

墓葬中没有出鬲,微伯鬲比第四期的BII式鬲体更矮,宽平沿,绳纹分上、下两段(《陕铜》二)。

铜盂出现,大口宽沿,双耳衔环,饰菱形纹(附图一一,129),与同期墓葬中的陶盂相仿。微瘐盂同形,但饰弦纹(《陕铜》二)。

IV式壶扁体,颈部饰鸟纹,足饰夔纹,腹饰十字带纹及方钉(附图八,128)。瘐壶细长颈,垂腹,饰重环纹、环带纹和窃曲纹。散车父壶方体,饰十字带纹和垂鳞纹(《陕铜》三)。

瘐器中有一豆,自名"簠",浅平盘,豆柄镂孔(《陕铜》二)。瘐器中还有三件爵,饰重环纹和直棱纹(《陕铜》二),是目前可知年代最晚的爵。

这一时期西周铜器群发生了重要变化,出现许多有特点的新器类和器形。铜器的花纹装饰变成以宽线条的回首夔纹、窃曲纹、环带纹为主,制作规整。现有十一座墓葬的年代大致在恭、懿以后以至夷厉时期,资料所限,尚不宜进一步分期,我们暂分两组。

第一组,中州路M816,上康村M2,张家坡M103、M105,王家河墓,寺沟M1。前两墓出有鼎、簋,其他几墓单出一鼎。主要器形有DIV、DV式鼎,BIII式簋,AV式盉等。

第二组,64张家坡墓,贺家材M3,张家坡M115,鲁城M11、M20。前两墓出鼎、盨,张家坡M115出鼎、盂,后两墓单出鼎。主要器形有EI、EII式鼎,I、II式盨,IV式壶,盂等。

第六期　包括下列13座墓葬:

57上村岭M1820①,57上村岭M1602②,57上村岭M1810③,57上村岭M1601④,57上村岭M1767⑤,78鲁城M46⑥,57上村岭M1819⑦,57上村岭M1715⑧,81新旺村M104⑨,78鲁城M23⑩,57上村岭M1631⑪,81玉村墓⑫,76唐户M3。⑬

---

① 中国科学院考古研究所:《上村岭虢国墓地》,北京:科学出版社,1959年。
② 同上。
③ 同上。
④ 同上。
⑤ 同上。
⑥ 见山东省文物考古研究所等:《曲阜鲁国故城》,济南:齐鲁书社,1982年。
⑦ 见注①。
⑧ 见注①。
⑨ 见中国社会科学院考古研究所沣西发掘队:《1979—1981年长安沣西、沣东发掘简报》,《考古》1986年3期。
⑩ 见注⑥。
⑪ 见注①。
⑫ 庆阳地区博物馆:《甘肃庆阳地区出土的商周青铜器》,《考古与文物》1983年3期。
⑬ 开封地区文管会等:《河南省新郑县唐户两周墓葬发掘简报》,《文物资料丛刊》(2),北京:文物出版社,1978年。

上村岭虢国墓地的下限被断定为公元前 655 年晋攻上阳灭虢之年[①]，相当于东周早期。郭宝钧先生全数列在东周，而林寿晋先生则将其中的三十一墓(包括了铜器墓的绝大部分)定在周宣王及其前后。[②] 随着东、西周之际铜器群的新发现，特别是丰镐、周原地区西周晚期铜器和陶器的辨认，我们可以有条件对这批资料重新作些剖析。近年已有学者注意到这个问题，提出了一些有益的意见。[③] 这批墓葬显然不属一个时期。[④] 本文选出其中八座，结合其他资料，作为西周铜器分期的最后一期。

组合特点

1. 鼎、簋、甗、鬲、壶、盘、匜是规格比较高的组合形式。上村岭 M1820 的组合最规整；M1602 不出甗，其余大致相同；M1810 不出匜而出盉。这三墓的器形配置也有很大的共性，其组合特点应有普遍意义。

2. 食器的数量和种类增多。上村岭 M1820 出铜礼器十九件，其中食器十三件；M1602 出铜器十一件，其中食器九件。种类有鼎、簋、甗、鬲、豆、盨、簠等，其中鼎、簋、鬲是主体。鼎、簋往往多件成列，鼎取奇数，簋取偶数，这与文献记载的列鼎制度相合。鬲也多件成列，一般两两成对，件数或与簋同。与此相反，酒器尊、卣、爵、觯则不见。[⑤]

3. 水器盘、匜是复合组合的重要单元，上村岭大中型墓几乎都出一盘一匜。个别墓葬也沿用盘、盉相配的传统。

4. 铜豆成为常见器类。这与西周晚期陶器群的组合是相应的。从第六期开始，以至整个东周时期，豆一直是铜器群中的重要器类。

5. 上村岭 M1767 等墓出盘、匜。这种只以水器随葬的简单组合，在以前的周墓中不见。

6. 鼎、簋的简单组合见于鲁城 M46，是周墓中最晚的例子。

器形特点

DVII 式鼎出自上村岭 M1819、M1715，在新旺村 M104 中与西周晚期陶器共存。这

① 见中国科学院考古研究所：《上村岭虢国墓地》，北京：科学出版社，1959 年；林寿晋：《上村岭发掘的学术贡献》，《香港中文大学中国文化研究所学报》(第九卷)，1978 年。

② 林寿晋：《〈上村岭虢国墓地〉补记》，《考古》1961 年 9 期。

③ 李学勤：《东周与秦代文明》，北京：文物出版社，1984 年；中国社会科学院考古研究所：《新中国的考古发现与研究》，北京：文物出版社，1984 年。

④ 我们认为出土铜礼器比较多的墓中，M1820、M1602、M1810 较早；M1052、M1689 较晚，M1705、M1721 最晚。

⑤ 第四期某些器类较全的墓已无成套尊、卣，似乎反映了这种倾向。传世铜器中属于恭懿以后的也非常少，匡卣(《三代》十，二十五，1)是懿王器，惜无图形；疾器中的爵年代最晚，但同时期的随葬铜器群中未必有这类酒器。因第五期资料较少，这两套酒器的年代下限还不好确定。

种鼎腹壁内弧，半圆形高足，花纹粗简（附图二，130）。EIII 式鼎居多，深腹敛口，蹄足肥大（附图二，131）。EIV 式鼎腹不足半球，立耳，足直、高且有扉棱（附图二，132）。EV 式鼎深腹超过半球，三矮蹄足（附图二，133），很有特点。[①]

簋都是 DV 式，鼓腹有盖，圈足下三小足（附图四，134）。这种簋在西周中晚期非常流行。

B 型甗上体为长方形，下体四足不分裆，饰窃曲纹和兽带纹（附图四，135）。

BIV 式鬲短颈，宽平沿，饰象首纹，很有特点（附图五，136）。[②] BV 式鬲形近 BIV 式，但无扉棱，制作亦粗糙（附图五，137）。

V 式盘与匜相配。V 式盘腹浅，附耳紧连口沿，圈足下三小足，饰窃曲纹（附图一一，145）。匜口沿呈弧形，流前伸较长，饰窃曲纹和瓦纹（附图一一，146），是这一时期出现的新器形。

V 式壶多见，双兽耳衔环，体矮，制作粗糙（附图八，143）。

II 式豆盘浅平，壁陡直，高柄中部有凸棱，与晚期陶豆形制相似（附图六，141）。

本期铜器的装饰花纹主要有窃曲纹、重环纹、垂鳞纹、兽带纹，纹路一般较宽。

以上我们进行分期的九十六组铜器反映了目前所见西周随葬铜器群的基本面貌。在第一期到第六期的年代序列中，铜器群组合形式和器形演变的基本脉络是清楚的，各期的特点是明确的，据此，我们绘制了黄河流域西周墓葬出土青铜礼器分期图（附图），供对照参考。

共存陶器

陶器的形制变化较快，其年代也易由地层关系获得证明，因此确认陶器的演变序列就成为研究一个文化发展演进过程的基础性工作。根据共存陶器把不同文化或者不同文化时期的铜器相区别，乃是铜器研究中一个有效的考古学方法，它可以使我们获得若干实证性的依据。

西周时期的考古分期，首先是丰镐地区随葬陶器的分期。《沣西发掘报告》（以下简称《沣西》）将张家坡和客省庄的一二七座墓葬分为五期[③]，《1967 年长安张家坡西周墓

---

① 传世的这类鼎可举颂鼎（《大系》图一〇）、大鼎（《大系》图一三）等，时代略早。

② 从第四期的 BII 式鬲到微伯鬲，再到 BIV 式，器形逐渐变低，绳纹由不分段变为分段，再变为象首纹。

③ 见中国科学院考古研究所：《沣西发掘报告》，北京：文物出版社，1963 年。

葬的发掘》(以下简称《张家坡》)又将张家坡的一〇一座墓葬分为六期。[①] 由此建立的西周陶器分期序列经大量资料的验证是可靠的,并对其他地区的分期具有标尺作用。

我们列入各期的墓葬中,六十一座有共存陶器,它们很多集中在丰镐地区。两个报告曾对十五座出土铜礼器的墓葬依据陶器进行分期,本文论及其中十墓,其对应关系如下:

《沣西》	《张家坡》	墓　号	本文分期
	二期	67 张家坡 M16 67 张家坡 M28 67 张家坡 M54 67 张家坡 M85 67 张家坡 M87	一期
一期		57 张家坡 M178 57 张家坡 M162	二期 三期
	五期	67 张家坡 M103 67 张家坡 M105 67 张家坡 M115	五期

下面,就各期墓葬的共存陶器作概要的分析。

第一期　可举 67 张家坡 M54、M85、M16、M28、M87,79 张家坡 M2,77 客省庄 M1。除张家坡 M87 和客省庄 M1 单出一鬲外,组合形式有鬲、罐和鬲、簋、罐两种。陶鬲,第一种高斜领,锥足高裆,见张家坡 M54、M85;第二种高领卷沿,乳状袋足,见张家坡 M87、M16(附图一二,147),《张家坡》称 III 式鬲;第三种低裆深瘪,见张家坡 M28、M16(附图一二,148)、M2 和客省庄 M1,《张家坡》称 IV 式鬲。陶簋,高圈足,斜腹,短颈出肩,见张家坡 M16(附图一二,149)。陶罐,一种小口圆肩鼓腹,素面磨光,见张家坡 M54、M2,《张家坡》称 I 式罐;另一种小口斜肩,下腹饰绳纹和弦纹,见张家坡 M28。

第二期　可举 57 张家坡 M178,60 张家坡 M101,76 张家坡 M3,61 张家坡 M307、M404,河迪村墓。组合以鬲、簋、罐为主,个别墓单出鬲或簋、罐。陶鬲,一种瘪裆较深,足断面近乎三角形,见张家坡 M101(附图一二,151);另一种瘪裆较浅,锥足较高,见张家坡 M3 和 M404。陶簋,一种敞口斜壁,饰绳纹,见张家坡 M3、M178 和 M101(附图一

① 《张家坡》第一期鬲、罐组合,时代在灭殷以前;第二期相当于《沣西》第一期,鬲、簋、罐组合,属西周初年以至成康时期;第三期相当于《沣西》第二期,也是鬲、簋、罐组合,时代属于穆王前后;第四期鬲、盂、豆、罐组合,时代属懿、孝时期;第五期相当于《沣西》第三、四期,鬲、盂、豆、罐组合,时代属厉王前后;第六期相当于《沣西》第五期,盂、罐、豆组合,时代在宣、幽时期。见中国社会科学院考古研究所沣西发掘队:《1967 年长安张家坡西周墓葬的发掘》,《考古学报》1980 年 4 期。

二,152),《张家坡》称I式簋;另一种直腹高圈足,饰弦纹,《张家坡》称II式簋。陶罐,张家坡M3:6圆肩,饰弦纹;M3:7圆肩饰绳纹。张家坡M101出三罐,两件小罐小口圆肩,弦纹作台阶状(附图一二,153);另一件大口卷沿,饰绳纹(附图,154)。

第三期 可举57张家坡M162,76云塘M10、M13、M20,73贺家村M5、M6。张家坡M162:29鬲体矮,卷沿弧裆,有六条扉棱,即所谓"仿铜鬲";M162:11鬲分裆,实足根明显。云塘墓与贺家村墓同在周原。云塘墓的陶器组合为鬲、簋、罐和鬲、罐、瓿。鬲都瘪裆:II式鬲(依原简报,下同)高领浅腹,绳纹很粗,出自M20;III式鬲深腹卷沿,绳纹很细,有三个扉棱,出自M13(附图一二,156);IV式鬲平沿短颈,出自M10。贺家村M5的鬲卷沿,弧裆,锥足较高,与《张家坡》V式鬲相同。云塘墓陶簋有两类,I、II式簋敞口斜壁矮圈足,基本同于《张家坡》I式簋,其中II式簋素面,如M13所出(附图一二,157);III式簋直壁高圈足,如M10:7簋。云塘墓陶罐有两类,II式罐斜肩饰绳纹,出自M13(附图一二,158、159);IV式罐小口短颈,圆肩饰数道弦纹,出自M10,贺家村墓的罐也是此类。贺家村墓还出陶豆。

第四期 可举81花园村M15、M17,54长囟墓,54普渡村M2,78齐家村M19。齐家村M19的陶器与丰镐地区基本相同。陶鬲,仿铜鬲最为普遍,体矮裆低,折沿,有三个扉棱,见花园村M15、长囟墓、齐家村M19;另一种鬲弧裆显瘪,见齐家村M19。陶罐,主要形态是一种小口罐,见花园村M17、长囟墓及齐家村M19。这种罐圆折肩饰多道成组弦纹,或有乳钉(附图一二,160)。另一种大罐折肩明显,弦纹之间饰绳纹,见花园村M15。陶簋,花园村M17簋圈足较高,饰多道弦纹及乳钉纹(附图一二,161);普渡村M2:22大敞口,饰弦纹。花园村两墓出多件瓿,敞口带盖(附图一二,162、163)。齐家村M19出豆,柄部有一周凸弦纹。这种豆在《张家坡》中称II式豆。

第五期 可举67张家坡M103、M105、M115,57上康村M2,75寺沟M1。陶鬲,张家坡M103、M105鬲体矮,模制袋足,饰粗绳纹(附图一二,164),《张家坡》称VII式"疙瘩鬲";上康村M2及寺沟M1出"仿铜鬲",宽折沿,裆较低。张家坡M115的"仿铜鬲"裆部下垂,足已变成三个小尖状(附图一二,165)。

第六期 可举81新旺村M104。此墓出DVII式铜鼎,陶器的组合为盂、罐、豆。盂折肩明显,同《张家坡》的III式盂。陶罐小口侈唇,广肩饰多道弦纹(附图一二,166)。陶豆浅盘细柄无凸棱,同《张家坡》的IV式豆。

前举第一期各墓多属于《张家坡》二期。第二期的张家坡M178属《沣西》一期,其他各墓共存的鬲、簋、罐也都是《张家坡》二期或《沣西》一期的常见器形。《张家坡》二期墓被推定在西周初年至成康时期。这与第一、二期铜器群的时代基本相合。

我们认为第一期铜器群早于第二期，其共存陶器也多是《张家坡》二期偏早的，如张家坡 M54、M85 的高斜领陶鬲，M2 的高领瘪裆鬲，M87、M16 的 III 式鬲，M54 等墓的 I 式罐，M16 的 V 式高足簋等等。它们与早周陶器有着更直接的继承关系，在张家坡墓地又常常共出，除上述各墓还可举 M91、M72、M34、M71 等墓。[①] 看来，这类陶器群有其典型的时代意义，我们可以提出来作为《张家坡》二期墓葬中最早的一部分，大约是周初较短时期的遗存。

第三期张家坡 M162 的陶器似乎较晚。M162 的"仿铜鬲"与《张家坡》三期 M62∶2 鬲相似，另一件鬲可能是晚期墓中疙瘩鬲的前身。贺家村墓陶器也与《张家坡》三期陶器相似。云塘墓的瘪裆陶鬲、圆肩小罐及斜肩绳纹罐均有早期特点。但另一方面，云塘墓的鬲口沿较平，出现扉棱，罐肩饰成组弦纹，敞口簋素面无纹等，属明显晚期特征。云塘墓的陶器似属于西周早期偏晚阶段，与铜器群时代相当。

《沣西》曾认为长囟墓、普渡村 M2 的共存陶器与其第二期陶器年代相当。在花园村 M17、M15 及齐家村 M19，第四期铜器群又与类似于长囟墓的陶器群共存。1954 年发掘的普渡村 M1 的陶器群与花园村 M17、M15 基本相同，可以说明普渡村 M2 的时代。[②] 共存陶器的主要形态均见于《张家坡》三期或《沣西》二期墓，年代应该相当。这众多的器群共存关系表明以前把《张家坡》三期和《沣西》二期墓定为穆王前后是正确的。当然有些墓葬的年代也可能早到昭王时期。

第五期的共存陶器是《张家坡》五期的典型器形，年代相当。另有 57 张家坡 M420 的陶器可以参考。[③]

第六期新旺村 M104 的陶器群同于《张家坡》六期的典型陶器群。

综上所述，第一、二期铜器群与相当于《张家坡》二期的陶器群共存(其中第一期铜器群与《张家坡》二期偏早的一些陶器群共存)，第三、四期铜器群与相当于《张家坡》三期的陶器群共存，第五、六期铜器群与相当于《张家坡》五、六期的陶器群共存。这种情况表明，铜器群的分期序列是基本正确的，各期之间不致被颠倒。同时，铜器的分期也给陶器研究某些启示，为推断陶器的年代补充了论据。两者可以相互参证，当然作为分期又不必一定相同。

---

① 见中国社会科学院考古研究所沣西发掘队：《1967 年长安张家坡西周墓葬的发掘》，《考古学报》1980 年 4 期。

② M1 在 M2 之南 0.3 米，排列恰似 67 张家坡 M103 和 M104，在丰镐地区这类墓葬一般是同时的。M1 出土鬲、簋、罐共十八件。见陕西省文物管理委员会：《长安普渡村西周墓的发掘》，《考古学报》1957 年 1 期。

③ 此墓出一鼎，按其花纹及报告的描述可能是第五期铜器群中流行的 DV 式鼎，共存陶器有鬲、盂、罐多件，被定为《沣西》四期。见中国科学院考古研究所：《沣西发掘报告》，北京：文物出版社，1963 年。

年代

基于对铜器群分期及共存陶器的认识，参照一些年代比较可靠的有铭铜器。我们把六期的年代推断如下。

第一期　大约相当于周初武王和成王早年。第一期铜器群与晚商铜器有某些联系，共存的陶器也较早，其年代大约在周初一个短暂的时期内。张家坡 M87、M54 等墓的 AI 式鼎同于成王时的献侯鼎(《大系》图一)，燕侯旨鼎(《大系》图二)也是这种形制。各墓所出 AI 式卣，特别是张家坡 M87 的 AI 式卣盖、颈饰夔纹以连珠纹镶边，加上同出的 AI 式尊，与成王早年的保尊(《断代》一，图版贰)、保卣(《断代》一，图版壹)相似。本期的 CI 式方座簋与武王时期的大丰簋(《通考》二九八)、利簋(《文物》1977 年 8 期)相似，传世的德簋(《断代》二，图版拾陆)也是这种形制。

第二期　大约相当于西周早期成王、康王时期。66 贺家村墓出土一件史䛗簋，有长铭，与传世的史䛗簋(《筠清》五，11;《考古》1972 年 5 期，46 页图一)完全相同，郭沫若先生初定康王，唐兰先生认为作于康王十二年。[①] 竹园沟 M4、白草坡 M1 等墓所出腹饰直棱纹，颈足饰圆涡纹的 BII 式簋同于成王时的康侯簋(《断代》一，图版叁)。AIII 式尊是本期独特的器形，辛村 M60：5 尊有长铭，陈梦家先生认为作于成王或成、康之际；琉璃河的复尊与此同形，也被认为是康王时器。[②]

第三期　大约相当于西周早期昭王前后。我们通过组合、器形的排比认为第三期铜器群早于第四期，第四期包含有穆王时期的铜器群，那么第三期就应早于穆王。第三期常见的 DII 式素面鼎与㢭鼎(《十六》一，17)、伯𡨦鼎(《断代》三，图版贰右)及𤔲鼎(《賸稿》7)相同。㢭鼎是昭王时器[③]，伯𡨦鼎作于召公既殁之后，或以为祭召公之器均不早于康昭之际。[④] 本期的 CII 式簋极似昭王时的过伯簋(《梦郼》上 24)。琉璃河 M1026 的 DI 式簋类似昭王时的䧹簋(《大系》图八〇)。云塘 M13 的尊、卣同于召尊、召卣，丰姬墓的尊、卣同于睘尊、睘卣，这些都被认为属于昭王时期。[⑤]

第四期　大约相当于西周中期穆王前后。长囟墓的大部分铜器是墓主所作，盉铭“穆王在下淢应(居)……穆王蔑长囟吕(以)逨(?)即邢怕”，年代明确属于穆王时期。伯

① 唐兰：《史䛗簋铭考释》，《考古》1972 年 5 期。
② 晏琬：《北京辽宁出土铜器与周初的燕》，《考古》1975 年 5 期。
③ 唐兰：《论周昭王时代的青铜器铭刻》，《古文字研究》(第二辑)，北京：中华书局，1981 年。
④ 晏琬：《北京辽宁出土铜器与周初的燕》，《考古》1975 年 5 期。
⑤ 见注③；李学勤：《西周中期青铜器的重要标尺》，《中国历史博物馆馆刊》1979 年 1 期。

㦰墓的大部分铜器与传世的录㦰尊、卣(《大系》图一七三)、录簋(《大系》图八三)、录伯㦰墓(《大系》图三五)同人,它们也被定在穆王时期。齐家村 M19 的 BIII 式簋同于县妃簋(《大系》图六五),DII 式鼎同于㪤鼎(《大系》图七)、刺鼎(《通考》五五),一尊一卣同于免尊(《大系》图二〇五)、录㦰卣(《大系》图一七三)、甗同于遇甗(《大系》图四六)。这些铜器也大都属于穆王时期。本期的 DIII 式簋同于穆王时的遹簋。

第五期　大约在恭、懿以后到夷、厉之间。第一组墓葬的 DV 式鼎同于恭王十五年趞曹鼎(《断代》六,图版壹下),DIV 式鼎接近恭王七年的趞曹鼎(《断代》六,图版壹上),其年代可能在恭、懿、孝时期。第二组墓葬的 EI、EII 式鼎同于夷厉时期的鬲攸从鼎(《大系》图二二)、颂鼎(《通考》七一)、多友鼎[1],其年代可能在夷厉时期。64 张家坡墓的 CVI 式鼎极似恭王时的师䄅鼎(《陕铜》三,一〇五),此鼎与同出的 DV 式鼎有补铸痕,可能较其他铜器略早,四件盨同于传世的鬲从盨(《大系》图一三〇)。

第六期　大约相当于西周晚期宣王、幽王时期。上村岭 M1631 的 BIV 式鬲铭"虢季氏子攺宝鬲,子子孙孙永宝用享",郭沫若先生认为与虢文公子㚤鼎(《梦郼》)同人,即《史记·周本纪》宣王"不修籍于千亩,虢文公谏"的虢文公。[2] 这种 BIV 式鬲多见于本期各墓。而虢文公鼎即本期最常见的 EIII 式鼎,宣王时的毛公鼎(《大系》图二三)也是这种形制。本期有三足的 V 式盘与周原地区宣幽时期窖藏出土的铜盘相同。

结　　语

西周一代 250 余年中,铜器群的变化是显著的。第一期新旧交替,一方面组合、器形与晚商保持着重要联系,另一方面只出爵、觯的铜器群也已出现。第一期与《张家坡》二期偏早的陶器群共存,时代大约在武王和成王早年。第二期周人的随葬铜器群发展成熟,与晚商的区别显而易见,觚不多用,爵、觯的固定配置开始流行,并出现很多新器形。第二期与《张家坡》二期的陶器共存,年代大约在成康时期。在第三期即昭王前后,铜器群发生了重要变化,大多数器物趋于低矮,鬲常常出现。变化的结果形成了第四期典型的西周中期铜器群,壶及盘、盉的固定配置常见,铜器群中出现大批有时代特点的器形。第四期与《张家坡》三期的陶器群共存,年代在穆王前后。第五期与《张家坡》五

① 李学勤:《论多友鼎的时代及意义》,《人文杂志》1981 年 6 期。
② 郭沫若:《三门峡出土青铜器二三事》,《文物》1959 年 1 期。

期陶器共存，年代在恭懿以后到夷厉时期。大约在这期间，铜器群又发生了重要变化，殷商以来大量酒器随葬的传统告终，尊、卣、爵、觯不见，而食器的比例大大增加。其结果产生了第六期鼎、簋、甗、鬲、豆、壶、盘、匜并出盨、簠的组合，已经类同于东周早期的铜器群。第六期与《张家坡》六期陶器群共存，年代在宣幽时期。

本文对西周随葬铜器群的研究仅是初步的，有些问题尚待进一步探讨。个别期的资料还比较少，每期中各类组合的墓葬又不完全齐备，共存陶器的资料也有待补充。我们相信，将来铜器群的不断出土会使西周铜器的分期更加准确与科学，而联系墓葬、窖藏以及传世铜器进行研究，又会使很多问题更加明了。

引用文献简称

《殷墟》　中国社会科学院考古研究所：《殷墟青铜器》，北京：文物出版社，1985 年。

《柉禁》　梅原末治：《柉禁の考古学的考察》，1933 年。

《澂秋》　孙壮：《澂秋馆吉金图》，1931 年。

《大系》　郭沫若：《两周金文辞大系图录考释》，1957 年。

《美劫》　中国科学院考古研究所：《美帝国主义劫掠的我国殷周青铜器集录》，1963 年。

《通考》　容庚：《商周彝器通考》，1941 年。

《賸稿》　孙海波：《河南吉金图志賸稿》，1939 年。

《中国》　文物出版社：《中国古代青铜器选》，1976 年。

《尊古》　黄濬：《尊古斋所见吉金图》，1936 年。

《断代》　陈梦家：《西周铜器断代》，《考古学报》九、十册（1955 年），1956 年第 1—4 期。

《陕铜》　陕西省考古研究所等：《陕西出土商周青铜器》，1979—1984 年。

《三代》　罗振玉：《三代吉金文存》，北京：中华书局，1983 年。

《沣西》　中国科学院考古研究所：《沣西发掘报告》，1963 年。

《筠清》　吴荣光：《筠清馆金文》，道光 32 年。

《梦郼》　罗振玉：《梦郼草堂吉金图》，1917 年。

《十六》　钱坫：《十六乐堂古器款识考》，嘉庆元年。

附表　黄河流域西周墓葬出土青铜礼器统计表

墓号	分期	随葬青铜礼器	共存陶器	备注
67长安张家坡M87	一	AI鼎、CII鼎、BII簋、AI尊、AI卣、II觚、II爵2、斗，计9件	鬲	见《考古学报》1980.4
84长安沣西M15	一	CI鼎、AI簋、AII尊、II觚、I爵，计5件	鬲	见《考古》1987.1
63长安马王村墓	一	AI鼎、鼎、AI簋、AI甗、AI卣、I觚、I爵2、I觯，计9件		见《考古》1963.8
61长安张家坡M106	一	CI鼎、AI簋、AI尊、I觚、I爵、I觯，计6件		见《考古》1984.9
56耀县丁家沟墓	一	CI鼎、AI尊、I觚、I爵、III觯，计5件	罐	见《文物参考资料》1956.11
56上蔡田庄墓	一	BI鼎、BII簋、AI甗、AI尊、AI卣、II觚、I爵、爵、III觯，计9件	罐、簋、瓿	见《文物参考资料》1957.11
53洛阳3：01墓	一	CI鼎、AI尊、AII卣、II斝、I觚、I爵、爵、III觯，计8件	鬲5、罐5	均铅器，见《考古通讯》1956.1
71洛阳北瑶墓	一	CI鼎、簋、尊、AI卣、I斝、觚、爵2、II觯，计9件	罐	见《考古》1972.2
洛阳钢铁厂工地墓	一	AI鼎、CI鼎、BII簋、AI甗、AI尊、尊、I觚、I爵2、III觯，计10件	罐4	见《考古》1959.4
71泾阳高家堡墓	一	鼎2、CI簋、簋、AI甗、AII尊、AI卣、AIII卣、AII盉、I爵、爵、觯、I盘，计13件	罐	见《文物》1972.7
77陇县韦家庄墓	一	CI鼎、CI簋2、AI尊、AI卣、AI盉、爵、III觯，计8件	罐	见《陕铜》，1979—1984
75郊县西菴墓	一	BI簋、AI尊、I爵、II爵、I觯、I方彝，计6件		见《文物》1977.4
70宝鸡峪泉墓	一	CVIII鼎、BII簋2、AI卣、II觯，计5件		见《文物》1975.3
67长安张家坡M85	一	AII簋、I觚、I爵，计3件	鬲	见《考古学报》1980.4

续 表

墓号	分期	随葬青铜礼器	共存陶器	备注
79 长安张家坡 M2	一	I觚、I爵、I觯,计3件	鬲2、罐	见《考古》1986.3
77 长安客省庄 M1	一	CI鼎、CVII鼎、鼎、AI簋、簋,计5件	鬲	见《考古》1981.1
67 长安张家坡 M54	一	AI鼎、AI簋,计2件	鬲、罐	见《考古学报》1980.4
73 合水兔儿沟 M3	一	AI鼎、BII簋,计2件		见《考古与文物》1983.3
80 淳化史家塬 M1	一	CIII鼎、AI簋、BII簋,计3件		被盗,见《考古与文物》1980.2
58 宝鸡桑园堡墓	一	CI鼎4、鼎3、AI簋2、BII簋、簋2、甗,计13件		见《陕铜》1979—1984
67 长安张家坡 M16	一	I爵、I觯,计2件	鬲2、簋、罐	见《考古学报》1980.4
67 长安张家坡 M28	一	II爵、II觯,计2件	鬲、簋、罐、尊	见《考古学报》1980.4
72 灵台白草坡 M1	二	AII鼎、BI鼎、鼎5、BII簋2、簋、AI甗、AI尊、尊、B卣、C卣、卣、III斝、BI盉、I爵、角、觯、斗2,计23件		见《考古学报》1977.2
72 灵台白草坡 M2	二	BI鼎、鼎、BII簋、簋、甗、尊、C卣、卣、AII盉、II爵、III觯,计11件	瓷豆、罍	见《考古学报》1977.2
81 宝鸡竹园沟 M4	二	BII鼎、BIII鼎、CI鼎3、DI鼎2、鼎、BII簋3、AI甗、AI鬲2、C尊、B卣、D卣、I爵、II觯、III觯、觯、II盘、斗,计23件	罐、盉	另有铜罐、盘形器,见《文物》1983.2
61 鹤壁庞村墓	二	CI鼎2、DI鼎、BII簋3、AI甗、AI鬲、AII尊、E卣、AI盉、I爵2、II爵、觯、斗,计16件		见《文物资料丛刊》(3),1980
66 岐山贺家村墓	二	AI鼎、BI鼎2、CIII鼎、BII簋、B卣、角、I罍、斗、调色器,计17件		其中7件不明何器,见《陕铜》,1979—1984
76 襄县霍家村墓	二	CI鼎、BII簋、AIII尊、AI卣、I爵2、觯,计7件	罐2、瓷罍	见《文物》1977.8

续　表

墓　号	分期	随葬青铜礼器	共存陶器	备　注
78长安河迪村墓	二	AI鼎、鼎、BII簋2、AII尊、II爵、III觯，计7件	簋、罐	见《文物资料丛刊》(5)，1981年
73北京琉璃河M50	二	AI鼎、AI鬲、AII尊、I爵、III觯，计5件	罐4	见《考古》1974.5
73北京琉璃河M52	二	CI鼎、鬲、AIII尊、爵2、觯，计6件	簋、罐11、釉陶豆3、釉陶罐	见《考古》1974.5
33濬县辛村M60	二	C鼎、BII簋、AI甗、AIII尊、AIV卣、I爵，计6件	鬲	见《濬县辛村》，1964
75扶风召李M1	二	鼎、AIII卣、B卣、III觯，计4件	鬲、簋、罐	见《文物》1976.6
64洛阳庞家沟M1	二	DI鼎、鼎、BII簋、AI甗、III觯，计5件	瓷豆	被盗，见《文物》1972.10
76宝鸡竹园沟M1	二	DI鼎2、鼎3、BII簋2、簋、I爵，计9件	鬲3、罐6	另有铜罐4、盘形器，见《考古》1978.5
57长安张家坡M178	二	DI鼎、BII簋，计2件	鬲、簋、罐	见《沣西》，1963
60长安张家坡M101	二	DI鼎、BII簋，计2件	鬲、簋、罐3、壶	见《考古》1962.1
76长安张家坡M3	二	鼎、BII簋，计2件	鬲、簋、罐	见《考古》1981.1
81固原孙家庄M1	二	DI鼎、BII簋，计2件	鬲	见《考古》1983.11
61长安张家坡M307	二	I爵、III觯，计2件	鬲2、簋、罐	见《考古》1984.9
61长安张家坡M404	二	II爵、III觯，计2件	鬲、簋、尊	见《考古》1984.9
60扶风齐家村M8	二	I爵、III觯，计2件	簋	见《考古》1963.12

续　表

墓号	分期	随葬青铜礼器	共存陶器	备注
72扶风刘家村丰姬墓	三	CI鼎2、CII鼎、BII簋2、BIV簋、AI甗、AIII鬲、AI尊2、AIV卣2、卣、盉、I壶、I爵、III觯3、盘，计20件	鬲、簋、罐	盘、盉及一卣为铅器，见《陕铜》，1979—1984
76扶风云塘M20	三	DI鼎、BII簋、CII簋、AIII鬲、AI尊、AIV卣、I爵、II爵，计8件	鬲4、罐4、瓿2	见《文物》1980.4
76扶风云塘M10	三	BVIII鼎、BI尊、I爵、III觯，计4件	鬲6、簋4、罐8	见《文物》1980.4
76扶风云塘M13	三	DII鼎、AIII鬲、AIII尊、AIV卣、I爵、II爵、IV觯，计7件	鬲4、簋4、罐6	见《文物》1980.4
79济阳刘台子墓	三	DII鼎、BIII簋2、AIII鬲、IV觯，计5件	鬲、罐	见《文物》1981.9
57洪赵永凝东堡墓	三	DII鼎、BII簋2，计3件		见《文物参考资料》1957.8
73岐山贺家村M5	三	DII鼎、BII簋，计2件	鬲	见《考古》1976.1
81北京琉璃河M1026	三	DII鼎、DI簋，计2件		不知是否全数，见《考古》1984.5
73岐山贺家村M6	三	BIII簋、AII鬲，计2件	鬲2、簋、罐2、豆、瓷豆	见《考古》1976.1
78滕县墓	三	CII簋、簠、AIII鬲，计3件		见《文物》1979.4
71扶风齐镇M1	三	CI鼎、AII鬲，计2件		见《陕铜》，1979—1984
71扶风齐镇M2	三	DII鼎、AII鬲，计2件		见《陕铜》，1979—1984
74洛阳北瑶M13	三	II爵、IV觯，计2件		见《文物》1981.7
74洛阳北瑶M29	三	I爵、IV觯，计2件		均铅器，见《文物》1981.7
57长安张家坡M162	三	DII鼎	鬲2	见《沣西》，1963

续　表

墓　号	分期	随葬青铜礼器	共存陶器	备　注
54 长安普渡村长囟墓	四	CIV 鼎、DII 鼎 3、BV 簋、簋、AI 甗、BI 鬲、BII 鬲、卣、AIII 盉、I 壶、II 觚、觚、I 爵、爵、II 罍、III 盘、斗，计 19 件	鬲 6、盆、罐 9、三足器 2、瓷豆 4	另有铜钟 3，见《考古学报》1957.1
81 长安花园村 M17	四	BI 鼎、DII 鼎 2、CIII 簋、簋、AI 甗、BI 尊、AV 卣、BII 盉、I 壶、II 壶、I 觚、II 爵 2、IV 觯、III 盘，计 16 件	鬲 5、簋 5、罐 8、瓿 14、罍 4	见《文物》1986.1
81 长安花园村 M15	四	BI 鼎 2、DII 鼎 2、BVII 簋 2、BI 尊 2、AV 卣 2、II 爵 2、IV 觯，计 13 件	鬲 5、簋 2、瓿 10、罍 4	见《文物》1986.1
78 扶风齐家村 M19	四	DII 鼎 2、BIII 簋 2、AI 甗、BI 尊、AV 卣、BI 盉、II 爵 2、IV 觯、III 盘，计 12 件	鬲 4、罐 24、豆 2；另有陶礼器：簋 2、尊、卣、觚 2、爵 2、觯、盉、盘	见《文物》1979.11 及《陕铜》，1979—1984
75 临潼南罗墓	四	DII 鼎 4、BII 簋、BVII 簋、簋、AI 瓿、BI 鬲、BI 尊、AV 卣、AIII 盉、III 盘，计 13 件		见《文物》1982.1
75 扶风庄白伯㦰墓	四	BIV 鼎 2、DII 鼎、BV 簋、BVII 簋、AI 甗、AIII 盉、I 壶、II 爵 2、IV 觯、饮壶 2、IV 盘，计 14 件		见《文物》1976.6
74 宝鸡茹家庄 M1 甲	四	F 鼎 5、BVI 簋 4，计 9 件		见《文物》1976.4
74 宝鸡茹家庄 M1 乙	四	BI 鼎、BIV 鼎、BV 鼎、DII 鼎、F 鼎、GI 鼎、鼎 2、BIII 簋、BV 簋、DIV 簋、簋 2、AI 甗、AII 鬲、BII 鬲、I 豆、豆 3、BII 尊、尊、AV 卣、AIV 盉、I 壶、壶、II 爵、爵、II 觯、III 罍、III 盘、盘、斗、匕 2、鸟兽尊 3、三足鸟 2，计 40 件	罐 8、釉陶罐、瓷豆 2	另有铜钟 3，见《文物》1976.4 及《陕铜》，1979—1984
74 宝鸡茹家庄 M2	四	BIV 鼎、CV 鼎 2、DII 鼎、F 鼎、GII 鼎、BII 簋 2、BVI 簋 2、DIV 簋、AI 甗、AIII 鬲、BII 鬲 2、III 盘、匕 2、鸟兽尊，计 19 件	罐 8	另有熏炉，见《文物》1976.4 及《陕铜》，1979—1984
64 洛阳庞家沟 M410	四	DIII 鼎、BIII 簋、BIII 鬲、I 壶、I 觯、I 罍，计 6 件	瓷豆	被盗，见《文物》1972.10
73 北京琉璃河 M53	四	DII 簋、BI 尊、爵、觯、匕，计 5 件	鬲 6、簋 3、罐 14	见《考古》1974.5
78 元氏西张村墓	四	DII 鼎、E 簋、AII 甗、BI 尊、AV 卣 2、BIII 盉、II 爵、爵、VII 盘，计 10 件		甗、盘、盉为明器，见《考古》，1979.1

续　表

墓号	分期	随葬青铜礼器	共存陶器	备注
82 平顶山北滍墓	四	DII 鼎、BVI 簋、IV 爵、III 觯，计 4 件	鬲、罐 2	见《文物》1984.12
54 长安普渡村 M2	四	CIV 鼎、BII 簋、AIV 鬲 2、D 尊、III 爵 2、斗，计 8 件		见《考古学报》1954.2
72 灵台西岭 M1	四	DIII 鼎、DIII 簋，计 2 件		见《考古》1976.1
54 洛阳中州路 M816	五	DIV 鼎、鼎、BIII 簋、簋、AIV 盉、器盖，计 6 件		见《洛阳中州路》1959
57 扶风上康村 M2	五	DV 鼎、鼎、BIII 簋、簋，计 4 件	鬲 2、罐 3、豆	见《考古》1960.8
64 长安张家坡墓	五	CVI 鼎、DV 鼎、DVI 鼎、I 盨、盨 3、IV 壶、壶，计 9 件		见《考古》1965.9
73 岐山贺家村 M3	五	EII 鼎、II 盨、盨，计 3 件		被盗，见《考古》1976.1
67 长安张家坡 M103	五	DIV 鼎	鬲	被盗，见《考古学报》1980.4
67 长安张家坡 M105	五	DV 鼎	鬲	被盗，见《考古学报》1980.4
83 铜川王家河墓	五	DV 鼎		见《考古》1986.5
75 灵台百里寺沟 M1	五	DV 鼎	鬲	见《考古》1981.6
67 长安张家坡 M115	五	EI 鼎、盂，计 2 件	鬲	另有漆俎、豆、杯等，见《考古学报》1980.4
78 曲阜鲁城 M11	五	EI 鼎	鬲 2、罐 3	见《曲阜鲁国故城》，1982
78 曲阜鲁城 M20	五	EI 鼎		见《曲阜鲁国故城》，1982

续　表

墓号	分期	随葬青铜礼器	共存陶器	备注
57 三门峡上村岭 M1820	六	EIII 鼎、鼎 2、DV 簋、簋 3、B 甗、BIV 鬲、鬲、簠 2、II 豆、VI 壶、壶、V 盘、匜、罐、小罐，共 9 件		见《上村岭虢国墓地》，1959
57 三门峡上村岭 M1602	六	EIII 鼎、EIV 鼎、鼎、簋 4、BVI 鬲、鬲、V 盘、I 匜，共计 11 件		见《上村岭虢国墓地》，1959
57 三门峡上村岭 M1810	六	鼎 5、DV 簋、簋 3、B 甗、BV 鬲、鬲 3、II 豆、C 盉、V 壶、壶、盘，计 19 件		见《上村岭虢国墓地》，1959
57 三门峡上村岭 M1601	六	V 盘、1 匜，计 2 件		见《上村岭虢国墓地》，1959
57 三门峡上村岭 M1767	六	盘、匜，计 2 件		见《上村岭虢国墓地》，1959
78 曲阜鲁城 M46	六	EIII 鼎、DV 簋，计 2 件	鬲	见《曲阜鲁国故城》，1982
57 三门峡上村岭 M1819	六	DVII 鼎、EIII 鼎，计 2 件	盖	见《上村岭虢国墓地》，1959
57 三门峡上村岭 M1715	六	DVII 鼎、EV 鼎，计 2 件		见《上村岭虢国墓地》
81 长安新旺村 M104	六	DVII 鼎	盂 3、罐、豆	见《考古》1986.3
78 曲阜鲁城 M23	六	DVII 鼎	鬲	见《曲阜鲁国故城》，1982
57 三门峡上村岭 M1631	六	BIV 鬲		见《上村岭虢国墓地》，1959
81 宁县玉村墓	六	BIV 鬲、II 盨，计 2 件		见《考古与文物》1983.3
76 新郑唐户 M3	六	BIV 鬲、鬲，计 2 件	鬲	见《文物资料丛刊》（2），1978
57 长安张家坡 M219		鼎	簋、罐	见《沣西》，1963
57 长安张家坡 M420		鼎	鬲、盂、罐 2	见《沣西》，1963
61 长安张家坡 M107		鼎	鬲	见《考古》1984.9

续 表

墓号	分期	随葬青铜礼器	共存陶器	备注
61 长安张家坡 M308		CI 鼎	罐	见《考古》1984.9
61 长安张家坡 M403		DIII 鼎	鬲、簋 2、罐、壶	见《考古》1984.9
67 长安张家坡 M80		I 爵	尊	见《考古学报》1980.4
67 长安张家坡 M82		DI 鼎	簋、罐 2	见《考古学报》1980.4
67 长安张家坡 M91		CIX 鼎	鬲、簋、罐	见《考古学报》1980.4
78 长安张家坡 M1		AI 甗	釉陶豆	被扰，见《考古》1981.1
53 岐山王家咀墓		CI 鼎、BII 簋，计 2 件		见《陕铜》，1979—1984
71 扶风齐镇 M3		BI 鼎 2，计 2 件		见《陕铜》，1979—1984
70 扶风下河村墓		CI 鼎、BII 簋，计 2 件		见《陕铜》，1979—1984
73 扶风刘家村墓		鼎、BVII 簋，计 2 件		见《陕铜》，1979—1984
75 扶风白龙墓		BI 鼎	鬲	见《文物》1978.2
76 岐山贺家村 M112		BV 簋		见《陕铜》，1979—1984
76 岐山贺家村 M113		AI 甗		见《陕铜》，1979—1984
77 扶风齐家村 M1		DII 鼎、BII 簋，计 2 件		见《陕铜》，1979—1984
77 扶风北吕 M251		CI 鼎	鬲、罐	见《文物》1984.7

续　表

墓号	分期	随葬青铜礼器	共存陶器	备注
71 宝鸡茹家庄墓		CI 鼎、CI 簋、AV 卣、II 爵、III 觯，计 5 件		见《考古与文物》1980 年创刊号
63 陇县南村墓		BI 鼎、簋、AI 尊、I 爵，计 4 件		见《陕铜》，1979—1984
74 陇县南坡 M6		AI 鼎、BII 簋、AI 甗、AII 尊，计 4 件		见《文物》1982.2
74 陇县北坡墓		CI 鼎、簋、AI 甗，计 3 件		见《陕铜》，1979—1984
72 灵台洞山 M1		CI 鼎、CIII 鼎、AII 尊，计 3 件		见《考古》1976.1
72 灵台姚家河 M1		CI 鼎、BII 簋，计 2 件	鬲	见《考古》1976.1
73 正宁杨家台墓		CI 鼎、BII 簋，计 2 件		见《考古与文物》1983.3
77 环县双城墓		CI 鼎、AI 鬲，计 2 件		见《考古与文物》1983.3
翼城凤家坡墓		BII 簋、AI 甗、B 卣，计 3 件		见《文物》1963.4
76 屯留城郊墓		CI 鼎、BII 簋，计 2 件		见《考古》1982.6
33 濬县辛村 M29		CI 鼎、BII 簋 2、AI 甗，计 4 件	鬲	见《濬县辛村》1964
33 濬县辛村 M51		AV 盉	鬲、尊、瓿	见《濬县辛村》，1964
33 濬县辛村 M55		CI 鼎		见《濬县辛村》，1964
33 濬县辛村 M76		CI 鼎、BII 簋，计 2 件	鬲	见《濬县辛村》，1964
51 鲁山仓头墓		AI 尊、B 卣、I 爵 2、III 觯，计 5 件		不一定是全数，见《文物参考资料》1958.5

续　表

墓号	分期	随葬青铜礼器	共存陶器	备注
65 归城姜家墓		DII 鼎、鼎、AI 甗、尊、卣、壶、爵 2、觯，计 9 件	罐	见《文物》1972.5
82 滕县滕侯墓		BVII 鼎、EVI 鼎、CII 簋、AIII 鬲、鬲、III 壶，计 6 件	釉陶罐	见《考古》1984.4
83 日照崮河崖 M2		BVI 鼎、鼎、I 壶，计 3 件		见《考古》1984.7
73 北京琉璃河 M54		鼎、簋、盘，计 3 件	鬲 12、簋 5、罐 19、斝、盖 2	见《考古》1974.5
81 北京琉璃河 M1043		I 爵、I 罍，计 2 件		不知是否全数，另有漆觚、漆罍，见《考古》1984.5
75 昌平白浮村 M2		鼎、BV 簋、I 壶，计 3 件	鬲	见《考古》1984.7
75 昌平白浮村 M3		CX 鼎、鼎、AIII 簋、簋，计 4 件	鬲、鼎	见《考古》1976.4
82 顺义金牛墓		DI 鼎、AIII 尊、AII 卣、I 觚、觚、I 爵、爵、III 觯，计 8 件	罐 4	见《文物》1983.11
33 濬县辛村 M5		II 方彝		见《濬县辛村》，1964

说明：随葬青铜礼器栏内拉丁字母表示型，罗马数字表示式；阿拉伯数字表示件数，未注明者为 1 件（共存陶器栏与此同）。随葬青铜礼器栏内未标明型、式者，均未发表图形。备注栏中方括号表示本文参考书目号。

附：黄河流域西周墓葬出土青铜礼器的类别和型式

这里采用的资料限于附表：《黄河流域西周墓葬出土青铜礼器统计表》所列 138 墓出土的 747 件青铜礼器，根据其中发表图形的 573 件区分如下（图形见附图一至一二：《黄河流域西周墓葬出土青铜礼器分期图》，因期别不明或形制特别而未排入分期图者均注明原因出处）：

一、鼎

共195件，发表图形者156件，可分七型。

A型：分裆鼎。10件，分二式。

I式：9件。分裆柱足，腹饰三个饕餮兽面。如67张家坡M87：2（附图一，1），通高20.8、口径16.7—17厘米。

II式：1件。72白草坡M1：4（附图一，27）：分裆柱足，有一段直颈，饰一周带扉棱的饕餮纹，腹饰三个兽面，足根亦饰兽面，高26、口径20.7厘米。

B型：方鼎。23件，分八式。

I式：13件。口作长方形，腹饰四角有长扉棱，或腹中部亦有扉棱。如56田庄墓一鼎（附图一，2），高17、口长16、宽12.8厘米，饰龙纹与乳丁纹。

II式：1件。81竹园沟M4：10（附图一，29）：腹同I式，但足为鸟形扁足，腹饰兽面，高20.3、口长15、宽12厘米。

III式：1件。81竹园沟M4：74（附图一，30）：长方口，腹圆折并且分裆，高15、口长12.5、宽11厘米。

IV式：4件。长方口，腹圆折而且下垂，腹壁斜直，足矮，立耳或附耳，一般有盖，多在沿下饰一周花纹。如75伯㦿墓一鼎（附图一，76），高22.5、口长21.2、宽16厘米。

V式：1件。74茹家庄M1乙：14（附图一，77）：长方形腹，没有扉棱，立耳带盖，素面饰弦纹，高18、口长16.2、宽11.5厘米。

VI式：1件。83峝河崖M2：2（《考古》84.7图版贰1）：足矮小，浅腹附耳，饰窃曲纹，高23.5、口长22.7、宽17厘米。

VII式：1件。82滕侯墓所出（《考古》84.4，图版柒4）：有盖，附耳特高，腹下部外突，底弧突，饰夔龙纹及饕餮兽面，高27、口长11.5、宽16厘米。

VIII式：1件。76云塘M10：4（《文》80.4，图版叁3）：腹圆鼓，颈饰弦纹，高20.6、口长14.1、宽10.2厘米。

C型：圆鼎，腹多圆鼓而深。50件，分十式。

I式：36件。柱足，腹圆鼓，胎体较厚重，沿下饰带扉棱或无扉棱的饕餮纹，或在涡纹之间饰夔纹或四叶纹。如84沣西M15：1（附图一，3），腹较深，腹身上部饰一周圆涡纹间四叶目纹，通高23.3、口径18.9—19.5、腹深11.5厘米。另如81竹园沟M4：11（附图一，31），高28.5、口径23.5厘米，饰涡纹和夔龙纹。

II 式：2 件。形体较大，腹部圆鼓，立耳微外撇，沿下饰带有扉棱的饕餮纹，腹饰三角纹，足根饰兽面。如 67 张家坡 M87：1（附图一，4），足较矮，高 36.5、口径 30 厘米；72 丰姬墓：14（附图一，57）足高一些，高 37.1、口径 30.1 厘米。

III 式：3 件。形体高大，立耳外撇，柱足呈中间细、两端肥的兽足形，颈部饰带扉棱的饕餮纹，足根饰兽面。如 66 贺家村墓一鼎（附图一，32），高 55.5、口径 42 厘米，重 36 公斤；80 史家塬 M1：1（《考与文》80.2，图版伍 1）高 122、口径 83 厘米，腹另有三耳。

IV 式：2 件。形体低矮，颈部内收成槽，饰窃曲纹。如 54 长囟墓：002（附图一，78），高 37.5、口径 31.2 厘米。

V 式：2 件。附耳有盖，盖可反置，腹部圆鼓，柱足矮小，盖及腹上部各饰一周回首夔纹。如 74 茹家庄 M2：2（附图一，79），高 21、口径 17 厘米。

VI 式：1 件。64 张家坡墓：7（附图一，118）：形体高大，胎壁厚重，柱足很粗，略呈兽形，素面，高 46.7、口径 35.6 厘米。

VII 式：1 件。深腹，口部外敞。77 客省庄 M1：7（《考》81.1，图版贰 1），颈饰细线饕餮纹，高 18.8、口径 15.2 厘米。

VIII 式：1 件。70 峪泉墓一鼎（《文》75.3，图八 2），深垂腹，口小，三粗柱足，沿下一周蚕纹，腹为蝉纹，通高 24、口径 19、腹周 58 厘米。

IX 式：1 件。67 张家坡 M91：4（《学报》80.4，467 页图一五 1）：腹圆鼓，素面无纹。

X 式：1 件。75 白浮村 M3：8（《考》76.4，图版贰 5）：明器小鼎，高 14.3、口径 13 厘米。

D 型：圆鼎，腹下垂近似袋形，底部较平。54 件，分七式。

I 式：12 件。浅腹宽平沿，胎壁很薄，沿下饰六个宽线条的兽面和六条扉棱，足根饰兽面。如 81 竹园沟 M4：78（附图二，33）。

II 式：27 件。腹较 I 式为深，窄平沿，腹下部明显外突，有的甚至出现反弧。这种鼎很多是素面的，如云塘 M13：13（附图二，58），高 20.2、口径 17.5 厘米，有的饰一周饕餮纹、夔龙纹或鸟纹，如长囟墓：6（附图二，81），高 28.8、口径 25.7 厘米。

III 式：3 件。腹形同于 II 式，但足为兽形，素面饰二周弦纹。如 72 西岭 M1：14（附图二，82），高 18、口径 16 厘米。

IV 式：2 件。腹特浅，体矮足细短，底近平，器宽大于器高。如 54 中州路 M816：37（附图二，119），高 14.5、口径 14.8 厘米，饰二道弦纹。

Ⅴ式：5件。腹浅，足短小，断面为半圆形，沿下一律饰宽线条的回首夔纹。如64张家坡墓：5(附图二，120)，高25.2、口径23.6厘米。

Ⅵ式：1件。64张家坡：6(附图二，121)：腹形似Ⅴ式，但足为短小的兽形足，足断面亦为半圆形，沿下饰窃曲纹，高21.8、口径21.1厘米。

Ⅶ式：4件。敛口，底近平，两耳外撇，三个小兽形足。沿下已出现反弧，故下腹显得圆鼓。如81新旺村M104∶1(附图二，130)，沿下饰三角雷纹，间隔以圆涡纹，通高18、口径17、腹径19厘米。

E型：圆鼎，腹弧为半球形。10件，分五式。

Ⅰ式：3件。腹为准半球，蹄形足细小，饰弦纹或重环纹、窃曲纹。如67张家坡M115∶2(附图二，122)，饰两周弦纹，高18.5、口径18.7—19.5厘米。

Ⅱ式：1件。73贺家村M3∶1(附图二，123)：形同Ⅰ式，口上有流，饰重环纹，高17厘米。

Ⅲ式：4件。腹较深，口部内敛，蹄足肥大，饰重环纹或窃曲纹。如57上村岭M1820∶10(附图二，131)，饰窃曲纹，高27.3、腹径26.5厘米。

Ⅳ式：1件。57上村岭M1602∶148(附图二，132)：腹浅，足直高，足根有扉棱，沿下饰一周窃曲纹，高25.8、腹径23.6厘米。

Ⅴ式：1件。57上村岭M1715∶1，(附图二，133)，深腹超过半球，立耳，三矮短兽足，高25.6、腹径23.5厘米。

F型：罐腹鼎。7件，均出自茹家庄墓。小口，鼓腹似罐，三个矮足，素面无纹。如74茹家庄M1乙∶12(附图二，83)，高15.3、口径14厘米。

G型：带盘鼎。2件，分二式。

Ⅰ式：1件。74茹家庄M1乙∶17(附图三，84)：腹足形同EV式，但足部带盘，盘上并有三个镂孔，高16、口径12.4厘米。

Ⅱ式：1件。74茹家庄M2∶6(附图三，85)：带盘独柱，盘下三小足，腹形同于DII式，饰弦纹，高15.4、口径14厘米。

二、簋

共136件，发表有图形者105件，分为五型。

A型：无耳簋。10件，分三式。

Ⅰ式：8件。敞口斜壁，腹饰方格乳丁纹，沿下、足上各饰一周夔纹。如84沣西M15∶

2(附图三,5),通高16.5、口径24.2、腹深11.9厘米。

II式：1件。67张家坡M85∶2(《学报》80.4,图版伍2)：腹壁较直,圈足较高,沿下一周花纹,高11.5、口径16厘米。

III式：1件。75白浮村M3∶9(《考》76.4,图版贰1)：明器,直腹矮圈足,素面无纹,高9.4、口径11厘米。

B型：双耳圈足簋。78件,分七式。

I式：1件。75西菴墓所出(附图三,6)：腹足形同AI式,但有双耳,颈足各饰一周饕餮纹,高14.4厘米。

II式：50件。腹壁竖直,圈足较高且直,双耳有珥,有的耳在沿下,有的耳高出沿上。花纹有两种情形：一种腹饰大兽面或团龙纹;一种颈足各饰一周花纹,腹部素面或饰直棱纹。如72白草坡M1∶10(附图三,34),高13、口径19.5厘米。

III式：9件。腹倾垂,下部外突,颈部内收,足一般较低而外撇。这种簋有很多是素面的,有的颈足各饰一周夔纹或鸟纹,而没有通体花纹的。如73贺家村M6∶1(附图三,60),饰两道弦纹,高9.5、口径12.5厘米;78齐家村M19∶16(附图三,86),饰长尾鸟纹,高13.8、口径20.3厘米。

IV式：1件。72丰姬墓：10(附图三,61)：造型特殊,侈口束颈,圆鼓腹,双附耳,高12.8、口径18.1厘米。

V式：5件。腹足形同III式,但有盖。如54长囟墓：5(附图三,87),盖、颈各饰一周窃曲纹,高21、口径20厘米。

VI式：7件。腹形似罐,矮体,敛口,整体浑圆,有盖或无盖。如74茹家庄M2∶9(附图三,88),饰回首夔纹,高19.2、口径17.5厘米。

VII式：5件。腹作盆形,敞口斜壁,双附耳。如75伯㦰墓一簋(附图三,89),颈饰长尾鸟纹,腹饰瓦纹,高14、口径34厘米。

C型：方座簋。8件,分三式。

I式：4件。上体同于BII式簋,方座较高,腹饰大兽面。如77韦家庄墓：5(附图四,8),高29.5、口径22.4厘米。

II式：3件。上体同于BIII式,束颈,下腹外突,方座比较矮扁,素面饰弦纹。如云塘M20∶1(附图四,62),高25.8、口径17.2厘米。

III式：1件。81花园村M17∶11(《文》86、1,图版壹6)：鼓腹束颈,方座较矮,耳作鸟形,腹饰大鸟纹、方座饰长尾鸟纹,高25.5、口径21.6厘米。

D型：带足簋。8件，分五式。

I式：1件。81琉璃河M1026∶1(附图四，63)：上体同于BIII式簋，圈足下有较高的三足，颈、足各饰一周云雷纹，高18.3、口径18.5厘米。

II式：1件。73琉璃河M53∶8(附图四，90)：上体同于BV式簋，圈足下三足较矮，盖、腹饰大鸟纹，高28.5厘米。

III式：1件。72西岭M1∶2(附图四，91)：敛口鼓腹，双耳衔环，圈足下三个高直的足，腹饰瓦纹，高18.2、口径17.7厘米。

IV式：2件。腹两侧各有二兽首衔环，双环相套，鼓腹似罐，圈足下有四小足。如74茹家庄M1乙∶8(附图四，92)，高14、口径23厘米。

V式：3件。敛口，鼓腹有盖，双耳有小珥，圈足下三个小足，腹饰瓦纹，颈、盖沿饰窃曲纹或重环纹。如57上村岭M1820∶8(附图四，134)。

E型：四耳簋。1件，78西张墓所出(《考》79.1，图版捌4)：腹形近似BIII式簋，四耳有珥，腹饰象纹，高13.1、口径17.1厘米。

三、甗

共28件，发表图形者26件，分二型。

A型：圆甗。24件，分二式。

I式：23件。深腹立耳，柱足分裆，下部饰三个大兽面，颈饰一周细线饕餮纹或圆涡纹。如72白草坡M1∶11(附图四，36)，高37.5、口径23.5厘米。

II式：1件。78西张村墓所出(《考》79.1，图版捌1)：明器，体矮，三足外撇，高22.3、口径15.9厘米。

B型：方甗。2件，长体为长方形，下体四足不分裆，饰窃曲纹和兽带纹。如57上村岭M1820∶16(附图四，135)。

四、鬲

共43件，发表有图形者31件，分二型。

A型：双耳鬲。18件，分四式。

I式：5件。体态较高，短颈，立耳分裆。如81竹园沟M4∶75(附图五，37)，高13.8、口径12.5厘米。

II式：4件。矮体短足，颈不明显，一般饰有三个饕餮兽面，或只具饕餮眼。如71

齐镇 M2 一鬲(附图五,65),高 14.7、口径 13.5 厘米。

III 式:7 件。矮体短足,腹部外鼓,有一段比较高直的颈部,多素面饰弦纹。如 76 云塘 M13:17(附图五,66),高 18.1、口径 14.5 厘米。

IV 式:2 件。高斜领,弧裆矮足,腹饰绳纹,并有三条扉棱。如 54 普渡村 M2:26(附图五,96),高 12、口径 12.7 厘米。

B 型:无耳鬲。13 件,分六式。

I 式:2 件。形态同于 AIV 式,但无双耳。如 54 长囟墓:013(附图五,97),高 11.6、口径 15.6 厘米。

II 式:4 件。短颈,卷沿或窄平沿,弧裆高足,腹有三条扉棱,饰绳纹,如 54 长囟墓:014(附图五,98),高 11、口径 13.5 厘米。

III 式:1 件。64 庞家沟 M410:1(附图五,99):体矮,乳状袋足,通身饰绳纹,高 11 厘米。

IV 式:4 件。体较 II 式矮,宽平沿,平裆兽形足,有三个高出的扉棱,腹饰象首纹或窃曲纹。如 57 上村岭 M1820:17(附图五,136),高 11、口径 14.8 厘米。

V 式:1 件。57 上村岭 M1810:8(附图五,137):形态近似 IV 式,但制作比较粗率,无扉棱,饰象首纹,高 11.4、口径 11.5 厘米。

VI 式:1 件。57 上村岭 M1602:151(附图五,138):折沿,袋足弧裆,有三条扉棱,高 9.5、口径 12.5 厘米。

五、盨

共 7 件,发表图形者 3 件,分二式。

I 式:1 件。64 张家坡墓:1(附图五,125):椭圆形腹,圈足下有四个小足,口沿、盖沿及圈足饰重环纹,盖、腹饰瓦纹,高 19.7、口径 17.5—24.3 厘米。

II 式:2 件。腹形略同 I 式,但圈足前后有缺口,无小足。口沿、盖沿饰重环纹,盖、腹饰瓦纹。如 81 玉村墓一盨(附图五,139),高 16、口径 15.4—22.2 厘米。

六、簠

共 3 件,发表有图形者 1 件。57 上村岭 M1820:12(附图六,140):饰兽带纹和斜角云纹,高 16、口长 28.2、口宽 24 厘米。

七、豆

共7件,发表图形者3件,分二式。

I式：1件。74茹家庄M1乙：38(附图六,100)：盘壁近直,假腹,菱格状镂孔圈足,饰圆泡一周,高9.3、口径12厘米。

II式：2件。浅平盘,盘壁竖直,高足中部有凸棱一周,饰重环纹、垂鳞纹或环带纹。如57上村岭M1820：23(附图六,141),高14.8、口径22.7厘米。

八、尊

共41件,发表图形者37件,分四型。

A型：直体尊。26件,分三式。

I式：14件。体似直筒,分为三段,中腹微鼓,腹、足饰饕餮纹。如72白草坡M1：15(附图六,38),高26.5厘米。另有个别器是素面只饰弦纹的,如72丰姬墓：3(附图六,67),高23.5、口径19.7厘米。

II式：7件。形同I式,但腹、足以至颈部有高且长的扉棱,饰宽线条凸起的饕餮兽面纹。如78河迪村墓一尊(附图六,39),高28.5、口径21.7厘米。

III式：5件。形近I式,但中腹明显向外圆鼓,饰上下几周窄条状的夔龙纹带。如76霍家村墓一尊(附图六,40),高24.6、口径20.8厘米;76云塘M13：18(附图六,68),足较矮一点,高19.7、口径17.5厘米。

B型：垂腹尊。9件,分二式。

I式：8件。束颈,口敞为大喇叭形,足亦高且外撇,颈饰一周花纹,或只饰弦纹及牺首。如78齐家村M19：40(附图六,101);颈饰回首夔纹,高19、口径18.9厘米。

II式：1件。76茹家庄M1乙：9(附图六,102)：矮体,口小颈束,腹圆鼓,矮圈足,颈饰鸟纹,高13.8、口径14.2厘米。

C型：四足尊。1件,81竹园沟M4：2(《文》83.2,彩版左)：敞口垂腹,有兽型四足,腹一侧有把手,高22、口径19.1—19.5厘米。

D型：折肩尊。1件,54普渡村M2：25(《学报》八,图版拾壹)：残,有突出的折肩,饰夔纹,腹饰饕餮纹,残高20.1、肩径18厘米。

九、卣

共39件,发表图形者36件,分五型。

A 型：矮体卣。26 件，分五式。

I 式：8 件。腹前后扁，最大径在腹中部，口呈椭圆形，盖钮多作蒜头形，口沿和盖顶各一周花纹。如 67 张家坡 M87：4(附图七，12)，通高 34、口径 12—15 厘米。

II 式：2 件。腹壁较直，腹最大径近底部。如 53 洛阳 3：01 墓一卣(附图七，13)。

III 式：2 件。75 召李 M1 所出(附图七，42)：形态近似 II 式，但周身有高出的扉棱，饰饕餮纹，颈饰圆涡纹，高 19.5、口径 8.5—11 厘米。

IV 式：5 件。口呈椭圆形，有一段比较高直的颈部，颈腹分明，最大腹径近底部，盖顶有犄角。如 76 云塘 M13：22(附图七，70)，高 24.2、口径 9.2—12.9 厘米。

V 式：9 件。体低矮，盖顶较平，口呈椭方形。如 78 齐家村 M19：51(附图七，103)，饰回首断尾的夔龙纹，高 23.2、口径 10.3—14.4 厘米。

B 型：壶形卣。6 件，形似壶，体瘦颈长，腹部下垂，饰十字带纹。如 72 白草坡 M1：12(附图七，44)，颈、足饰夔纹，高 36 厘米。

C 型：筒形卣。2 件，形似直筒，盖顶及腹部上下各一周花纹。如 72 白草坡 M1：13(附图七，45)，高 29、口径 12 厘米。

D 型：四足卣。1 件，81 竹园沟 M4：1(《文》83.2，图版壹 1)：矮体，垂腹有盖，腹下部四个兽形足，高 23.5、口径 12.8—15.5 厘米。

E 型：球腹卣。1 件，61 庞村墓所出(《文丛》3，37 页图一二)：颈部高直，腹部呈圆球形，高 20 厘米。

十、斝

共 3 件，都发表图形，分三式。

I 式：1 件。71 北瑶墓所出(附图七，15)：深腹圜底，柱足，菌状立柱，高 18、口径 9.8 厘米。

II 式：1 件。53 洛阳 3：01 墓所出(附图七，16)：体矮，短颈分裆，颈腹分明，菌状立柱。

III 式：1 件。72 白草坡 M1：20(附图七，46)：长颈敞口，笠状立柱，高 32.5、口径 19.5 厘米。

十一、盉

共 15 件，都发表图形，分三型。

A 型：三足盉。10 件，分五式。

I式：2件。深腹圜底，三尖锥状足。如77韦家庄墓：3(附图八，17)，饰细线饕餮纹，高25.5、口径11.3厘米。

II式：2件。72白草坡M2：7(附图八，47)：体态瘦高，深腹分裆，盖、颈各饰一周细线饕餮纹，腹饰波折状凸弦纹，高28.5厘米。

III式：3件。体较II式矮，束颈明显。如54长囟墓：004(附图八，104)，盖、颈饰窃曲纹，腹饰波折状凸弦纹，高27.6、口径18.4厘米。

IV式：2件。形体很低矮，足小。如74茹家庄M1乙：18(附图八，105)，盖、颈饰斜角云雷纹，腹饰三个兽面，高21、口径15厘米；54中州路M816：34(附图八，127)，素面饰弦纹，高13、口径10.2厘米。

V式：1件。33辛村M51：2(《濬县》，图版拾柒1)：明器，底具三袋足形，流不通，高8、口径7.3厘米。

B型：四足盉。4件，分三式。

I式：2件。分裆，腹成四瓣，柱足，颈直高。如72白草坡M1：17(附图八，48)，颈饰细线饕餮纹，腹饰四个饕餮兽面，高22厘米；78齐家村M19：42(附图八，106)，饰长尾鸟纹，高19.4、口径11.4厘米。

II式：1件。81花园村M17：40(附图八，107)：形同I式，但盖作鸟形，颈饰夔纹，高19、口径12厘米。

III式：1件。78西张村墓所出(《考》79.1，图版玖1)：明器，矮体，圜底四足，高16、口径10厘米。

C型：扁盉。1件，57上村岭M1810：16(附图八，142)：明器，腹扁平，四个小足，高10.5、长15.2厘米。

十二、壶

共20件，发表图形者13件，分六式。

I式：8件。形体瘦长，颈两侧有贯耳。如54长囟墓：012(附图八，108)，高38、口径8.4厘米。

II式：1件。81花园村M17：38(《文》86.1，图版壹5)：椭圆体，有盖，体矮，饰夔龙纹，高18、口径9—11.5厘米。

III式：1件。82滕侯墓所出(《考》84.4，图版柒5)：体较I式为矮，腹下垂，最大径近底，盖、顶各一周鸟纹，通高24.5、口径8.2厘米。

IV式：1件。64张家坡墓：9(附图八,128)：体矮,腹扁,口呈椭圆形,颈饰鸟纹,足饰夔纹,腹饰十字带纹及方钉,高36.5、口径11.8—14.5厘米。

V式：1件。57上村岭M1810：23(附图八,143)：体方,双兽耳衔环,腹饰凸起的十字带纹及方钉,高36、腹径20厘米。

VI式：1件。较V式为浑圆且矮,亦双兽耳衔环,十字带纹不凸起。如57上村岭M1820：19(附图八,144),高39、腹径21.3厘米。

十三、觚

共14件,发表图形者13件,分二式。

I式：9件。敞口细腰,中腰微突,饰饕餮纹。如79张家坡M2：4(附图九,18),高26、口径15.2、底径9.1厘米。

II式：4件。形同I式,但有扉棱。如67张家坡M87：6(附图九,19),高27.5、口径14.5厘米。

十四、爵

共73件,发表有图形者62件,分四式。

I式：37件。长流尖尾,三刀状锥足,菌状立柱,腹饰细线饕餮纹,有的只饰弦纹。如72白草坡M1：18(附图九,49),高19厘米。

II式：22件。形同I式,但立柱为笠状。如67张家坡M87：8(附图九,21),高21.7厘米。

III式：2件。体较矮,腹周及流尾之下均有扉棱,饰饕餮纹。如54普渡村M2：28(附图九,110),高25.5、流至尾长24.5厘米。

IV式：1件。81北滍墓所出(附图九,111)：无鋬,柱出口沿下,转向上立,原可能有盖,高19.3、流至尾长17.2厘米。

十五、角

共2件,都发表图形。带盖,三刀状锥足。如72白草坡M1：19(附图九,51),颈饰兽面纹,盖饰雷纹,高23、角距8.5厘米。

十六、觯

共47件,发表图形者41件,分四式。

I式：6件。圆体比较矮，束颈，饰云雷纹或弦纹。如79张家坡M2：6(附图一〇，22)，高12.6、口径7.3、底径6.5厘米。

II式：5件。椭圆体，束颈，形态近似I式，个别器有盖。如71北瑶墓一觯(附图一〇，23)，饰兔纹一周，高13、口径6.9—8.2厘米。

III式：22件。体较I式为瘦高，腹壁较直，高圈足，大多只饰弦纹，个别饰云纹。如72白草坡M2：6(附图一〇，53)，颈饰细线饕餮纹，足饰斜角云纹，高14.4厘米。

VII式：8件。体细高，大敞口呈喇叭形。如76云塘M13：23(附图一〇，74)，颈饰一周云雷纹，足饰弦纹，高16.2、口径7.6厘米。

十七、饮壶

共2件，都发表图形，出伯𢦏墓。其一(附图一〇，113)直口，双耳上卷如象鼻，颈饰鸟纹，高11、口径14.5厘米。

十八、罍

共5件，都发表图形，可分三式。

I式：3件。体较瘦，小口广肩，高圈足，肩有双耳，一侧腹下有兽形鋬。如66贺家村墓一罍(附图一〇，54)，双兽耳成钩状，肩饰夔龙纹，腹饰饕餮纹，高33、口径17厘米。

II式：1件。54长囟墓：1(附图一〇，114)：体矮胖，粗颈窄肩，矮圈足，高24.8、口径15.5厘米。

III式：1件。74茹家庄M1乙：35(附图一〇，115)：体较瘦小，饰各种夔纹，高15.8、口径6.4厘米。

十九、方彝

共2件，分二式。

I式：1件。75郊县西菴墓所出(图二五)：长方体，屋形盖，圈足有缺口，素面饰弦纹，高24厘米。

II式：1件。33辛村M5：84(《濬县》，图版拾柒2)：体特小，可能是明器，盖顶有四兽，高7.4、口长5.7、口宽5.5厘米。

二十、盘

共19件，发表图形者14件，分七式。

I式：1件。71泾阳高家堡墓(附图一一,25),盘腹较深,无耳,高11.5、口径33厘米。

II式：1件。81竹园沟M4∶75(附图一一,55)：浅盘高圈足,沿下一周目雷纹,足饰两周弦纹,高11.5、口径36.5厘米。

III式：6件。盘深,足矮,附耳高出沿上。如54长囟墓：006(附图一一,116),沿下饰窃曲纹,足饰斜角云雷纹,高15.2、口径40厘米。

IV式：1件。75伯(𢦏戈)墓所出(附图一一,117),形同II式,但口部有流,一侧有鋬,高15.5、口径4.4厘米。

V式：3件。盘浅,附耳紧连口沿,高出沿上,圈足下有三小足。如57上村岭M1820∶24(附图一一,145),沿下饰窃曲纹,足饰垂鳞纹,高15.8、口径45厘米。

VI式：1件。57上村岭M1706∶74(《上村岭》,图版伍壹5)：盘极浅,壁直,底近平,附耳连口沿,腹饰重环纹,足饰垂鳞纹,高12.5、口径36.8厘米。

VII式：1件。78西张村墓所出(《考》79.1,图版捌5)：明器,深腹无耳,素面无纹,高5.5、口径21.5厘米。

二十一、匜

共4件,发表图形者2件。57上村岭M1820∶25(附图一一,146),沿下饰饕餮纹,腹饰瓦纹,高15.8、长29厘米。

二十二、盂

1件。67张家坡M115∶1(附图一一,129)：大口宽沿,深腹平底,两侧有耳衔环,肩部饰菱形纹,高16、口径25厘米。

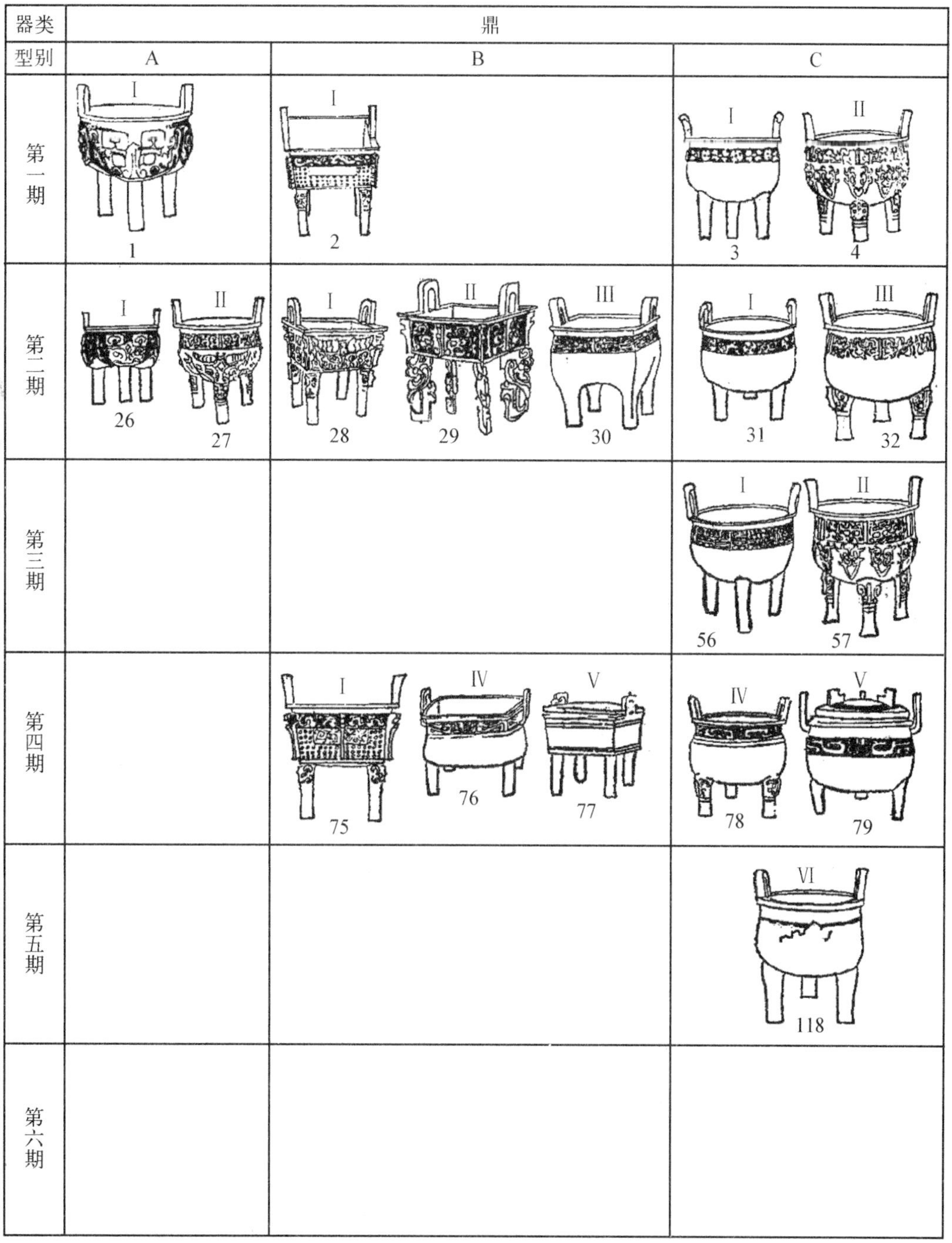

器类	鼎		
型别	A	B	C
第一期	I 1	I 2	I 3　II 4
第二期	I 26　II 27	I 28　II 29　III 30	I 31　III 32
第三期			I 56　II 57
第四期		I 75　IV 76　V 77	IV 78　V 79
第五期			VI 118
第六期			

附图一　黄河流域西周墓葬出土青铜礼器分期图

1. 张家坡 M87：2　2. 田庄墓　3. 沣西 M15：1　4. 张家坡 M87：1　26. 河迪村墓　27. 白草坡 M1：4　28. 白草坡 M1：3　29. 竹园沟 M4：10　30. 竹园沟 M4：74　31. 竹园沟 M4：11　32. 贺家村墓　56. 丰姬墓：13　57. 丰姬墓：14　75. 花园村 M15：14　76. 伯𢦏墓　77. 茹家庄 M1 乙：14　78. 长囟墓：002　79. 茹家庄 M2：2　118. 张家坡：7

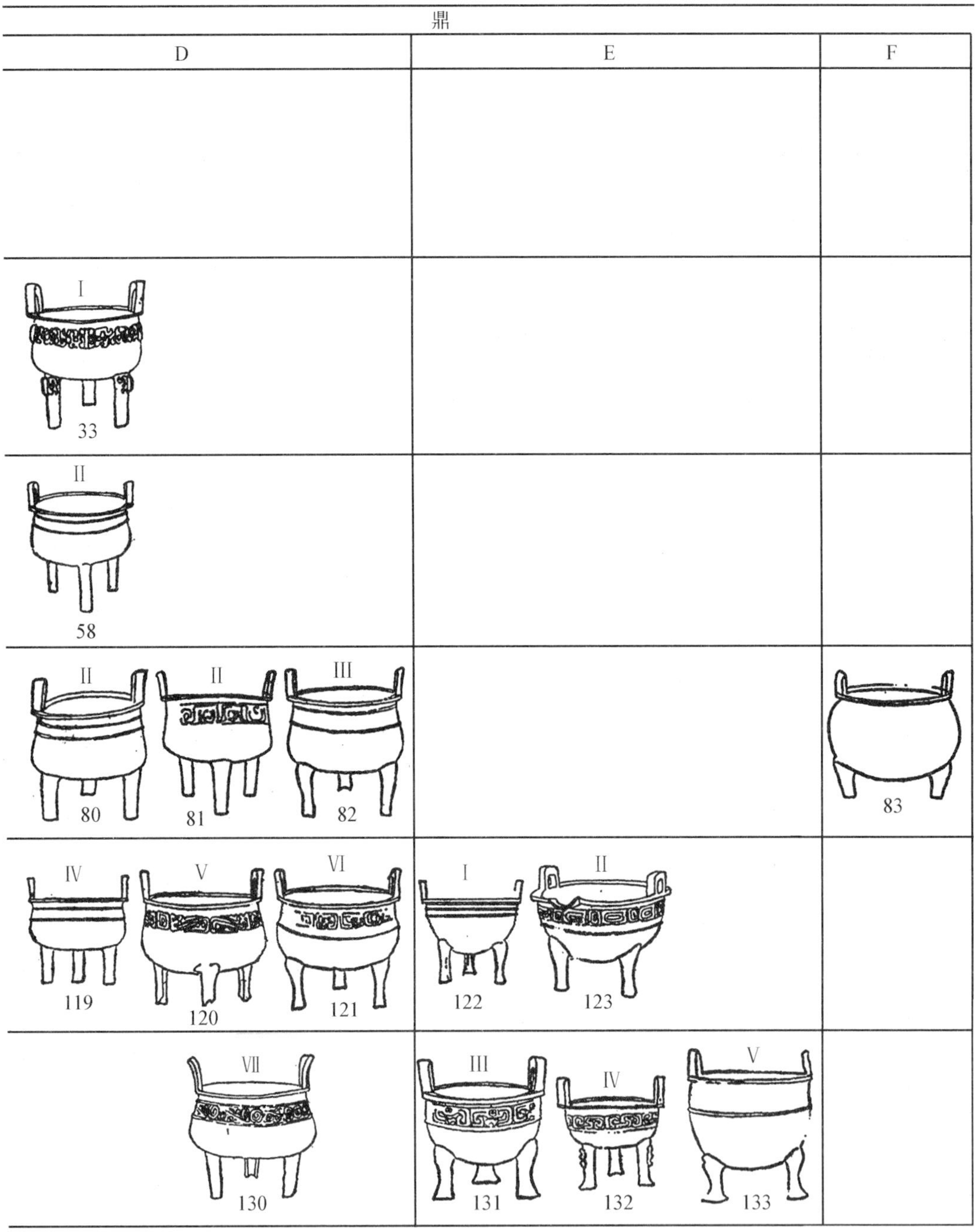

鼎		
D	E	F
I 33		
II 58		
II 80　II 81　III 82		83
IV 119　V 120　VI 121	I 122　II 123	
VII 130	III 131　IV 132　V 133	

附图二

33. 竹园沟 M4：78　58. 云塘 M13：13　80. 茹家庄 M1 乙：10　81. 长囟墓：6　82. 西岭 M1：1　83. 茹家庄 M1 乙：12　119. 中州路 M816：37　120. 张家坡墓：5　121. 张家坡墓：6　122. 张家坡 M115：2　123. 贺家村 M3：1　130. 新旺村 M104：1　131. 上村岭 M1820：10　132. 上村岭 M1602：148　133. 上村岭 M1715：1

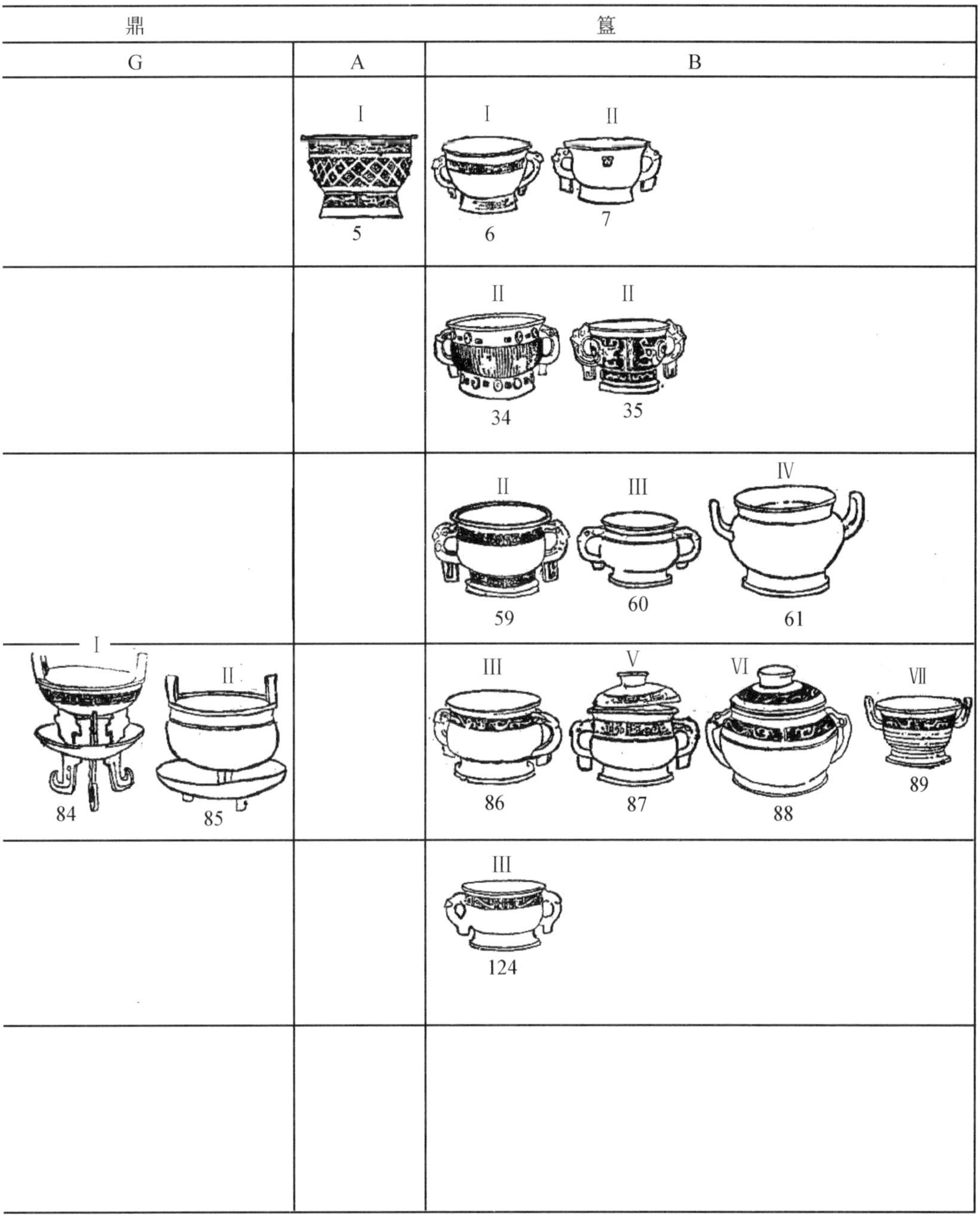

鼎	簋	
G	A	B
	I 5	I 6　II 7
		II 34　II 35
		II 59　III 60　IV 61
I 84　II 85		III 86　V 87　VI 88　VII 89
		III 124

附图三

5. 沣西 M15：2　6. 西奄墓　7. 张家坡 M87：3　34. 白草坡 M1：10　35. 白草坡 M1：8　59. 贺家村 M5：2　60. 贺家村 M6：1　61. 丰姬墓：10　84. 茹家庄 M1 乙：17　85. 茹家庄 M2：6　86. 齐家村 M19：16　87. 长囟墓：5　88. 茹家庄 M2：9　89. 伯㦰墓　124. 上康村 M2

簋		甗	
C	D	A	B
I  8		I  9	
		I  36	
II  62	I 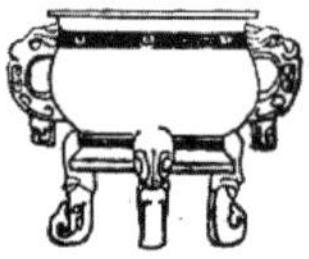 63	I 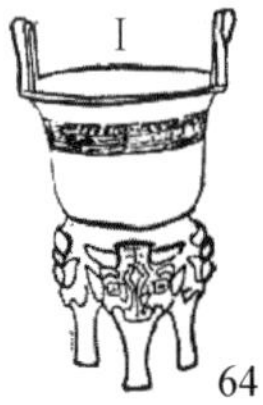 64	
	II  90　III  91　IV  92	I 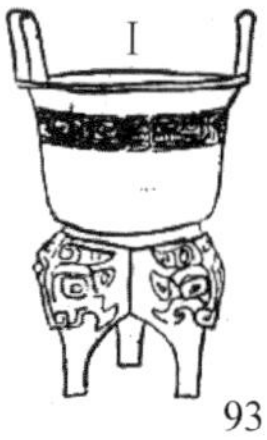 93	
	V  134		 135

附图四

8. 韦家庄墓：5　9. 高家堡墓　36. 白草坡 M1：11　62. 云塘 M20：1　63. 琉璃河 M1026：1　64. 丰姬墓：12　90. 琉璃河 M53：8　91. 西岭 M1：2　92. 茹家庄 M1 乙：8　93. 长囟墓：005　134. 上村岭 M1820：8　135. 上村岭 M1820：16

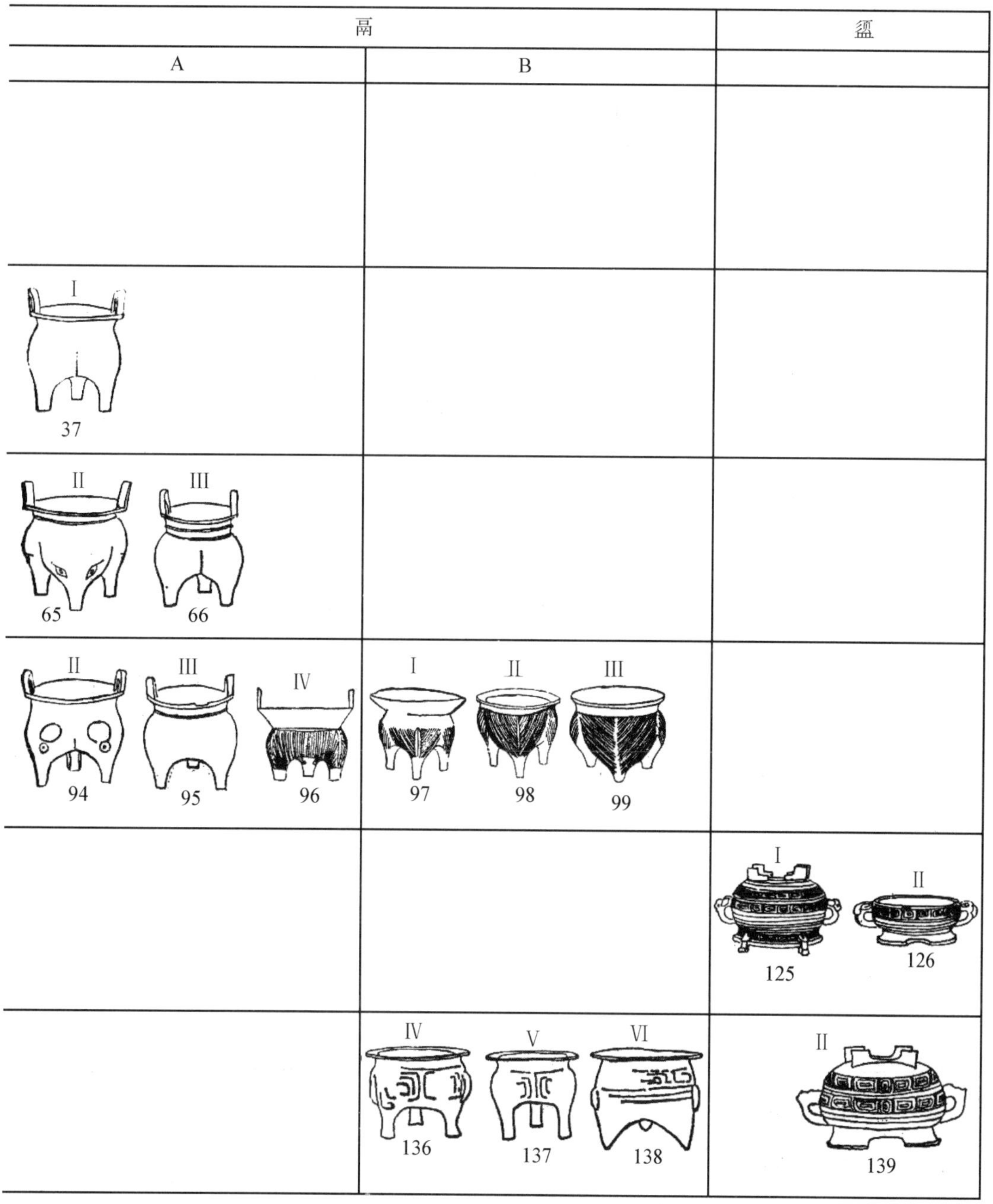

鬲		盨
A	B	
I 37		
II 65　III 66		
II 94　III 95　IV 96	I 97　II 98　III 99	
		I 125　II 126
	IV 136　V 137　VI 138	II 139

附图五

37. 竹园沟 M4：75　65. 齐镇 M2　66. 云塘 M13：17　94. 茹家庄 M1 乙：33　95. 茹家庄 M2：12　96. 普渡村 M2：26　97. 长囟墓：013　98. 长囟墓：014　99. 庞家沟 M410：1　125. 张家坡墓：1　126. 贺家村 M3：3　136. 上村岭 M1820：17　137. 上村岭 M1810：8　138. 上村岭 M1602：151　139. 玉村墓

簠	豆	尊	
		A	B
		I 10　II 11	
		I 38　II 39　III 40	
		I 67　II 68	I 69
	I 100		I 101　II 102
140	II 141		

附图六

10. 张家坡 M87∶5　11. 高家堡墓　38. 白草坡 M1∶15　39. 河迪村墓　40. 霍家村墓　67. 丰姬墓：3　68. 云塘 M13∶18　69. 云塘 M10∶5　100. 茹家庄 M1 乙∶38　101. 齐家村 M19∶40　102. 茹家庄 M1 乙∶9　140. 上村岭 M1820∶12　141. 上村岭 M1820∶23

卣			斝
A	B	C	
I 12　II 13　III 14			I 15　II 16
I 41　III 42　IV 43	44	45	III 46
IV 70			
V 103			

附图七

12. 张家坡 M87：4　13. 洛阳 3：01 墓　14. 高家堡墓　15. 北瑶墓　16. 洛阳 3：01 墓　41. 霍家村墓　42. 召李 M1　43. 辛村 M60：7　44. 白草坡 M1：12　45. 白草坡 M1：13　46. 白草坡 M1：20　70. 云塘 M13：22　103. 齐家村 M19：51

盉			壶
A	B	C	
I 17			
II 47	I 42		
III 104　IV 105	I 106　II 107		I 108
IV 127			IV 128
		142	V 143　VI 144

附图八

17. 韦家庄墓：3　47. 白草坡 M2：7　48. 白草坡 M1：17　104. 长囟墓：004　105. 茹家庄 M1 乙：18　106. 齐家村 M19：42　107. 花园村 M17：40　108. 长囟墓：012　127. 中州路 M816：34　128. 张家坡墓：9　142. 上村岭 M1810：16　143. 上村岭 M1810：23　144. 上村岭 M1820：19

觚	爵	角
I 18　II 19	I 20　II 21	
	I 49　II 50	51
	I 71　II 72	
	I 109　III 110　IV 111	

附图九

18. 张家坡 M2：4　19. 张家坡 M87：6　20. 张家坡 M2：5　21. 张家坡 M87：8　49. 白草坡 M1：18　50. 白草坡 M2：5　51. 白草坡 M1：19　71. 云塘 M13：21　72. 云塘 M13：16　109. 长囟墓：009　110. 普渡村 M2：28　111. 北滍墓

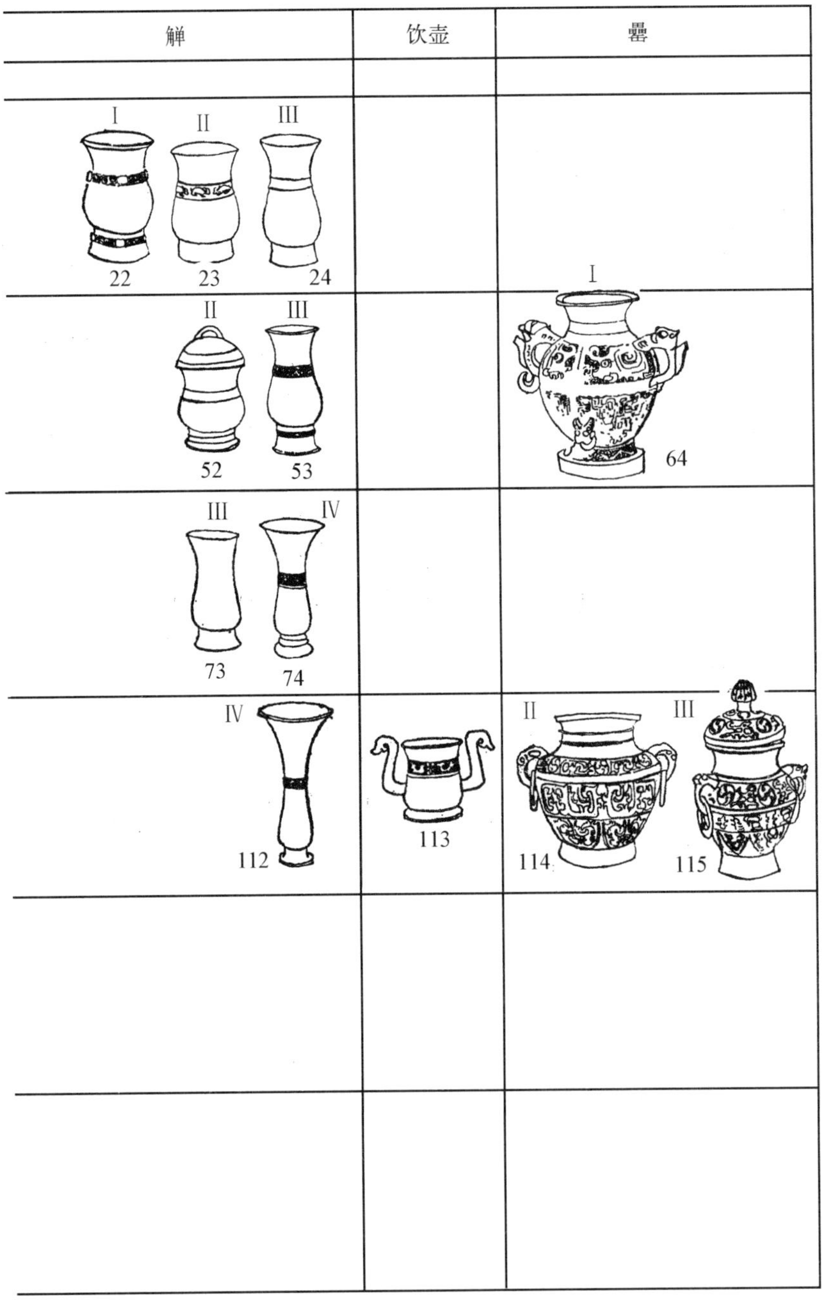

觯	饮壶	罍
I 22　II 23　III 24		
II 52　III 53		I 64
III 73　IV 74		
IV 112	113	II 114　III 115

附图一〇

22. 张家坡 M2：6　23. 北瑶墓　24. 韦家庄墓：4　52. 竹园沟 M4：3　53. 白草坡 M2：6　54. 贺家村墓　73. 云塘 M10：22　74. 云塘 M13：23　112. 齐家村 M19：37　113. 伯𢦏墓　114. 长囟墓：1　115. 茹家庄 M1 乙：35

盘	匜	盂
I  25		
II  55		
III 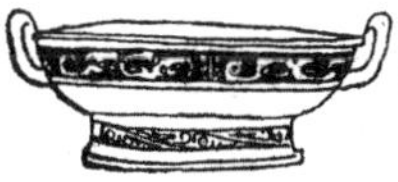 116　IV  117		
		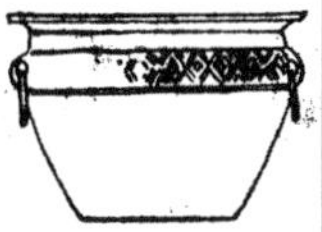 129
V 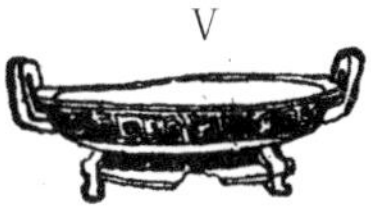 145	 146	

附图一一

25. 高家堡墓　55. 竹园沟 M4：75　116. 长囟墓：006　117. 伯䧹墓　129. 张家坡 M115：1　145. 上村岭 M1820：24　146. 上村岭 M1820：25

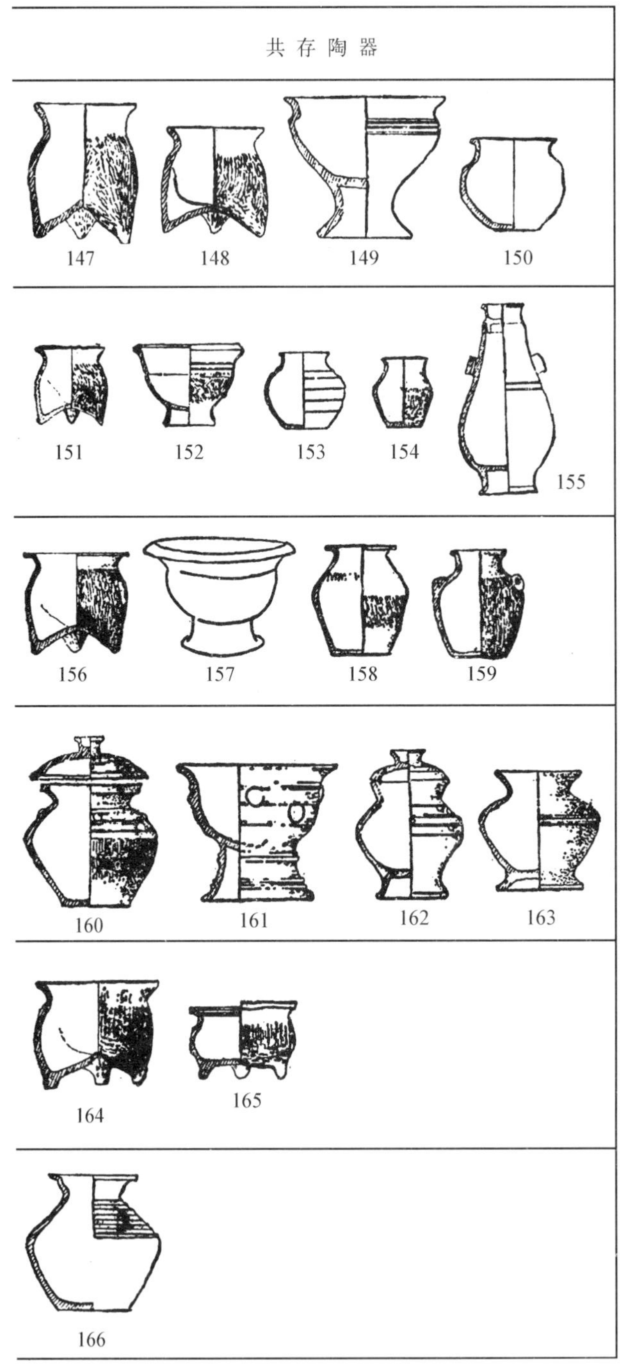

附图一二

147—150. 张家坡 M16　151—155. 张家坡 M101　156—159. 云塘 M13
160—163. 花园村 M17　164. 张家坡 M103　165. 张家坡 M115
166. 新旺村 M104

虢国墓地铜器群的分期及其相关问题[①]

1957 年中国科学院考古研究所在三门峡上村岭发掘了虢国墓地，出土青铜礼器 181 件，是东西周之际最大的一宗铜器。《上村岭虢国墓地》(下称《报告》)[②]一书出版之后，它已广为学者所援引，只是有关各墓的年代和早晚关系，该书未作进一步探讨。虢墓铜器群有早有晚，显然不是一个时期的。虢国的历史在文献中则有明确记载，可据以推定墓主下葬于公元前 655 年晋攻上阳灭虢之际，而一些较早的铜器又可上溯到宣幽时期，这一百三四十年间的随葬铜器群当可比较早晚，进行分期。近年来，有的学者开始注意这个问题，提出了一些有益的意见[③]，但是由于资料已经分散，《报告》所定的器物型式又比较粗略，因此颇不便于分期研究，而虢国铜器群的分期又涉及如何识别东西周铜器的问题。《报告》作者林寿晋先生曾提出其中 31 座墓定在周宣王及其前后[④]，郭宝钧先生则尽数列在春秋早期。[⑤] 笔者也曾选择其中某些器群作为西周晚期铜器群的代表[⑥]，现拟利用《报告》发表的资料，并结合有关史实，就虢墓的分期、年代等问题再作探讨，以期对虢国墓地的深入研究有所补益。

随葬铜器群分期

1. 分期及代表器群

虢国墓地出土铜礼器的有 38 座墓葬，我们首先选择器数较多、组合比较完整的 M1820、M1810、M1052、M1689、M1705、M1721 进行排列。这六座墓葬都包含有成套的鼎簋，墓的形制也较大，当是身份比较高的贵族墓葬。在排列中发现，六群铜礼器存在

---

① 本文原发表于《考古》1988 年 11 期，1035—1043 页。

② 中国科学院考古研究所：《上村岭虢国墓地》，北京：科学出版社，1959 年。

③ 李学勤：《东周与秦代文明》，北京：文物出版社，1984 年；中国社会科学院考古研究所编：《新中国的考古发现和研究》第三章，北京：文物出版社，1984 年。

④ 林寿晋：《〈上村岭虢国墓地〉补记》，《考古》1961 年 9 期。

⑤ 郭宝钧：《商周铜器群综合研究》，北京：文物出版社，1981 年。

⑥ 李峰：《黄河流域西周墓葬出土青铜礼器的分期与年代》，《考古学报》1988 年 4 期。

着明显的年代差别，而器形演变的主要线索又是清楚的。基于这个认识，再结合其他墓葬的资料，我们将虢墓铜器分为如下三期：

第一期：以 M1820、M1810 为代表。M1820 长 4.5、宽 3.55 米，出土铜礼器十九件，包括三鼎、四簋、一甗、二鬲、一豆、二簠、二壶、一盘、一匜、一罐、一小罐，并有大量的玉、石装饰品。M1810 长 4.4、宽 2.93 米，并附葬有车马坑 M1811。出土铜礼器十九件，包括五鼎、四簋、一甗、四鬲、一豆、二壶、一盘、一盉。总体来看，这两墓的铜礼器造型端庄，装饰精美。两墓中列鼎的形制相同，立耳，深腹；铜簋折棱明显，圈足下三小足；壶体高，束颈之下双耳垂环；甗深腹立耳；三足的盘配口沿较平的匜；另外还有圈足的小罐及与西周晚期陶罐相同的铜罐。这些都是很有特点的器形。铜器上的花纹一般都很规整，线条细密而流畅，纹路清晰，以窃曲纹和兽带纹为主。这两墓可以代表墓地中较早时期的随葬铜器群，另外可以归入第一期的尚有 M1601、M1602、M1631、M1765、M1767、M1691、M1692、M1819、M1715 等墓。M1601 和 M1602 两座大墓东西并列，这种两墓从葬的现象在沣西地区的西周墓地中常常见到，其年代一般是相当的，据推测可能是夫妇关系或血缘亲属。[①] 两墓所出的盘匜形近 M1820，附近几座出陶器的小墓也都较早。M1765 和 M1767 的排列与此类似，器物多已被盗，所剩的鼎、盘、匜与 M1820 类似。M1819：5 鼎与 M1820 鼎同类，此墓与 M1715 还出有垂腹鼎，同形者曾见于丰镐地区的西周晚期墓中。[②] 上列墓葬共 11 座。

第二期：以 M1052、M1689 为代表。M1052 是墓地中最大的一座，长 5.8、宽 4.25 米，附葬有车马坑 M1051。此墓出土"虢太子元徒戈"，被认为是虢国太子之墓。青铜礼器有二十六件，包括七鼎、六簋、一甗、六鬲、一豆、二壶、一盘、一盉、一小罐，另有九件一套的编钟及兵器、车马器随葬。M1052 的铜礼器特征明显，较之 M1820、M1810 已有若干差别：鼎浅腹矮足，底部趋平；簋形体浑圆，双耳简化；甗附耳浅腹；壶颈粗体矮，双耳在沿下；小罐圜底没有圈足。M1052 的铜礼器花纹较粗，同样是窃曲纹，但纹痕很不清楚，纹样也较 M1820 简化。至于甗上的兽带纹、鬲上的象首纹更是粗简。M1052 铜礼器的制作普遍比较粗陋，但此墓的规格又是最高的，那么这就很可能是一种时代的差别，我们认为它晚于 M1820 和 M1810 等墓。M1689 长 4.8、宽 3.64 米，出土铜礼器十三件，包括四鼎、五簋、一盉、二盘、一匜，经盗掘，器物可能有缺。从器形看也是明显要晚于第一期各墓的，其时代大约与 M1052 相当或稍晚。可以归入第二期的尚有 M1640、M1706、M1701、M1761、M1661 等墓。M1640 与 M1689 东西并列，也属夫妇从葬，出土

① 中国社会科学院考古研究所沣西发掘队：《1967 年长安张家坡西周墓葬的发掘》，《考古学报》1980 年 4 期。

② 中国社会科学院考古研究所沣西发掘队：《1979—1981 年长安沣西、沣东发掘简报》，《考古》1986 年 3 期。

铜器的形制完全相同。M1706 有一些较早的器物，但从五件列鼎的形制看，时代也当较晚。上列墓葬共 7 座。

第三期：以 M1705、M1721 为代表。M1705 规模较小，长 3.77、宽 2.48 米。出土铜礼器十二件，包括三鼎、四簋、二壶、一盘、一匜、一小罐。M1721 长 4.35、宽 2.95 米，与第一期 M1810 基本相当，但出土铜礼器较少，有三鼎、一盘、一匜，形制均与 M1705 接近。这两墓的铜礼器较之第二期的 M1052 又有很大差别：铜鼎足根隆起，底部近平；铜簋耳孔消失，腹形矮扁；铜匜流口宽大，向上翘起；小铜罐状如圆球。这些铜礼器器形都较小，胎体也很轻薄，装饰花纹简单。M1705 和 M1721 是墓地中年代较晚的两座典型墓葬，另外可以归入第三期的尚有 M1702、M1744、M1651、M1657、M1762 等墓。M1702 的铜鼎与 M1705 相同，其他几墓都出敞口浅腹细高足的鼎，形制很晚。M1744 另出一盘，与 M1705 相似。上列墓葬共 7 座。

2. 各期铜器群的组合情况

在东西周之际，青铜礼器的组合已经有了比较严格的制度，特别是不同件数的列鼎和簋的使用往往反映了墓主人一定的等级身份。上述 25 座墓葬中，保存较好，未经盗掘的有 20 座，其组合情况如下：

第一期：M1820、M1810 的基本组合是鼎、簋、甗、鬲、豆、壶、盘、匜(或盉)。它以一套食器和一套水器为主体，食器以鼎、簋、鬲为主，鼎簋成列，鬲成对，壶凡出也必是一对；水器盘匜配套和盘盉配套并存，后者是从西周中期延续下来的形式。这两群铜器组合基本相同而列鼎的数目却有不同，M1810 是五鼎四簋，而 M1820 却是三鼎四簋。M1810 的水器是盘盉，M1820 的水器则是盘匜。M1601 出一套盘匜，这是西周晚期出现的一种新的简单组合形式。M1601 是一座大墓，这套盘匜的随葬，大概是在与 M1602 的从葬关系中夫室从繁、妇室从简的缘故。M1602 虽遭盗掘，现存器物仍有三鼎、四簋、二鬲、一盘、一匜。最后，M1819 和 M1715 都以一件垂腹的 I 式鼎与一件球腹鼎相配，很有特点。

第二期：虢太子墓和 M1706 的基本组合也是鼎、簋、甗、鬲、豆、壶、盘、匜(或盉)。虢太子墓出七鼎六簋，规格是最高的。鬲有六件，与簋数同，水器是一套盘盉。壶有两件，也是一对。M1706 是一座五鼎四簋的墓，这群铜器的组合、器数与第一期的 M1810 很相似，鼎簋之外都有四鬲一豆二壶，只是前者的水器是盘匜，而后者是盘盉。它们的规格是仅次于虢太子墓的。另外的两座墓 M1701 和 M1761 都是以一件鼎配一套盘匜的简单组合形式。

第三期：M1705出三鼎四簋两壶一盘一匜。如果按鼎簋的件数来说，其身份当与第一期的M1820相同。但是这群铜器较之M1820要简单多了，鼎簋之外只有两件壶和一套盘匜，而没有甗、鬲、豆等器类。M1721也是三鼎成列，另配有一套水器盘匜，没有其他器类。M1702是一鼎配一套盘匜，而M1744仅出鼎、盘。

此外，虢国墓地中还有一些只出一鼎的墓葬，如第一期的M1692、第二期的M1661，第三期的M1651、M1762等。这些墓中一般都有成套的陶器相配，墓的规模较小。

3. 主要铜礼器的形态变化

鼎，主要有以下五类：

① 半球腹，口微敛，足较肥大，《报告》称为IV式鼎。第一期：M1820出三件，M1810出五件，M1819、M1691、M1765都有出土。体态较高，深腹，足根较缓，通高与口径基本相当，饰比较规整的窃曲纹或兽带纹，如M1820：10(图一，1)。第二期：M1052七件成列，M1706五件成列。体态变矮，口径大于通高，浅腹，底较缓，短足根开始外鼓，通身饰粗线浅凸的窃曲纹和兽带纹，如M1052：148(图一，6)。第三期：M1705、M1721

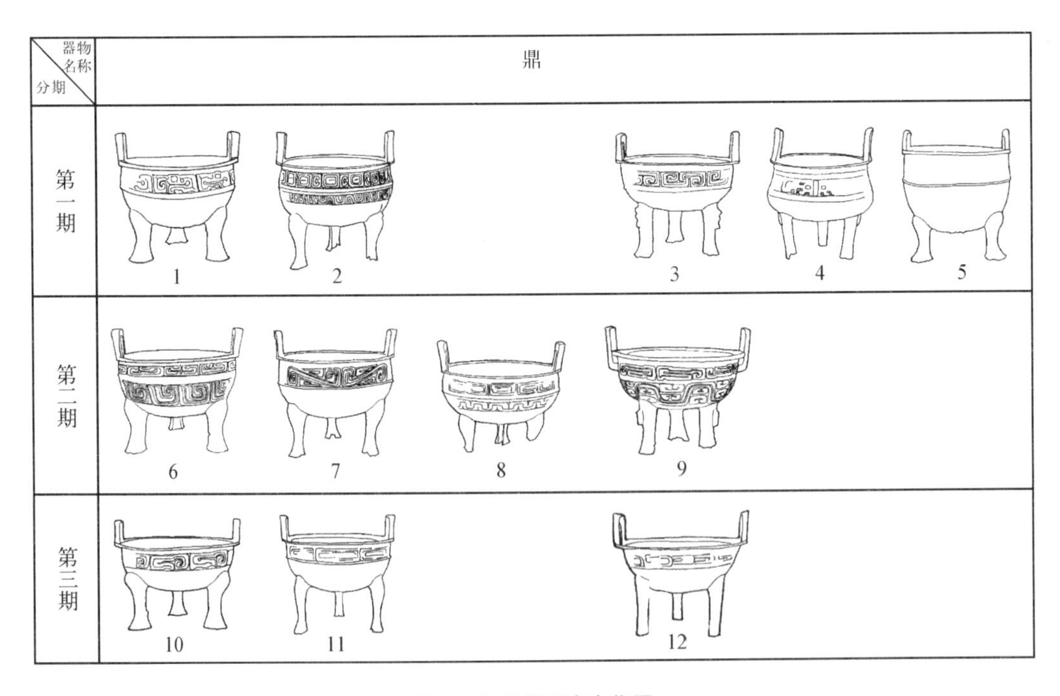

图一　铜礼器形态变化图

1. M1820：10　2. M1692：7　3. M1602：148　4. M1715：2　5. M1715：1　6. M1052：148　7. M1689：32　8. M1052：139　9. M1761：1　10. M1721：4　11. M1744：2　12. M1762：1

各有三件成列，M1702 出一件。腹变得更浅，底部近平，足开始向细高发展，足根隆起，足端外张，如 M1721∶4(图一,10)。

② 腹形类似前种，但是胎体轻薄，兽足细长，《报告》亦称为 IV 式鼎。第一期：M1692∶7 腹较深，口部微敛，足里侧较直，饰规整的重环纹(图一,2)。第二期：变化不太大，但足开始弯曲，饰粗浅的斜角云纹，如 M1689∶32(图一,7)。这种粗线条的斜角云纹在第二期很多器物上出现。第三期：腹变得特浅，口外敞，曲足细长，胎极轻薄，饰非常简化的重环纹或弦纹，如 M1744∶2(图一,11)。

③ 敞口浅腹，直足根有扉棱，《报告》称为 IV 式鼎或 V 式鼎。第一期：M1602∶148 立耳，足根扉棱作齿状，饰比较规整的宽线条窃曲纹(图一,3)。第二期：见于 M1701、M1761。附耳，扉棱简化，花纹粗浅，如 M1761∶1(图一,9)。第三期：见于 M1651、M1762。腹特浅，足细高，铸工不精，如 M1762∶1(图一,12)。

④ 深垂腹，细柱足，《报告》多称为 I 式鼎，是西周早期以来垂腹鼎的最晚形态，见于第一期的 M1819 和 M1715，饰斜角云纹或宽线饕餮纹，如 M1715∶2(图一,4)。

⑤ 腹特深，超过半球，兽足低矮，《报告》称 IV 式鼎。如 M1715∶1(图一,5)，与 I 式鼎共存。

甗：

第一期：M1820 和 M1810 各出土一件。上下分体，耳立沿上，下体外鼓，略有分裆，饰窃曲纹和兽带纹，如 M1820∶16(图二,1)。第二期：M1052∶162，耳变为附耳，腹较第一期为浅，下体较直，制作较粗(图二,7)。

鬲，有两类：

① 矮足弧裆，柱状足，《报告》称为 II 式鬲。第一期：M1820 出带扉棱的 IIA 式鬲，宽平沿，饰规整的象首纹，如 M1820∶17(图二,2)。M1810 出 IIA 式鬲与无扉棱的 IIB 式鬲各两件，IIB 式鬲柱足细高，扉棱消失，花纹简略，如 M1810∶8(图二,3)。第二期：M1052 出两件 IIB 式鬲，制作粗简，如 M1052∶173(图二,8)。

② 两件，出自第一期 M1602。折沿，袋足，腹部有短扉棱，饰象首纹，如 M1602∶151(图二,4)。

簋：

簋在三期中的演变序列非常清楚，形体逐渐变小，铸工趋向粗陋。《报告》按盖、腹分铸或合铸及有珥或无珥区分为 IA、IB、II 式三种，似不能反映铜簋的时代特征。第一期：M1820、M1810、M1602 各出四件 I 式簋，盖腹折棱明显，花纹清晰规整，口、盖沿饰

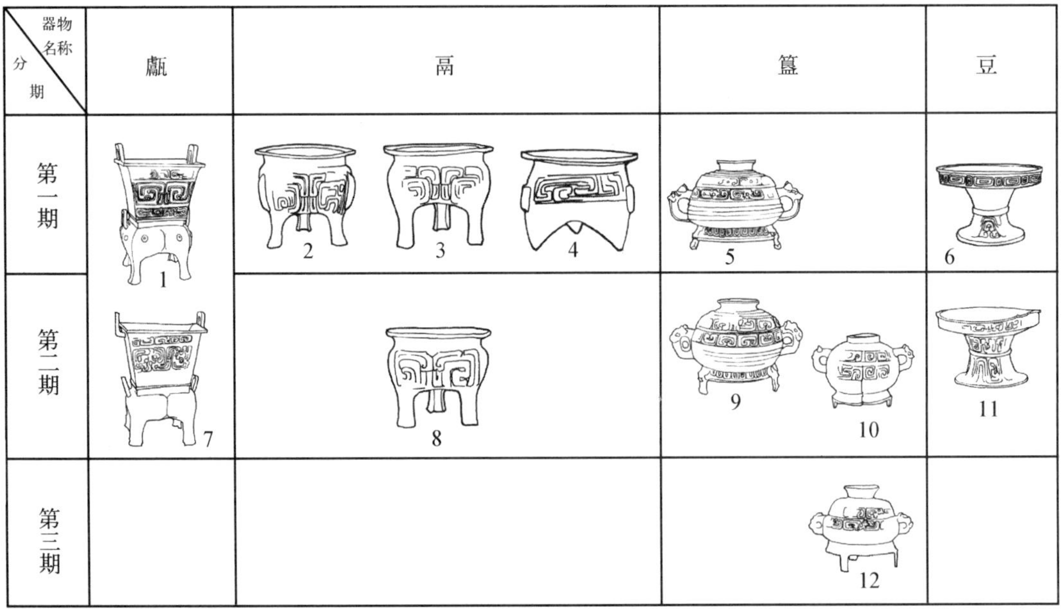

器物名称 / 分期	甗	鬲	簋	豆
第一期	1	2 3 4	5	6
第二期	7	8	9 10	11
第三期			12	

图二　铜礼器形态变化图

1. M1820：16　2. M1820：17　3. M1810：8　4. M1602：151　5. M1820：8　6. M1820：23　7. M1052：162
8. M1052：173　9. M1052：150　10. M1689：31　11. M1052：138　12. M1705：14

窃曲纹，圈足饰垂鳞纹，如 M1820：8（图二，5）。第二期：簋已有明显的变化。M1052 出六簋，形体浑圆，耳变小，制作粗糙，花纹散乱，如 M1052：150（图二，9）。M1689 出 II 式簋五件，M1640 出两件，明器，无器底，盖、腹合铸为圆球形，腹部瓦纹消失，饰粗浅云纹，如 M1689：31（图二，10）。第三期：仅 M1705 出四簋，双耳简化无孔，饰两道窃曲纹，高仅 16 厘米余，更是一种较晚的特点，如 M1705：14（图二，12）。

豆：

第一期：M1820、M1810 各出一件。浅盘直壁，圈足中细有凸棱，饰环带纹，如 M1820：23（图二，6）。第二期：M1052 出一件，圈足稍粗，凸棱偏上，如 M1052：138（图二，11）。

壶：

第一期：M1820、M1810 各出两件，垂腹，颈部内收明显，如 M1820：19（图三，1）。第二期：M1052 出两壶，垂腹，颈部变粗，体矮，如 M1052：161（图三，5）。第三期的壶未见图像。

盘：

《报告》把盘分为三式，其中 III 式盘是一种较早的形态，在第一期 M1820、M1602、

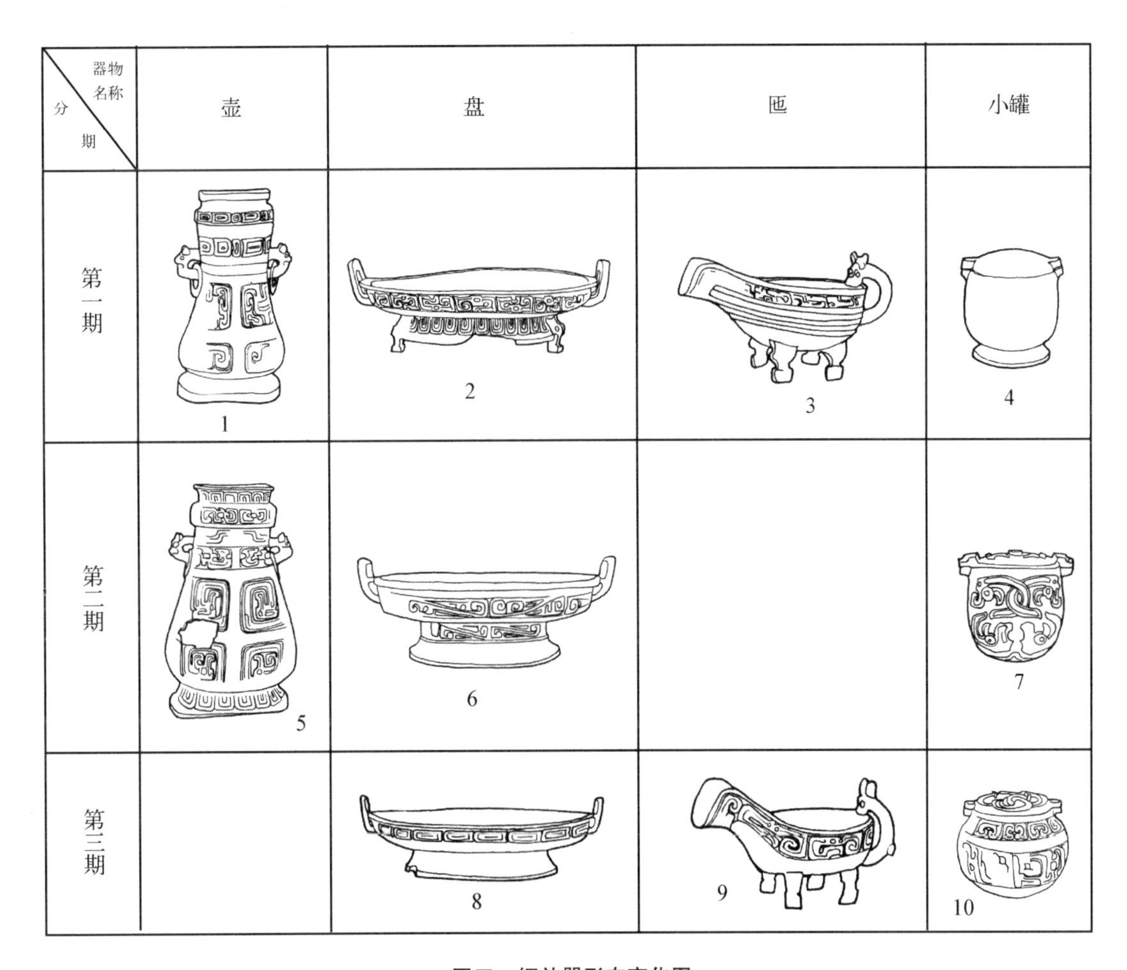

图三　铜礼器形态变化图

1. M1820∶19　2. M1820∶24　3. M1820∶25　4. M1820∶27　5. M1052∶161　6. M1761∶2　7. M1052∶46　8. M1721∶1　9. M1721∶2　10. M1705∶68

M1601、M1767都有出土。这种盘圈足下有三小足，耳沿相连，饰窃曲纹和垂鳞纹，如M1820∶24(图三,2)。M1601∶15盘的三小足近乎消失，大概是其中较晚的。第二、三期的盘都是圈足较高，耳沿相连的形式，《报告》按圈足有孔、无孔分为Ⅰ、Ⅱ式，实际没有太大意义，如M1761∶2(图三,6)和M1721∶1(图三,8)。

匜：

共有13件，其中Ⅰ式匜12件。第一期：有图形的几件匜基本相同，口沿微曲，窄流，鋬在腹后，四个兽形足，饰窃曲纹和瓦纹，如M1820∶25(图三,3)。第二期匜未见图形。第三期：Ⅰ式匜有明显的变化，流口宽大，向上翘起，鋬至底部，四个直足，饰宽线条窃曲纹，腹部瓦纹消失，如M1721∶2(图三,9)。

小罐：

共三件。演变序列清楚，在分期上很有意义。第一期：M1820：27深腹有圈足，素面无纹（图三，4）。第二期：M1052：46盖腹形同第一期小罐，但圈足已经消失，盖饰饕餮纹，腹部花纹类似蟠螭纹（图三，7）。第三期：M1705：68形体更矮，口盖变小，腹变成圆球形，饰兽带纹（图三，10）。

年　代

通过虢国墓地的分期研究，我们对东西周之际铜器群的演变有了一个初步的了解。我们还可以与其他地区的铜器群作比较，相应地推断各期所相当的年代。不过虢墓铜器群也有一些自己的特点，如很多铜器铸工不精，这自然与虢国的历史实际有关。平王东迁以后，关中一带很快落入戎狄之手，平王以岐、丰之地遗秦襄公，曰"戎无道，侵夺我岐、丰之地，秦能攻逐戎，即有其地"（《秦本纪》）。秦的力量当时还很微弱，并未能实有其地。秦戎之间几经攻战，直到文公十六年（公元前750年）才扩地至岐，这距离周室东迁已经二十年了。秦武公十一年（公元前687年）县杜、郑，灭小虢，秦人才真正控制了关中地区。在丰镐、周原一带历来很少发现春秋早年的文化遗存，正反映了以上史实。这给我们一个启示，即丰镐、周原等地出土的西周铜器一般是晚不过平王东迁的，那么，以之为标准来区别西周和东周的铜器，就有着重要的实践意义。

第一期：可与周原的几组西周晚期铜器群进行比较：① 函皇父器，1933年扶风康家出土。函皇父鼎乙（《图释》六二）[①]同于M1820：10鼎；函皇父二簋（《图释》六四；《日精华》四324）[②]同于M1810：6簋；同时出土的函交中簠（《图释》六六）同于M1820：12簠；云纹方甗（《图释》六三）类似M1820：16甗。另外见于著录的函皇父器尚有一簋（《攈古》三之一5）[③]、一匜（《攈古》二之二10），都没有图形。② 此器，1975年出于岐山董家村一号窖藏，共有三鼎八簋。此鼎乙（《陕铜》一、一九七）类似M1820：10鼎，此簋（《陕铜》一、一九九—二〇六）[④]类似M1820：8簋。③ 梁其器，解放前岐山任家出土。梁其鼎（《图释》六九）同于M1820：10鼎，壶（《图释》七〇）外形与M1820：19壶相似，但盖顶作花瓣形，花纹繁缛，而后者花纹简单，可能略晚。著录的还有善夫梁其簋（《录

① 陕西省博物馆：《青铜器图释》，北京：文物出版社，1960年。

② 梅原末治：《日本蒐储支那古铜精华》，1959—1962年。

③ 吴式芬：《攈古录金文》，1895年。

④ 陕西省考古研究所等：《陕西出土商周青铜器》，北京：文物出版社，1979—1984年。

遗》164)[1]、伯梁其旅盨(《上海》57)及梁其钟(《上海》60)。[2] ④ 它器：它鬲两件(《陕铜》二：一二六,一二七),1958 年扶风齐家出土,与 M1820 等墓出土的鬲非常相似。它盘(《陕铜》二：一二〇)1963 年出于齐家,与 M1820 等墓的三足盘相似,但三足作人形。同出一匜(《陕铜》二：一二三)与 M1820 等墓的匜完全相同。它盉(《陕铜》二：一二五)也与它盘同出,造型精美,M1810 也出这类扁盉,但它是一件明器。

我们还可以就其他铜器作一比较：M1820∶16 甗还类似 76 年庄白二号窖藏的与仲雩父甗(《陕铜》二：一一五),两器的足部都有突出的饕餮目,同是一种较早的特征;M1820∶23、M1810∶19 豆同于 66 年扶风齐镇出土的豆(《陕铜》三：六二)及 75 年董家村窖藏的两件豆(《陕铜》一：一八三、一八四)。上述铜器的时代都在西周晚期。M1819∶26、M1715∶2 鼎与 81 年长安新旺村 M104 出土的鼎相同,后者与西周最晚的一套陶器共出。

函皇父器是年代比较可靠的幽王时期的器群,此器可能属于宣王时期,它器是周原所见最晚的一组铜器,年代也可能是宣幽时期,只有梁其器年代可能略早,约在厉宣之际。上村岭 M1820∶10 等鼎还同于宣王标准器毛公鼎(《大系》图二三)和虢文公鼎(《大系》图二八、二九)[3],毛公鼎也出自周原。综合各方面情况,我们推测虢国墓地第一期铜器群可能属西周晚期,大约在宣王和幽王时期。

第二期：上村岭 M1052 曾被认为属于春秋早期,理由是：① 有九件纽钟,纽钟时代可考者都是东周器;② 两柄铜剑与洛阳中州路 M2415 一致;③ 出“虢太子元徒戈”,“徒戈”铭为东周戈屡见。[4] M1052∶148、M1706∶105 鼎腹底圆缓趋平,矮足根圆鼓,周原等地的西周铜器中从不见这种形式,而关中春秋早期秦墓的某些器形与之类似,如 67 年宝鸡姜城堡墓的铜鼎[5]及 74 年户县宋村墓的鼎。[6] M1761∶1、M1701∶44 等鼎附耳连柱,足根有扉棱和兽面,与春秋早期的晋姜鼎(《大系》图三〇)和鄀诸子鼎(《通考》七六)[7]相似。M1661∶3 鼎与 76 年新郑唐户 M9 所出完全相同。[8] M1689∶31 簋与 53 年郏县太仆乡春秋初年的四件铜簋完全相同[9],而姜城堡的铜簋及唐户 M9 的铜簋也很

---

① 于省吾：《商周金文录遗》,1957 年。
② 上海博物馆：《上海博物馆藏青铜器》,1964 年。
③ 郭沫若：《两周金文辞大系图录考释》,北京：科学出版社,1958 年。
④ 高明：《中原地区东周时代青铜器研究》,《考古与文物》1981 年 2—4 期。
⑤ 王永光：《宝鸡市渭滨区姜城堡东周墓葬》,《考古》1979 年 6 期。
⑥ 陕西省文管会秦墓发掘组：《陕西户县宋村春秋秦墓发掘简报》,《文物》1975 年 10 期。
⑦ 容庚：《商周彝器通考》,1941 年。
⑧ 开封地区文管会等：《河南省新郑县唐户两周墓葬发掘简报》,《文物资料丛刊》(2),北京：文物出版社,1978 年。
⑨ 《河南郏县发现的古代铜器》,《文物参考资料》1954 年 3 期。

类似，这种簋已近乎传世的秦公簋(《大系》)。M1052：162 甗同于户县宋村墓的甗，M1761：2 盘同于太仆乡的盘。我们推测第二期铜器群属于东周早期偏早的一段，与太仆乡铜器群、唐户 M9 及关中的姜城堡、宋村等墓大致相当。这些墓葬都被认为是东周早期铜器中偏早的。[①]

第三期：这是虢国墓地最晚的一套随葬铜器，就其形态看与第二期存在着明显的差别，而与之共出的车马器、兵器也都比较晚。M1705：18、M1721：4 等鼎腹足形态同于 74 年新野曾国墓葬出土的铜鼎[②]，装饰花纹也多相同，只是后者作附耳。这种鼎已经接近 79 年陇县边家庄一号秦墓的铜鼎[③]，不过边家庄墓铜器花纹近乎蟠虺纹，时代更晚。第三期各墓多见的敞口浅腹细高足的小鼎与洛阳中州路 M2415：4 鼎相似[④]，传世的稣冶妊鼎(《大系》图三四)也是如此。M1721：2 和 M1705 的匜流口宽大，向上翘起，与新野墓及中州路 M2415：8 匜相同，59 年宝鸡福临堡出土的一套盘匜也是这种形制。[⑤] 我们推测，第三期铜器群的时代在春秋早期偏晚，与 74 年新野墓大致相当，后者在已经出土的曾国铜器群中是较晚的，也被认为在春秋早期偏晚。[⑥] 中州路 M2415 和福临堡墓都出土带盖的所谓敦，铜器花纹也明显要晚，被认为在春秋中期偏早。[⑦]

相关的历史问题

文献中记载的虢地有几处，《汉书·地理志》云："北虢在大阳，东虢在荥阳，西虢在雍州。"这是三虢。《水经注·河水注》陕城："东城即虢邑之上阳也。虢仲之所都，为南虢。"则又有南虢。从先秦文献看，太阳(即下阳)之虢与上阳之虢本为一国，可能是因其分在大河南北，遂衍出南虢、北虢之说。《左传》隐公元年到僖公五年所记载的就是这个虢国，而上村岭虢国墓地正是它的遗存。这时候另外一个东虢已经被郑灭亡了。又按《水经注·渭水注》雍县："(晋书地道记)以为西虢地也，……。(太康记)曰：虢叔之国矣。有虢宫，平王东迁，叔自此之上阳为南虢矣。"则此虢又可能为西虢之东迁者。至于说这个虢究竟属于虢仲还是虢叔，在汉儒中本来就有不同的说法，根据虢国墓地出土铜

---

① 陈平：《试论关中秦墓青铜容器的分期问题》，《考古与文物》1984 年 3、4 期。
② 河南省博物馆等：《河南新野古墓葬清理简报》，《文物资料丛刊》(2)，北京：文物出版社，1978 年。
③ 尹盛平、张天恩：《陕西陇县边家庄一号春秋秦墓》，《考古与文物》1986 年 6 期。
④ 中国科学院考古研究所：《洛阳中州路》，北京：科学出版社，1959 年。
⑤ 中国科学院考古研究所宝鸡发掘队：《陕西宝鸡福临堡东周墓葬发掘记》，《考古》1963 年 10 期。
⑥ 周永珍：《曾国与曾国铜器》，《考古》1980 年 5 期。
⑦ 郭沫若：《两周金文辞大系图录考释》，北京：科学出版社，1958 年；另见上注①。

器的铭文，则它又有可能是虢季一支。宝鸡地区屡有虢季氏铜器出土，而上村岭 M1631 又出虢季氏子铉鬲，似乎正反映了虢国东迁的史实。

后代经史家多从《水经注》所引《太康地记》的说法，以为虢国东迁在平王时期，但是从虢墓铜器的年代及《国语·郑语》的记载看，平王东迁以前上村岭的虢就已经存在了，这一点已有学者作过讨论。[①] 清代雷学淇又认为东迁在幽王时期虢人灭焦之后，其说不过是根据《今本竹书纪年》的一些记载[②]，然而《汉书·地理志》又云："陕，故虢国。有焦城，故焦国。"则灭焦之事亦可能是有的。在西周晚期，西戎势力日益猖獗，原在畿内的郑、申等小国相继东迁以避戎祸，最后连周王室也只得东迁洛邑。而地处关中西端的虢国首当其冲，图谋东迁更是当务之急。不过，这样大的政治军事行动绝非一朝一夕所可善终，很可能灭焦之前虢人已到上村岭一带，而不必起兵关中，远道而来。这与郑人东迁时先寄帑与贿于虢、郐，遂得十邑而居之是一样的道理。虢都上阳的确切方位还没有找到，是否真如《水经注》所说的"大城中有小城，故焦国也"，尚难以确证。

历来传世和出土的虢季氏器也颇多。1974 年扶风强家村窖藏出土师訇鼎、即簋、师丞钟等虢季氏铜器多件[③]，根据铭文的器主关系，再联系到传世的师望鼎（《大系》录 63、考 80），可以确定虢季易父、师訇、师望、即、师丞几代人的关系。师訇鼎作于恭王八年，即簋和师丞钟被认为作于孝夷和厉王时期。[④] 这是属于虢季氏的一宗重要铜器，只惜这些人名不见于经史。其次是虢季子白盘（《大系》图一五二），出土于宝鸡县。一种意见认为器主即《后汉书·西羌传》"夷王衰弱，荒服不朝，乃命虢公率六师伐太原之戎"的虢公，另一种意见则认为在宣王时期。[⑤] 颐和园藏有虢宣公子白鼎（《录遗》90），可知虢季子白即虢宣公，大约是东迁以前虢国的一代君主。传世的虢文公鼎与上村岭 M1631 的虢季氏子铉鬲为同人之器，郭沫若先生认为即《周本纪》"宣王十二年，不修籍于千亩，虢文公谏曰不可"的虢文公。[⑥] 虢文公作的鬲还有一件（《贞图》上 28）[⑦]，铭文内容与鼎几乎一样，而形制同于 M1631 的鬲，这三器很可能为同时所作。不过，M1631 的鬲比之同期的其他鬲更早，墓的规模较小，又无其他礼器共出，有可能是东迁时带来此地的。传世的还有虢季氏子组簋三（《大系》图一一六录 284）、壶一件（《大系》图一八五录 285），

---

① 林寿晋：《上村岭发掘的学术贡献》，《香港中文大学中国文化研究所学报》，1978 年第九卷上册。
② 雷学淇：《竹书纪年义证》，嘉庆十五年。
③ 吴镇烽、雒忠如：《陕西省扶风县强家村出土的西周青铜器》，《文物》1975 年 8 期。
④ 李学勤：《西周中期青铜器的重要标尺》，《中国历史博物馆馆刊》1979 年 1 期。
⑤ 唐兰：《虢季子白盘的制作时代和历史价值》，《光明日报》，1950 年 6 月 7 日。
⑥ 郭沫若：《三门峡出土铜器二三事》，《文物》1959 年 1 期。
⑦ 罗振玉：《贞松堂吉金图》，1935 年。

据柯昌济《金文分域编》出土于凤翔，年代在西周晚期，可能也是东迁以前的遗留。虢文公之后的另一位君主虢公石父，是幽王时的重臣。《国语·郑语》："夫虢石父馋谄巧从之人也，而立为王卿士。"《周本纪》："幽王以虢石父卿，用事，国人皆怨。"《吕氏春秋·当染》又作虢公鼓。虢国的东迁有可能是虢文公在位的周宣王时期，这与虢墓铜器群及关中地区虢季氏铜器的年代是相吻合的，只是到了虢石父时期才就近吞并了焦国。虢墓第一期铜器群，大约即是虢文公和虢石父在位的二三十年间的遗存。不过，虢国墓地身份最高的为虢太子，墓地也只有234座，虢国的死葬者当不止此数，或在上村岭之外还有其他墓地，也未可知。

由于幽王失国与虢公鼓的执政有直接关系，因此在平王早年虢与周王室的关系很不融洽。按照《古本竹书纪年》的说法，幽王死后，虢公翰（即鼓）还曾立王子余臣于携，与平王对立。但是到了平王晚年，为了防止郑伯擅权，也曾想分政于虢，因受到郑的抵制而作罢。《左传》隐八年（公元前715年）"虢公忌父始作卿士于周"，遂得复主王朝的征伐大事，对东周早期的政治局势产生着重要影响。桓五年（公元前707年）虢公林父从王伐郑，桓八年伐曲沃，奉王命立晋侯弟缗为晋侯，后又立曲沃武公为晋侯。《左传》庄二十年（公元前674年），周王朝发生了一次重要的动乱，王子穨召燕卫之师逐惠王而自立，虢郑两国同伐王城，杀子穨而入惠王，稳定了周的政局。据《周本纪》正义引贾逵云，这个虢君仍是虢公林父。晋的纷争平息之后国力日强，与虢的矛盾也开始激化起来。虢公醜不恤民事，骄纵好战，于庄公二十七年（公元前667年）两度伐晋。庄三十年又伐樊皮，闵二年（公元前660年）又战犬戎于渭汭。这时的虢因连年征战，国力已经相当亏空了。《左传》僖二年（公元前658年）晋假道于虞伐虢，一举攻下下阳，吞并了虢国在黄河以北的领土，以其地封瑕父、吕甥。虢公醜不以自戒，又兴师伐戎于桑田。僖五年（公元前655年），晋兴师渡河，攻入虢都上阳，虢公醜出奔京师，虢国灭亡。上村岭墓地殆即这一百多年间虢国贵族、平民聚葬之处，虢国灭亡后它也就败殁了。第二期墓葬可能是东周初年虢公忌父以前五十余年内的遗存，而第三期墓葬是虢国留在这里的最后一批死葬者，其年代大约在虢公林父和虢公醜在位的五六十年间。随葬铜器群的时代特征与此是完全相符的。

图书在版编目(CIP)数据

青铜器和金文书体研究/李峰著. —上海：上海古籍出版社，2018.12
ISBN 978-7-5325-8756-8

Ⅰ. ①青… Ⅱ. ①李… Ⅲ. ①青铜器(考古)—研究—中国②金文—研究—中国 Ⅳ. ①K876.414②K877.34

中国版本图书馆 CIP 数据核字(2018)第 037600 号

青铜器和金文书体研究
李 峰 著
上海古籍出版社出版、发行
(上海瑞金二路 272 号 邮政编码 200020)
(1) 网址：www.guji.com.cn
(2) E-mail：guji1@guji.com.cn
(3) 易文网网址：www.ewen.co
常熟市人民印刷厂印刷
开本 787×1092 1/16 印张 17.5 插页 9 字数 311,000
2018 年 12 月第 1 版 2018 年 12 月第 1 次印刷
印数：1—3,100
ISBN 978-7-5325-8756-8
K·2450 定价：88.00 元
如有质量问题，请与承印公司联系